루쉰의 향토세계

중국 루쉰연구 명가정선집 08
루쉰의 향토세계

초판 인쇄 2021년 6월 20일 **초판 발행** 2021년 6월 30일
글쓴이 양젠룽 **옮긴이** 이종민 **펴낸이** 박성모 **펴낸곳** 소명출판 **출판등록** 제13-522호
주소 서울시 서초구 서초중앙로6길 15, 2층
전화 02-585-7840 **팩스** 02-585-7848 **전자우편** somyungbooks@daum.net **홈페이지** www.somyong.co.kr

값 23,000원

ISBN 979-11-5905-240-8 94820
ISBN 979-11-5905-232-3 (세트)

중국 루쉰 연구

명 가 정 선 집

08

루쉰의 향토세계

THE NATIVE LAND OF LU XUN

양젠룽 지음 | 이종민 역

중국 루쉰연구 명가정선집

일러두기

- 이 책은 허페이(合肥) 안후이대학출판사(安徽大學出版社)에서 2013년 6월에 출판한 중국 루쉰연구 명가정선집『中國需要魯迅』을 한글 번역하였다.
- 가급적 원저를 그대로 옮겼으며, 설명이 필요한 경우에는 '역주'로 표시하였다.

'중국 루쉰연구 명가정선집' 을 펴내며

린페이林非

100년 전인 1913년 4월, 『소설월보小說月報』 제4권 제1호에 '저우춰周逴'로 서명한 문언소설 「옛일懷舊」이 발표됐다. 이는 뒷날 위대한 문학가가 된 루쉰이 지은 것이다. 당시의 『소설월보』 편집장 원톄차오惲鐵樵가 소설을 대단히 높이 평가해 작품의 열 곳에 방점을 찍고 또 「자오무焦木·부지附志」를 지어 "붓을 사용하는 일은 금침으로 사람을 구해내는 것이라 할 수 있다", "전환되는 곳마다 모두 필력을 보였다", 인물을 "진짜 살아있는 듯이 생생하게 썼다", "사물이나 풍경 묘사가 깊고 치밀하다", 또 "이해하고 파악해 문장을 논하고 한가득 미사여구를 늘어놓기에 이르지 않은" 젊은이는 "이런 문장을 본보기로 삼는 것이 아주 좋다"라고 말했다. 이런 글은 루쉰의 작품에 대한 중국의 정식 출판물의 최초의 반향이자 평론이긴 하지만, 또 문장학의 각도에서 「옛일」의 의의를 분석한 것이다.

한 위대한 인물의 출현은 개인의 천재적 조건 이외에 시대적인 기회와 주변 환경에서 비롯되기도 한다. 1918년 5월에, '5·4' 문학혁명의 물결 속에서 색다른 양식의 깊고 큰 울분에 찬, '루쉰'이라 서명한 소설 「광인일기狂人日記」가 『신청년新青年』 월간 제4권 제5호에 발표됐다. 이로써 '루쉰'이란 빛나는 이름이 최초로 중국에 등장했다.

8개월 뒤인 1919년 2월 1일 출판된 『신조新潮』 제1권 제2호에서

'기자'라고 서명한 「신간 소개」에 『신청년』 잡지를 소개하는 글이 실렸다. 그 글에서 '기자'는 최초로 「광인일기」에 대해 평론하면서 루쉰의 "「광인일기」는 사실적인 필치로 상징주의symbolism 취지에 이르렀으니 참으로 중국의 으뜸가는 훌륭한 소설이다"라고 말했다.

이 기자는 푸쓰넨傅斯年이었다. 그의 평론은 문장학의 범위를 뛰어넘어 정신문화적 관점에서 중국 사상문화사에서의 루쉰의 가치를 지적했다. 루쉰은 절대로 단일한 문학가가 아닐 뿐 아니라 중국 근현대 정신문화에 전면적으로 영향을 끼친 심오한 사상가이다. 그래서 루쉰연구도 정신문화 현상의 시대적 흐름에 부응해 필연적으로 일어난 것이고, 시작부터 일반적인 순수 학술연구와 달리 어떤 측면에서는 지난 100년 동안의 중국 정신문화사의 발전 궤적을 반영하게 됐다.

이로부터 루쉰과 그의 작품에 대한 평론과 연구도 새록새록 등장해 갈수록 심오해지고 계통적이고 날로 세찬 기세를 많이 갖게 됐다. 연구자 진영도 한 세대 또 한 세대 이어져 창장의 거센 물결처럼 쉼 없이 세차게 흘러 중국 현대문학연구에서 전체 인문연구에 이르기까지 하나의 큰 경관을 형성했다. 그 가운데 주요 분수령은 마오둔茅盾의 「루쉰론魯迅論」, 취추바이瞿秋白의 「『루쉰잡감선집魯迅雜感選集』·서언序言」, 마오쩌둥毛澤東의 「신민주주의론新民主主義論」, 어우양판하이歐陽凡海의 「루쉰의 책魯迅的書」, 리핑신李平心(루쭤魯座)의 「사상가인 루쉰思想家的魯迅」 등이다. 1949년 이후에 또 펑쉐펑馮雪峰의 「루쉰 창작의 특색과 그가 러시아문학에서 받은 영향魯迅創作的特色和他受俄羅斯文學的影響」, 천융陳涌의 「루쉰소설의 현실주의를 논함論魯迅小說的現實主義」과 「문학예술의 현실주의를 위해 투쟁한 루쉰爲文學藝術的現實主義而鬪爭的魯迅」, 탕타오唐弢의 「루쉰 잡문의 예술적 특징

魯迅雜文的藝術特徵」과 「루쉰의 미학사상을 논함論魯迅的美學思想」, 왕야오王瑤의 「루쉰 작품과 중국 고전문학의 역사 관계를 논함論魯迅作品與中國古典文學的歷史關係」 등이 나왔다. 이 시기에는 루쉰연구마저도 왜곡 당했을 뿐 아니라, 특히 '문화대혁명' 중에 루쉰을 정치적인 도구로 삼아 최고 경지로 추어 올렸다. 그렇지만 이런 정치적 환경 속에서라고 해도 리허린李何林으로 대표된 루쉰연구의 실용파가 여전히 자료 정리와 작품 주석이란 기초적인 업무를 고도로 중시했고, 그 틈새에서 숨은 노력을 묵묵히 기울여왔다. 그래서 길이 빛날 의미를 지닌 많은 성과를 얻었다. 결론적으로 루쉰에 대해 우러러보는 정을 가졌건 아니면 다른 견해를 담았건 간에 모두 루쉰과 루쉰연구의 존재를 무시할 수 없다.

귀중한 것은 20세기 1980년대 이후에 루쉰연구가 사상을 제한해 온 오랜 속박에서 벗어나 영역을 확장해 철학, 사회학, 심리학, 비교문학 등 새로운 시야로 루쉰 및 그의 생애와 작품에 대해 더욱 심오하고 두텁게 통일적이고 종합적으로 연구하며 해석하게 됐고, 시종 선두에서서 중국의 사상해방운동과 학술문화업무의 발전을 촉진시키기 위해 불멸의 역사적 공훈을 세웠다. 동시에 또 왕성한 활력과 새로운 지식구조, 새로운 사유방식을 지닌 중·청년 연구자들을 등장시켰다. 이는 중국문학연구와 전체 사회과학연구 가운데서 모두 보기 드문 것이다.

그래서 이 연구자들의 저작에 대해 총결산하고 그들의 성과에 대해 진지한 검토를 하는 것이 매우 필요한 일이 되었다. 안후이安徽대학출판사가 이 무거운 짐을 지고, 학술저서의 출판이 종종 적자를 내고 경제적 이익을 얻을 수 없는 시대에 의연히 편집에 큰 공을 들여 이 '중국 루쉰연구 명가정선집中國魯迅研究名家精選集' 시리즈를 출판해 참으로 사람을 감격하게 했다. 나는 그들의 노력이 수포로 돌아갈 리 없고, 이 저작들이 중국의 루쉰연구학술사에서 틀림없이 중요한 가치를 갖고 대대로 계승돼 미래의 것을 창조해내서 중국에서 루쉰연구가 더욱 큰 발전을 이룰 것을 굳게 믿는다.

이로써 서문을 삼는다.

2013년 3월 3일

횃불이여, 영원하라

지난 100년 중국의 루쉰연구 회고와 전망

1913년 4월 25일에 출판된 『소설월보』 제4권 제1호에 '저우춰'로 서명한 문언소설 「옛일」이 발표됐다. 잡지의 편집장인 윈톄차오는 이 소설에 대해 평가하고 방점을 찍었을 뿐 아니라 또 글의 마지막에서 「자오무·부지」를 지어 소설에 대해 호평했다. 이는 상징성을 갖는 역사적 시점이다. 즉 '저우춰'가 바로 뒷날 '루쉰'이란 필명으로 세계적인 명성을 누리게 된 작가 저우수런周樹人이고, 「옛일」은 루쉰이 창작한 첫 번째 소설로서 중국 현대문학의 전주곡이 됐고, 「옛일」에 대한 윈톄차오의 평론도 중국의 루쉰연구의 서막이 됐다.

1913년부터 헤아리면 중국의 루쉰연구는 지금까지 이미 100년의 역사를 갖게 됐다. 그동안에 사회적 상황의 변화로 인해 수많은 곡절을 겪었음에도 불구하고, 그러나 여전히 저명한 전문가와 학자들이 쏟아져 나와 중요한 학술적 성과를 냈음은 물론 20세기 1980년대에 점차 중요한 영향력을 지닌 학문인 '루학魯學'을 형성하게 됐다. 지난 100년 동안의 중국의 루쉰연구사를 돌이켜보면, 정치적인 요소가 대대적으로 루쉰연구의 역사과정에 커다란 영향을 끼쳤음을 볼 수 있다. 그래서 우리도 정치적인 각도에서 중국의 루쉰연구사 100년을 대체로 중화민국 시기와 중화인민공화국 시기로 구분할 수 있다.

중화민국 시기(1913~1949)의 루쉰연구는 중국의 100년 루쉰연구의 맹아기와 기초기라고 말할 수 있다. 비공식 통계에 따르면, 이 기간 중국의 간행물에 루쉰과 관련한 글은 모두 96편이 발표됐고, 그 가운데서 루쉰의 생애와 관련한 역사 연구자료 성격의 글이 22편, 루쉰사상 연구 3편, 루쉰작품 연구 40편, 기타 31편으로 나뉜다. 이런 글 가운데 비교적 중요한 것은 장딩황張定璜이 1925년에 발표한 「루쉰 선생魯迅先生」과 저우쭤런周作人의 『아Q정전阿Q正傳』 두 편이다. 이외에 문화 방면에서 루쉰의 영향이 점차 확대됨에 따라 점차 더욱더 많은 평론가들이 루쉰과 관련한 연구에 몰두하기 시작해 1926년에 중국의 첫 번째 루쉰연구논문집인 『루쉰과 그의 저작에 관하여關於魯迅及其著作』를 출판했다.

중국의 100년 루쉰연구의 기초기는 중화민국 난징국민정부 시기(1927년 4월~1949년 9월)이다. 비공식 통계에 따르면, 이 기간에 중국의 간행물에 루쉰과 관련한 글은 모두 1,276편이 발표됐고, 그 가운데 루쉰의 생애 관련 역사 연구자료 성격의 글 336편, 루쉰사상 연구 191편, 루쉰작품 연구 318편, 기타 431편으로 나뉜다. 중요한 글에 팡비方璧(마오둔茅盾)의 「루쉰론魯迅論」, 허닝何凝(취추바이瞿秋白)의 「『루쉰잡감선집魯迅雜感選集』·서언序言」, 마오쩌둥毛澤東의 「루쉰론魯迅論」과 「신민주주의적 정치와 신민주주의적 문화新民主主義的政治與新民主主義的文化」, 저우양周揚의 「한 위대한 민주주의자의 길一個偉大的民主主義者的路」, 루쭤魯座(리핑신李平心)의 「사상가인 루쉰思想家魯迅」과 쉬서우창許壽裳, 징쑹景宋(쉬광핑許廣平), 펑쉐펑馮雪峰 등이 쓴 루쉰을 회고한 것들이 있다. 이외에 또 중국에서 출판한 루쉰연구 관련 저작은 모두 79권으로 그 가운데 루쉰의 생애와 사료연구 저작 27권, 루쉰사상 연구 저작 9권, 루쉰작품 연구 저작 9권, 기타 루쉰연구 저작(주제 연구 및 집록류輯錄類 연구 저작) 34권이다. 중요한 저작에 리창즈李長之의 『루쉰 비판魯迅批判』, 루쉰기념위원회魯迅紀念委員會가 편집한 『루쉰선생기념집魯迅先生紀念集』, 샤오훙蕭紅의 『루쉰 선생을 추억하며回憶魯迅先生』, 위다푸郁達夫의 『루쉰 추억과 기타回憶魯迅及其他』, 마오둔이 책임 편집한 『루쉰을 논함論魯迅』, 쉬서우창의 『루쉰의 사상과 생활魯迅的思想與生活』과 『망우 루쉰 인상기亡友魯迅印象記』, 린천林辰의 『루쉰사적고魯迅事迹考』, 왕스징王士菁의 『루쉰전魯迅傳』 등이 있다. 이 시기의 루쉰연구가 전체적으로 말해 학술적인 수준이 높지 않다고 해도, 그러나 루쉰 관련 사료연구, 작품연구와 사상연구 등 방면에서는 중국의 100년 루쉰연구를 위한 기초를 다졌다.

중화인민공화국 시기에 루쉰연구와 발전이 걸어온 길은 비교적 복잡하다. 정치적인 요소의 영향을 받았기 때문에 여러 단계로 구분된다. 즉 발전기, 소외기, 회복기, 절정기, 분화기, 심화기가 그것이다.

중화인민공화국 '17년' 시기(1949~1966)는 중국의 100년 루쉰연구의 발전기이다. 신중국 성립 이후 당국이 루쉰을 기념하고 연구하는 업무를 매우 중시해 연이어 상하이루쉰기념관, 베이징루쉰박물관, 사오싱紹興루쉰기념관, 샤먼廈門루쉰기념관, 광둥廣東루쉰기념관 등 루쉰을 기념하는 기관을 세웠다. 또 여러 차례 루쉰 탄신 혹은 서거한 기념일에 기념행사를 개최했고, 아울러 1956년에서 1958년 사이에 신판 『루쉰전집魯迅全集』을 출판했다. 『인민일보人民日報』도 수차례 현실정치의 필요에 부응해 루쉰서거기념일에 루쉰을 기념하는 사설을 게재했다. 예를 들면 「루쉰을 배워 사상투쟁을 지키자學習魯迅, 堅持思想鬪爭」(1951년 10월 19일), 「루쉰의 혁명적 애국주의의 정신적 유산을 계승하자繼承魯迅的革命愛國主義的精神遺産」(1952년 10월 19일), 「위대한 작가, 위대한 전사偉大的作家 偉大的戰士」(1956년 10월 19일) 등이다. 그럼으로써 학자와 작가들이 루쉰을 연구하도록 이끌었다. 정부의 대대적인 추진 아래 중국의 루쉰연구가 점차 발전하기 시작했다.

비공식 통계에 따르면 이 기간에 중국의 간행물에 발표된 루쉰연구와 관련한 글은 모두 3,206편이다. 그 가운데 루쉰의 생애 관련 역사 연구자료 성격의 글이 707편, 루쉰사상 연구 697편, 루쉰작품 연구 1,146편, 기타 656편이 있다. 중요한 글에 왕야오王瑤의 「중국문학의 유산에 대한 루쉰의 태도와 중국문학이 그에게 끼친 영향魯迅對於中國文學遺産的態度和他所受中國文學的影響」, 천융陳涌의 「한 위대한 지식인의 길一個偉大的知識分子的道路」, 저우양周揚의 「'5・4' 문학혁명의 투쟁전통을 발휘하자發揚"五四"文學革命的戰鬪傳統」, 탕타오唐弢의 「루쉰의 미학사상을 논함論魯迅的美學思想」 등이 있다. 이외에 또 중국에서 출판된 루쉰연구와 관련한 저작은 모두 162권이 있고, 그 가운데 루쉰의 생애와 사료연구 저작은 모두 49권, 루쉰사상 연구 저작 19권, 루쉰작품 연구 저작 57권, 기타 루쉰연구 저작(주제 연구 및 집록류 연구 저작) 37권이다. 중요한 저작에 『루쉰 선생 서거 20주년 기념대회 논문집魯迅先生逝世二十周年紀念大會論文集』, 왕야오의 『루쉰과 중국문학魯迅與中國文學』, 탕타오의 『루쉰 잡문의 예술적 특징魯迅雜文的藝術特徵』, 펑쉐펑의 『들풀을 논함論野草』, 천바이천陳白塵이 집필한 『루쉰魯迅』(영화 문학시나리오), 저우샤서우周遐壽(저우쭤런)의 『루쉰의 고향魯迅的故家』과 『루쉰 소설 속의 인물魯迅小說裏的人物』 그리고 『루쉰의 청년시대魯迅的青年時代』 등이 있다. 이 시기의 루쉰연구는 루쉰작품 연구 영역, 루쉰사상 연구 영역, 루쉰 생애와 사료 연구 영역에서 모두 중요한 학술적 성과를 얻었고, 전체적인 학술적 수준도 중화민국 시기의 루쉰연구보다 최대한도로 심오해졌고, 중국의 100년 루쉰연구사에서 첫 번째로 고도로 발전한 시기이다.

중화인민공화국의 '문화대혁명' 10년 동안은 중국의 100년 루쉰연구의 소외기이다. '문화대혁명' 초기에 중국공산당 중앙이 '프롤레타리아 문화대혁명'을 발동하고, 아울러 루쉰을 빌려 중국의 '문화대혁명'을 공격하는 소련의 언론에 반격하기 위해 7만여 명이 참가한 루쉰서거30주년 기념대회를 열었다. 여기서 루쉰을 마오쩌둥의 홍소병紅小兵(중국소년선봉대에서 이름이 바뀐 초등학생의 혁명조직으로 1978년 10월 27일에 이전 명칭과 조직을 회복했다-역자)으로 만들어냈고, 홍위병(1966년 5월 29일, 중고대학생을 중심으로 조직됐고, 1979년 10월에 이르러 중국공산당 중앙이 정식으로 해산을 선포했다-역자)에게 루쉰의 반역 정신을 배워 '문화대혁명'을 끝까지 하도록 호소했다. 이는 루쉰의 진실한 이미지를 대대적으로 왜곡했고, 게다가 처음으로 루쉰을 '문화대혁명'의 담론시스템 속에 넣어 루쉰을 '문화대혁명'에 봉사토록 이용한 것이다. 이후에 '비림비공批林批孔' 운동, '우경부활풍조 반격反擊右傾翻案風' 운동, '수호水滸' 비판운동 중에 또 루쉰을 이 운동에 봉사토록 이용해 일정한 정치적 목적을 달성했다. '문화대혁명' 후기인 1975년 말에 마오쩌둥이 '루쉰을 읽고 평가하자讀點魯迅'는 호소를 발표해 전국적으로 루쉰 학습 열풍을 일으켰다. 이에 대대적으로 전국 각지에서 루쉰 보급업무를 추진했고, 루쉰연구가 1980년대에 활발하게 발전하는데 기초를 놓았다.

비공식 통계에 따르면 전체 '문화대혁명' 기간(1966~1976)에 중국의 간행물에 발표된 루쉰 관련 연구는 모두 1,876편이 있고, 그 가운데 루쉰 생애와 사료 관련 글이 130편, 루쉰사상 연구 660편, 루쉰작품 연구 1,018편, 기타 68편이다. 이러한 글들은 대부분 정치적 운동에 부응해 편찬된 것이다. 중요한 글에 『인민일보』가 1966년 10월 20일 루쉰 서거30주년 기념을 위해 발표한 사설 「루쉰적인 혁명의 경골한 정신을 학습하자學習魯迅的革命硬骨頭精神」, 『홍기紅旗』 잡지에 게재된 루쉰 서거30주년 기념대회에서의 야오원위안姚文元, 궈머뤄郭沫若, 쉬광핑許廣平 등의 발언과 사설 「우리의 문화혁명 선구자 루쉰을 기념하자紀念我們的文化革命先驅魯迅」, 『인민일보』의 1976년 10월 19일 루쉰 서거40주년 기념을 위해 발표된 사설 「루쉰을 학습하여 영원히 진격하자學習魯迅永遠進擊」 등이 있다. 그 외에 중국에서 출판한 루쉰연구 관련 저작은 모두 213권이고, 그 가운데 루쉰 생애와 사료연구 관련 저작 30권, 루쉰사상 연구 저작 9권, 루쉰작품 연구 저작 88권, 기타 루쉰연구 저작(주제 연구 및 집록류 연구 저작) 86권이 있다. 이러한 저작은 거의 모두 정치적 운동의 필요에 부응해 편찬된 것이기 때문에 학술적 수준이 비교적 낮다. 예를 들면 베이징대학 중문과 창작교학반이 펴낸 『루쉰작품선강魯迅作品選講』 시리즈총서, 인민문학출판사가 출판한 『루쉰을 배워 수정주의 사상을 깊이 비판하자學習魯迅深入批修』 등이 그러하다. 이 시기는 '17년' 기간에 개척한 루쉰연구의 만족스러운 국면을 이어갈 수 없었고 루쉰에 대한 학술연구는 거의 정체되었으며, 공개적으로 발표한 루쉰과 관련한 각종 논저는 거의 다 왜곡되어 루쉰을 이용한 선전물이었다. 이는 중국의 루쉰연구에 대해 말하면 의심할 바 없이 악재였다.

'문화대혁명'이 막을 내린 뒤부터 1980년에 이르는 기간(1977~1979)은 중국의 100년 루쉰연구의 회복기이다. 1976년 10월 '문화대혁명'이 막을 내렸을 때는 루쉰에 대해 '문화대혁명'이 왜곡하고 이용하면서 초래한 좋지 못한 영향이 여전히 상당한 정도로 존재하고 있었다. '문화대혁명'이 막을 내린 뒤 국가의 관련 기관이 이러한 좋지 못한 영향 제거에 신속하게 손을 댔고, 루쉰 저작의 출판 업무를 강화했으며, 신판 『루쉰전집』을 출판할 준비에 들어갔다. 아울러 중국루쉰연구학회를 결성하고 루쉰연구실도 마련했다. 그리하여 루쉰연구에 대해 '문화대혁명'이 가져온 파괴적인 면을 대대적으로 수정했다. 이 외에 인민문학출판사가 1974년에 지식인과 노동자, 농민, 병사의 삼결합 방식으로 루쉰저작 단행본에 대한 주석 작업을 개시했다. 그리하여 1975년 8월에서 1979년 2월까지 잇따라 의견모집본('붉은 표지본'이라고도 부른다)을 인쇄했고, '사인방'이 몰락한 뒤에 이 '의견모집본'('녹색 표지본'이라고도 부른다)들을 모두 비교적 크게 수정했고, 이후 1979년 12월부터 연속 출판했다. 1970년대 말에 '삼결합' 원칙에 근거하여 세운, 루쉰저작에 대한 루쉰저작에 대한 주석반의 각 판본의 주석이 분명한 시대적 색채를 갖지만, '문화대혁명' 기간의 루쉰저작에 대한 왜곡이나 이용과 비교하면 다소 발전된 것임을 의심할 여지는 없다. 그래서 이러한 '붉은 표지본' 루쉰저작 단행본은 '사인방'이 몰락한 뒤에 신속하게 수정된 뒤 '녹색 표지본'의 형식으로 출판됨으로써 '문화대혁명' 뒤의 루쉰 전파에 중요한 공헌을 했다.

비공식 통계에 따르면, 이 동안에 중국의 간행물에 발표된 루쉰 관련 연구는 모두 2,243편이고, 그 가운데 루쉰의 생애와 사료 관련 179편, 루쉰사상 연구 692편, 루쉰작품 연구 1,272편, 기타 100편이 있다. 중요한 글에 천융의 「루쉰사상의 발전 문제에 관하여關於魯迅思想發展問題」, 탕타오의 「루쉰 사상의 발전에 관한 문제關於魯迅思想發展的問題」,

위안량쥔袁良駿의 「루쉰사상 완성설에 대한 질의魯迅思想完成說質疑」, 린페이林非와 류짜이푸劉再復의 「루쉰이 '5·4' 시기에 제창한 '민주'와 '과학'의 투쟁魯迅在五四時期倡導"民主"和"科學"的鬪爭」, 리시판李希凡의 「'5·4' 문학혁명의 투쟁적 격문-'광인일기'로 본 루쉰소설의 '외침' 주제"五四"文學革命的戰鬪檄文－從『狂人日記』看魯迅小說的"吶喊"主題」, 쉬제許傑의 「루쉰 선생의 '광인일기' 다시 읽기重讀魯迅先生的『狂人日記』」, 저우젠런周建人의 「루쉰의 한 단면을 추억하며回憶魯迅片段」, 펑쉐펑의 「1936년 저우양 등의 행동과 루쉰이 '민족혁명전쟁 속의 대중문학' 구호를 제기한 경과 과정과 관련하여有關一九三六年周揚等人的行動以及魯迅提出"民族革命戰爭中的大衆文學"口號的經過」, 자오하오성趙浩生의 「저우양이 웃으며 역사의 공과를 말함周揚笑談歷史功過」 등이 있다. 이외에 중국에서 출판한 루쉰연구 관련 저작은 모두 134권이고, 그 가운데 루쉰의 생애와 사료 연구 관련 저작 27권, 루쉰사상 연구 저작 11권, 루쉰작품 연구 저작 42권, 기타 루쉰연구 저작(주제 연구 및 집록류 연구 저작) 54권이다. 중요한 저작에 위안량쥔의 『루쉰사상논집魯迅思想論集』, 린페이의 『루쉰소설논고魯迅小說論稿』, 류짜이푸의 『루쉰과 자연과학魯迅與自然科學』, 주정朱正의 『루쉰회고록 정오魯迅回憶錄正誤』 등이 있다. 전체적으로 말하면 이 시기의 루쉰연구는 '문화대혁명'이 루쉰을 왜곡한 현상에 대해 바로잡고 점차 정확한 길을 걷고, 또 잇따라 중요한 학술적 성과를 얻었으며, 1980년대의 루쉰연구를 위해 만족스런 기초를 다졌다.

20세기 1980년대는 중국의 100년 루쉰연구의 절정기이다. 1981년에 중국공산당 중앙이 '문화대혁명'의 영향을 철저하게 제거하기 위해 인민대회당에서 루쉰 탄신100주년을 위한 기념대회를 성대하게 거행했다. 그리하여 '문화대혁명' 시기에 루쉰을 왜곡하고 이용하면서 초래된 좋지 못한 영향을 최대한도로 청산했다. 후야오방胡耀邦은 중국공산당을 대표한 「루신 탄신100주년 기념대회에서의 연설在魯迅誕生一百周年紀念大會上的講話」에서 루쉰정신에 대해 아주 새로이 해석하고, 아울러 루쉰연구 업무에 대해 새로운 요구 사항을 제기했다. 『인민일보』가 1981년 10월 19일에 사설 「루쉰정신은 영원하다魯迅精神永在」를 발표했다. 여기서 루쉰정신을 당시의 세계 및 중국 정세와 결합시켜 새로이 해독하고, 루쉰정신을 계승하고 발전시킬 중요한 현실적 의미를 제기했다. 그리고 전국 인민에게 '루쉰을 배우자, 루쉰을 연구하자'고 호소했다. 그리하여 루쉰에 대한 전국적 전파를 최대한 촉진시켜 1980년대 루쉰연구의 열풍을 일으켰다. 왕야오, 탕타오, 리허린 등 루쉰연구의 원로 전문가들이 '문화대혁명'을 겪은 뒤에 다시금 학술연구 업무를 시작하여 중요한 루쉰연구 논저를 저술했고, 아울러 193,40년대에 출생한 루쉰연구 전문가들이 쏟아져 나왔다. 예를 들면 린페이, 쑨위스孫玉石, 류짜이푸, 왕푸런王富仁, 첸리췬錢理群, 양이楊義, 니모옌倪墨炎, 위안량쥔, 왕더허우王德後, 천수위陳漱渝, 장멍양張夢陽, 진훙다金宏達 등이다. 이들은 중국의 루쉰연구를 시대의 두드러진 학파가 되도록 풍성하게 가꾸어 민족의 사상해방 면에서 중요한 작용을 발휘하도록 했다. 그러나 1980년대 말에 정치적인 이유로 인해 루쉰은 또 당국에 의해 점차 주변부화되었다.

비공식 통계에 따르면 20세기 1980년대 10년 동안에 중국 전역에서 루쉰연구와 관련한 글은 모두 7,866편이 발표됐고, 그 가운데 루쉰 생애 및 사적과 관련한 글 935편, 루쉰사상 연구 2,495편, 루쉰작품 연구

3,406편, 기타 1,030편이 있다. 루쉰의 생애 및 사적과 관련해 중요한 글에 후펑胡風의 「'좌련'과 루쉰의 관계에 관한 약간의 회상關於"左聯"及與魯迅關係的若干回憶」, 옌위신閻愈新의 「새로 발굴된 루쉰이 홍군에게 보낸 축하 편지 魯迅致紅軍賀信的新發現」, 천수위의 「새벽이면 동쪽 하늘에 계명성 뜨고 저녁이면 서쪽 하늘에 장경성 뜨니-루쉰과 저우쭤런이 불화한 사건의 시말東有啓明西有長庚－魯迅周作人失和前後」, 멍수훙蒙樹宏의 「루쉰 생애의 역사적 사실 탐색魯迅生平史實探微」 등이 있다. 또 루쉰사상 연구의 중요한 글에 왕야오의 「루쉰사상의 한 가지 중요한 특징-깨어있는 현실주의魯迅思想的一個重要特點－淸醒的現實主義」, 천융의 「루쉰과 프롤레타리아문학 문제魯迅與無産階級文學問題」, 탕타오의 「루쉰의 초기 '인생을 위한' 문예사상을 논함論魯迅早期"爲人生"的文藝思想」, 첸리췬의 「루쉰의 심리 연구魯迅心態硏究」와 「루쉰과 저우쭤런의 사상 발전의 길에 대한 시론試論魯迅與周作人的思想發展道路」, 진훙다의 「루쉰의 '국민성 개조' 사상과 그 문화 비판魯迅的"改造國民性"思想及其文化批判」 등이 있다. 루쉰작품 연구의 중요한 글에는 왕야오의 「루쉰과 중국 고전문학魯迅與中國古典文學」, 옌자옌嚴家炎의 「루쉰 소설의 역사적 위상魯迅小說的歷史地位」, 쑨위스의 「'들풀'과 중국 현대 산문시『野草』與中國現代散文詩」, 류짜이푸의 「루쉰의 잡감문학 속의 '사회상' 유형별 형상을 논함論魯迅雜感文學中的"社會相"類型形象」, 왕푸런의 『중국 반봉건 사상혁명의 거울-'외침'과 '방황'의 사상적 의미를 논함中國反封建思想革命的一面鏡子－論『吶喊』『彷徨』的思想意義」과 「인과적 사슬 두 줄의 변증적 통일-'외침'과 '방황'의 구조예술兩條因果鏈的辨證統一『吶喊』『彷徨』的結構藝術」, 양이의 「루쉰소설의 예술적 생명력을 논함論魯迅小說的藝術生命力」, 린페이의 「'새로 쓴 옛날이야기'와 중국 현대문학 속의 역사제재소설을 논함論『故事新編』與中國現代文學中的歷

史題材小說」, 왕후이汪暉의 「역사적 '중간물'과 루쉰소설의 정신적 특징歷史的"中間物"與魯迅小說的精神特徵」과 「자유 의식의 발전과 루쉰소설의 정신적 특징自由意識的發展與魯迅小說的精神特徵」 그리고 「'절망에 반항하라'의 인생철학과 루쉰소설의 정신적 특징"反抗絶望"的人生哲學與魯迅小說的精神特徵」 등이 있다. 그리고 기타 중요한 글에 왕후이의 「루쉰연구의 역사적 비판魯迅研究的歷史批判」, 장멍양의 「지난 60년 동안 루쉰잡문 연구의 애로점을 논함論六十年來魯迅雜文研究的症結」 등이 있다. 이외에 중국에서 출판한 루쉰연구에 관한 저작은 모두 373권으로, 그 가운데 루쉰 생애와 사료 연구 저작 71권, 루쉰사상 연구 저작 43권, 루쉰작품 연구 저작 102권, 기타 루쉰연구 저작(주제 연구 및 집록류 연구 저작) 157권이 있다. 저명한 루쉰연구 전문가들이 중요한 루쉰연구 저작을 출판했고, 예를 들면 거바오취안戈寶權의 『세계문학에서의 루쉰의 위상魯迅在世界文學上的地位』, 왕야오의 『루쉰과 중국 고전소설魯迅與中國古典小說』과 『루쉰작품논집魯迅作品論集』, 탕타오의 『루쉰의 미학사상魯迅的美學思想』, 류짜이푸의 『루쉰미학사상논고魯迅美學思想論稿』, 천융의 『루쉰론魯迅論』, 리시판의 『'외침'과 '방황'의 사상과 예술「吶喊」「彷徨」的思想與藝術』, 쑨위스의 『'들풀' 연구「野草」研究』, 류중수劉中樹의 『루쉰의 문학관魯迅的文學觀』, 판보췬范伯群과 쩡화펑曾華鵬의 『루쉰소설신론魯迅小說新論』, 니모옌의 『루쉰의 후기사상 연구魯迅後期思想研究』, 왕더허우의 『'두 곳의 편지' 연구「兩地書」研究』, 양이의 『루쉰소설 종합론魯迅小說綜論』, 왕푸런의 『루쉰의 전기 소설과 러시아문학魯迅前期小說與俄羅斯文學』, 진훙다의 『루쉰 문화사상 탐색魯迅文化思想探索』, 위안량쥔의 『루쉰연구사(상권)魯迅研究史上卷』, 린페이와 류짜이푸의 공저 『루쉰전魯迅傳』 및 루쉰탄신100주년기념위원회 학술활동반이 편집한 『루쉰 탄신 100주년기념

학술세미나논문선紀念魯迅誕生100周年學術討論會論文選』 등이 있다. 전체적으로 말하면 이 시기의 루쉰연구는 중국의 100년 루쉰연구사상의 폭발기로 '문화대혁명' 10년 동안의 억압을 겪은 뒤, 왕야오, 탕타오 등으로 대표되는 원로 세대 학자, 왕푸런, 첸리췬 등으로 대표된 중년 학자, 왕후이 등으로 대표되는 청년학자들이 루쉰사상 연구 영역과 루쉰작품 연구 영역에서 모두 풍성한 연구 성과를 거두었다. 아울러 저명한 루쉰 연구 전문가들이 쏟아져 나왔을 뿐 아니라 중국 루쉰연구의 발전을 최대로 촉진시켰고, 루쉰연구를 민족의 사상해방 면에서 선도적인 핵심 작용을 발휘하도록 했다.

20세기 1990년대는 중국의 100년 루쉰연구의 분화기이다. 1990년대 초에, 1980년대 이래 중국에 나타난 부르주아 자유화 사조를 청산하기 위해 중국공산당 중앙이 1991년 10월 19일 루쉰 탄신110주년 기념을 위하여 루쉰 기념대회를 중난하이中南海에서 대대적으로 거행했다. 장쩌민江澤民이 중국공산당 중앙을 대표해 「루쉰정신을 더 나아가 학습하고 발휘하자進一步學習和發揚魯迅精神」는 연설을 했다. 그는 이 연설에서 새로운 형세에 따라 루쉰에 대해 새로운 해독을 하고, 아울러 루쉰연구 및 전체 인문사회과학연구에 대해 새로운 요구 사항을 제기하고 또 새로운 방향을 제시했다. 루쉰을 본보기와 무기로 삼아 사상문화전선의 정치적 방향을 명확하게 바로잡았던 것이다. 이로 인해 루쉰도 재차 신의 제단에 초대됐다. 하지만 시장경제의 발전에 따라 시장경제라는 큰 흐름의 충격 아래 1990년대 중·후기에 당국이 다시 점차 루쉰을 주변부화시키면서 루쉰연구도 점차 시들해졌다. 하지만 195, 60년대에 태어난 중·청년 루쉰연구 전문가들이 줄줄이 나타났다. 예를 들면 왕후이, 장푸구이張福貴, 왕샤오밍王曉明, 양젠룽楊劍龍, 황젠黃健, 가오쉬둥高旭東, 주샤오진朱曉進, 왕첸쿤王乾坤, 쑨위孫郁, 린셴즈林賢治, 왕시룽王錫榮, 리신위李新宇, 장훙張閎 등이 새로운 이론과 새로운 연구방법으로 루쉰연구의 공간을 더 나아가 확장했다. 1990년대 말에 한둥韓冬 등 일부 젊은 작가와 거훙빙葛紅兵 등 젊은 평론가들이 루쉰을 비판하는 열풍도 일으켰다. 이 모든 것이 다 루쉰이 이미 신의 제단에서 내려오기 시작했음을 나타냈다.

비공식 통계에 따르면 20세기 1990년대에 중국에서 발표된 루쉰연구 관련 글은 모두 4,485편이다. 그 가운데 루쉰 생애와 사적 관련 글 549편, 루쉰사상 연구 1,050편, 루쉰작품 연구 1,979편, 기타 907편이다. 루쉰 생애와 사적과 관련된 중요한 글에 저우정장周正章의 「루쉰의 사인에 대한 새 탐구魯迅死因新探」, 우쥔吳俊의 「루쉰의 병력과 말년의 심리魯迅的病史與暮年心理」 등이 있다. 또 루쉰사상 연구 관련 중요한 글에 린셴즈의 「루쉰의 반항철학과 그 운명魯迅的反抗哲學及其命運」, 장푸구이의 「루쉰의 종교관과 과학관의 역설魯迅宗教觀與科學觀的悖論」, 장자오이張釗貽의 「루쉰과 니체의 '반현대성'의 의기투합魯迅與尼采"反現代性"的契合」, 왕첸쿤의 「루쉰의 세계적 철학 해독魯迅世界的哲學解讀」, 황젠의 「역사 '중간물'의 가치와 의미－루쉰의 문화의식을 논함歷史"中間物"的價值與意義－論魯迅的文化意識」, 리신위의 「루쉰의 사람의 문학 사상 논강魯迅人學思想論綱」, 가오위안바오郜元寶의 「루쉰과 현대 중국의 자유주의魯迅與中國現代的自由主義」, 가오위안둥高遠東의 「루쉰과 묵자의 사상적 연계를 논함論魯迅與墨子的思想聯系」 등이 있다. 루쉰작품 연구의 중요한 글에는 가오쉬둥의 「루쉰의 '악'의 문학과 그 연원을 논함論魯迅"惡"的文學及其淵源」, 주샤오진의 「루쉰 소설의 잡감화 경향魯迅小說的雜感化傾向」, 왕자랑王嘉良의 「시정 관념-루쉰 잡감문학의 시학 내용詩情觀念-魯迅雜感文學的詩學內蘊」, 양젠룽의 「상호텍스트성-루쉰의 향토소설의 의향 분석文本互涉-魯迅鄕土小說的意向分析」, 쉐이薛毅의 「'새로 쓴 옛날이야기'의 우언성을 논함論『故事新編』的寓言性」, 장훙의 「'들풀' 속의 소리 이미지『野草』中的聲音意象」 등이 있다. 이외에 기타 중요한 글에 펑딩안彭定安의 「루쉰학-중국 현대문화 텍스트의 이론적 구조魯迅學-中國現代文化文本的理論構造」, 주샤오진의 「루쉰의 문체 의식과 문체 선택魯迅的文體意識及其文體選擇」, 쑨위의 「당대문학과 루쉰 전통當代文學與魯迅傳統」 등이 있다. 그밖에 중국에서 출판된 루쉰연구 관련 저작은 모두 220권으로, 그 가운데 루쉰 생애 및 사료 연구와 관련된 저작 50권, 루쉰사상 연구 저작 36권, 루쉰작품 연구 저작 61권, 기타 루쉰연구 저작(주제 연구 및 집록류 연구 저작) 73권이 있다. 그 가운데 중요한 루쉰의 생애 및 사료 연구와 관련된 저작에 왕샤오밍의 『직면할 수 없는 인생-루쉰전無法直面的人生-魯迅傳』, 우쥔의 『루쉰의 개성과 심리 연구魯迅個性心理硏究』, 쑨위의 『루쉰과 저우쭤런魯迅與周作人』, 린셴즈의 『인간 루쉰人間魯迅』, 왕빈빈王彬彬의 『루쉰 말년의 심경魯迅-晩年情懷』 등이 있다. 또 루쉰사상 연구 관련 중요한 저작에 왕후이의 『절망에 반항하라-루쉰의 정신구조와 '외침'과 '방황' 연구反抗絶望-魯迅的精神結構與「吶喊」「彷徨」硏究』, 가오쉬둥의 『문화적 위인과 문화적 충돌-중서 문화충격의 소용돌이 속에 있는 루쉰文化偉人與文化衝突-魯迅在中西文化撞擊的漩渦中』, 왕첸쿤의 『중간에서 무한 찾기-루쉰의 문화가치관由中間尋找無限-魯迅的文化價値觀』과 『루쉰의 생명철학魯迅的生命哲學』, 황젠의 『반성과 선택-루쉰의 문화관에 대한 다원적 투시反省與選擇-魯迅文化觀的多維透視』 등이 있다. 루쉰작품 연구 관련 중요한 저작에는 양이의 『루쉰

작품 종합론』, 린페이의 『중국 현대소설사에서의 루쉰中國現代小說史上的魯迅』, 위안량쥔의 『현대산문의 정예부대現代散文的勁旅』, 첸리췬의 『영혼의 탐색心靈的探尋』, 주샤오진의 『루쉰 문학관 종합론魯迅文學觀綜論』, 장멍양의 『아Q신론－아Q와 세계문학 속의 정신적 전형문제阿Q新論－阿Q與世界文學中的精神典型問題』 등이 있다. 그리고 기타 루쉰연구 저작(주제 연구 및 집록류 연구 저작)에 위안량쥔의 『당대 루쉰연구사當代魯迅研究史』, 왕푸런의 『중국 루쉰연구의 역사와 현황中國魯迅研究的歷史與現狀』, 천팡징陳方競의 『루쉰과 저둥문화魯迅與浙東文化』, 예수쑤이葉淑穗의 『루쉰의 유물로 루쉰을 알다從魯迅遺物認識魯迅』, 리윈징李允經의 『루쉰과 중외미술魯迅與中外美術』 등이 있다. 전체적으로 말하면 루쉰이 1990년대 중・후기에 신의 제단을 내려오기 시작함에 따라서 중국의 루쉰연구가 비록 시장경제의 커다란 충격을 받기는 했어도, 여전히 중년 학자와 새로 배출된 젊은 학자들이 새로운 이론과 연구방법을 채용해 루쉰사상 연구 영역과 루쉰작품 연구 영역에서 계속 상징적인 성과물들을 내놓았다. 1990년대의 루쉰연구의 성과가 비록 수량 면에서 분명히 1980년대의 루쉰연구의 성과보다는 떨어진다고 해도 그러나 학술적 수준 면에서는 1980년대의 루쉰연구의 성과보다 분명히 높았다고 말할 수 있다. 이러한 현상은 루쉰연구가 이미 기본적으로 정치적 요소의 영향에서 벗어나 정상궤도로 진입했고, 아울러 큰 정도에서 루쉰연구의 공간이 개척되었음을 나타내고 있다고 말할 수 있다.

21세기의 처음 10년은 중국의 100년 루쉰연구의 심화기이다. 21세기에 들어서면서 루쉰을 기념하는 행사를 개최하려는 당국의 열의는 현저히 식었다. 2001년 루쉰 탄신120주년 무렵에 당국에서는 루쉰기념대회를 개최하지 않았고 국가 최고지도자도 루쉰에 관한 연설을 발표하지 않았을 뿐 아니라 『인민일보』도 루쉰에 관한 사설을 더 이상 발표하지 않았다. 이와 동시에 루쉰을 비판하는 발언이 새록새록 등장했다. 이는 루쉰이 이미 신의 제단에서 완전히 내려와 사람의 사회로 되돌아갔음을 상징한다. 하지만 중국의 루쉰연구는 오히려 꾸준히 발전하였다. 옌자옌, 쑨위스, 첸리췬, 왕푸런, 왕후이, 정신링鄭心伶, 장멍양, 장푸구이, 가오쉬둥, 황젠, 쑨위, 린셴즈, 왕시룽, 장전창姜振昌, 쉬쭈화許祖華, 진충린靳叢林, 리신위 등 학자들이 루쉰연구의 진지를 더욱 굳게 지켰다. 더불어 가오위안바오, 왕빈빈, 가오위안둥, 왕쉐첸王學謙, 왕웨이둥汪衛東, 왕자핑王家平 등 1960년대에 출생한 루쉰연구 전문가들도 점차 성장하면서 루쉰연구를 계속 전수하게 되었다.

2000년에서 2009년까지 비공식 통계에 따르면 중국에서 발표한 루쉰연구 관련 글은 7,410편으로, 그 가운데 루쉰 생애와 사료 관련 글 759편, 루쉰사상 연구 1,352편, 루쉰작품 연구 3,794편, 기타 1,505편이 있다. 루쉰 생애 및 사적과 관련된 중요한 글에 옌위신의 「루쉰과 마오둔이 홍군에게 보낸 축하편지 다시 읽기再讀魯迅茅盾致紅軍賀信」, 천핑위안陳平原의 「경전은 어떻게 형성된 것인가?－저우씨 형제의 후스를 위한 산시고經典是如何形成的－周氏兄弟爲胡適刪詩考」, 왕샤오밍의 「'비스듬히 선' 운명"橫站"的命運」, 스지신史紀辛의 「루쉰과 중국공산당과의 관계의 어떤 사실 재론再論魯迅與中國共產黨關係的一則史實」, 첸리췬의 「예술가로서의 루쉰作爲藝術家的魯迅」, 왕빈빈의 「루쉰과 중국 트로츠키파의 은원魯迅與中國托派的恩怨」 등이 있다. 또 루쉰사상 연구의 중요한 글에 왕푸런의 「시간, 공간, 사람－루쉰 철학사상에 대한 몇 가지 견해時間·空間·人－魯迅哲學思想

芻議」, 원루민溫儒敏의 「문화적 전형에 대한 루쉰의 탐구와 우려魯迅對文化典型的探求與焦慮」, 첸리췬의 「'사람을 세우다'를 중심으로 삼다—루쉰 사상과 문학의 논리적 출발점以"立人"爲中心—魯迅思想與文學的邏輯起點」, 가오쉬둥의 「루쉰과 굴원의 심층 정신의 연계를 논함論魯迅與屈原的深層精神聯系」, 가오위안바오의 「세상을 위해 마음을 세우다—루쉰 저작 속에 보이는 마음 '심'자 주석爲天地立心—魯迅著作中所見"心"字通詮」 등이 있다. 그리고 루쉰 작품 연구의 중요한 글에 옌자옌의 「다성부 소설—루쉰의 두드러진 공헌復調小說—魯迅的突出貢獻」, 왕푸런의 「루쉰 소설의 서사예술魯迅小說的敍事藝術」, 팡쩡위逄增玉의 「루쉰 소설 속의 비대화성과 실어 현상魯迅小說中的非對話性和失語現象」, 장전창의 「'외침'과 '방황'—중국소설 서사방식의 심층 변환『吶喊』『彷徨』—中國小說敍事方式的深層嬗變」, 쉬쭈화의 「루쉰 소설의 기본적 환상과 음악魯迅小說的基本幻象與音樂」 등이 있다. 또 기타 중요한 글에는 첸리췬의 「루쉰—먼 길을 간 뒤(1949~2001)魯迅—遠行之後1949~2001」, 리신위의 「1949—신시기로 들어선 루쉰1949—進入新時代的魯迅」, 리지카이李繼凱의 「루쉰과 서예 문화를 논함論魯迅與書法文化」 등이 있다. 이외에 중국에서 출판한 루쉰연구 관련 저작은 모두 431권이다. 그 가운데 루쉰 생애 및 사료 연구 관련 저작 96권, 루쉰사상 연구 저작 55권, 루쉰작품 연구 저작 67권, 기타 루쉰연구 저작(주제 연구 및 집록류 연구 저작) 213권이다. 그 가운데 루쉰 생애 및 사료 연구의 중요한 저작에 니모옌의 『루쉰과 쉬광핑魯迅與許廣平』, 왕시룽의 『루쉰 생애의 미스테리魯迅生平疑案』, 린셴즈의 『루쉰의 마지막 10년魯迅的最後十年』, 저우하이잉周海嬰의 『나의 아버지 루쉰魯迅與我七十年』 등이 있다. 또 루쉰사상 연구의 중요한 저작에 첸리췬의 『루쉰과 만나다與魯迅相遇』, 리신위의 『루쉰의 선택魯迅的選擇』, 주서우퉁朱壽桐의 『고립무원의 기치－루쉰의 전통과 그 자원의 의미를 논함孤絶的旗幟－論魯迅傳統及其資源意義』, 장닝張寧의 『수많은 사람과 한없이 먼 곳－루쉰과 좌익無數人們與無窮遠方－魯迅與左翼』, 가오위안둥의 『현대는 어떻게 '가져왔나'?－루쉰 사상과 문학 논집現代如何"拿來"－魯迅思想與文學論集』 등이 있다. 루쉰작품 연구의 중요한 저작에 쑨위스의 『현실적 및 철학적 '들풀' 연구現實的與哲學的－「野草」研究』, 왕푸런의 『중국 문화의 야경꾼 루쉰中國文化的守夜人－魯迅』, 첸리췬의 『루쉰 작품을 열다섯 가지 주제로 말함魯迅作品十五講』 등이 있다. 그리고 주제 연구 및 집록류 연구의 중요한 저작에는 장멍양의 『중국 루쉰학 통사中國魯迅學通史』, 펑딩안의 『루쉰학 개론魯迅學導論』, 펑광롄馮光廉의 『다원 시야 속의 루쉰多維視野中的魯迅』, 첸리췬의 『먼 길을 간 뒤－루쉰 접수사의 일종 묘사(1936~2000)遠行之後－魯迅接受史的一種描述1936~2000』, 왕자핑의 『루쉰의 해외 100년 전파사(1909~2008)魯迅域外百年傳播史1909~2008』 등이 있다. 전체적으로 말하면, 21세기 처음 10년의 루쉰연구는 기본적으로 정치적인 요소의 영향에서 벗어났고, 루쉰작품에 대한 연구에 더욱 치중했으며, 루쉰작품의 문학적 가치와 미학적 가치를 훨씬 중시했다. 그래서 얻은 학술적 성과는 수량 면에서 중국의 100년 루쉰연구의 절정기에 이르렀을 뿐 아니라 학술적 수준 면에서도 중국의 100년 루쉰연구의 절정기에 이르렀다.

21세기 두 번째 10년에 들어서면서 중국의 루쉰연구는 노년, 중년, 청년 등 세 세대 학자의 노력으로 여전히 만족스러운 발전을 보인 시기이다.

비공식 통계에 따르면 2010년 중국에서 발표된 루쉰 관련 글은 모두 977편이고, 그 가운데 루쉰 생애 및 사료 관련 글 140편, 루쉰사상 연구 148편, 루쉰작품 연구 531편, 기타 158편이다. 이외에 2010년에 중국에서 출판된 루쉰 관련 연구 저작은 모두 37권이고, 그 가운데 루쉰 생애 및 사료 관련 연구 저작 7권, 루쉰사상 연구 저작 4권, 루쉰 작품 연구 저작 3권, 기타 루쉰연구 저작(주제 연구 및 집록류 연구 저작) 23권이다. 대부분이 모두 루쉰연구와 관련된 옛날의 저작을 새로이 찍어냈다. 새로 출판한 루쉰연구의 중요한 저작에 왕더허우의 『루쉰과 공자魯迅與孔子』, 장푸구이의 『살아있는 루쉰－루쉰의 문화 선택의 당대적 의미"活着的魯迅"－魯迅文化選擇的當代意義』, 우캉吳康의 『글쓰기의 침묵－루쉰 존재의 의미書寫沈默－魯迅存在的意義』 등이 있다. 2011년 중국에서 발표된 루쉰 관련 글은 모두 845편이고, 그 가운데 루쉰 생애 및 사료 관련 글 128편, 루쉰사상 연구 178편, 루쉰작품 연구 279편, 기타 260편이다. 이외에 2011년 한 해 동안 중국에서 출판된 루쉰 관련 연구 저작은 모두 66권이고, 그 가운데 루쉰 생애 및 사료 관련 연구 저작 18권, 루쉰사상 연구 저작 12권, 루쉰작품 연구 저작 8권, 기타 루쉰연구 저작(주제 연구 및 집록류 연구 저작) 28권이다. 중요한 저작에 류짜이푸의 『루쉰론魯迅論』, 저우링페이周令飛가 책임 편집한 『루쉰의 사회적 영향 조사보고魯迅社會影響調査報告』, 장자오이의 『루쉰, 중국의 '온화'한 니체魯迅－中國"溫和"的尼采』 등이 있다. 2012년에 중국에서 발표된 루쉰 관련 글은 모두 750편이고, 그 가운데 루쉰 생애 및 사료 관련 글 105편, 루쉰사상 연구 148편, 루쉰작품 연구 260편, 기타 237편이다. 이외에 2012년 한 해 동안 중국에서 출판된 루쉰 관련 연구 저작은 모두 37권이고, 그 가운데 루쉰 생애 및 사료 관련 연구 저작 14권,

루쉰사상 연구 저작 4권, 루쉰작품 연구 저작 8권, 기타 루쉰연구 저작(주제 연구 및 집록류 연구 저작) 11권이다. 중요한 저작에 쉬쭈화의 『루쉰 소설의 예술적 경계 허물기 연구魯迅小說跨藝術研究』, 장멍양의 『루쉰전魯迅傳』(제1부), 거타오葛濤의 『'인터넷 루쉰' 연구"網絡魯迅"研究』 등이 있다. 상술한 통계 숫자에서 현재 중국의 루쉰연구는 21세기 처음 10년에 얻은 성과를 바탕으로 계속 만족스러운 발전 시기에 있었음을 알 수 있다.

마지막으로 지난 100년 동안의 루쉰연구사를 돌이켜보면 중국에서 발표된 루쉰연구 관련 글과 출판된 루쉰연구 논저에 대해서도 거시적으로 숫자적인 분석이 필요하다. 비공식 통계에 따르면 1913년에서 2012년까지 중국에서 발표된 루쉰과 관련한 글은 모두 31,030편이다. 그 가운데 루쉰 생애 및 사료 관련 글이 3,990편으로 전체 수량의 12.9%, 루쉰사상 연구 7,614편으로 전체 수량의 24.5%, 루쉰작품 연구 14,043편으로 전체 수량의 45.3%, 기타 5,383편으로 전체 수량의 17.3%를 차지한다. 상술한 통계 결과에서 중국의 루쉰연구는 전체적으로 루쉰작품과 관련한 글이 주로 발표되었고, 그다음은 루쉰사상 연구와 관련한 글이다. 가장 취약한 부분은 루쉰의 생애 및 사료와 관련해 연구한 글임을 알 수 있다. 루쉰연구계가 앞으로 더 나아가 이 영역의 연구를 보강할 수 있기를 희망한다. 이외에 통계 결과에서 다음과 같은 사실도 알 수 있다. 중화민국 기간(1913~1949년 9월)에 발표된 루쉰연구와 관련한 글은 모두 1,372편으로, 중국의 루쉰연구 글의 전체 분량의 4.4%를 차지하고 매년 평균 38편씩 발표되었다. 중화인민공화국 시기에 발표된 루쉰연구와 관련한 글은 모두 29,658편으로 중국의 루쉰연구 글의 전체 분량의 95.6%를 차지하며 매년 평균 470편씩 발표되었다. 그 가운데 '문화대혁명' 후기의 3년(1977~1979), 20세기 1980년대(1980~1989)와 21세기 처음 10년 기간(2000~2009)은 루쉰연구와 관련한 글의 풍작 시기이고, 중국의 루쉰연구 문장 가운데서 56.4%(모두 17,519편)에 달하는 글이 이 세 시기 동안에 발표된 것이다. 그 가운데 '문화대혁명' 후기의 3년 동안에 해마다 평균 748편씩 발표되었고, 또 20세기 1980년대에는 해마다 평균 787편씩 발표되었으며, 또한 21세기 처음 10년 동안에는 해마다 평균 740편씩 발표되었다. 이외에 '17년' 기간(1949년 10월~1966년 5월)과 '문화대혁명' 기간(1966~1976)은 신중국 성립 뒤에 루쉰연구와 관련한 글의 발표에 있어서 침체기이다. 그 가운데 '17년' 기간에는 루쉰연구와 관련한 글이 모두 3,206편으로 매년 평균 188편씩 발표되었고, '문화대혁명' 기간에 루쉰연구와 관련한 글은 1,876편으로 매년 평균 187편씩 발표되었다. 하지만 20세기 1990년대는 루쉰연구와 관련한 글의 발표에 있어서 안정기로 4,485편이 발표되어 매년 평균 448편이 발표되었다. 이 수치는 신중국 성립 뒤 루쉰연구와 관련한 글이 발표된 매년 평균 451편과 비슷하다.

이외에 비공식 통계에 따르면 중국에서 루쉰연구와 관련해 발표된 저작은 모두 1,716권이고, 그 가운데서 루쉰 생애 및 사료 관련 연구 저작이 382권으로 전체 수량의 22.3%, 루쉰사상 연구 저작 198권으로 전체 수량의 11.5%, 루쉰작품 연구 저작 442권으로 전체 수량의 25.8%, 기타 루쉰연구 저작(주제 연구 및 집록류 연구 저작) 694권으로 전체 수량의 40.4%를 차지한다. 상술한 통계 결과에서 중국에서 출판된 루쉰연구 저작은 주로 루쉰작품 연구 저작이고, 루쉰사상 연구 저작이 비교적 적은 것을 알 수 있다. 학술계가 더 나아가 루쉰사상 연구를 보강해 당대 중국에서 루쉰사상 연구가 더욱 큰 작용을 발휘할 수 있기를 희망한다. 또 이외에 통계 결과에서 중화민국 기간(1913~1949년 9월)에 루쉰연구 저작은 모두 80권으로 중국의 루쉰연구 저작의 출판 전체 수량의 대략 5%를 차지하고 매년 평균 2권씩 발표되었지만, 중화인민공화국 시기에 루쉰연구 저작은 모두 1,636권으로 중국의 루쉰연구 저작 출판 전체 수량의 95%를 차지하며, 매년 평균 거의 26권씩 발표됐음도 볼 수 있다. '문화대혁명' 후기의 3년, 20세기 1980년대(1980~1989)와 21세기 처음 10년 기간(2000~2009)은 루쉰연구 저작 출판의 절정기로 이 세 시기 동안에 루쉰연구 저작은 모두 835권이 출판되었고, 대략 중국의 루쉰연구 저작 출판 전체 수량의 48.7%를 차지했다. 그 가운데서 '문화대혁명' 후기의 3년 동안에 루쉰연구 저작은 모두 134권이 출판되었고, 매년 평균 거의 45권이다. 또 20세기 1980년대에 루쉰연구 저작은 모두 373권이 출판되었고, 매년 평균 37권이다. 또한 21세기 처음 10년 기간에 루쉰연구 저작은 모두 431권이 출판되었고, 매년 평균 43권에 달했다. 그리고 이외에 '17년' 기간(1949~1966), '문화대혁명' 기간과 20세기 1990년대(1990~1999)는 루쉰연구 저작 출판의 침체기이다. 그 가운데 '17년' 기간에 루쉰연구 저작은 모두 162권이 출판되었고, 매년 평균 거의 10권씩 출판되었다. 또 '문화대혁명' 기간에 루쉰연구 저작은 모두 213권이 출판되었고, 매년 평균 21권씩 출판되었다. 20세기 1990년대에 루쉰연구 저작은 모두 220권이 출판되었고, 매년 평균 22권씩 출판되었다.

'문화대혁명' 후기와 20세기 1980년대가 루쉰연구와 관련한 글의 발표에 있어서 절정기가 되고 또 루쉰연구 저작 출판의 절정기인 것은 루쉰에 대한 국가적인 정치 이데올로기의 새로운 자리매김과 루쉰연구에 대한 대대적인 추진과 관계가 있다. 21세기 처음 10년에 루쉰연구와 관련한 글을 발표한 절정기이자 루쉰연구 논저 출판의 절정기가 된 것은 사람으로 돌아간 루쉰이 학술연구의 대상이 되었고 또 중국에 루쉰연구의 새로운 역군들이 대량으로 쏟아져 나온 것과 커다란 관계가 있다. 중국의 루쉰연구가 지난 100년 동안 복잡하게 발전한 역사를 갖고 있긴 하지만, 루쉰연구 분야는 줄곧 신선한 생명력을 유지해 왔고 또 눈부신 발전 가능성을 지니고 있다. 미래를 전망하면 설령 길이 험하다고 해도 앞날은 늘 밝을 것이고, 21세기 둘째 10년의 중국 루쉰연구는 더욱 큰 성과를 얻으리라 믿는다!

미래로 향하는 중국의 루쉰연구는 다음과 같은 중요한 문제 몇 가지에 주목해야 한다.

우선, 루쉰연구 업무를 당국이 직면한 문화전략과 긴밀히 결합시켜 루쉰을 매체로 삼아 중서 민간문화 교류를 더 나아가 촉진시키고 루쉰을 중국 문화의 '소프트 파워'의 걸출한 대표로 삼아 세계 각지로 확대해야 한다. 루쉰은 중국의 현대 선진문화의 걸출한 대표이자 세계적인 명성을 누리는 대문호이다. 거의 100년에 이르는 동안 루쉰의 작품은 많은 외국어로 번역되어 세계 각지에서 출판되었고, 외국학자들은 루쉰을 통해 현대중국도 이해했다. 하지만 부인할 수 없는 현실은 바로 거의 20년 동안 해외의 루쉰연구가 상대적으로 비교적 저조하고, 루쉰연구 진지에서 공백 상태를 드러낸 점이다. 이러한 배경 아래 중국의 루쉰연구자는 해외의 루쉰연구를 활성화할 막중한 임무를 짊어져야 한다. 루쉰연구 방면의 학술적 교류를 통해 한편으로 해외에서의 루쉰의 전파와 연구를 촉진하고 또 다른 한편으로는 루쉰을 통해 중화문화의 '소프트 파워'를 드러내고 중국과 외국의 민간문화 교류를 촉진해야 한다. 지금 중국의 학자 거타오가 발기에 참여해 성립한 국제루쉰연구회國際魯迅硏究會가 2011년에 한국에서 정식으로 창립되어, 20여 개 나라와 지역에서 온 중국학자 100여 명이 이 학회에 가입하였다. 이 국제루쉰연구회의 여러 책임자 가운데, 특히 회장 박재우朴宰雨 교수가 적극적으로 주관해 인도 중국연구소 및 인도 자와하랄 네루대학교, 미국 하버드대학, 한국외국어대학교와 전남대학에서 속속 국제루쉰학술대회를 개최하였다. 또한 앞으로도 이집트 아인 샴스 대학교, 러시아 상트페테르부르크 국립대학, 일본 도쿄대학, 말레이시아 푸트라대학교 등 세계 여러 대학에서 계속 국제루쉰학술대회를 개최하고 세계 각 나라의 루쉰연구 사업을 발전시켜 갈 구상을 갖고 있다(국제루쉰연구회 학술포럼은 그 후 실제로는 중국 쑤저우대학蘇州大學, 독일 뒤셀도르프대학, 인도 네루대학과 델리대학, 오스트리아 비엔나대학, 말레이시아 쿠알라룸푸르 중화대회당中華大會堂 등에서 계속 개최되었다 – 역자). 해외의 루쉰연구가 다시금 활기를 찾은 대단히 고무적인 조건 아래서 중국의 루쉰연구자도 한편으로 이 기회를 다잡아 당국과 호흡을 맞추어 중국 문화를 외부에 내보내, 해외에서 중국문화의 '소프트 파워' 전략을 펼치고, 또 다른 한편으로는 해외의 루쉰연구자와 긴밀히 협력해 공동으로 해외에서의 루쉰의 전파와 연구 업무를 추진해야 한다.

다음으로, 루쉰연구 사업을 중국의 당대 현실과 긴밀하게 결합시켜야 한다. 지난 100년 동안의 루쉰연구사를 돌이켜보면, 루쉰연구가 20세기 1990년대 이전의 중국 역사의 진전과 긴밀한 관계를 갖고 있었음을 볼 수 있다. 하지만 20세기 1990년대 이후 사회적 사조의 전환에 따라 루쉰연구도 점차 현실 사회에서 벗어나 대학만의 연구가 되었다. 이러한 대학만의 루쉰연구는 비록 학술적 가치가 없지 않다고 해도, 오히려 루쉰의 정신과는 크게 거리가 생겼다. 루쉰연구가 응당 갖추어야 할 중국사회의 현실생활에 개입하는 역동적인 생명력을 잃어 버린 것이다. 18대(중국공산당 제18기 전국대표대회-역자) 이후 중국의 지도자는 여러 차례 '중국의 꿈'을 실현시킬 것을 강조했는데, 사실 루쉰은 일찍이 1908년에 이미 「문화편향론文化偏至論」에서 먼저 '사람을 세우고立人' 뒤에 '나라를 세우는立國' 구상을 제기한 바 있다.

> 오늘날 것을 취해 옛것을 부활시키고, 달리 새로운 유파를 확립해 인생의 의미를 심오하게 한다면, 나라 사람들은 자각하게 되고 개성이 풍부해져서 모래로 이루어진 나라가 그로 인해 사람의 나라로 바뀔 것이다.

중국의 루쉰연구자는 이 기회의 시기를 다잡아 루쉰연구를 통해 루쉰정신을 발전시키고 뒤떨어진 국민성을 개조하고, 그럼으로써 나라 사람들이 '중국의 꿈'을 실현시키도록 하고, 동시에 또 '사람의 나라'를 세우고자 했던 '루쉰의 꿈魯迅夢'을 실현해야 한다.

마지막으로 중국의 루쉰연구도 창조를 고도로 중시해야 한다. 당국이 '스얼우十二五'(2011~2015년의 제12차 5개년 계획-역자) 계획 속에서 '철학과 사회과학 창조프로젝트'를 제기했다. 중국의 루쉰연구도 창조프로젝트를 실시해야 한다. 『중국 루쉰학 통사』를 편찬한 장멍양 연구자는 20세기 1990년대에 개최된 한 루쉰연구회의에서 중국의 루쉰 연구 성과의 90%는 모두 앞사람이 이미 얻은 기존의 연구 성과를 되풀이한 것이라고 말했다. 일부 학자들이 이견을 표출한 뒤 장멍양 연구자는 또 이 관점을 다시금 심화시켰으니, 나아가 중국의 루쉰연구 성과의 99%는 모두 앞사람이 이미 얻은 기존의 연구 성과를 되풀이한 것이라고 수정했다. 설령 이러한 말이 커다란 논쟁을 불러일으켰다고 해도, 의심할 바 없이 지난 100년 동안 중국의 루쉰연구는 전체적으로 창조성이 부족했고, 많은 연구 성과가 모두 앞사람의 수고를 중복한 것이었다고 말할 수 있다. 푸른색이 쪽에서 나오기는 하나 쪽보다 더 푸른 법이다. 최근에 배출된 젊은 세대의 루쉰연구자는 지식구조 등 측면에서 우수하고, 게다가 더욱 좋은 학술적 환경 속에 처해 있다. 그리하여 그들이 열심히 탐구해서 창조적으로 길을 열고, 그로부터 중국의 루쉰연구의 학술적 수준이 높아질 수 있기를 희망한다.

'중국 루쉰연구 명가정선집' 총서 편집위원회

2013년 1월 1일

20세기 중국문학사에서 루쉰은 개척정신을 지닌 문학 거장이다. 중단편소설·역사소설이나 산문시·잡문·산문을 막론하고 루쉰은 문체실험, 서사방식, 문학정신 등에서 모두 문학발전의 개척자이자 인도자였다. 이는 루쉰이 세계문학연구에 깊은 조예를 지녔을 뿐 아니라 문학창작을 위해 철저하게 탐색했다는 점과 연계되어 있다. 루쉰은 중국 신문학 발전의 길을 개척하였고 중국 신문학의 발전에 영향을 끼쳤다. 중국 20세기문학을 연구하려면 반드시 루쉰을 이해하고 숙지해야 만이 중국 신문학 발전의 맥락을 파악할 수 있다.

향촌에서 6년간 하방 생활을 했던 경력 때문인지, 1980년대 초 양저우揚州사범대학에 들어가 쩡화펑曾華鵬, 리관위안李關元 교수 지도하에 중국현대문학 석사과정을 밟으며 학위논문 제목을 정할 때, 바로 1920년대 향토문학연구를 제목으로 정하였다. 루쉰은 중국 현대 향토문학의 개척자로서, 루쉰의 창작은 향토를 떠나 도시로 들어간 많은 문학청년들에게 영향을 끼쳤으며, 1920년대 향토문학 창작의 열풍을 조성하였다. 학위논문을 쓰기 위하여 나는 루쉰 작품을 자세하게 연구했을 뿐 아니라 루쉰의 영향을 받은 향토작가 쉬친원許欽文, 타이징눙臺靜農, 왕루옌王魯彦, 왕런수王任叔, 젠셴아이蹇先艾, 펑원빙馮文炳, 펑자황彭家惶, 선충원沈從文, 쉬제許杰, 판모화潘漢華, 리진밍黎錦明 등의 작품도 연구하였다. 나는 향토문학 세계를 산책하고 루쉰의 향토공간에서 머뭇거리고 있었는데, 향토문학 속의 농민생활, 풍토풍물, 민속풍정

등이 향촌생활을 체험했던 나에게 흥미진진하게 다가왔다. 학위논문을 쓴 후 향토문학의 기본주제, 비극풍격, 향토특색을 별도의 논문으로 발표하였다.

석사학위를 취득한 후 나는 상하이사범대학 중문과 교수로 임용되어 중국 현당대문학 과목을 가르쳤다. 교편생활을 하면서도 나는 향토문학 연구를 지속했으며, 특히 향토작가들의 창작에 미친 루쉰의 영향에 관해 탐구하였다. 타이징눙, 젠셴아이, 왕런수. 펑원빙, 라이허賴和, 쉬친원, 펑자황 등에 관한 논문을 발표했는데 모두 루쉰의 영향의 시각에서 연구를 진행하였다.

1991년 나는 베이징에서 9월 24~28일에 개최된 '루쉰 탄생 110주년 기념 학술대회'에 초빙되었다. 이 대회는 루쉰연구사에 기록될 만한 성대한 모임이라고 할 수 있다. 이 대회의 대표 120인이 개막식을 인민대회당에서 거행했는데, 당시 국가주석 장저민江澤民이 '루쉰정신을 진일보하게 학습하고 선양하자'는 담화를 발표했고, 베이징의 주요 지도자들이 개막식에 참여하였다. 나는 「천재의 족적을 따라 전진하다-20년대 향토작가에 대한 루쉰의 영향을 논함」이란 논문을 발표했고, 이 논문은 후에 『루쉰연구월간』에 게재되었으며, 산시陝西 인민교육출판사에서 1996년에 출판한 발표회논문집 『공전의 민족영웅』에 수록되었다.

나는 1980년대 중기 이후 문학계에서 진행된 문학연구 신방법의 도입과 실험을 매우 흥미로워 했다. 신방법의 이론과 방법을 세밀하고 깊이 있게 연구한 후 나는 「루쉰의 향토이야기와 향토소설을 논함」, 「풍자-루쉰 향토소설의 독특한 매력」, 「상호 텍스트성-루쉰 향토소설의 이미지분석」 등의 논문을 실험적으로 쓰고 『루쉰연구월간』, 『학술월간』 등에 발표하였다.

1990년대 이후 관심이 '중국현대문학과 기독교문화' 연구로 바뀌어 「루쉰과 기독교문화를 논함」, 「관용과 복수 – 루쉰 '복수(1)'과 '성경' 비교」를 썼다. 나는 화둥華東사범대학 박사과정에 입학하여 왕톄셴 교수 지도하에 공부를 했는데, 파격적으로 2년도 안 되어 '중국현대작가와 기독교문화'라는 주제로 박사학위를 취득하였다.

21세기에 들어온 이후 관심이 중국 당대문학연구로 바뀌었으며, 2004년 교육부 인문사회과학연구기지 상하이사범대학 도시문화연구센터 주임을 맡으면서 관심이 또 도시문화연구로 바뀌었다. 하지만 루쉰연구는 여전히 일관된 관심영역이었으며, 「축복」, 『야초』, 『외침』, 『아침 꽃을 저녁에 줍다』 등을 다시 해석하는 논문을 발표하였다.

루쉰은 중국현대문학 거장으로, 그를 항상 '혁명가', '사상가' 등으로 평가하기는 하지만, 루쉰의 혁명정신 · 사상지식은 언제나 그의 문학창작을 통해 표출된다. 루쉰을 읽으면 우리는 더욱 지혜롭고 예민해지며. 루쉰을 연구하면 더욱 깊이 있고 충실하게 될 것이다.

차례

| 제3편 | **추종과 영향**

제 1 편

루쉰 향토소설

루쉰 향토소설의 이미지 분석

루쉰 향토소설의 풍자수법

루쉰 향토소설과 문화비판

루쉰의 향토 콤플렉스와 향토소설

루쉰 향토소설의 민속색채

루쉰 향토소설의 이미지 분석

첸리췬 선생은 『심령의 탐색』 「서문」에서 다음과 같이 인식하였다.

> 더욱 깊게 연구해보면, 독창성을 지닌 사상가와 문학가에게는 항상 습관적으로 사용하고, 거의 무의식적인 심리습관이 되어, 반복적으로 출현하는 관념(범주를 포함하여)·이미지가 있다는 사실을 발견할 수 있다. 바로 이러한 관념 이미지 속에 삶에 대한 작가의 독특한 관찰·느낌·인식이 응결되어 있으며, 작가의 독특한 정신세계와 예술세계가 표현되어 있다.[1]

『심령의 탐색』은 루쉰의 산문시 속에서 이미지를 포착하여 심도 깊게 탐구한 책으로, 이미지 분석이라는 독특한 시각에서 루쉰의 독특

1 錢理群, 『心靈的探尋』, 上海 : 上海文藝出版社, 1988, 19~20쪽.

한 정신세계와 예술세계를 연구하고 통찰하였다. 루쉰 소설 속에 출현한 이미지는 분명 『야초野草』처럼 집중적이거나 특이하고 깊은 시의를 함축하고 있진 않지만, 루쉰 향토소설을 세심하게 읽어보면 루쉰이 습관적으로 사용하며, 루쉰의 깊은 사고와 강렬한 정감을 용해한 이미지를 발견할 수 있다. 이러한 이미지는 소설 속에 묘사된 이야기·정감과 하나로 융합되어 있다. 이글은 루쉰 향토소설 속에서 세 쌍의 이미지를 탐색하여 분석하려고 한다. 즉 어둔 방과 달빛, 높은 담과 길, 황야와 외침을 통해 루쉰 향토소설의 사상 내함에 대해 더욱 깊이 있게 연구하고 분석할 것이다.

서구 구조주의 비평이론은 '혼란한 현상 배후에서 질서 찾기'(레비 스트로스)를 강조하고, 사물 사이의 관계에 대해 주목하여 어떠한 체계의 개체 단위는 개체간의 연계에 의지해야 의미를 지닐 수 있다고 인식하였다. 이 때문에 그들도 이미지 상호관계 속에서 이미지의 깊은 내함과 특징 연구를 하는 점에 주의했는데, 이를 '상호 텍스트성Intertextuality'이라고 부른다. 현대 이미지 비평도 항상 구조주의 비평의 '상호 텍스트성'의 관점과 방법을 흡수하여 "텍스트 속의 어떤 이미지 은유—상징함의—는 방대한 문학 내지 문화전통을 구성하는 모든 텍스트들의 상호관계 속에서만 의미를 지닌다"[2]고 인식하였다. 그래서 이 글도 텍스트의 상호관계 속에서 루쉰 향토소설의 이미지가 지니는 독특한 내함과 깊은 의미를 탐구하려고 한다.

---

2 汪耀進,『意象批評·前言』, 成都：四川文藝出版社, 1989, 39쪽.

1. 어둔 방과 달빛

「광인일기狂人日記」는 사실과 상징이 서로 결합된 수법을 통해, 표면적으론 "말이 매우 혼란스러워 조리가 없고, 대부분 황당한 소리를 하는" 미치광이지만 실제로는 깨어있는 봉건 반역자의 형상을 묘사한다. 소설 서두에서는 달빛을 주인공이 발광하기 시작하는(실제로는 각성하는) 계기로 간주하고 있다.

> 오늘 밤은 참 달이 밝다.
>
> 나는 달을 보지 못한 지 벌써 30여 년이 되었다. 오늘 보니 (…중략…) 완전히 혼미하여 (…중략…) 그렇지 않으면 저 자오 씨네 개가 왜 날 흘끗 쳐다보는 걸까?
>
> 내가 두려워하는 것도 일리가 있다.

광인이 혼미한 것은 전적으로 달빛을 보지 못했기 때문인 듯하다. 밝은 달빛은 30여 년간 혼미에 빠진 광인을 깨워 정신을 매우 상쾌하게 하면서도 두려움을 느끼게 만들었다. 이로부터 광인이 보는 것과 보이는 것, 먹는 것과 먹히는 것에 관한 생각과 공포에 빠져, 달빛은 주인공의 마음과 처지에도 매우 중요한 의미와 작용을 하는 듯하다. 광인은 잠 못 이루는 밤에 '인의도덕'이란 글자가 쓰여 있는 역사책 마다 '식인'이란 글자가 쓰여 있는 것을 보고, "날씨가 좋고 달빛도 매우 밝을" 때 분노하며 "이전부터 그래왔다고 이게 옳단 말이오?"라고 힐문한다. 그리고 수천 년간 지속된 봉건전통과 예교를 강력히 회의하고 부정하면서 광인의 각성과 집착을 드러낸다. 광인은 이 때문에 방안에 갇혀 정원에 나가 걷는 일도 금지된다. 방안에서의 그의 심정에 대해 소설은 다음과 같이 묘사한다.

방안은 온통 암흑천지다. 들보와 서까래가 머리 위에서 덜덜 떨고 있다. 한참을 덜덜거리다가 큼지막해지더니 내 몸을 덮친다. 천근만근의 무게, 꼼짝을 할 수가 없다. 나를 죽이려는 것이다. 나는 안다. 그 무게가 거짓이라는 걸, 몸부림쳐 나오니 온통 땀범벅이다(…중략…).

여기서 어두침침한 방은 뚜렷한 은유적 의미를 지니고 있으며 루쉰이 『외침吶喊』, 「자서」에서 친구 진이신(쳰센퉁)과의 대화 내용과 매우 유사하다. 이속에는 민족의 고난과 미래를 위해 근심하는 현대 선구자의 역사와 현실에 대한 분명하고 깊이 있는 인식을 반영하고 있다. 「광인일기」의 어둔 방의 이미지는 『외침』, 「자서」에서 묘사한 '창문이 없고 절대 부서지지 않는' 철방과 같다고 할 수 있다. 다른 점이 있다면, 광인이 달빛에 의해 깨어나 곧 잡아먹힐 '임종의 고초'를 견디면서 '철방을 부수려는 염원'을 지니고 있다는 것이다. 달빛의 출현은 주인공의 각성과 깨달음을 은유하며, 이 때문에 소설 속의 어둔 방은 절대 부서지지 않는 방이 아니라 각성한 광인의 눈앞에서 동요하고 흔들리는 것이 된다. 1925년 루쉰은 「총명한 사람과 어리석은 사람과 종聰明人和傻子和奴才」에서도 축축하고 음침한 '사면에 창이 없는' 어둔 방을 묘사하고 있다. 어둔 방에서의 광인이 각성하여 어리석은 사람이 분노하여 집을 부수고 창문을 여는 과정에 루쉰 사상의 발전과 변화가 드러나 있으며, 어둔 방은 줄곧 어둡고 슬픈 중국사회에 대한 루쉰의 은유와 상징이 되었다. 「내일明天」에서 단씨 댁은 목숨처럼 여기던 바오얼이 병으로 죽은 후의 적막 속에서, "너무 큰 방이 사방에서 그녀를 포위하고, 텅 빈 공간이 사방에서 그녀를 짓눌러, 숨이 막힐 지경이어서", 그녀는 "이 방을 보고 싶지 않아 불을 끄고 누웠다". 이렇게 크고 텅 빈 방이 짓누르는 느낌은 광인이 어두침침한 방에 깔린 느낌과 유사하다. 「장명등長明燈」에서 양 무제 때부터 전해온 지광 마을의 장명등을 한결같이 끄려고 하는 미치광이는, 사당의 창에 격자가 끼워져 있는 네모난 작은 방에 갇혀있다. 이 어둔 방이 바로 어둡고 삭막한 중국사회의 재연과 상징이 아니겠는가?

2. 높은 담과 길

「고향故鄕」은 과거 고향의 따스하고 아름다운 모습과 소슬하고 황량한 현재의 모습, 목에 은 목걸이를 걸고 손에 쇠작살을 쥔 총명하고 용감한 소년 룬투와 온몸이 위축되어 있고 말도 없이 가련하며 고생하여 마비된 중년 룬투를 대조하는 가운데, 고향의 퇴폐한 모습과 슬픈 정서를 드러낸다. 소설의 결미에 다음과 같이 묘사되어 있다.

> 옛 집은 점차 내게서 멀어져갔다. 고향의 산천도 점차 내게서 멀리 떨어져갔다. 하지만 나는 아무런 미련도 느끼지 않았다. 나는 단지 보이지 않는 높은 담에 둘러싸여 외톨이가 되고 몹시 풀이 죽어있는 자신을 느낄 뿐이

었다. 저 수박밭 위에 은 목걸이를 한 작은 영웅의 형상은 무척 또렷했는데, 지금은 그것조차도 갑자기 모호해지며 나를 매우 슬프게 만들었다.

소설 속의 '나'는 고향에 대한 깊은 그리움을 가지고 고향에 돌아왔지만 고향을 떠날 때는 오히려 침중한 소외감과 추방되어진 느낌을 짊어지고 있다. 작품 속에서 묘사된 사방이 보이지 않는 높은 담은 은유적 의미를 뚜렷이 지니고 있고, '나'가 슬퍼하는 것도 바로 이 보이지 않는 높은 담이 조성한 사람과 사람 사이의 격막이다. 룬투가 공경하는 목소리로 '영감님'이라고 불러 "나는 오싹 소름 돋는 듯 했다. 우리 둘 사이가 두터운 슬픈 장벽으로 막혀져 있다는 것을 알았다". 이 두터운 슬픈 장벽이 바로 루쉰이 증오한 '보이지 않는 높은 담'이다. '나'의 마음속에 본래 매우 또렷하게 남아있던 작은 영웅의 형상이 이 '높은 담' 때문에 모호하고 낯설게 변해버린 것이다.

루쉰은 「러시아어 번역본 '아Q정전' 서」에서 이 높은 담에 대해 다시 언급하고 있다.

> 다른 사람은 잘 모르겠지만 나는 늘 사람들 사이에 높은 담이 쳐져있다고 생각한다. 서로 막혀 있어서 사람들의 마음이 통할 수가 없다.[3]

루쉰은 이것을 '옛 규율이 구축한 높은 담'이라고 간주하였다. 그는 간절히 이 담을 부숴버리고 싶어 했기 때문에, 「고향」의 마지막에서

3 魯迅, 「俄文譯本「阿Q正傳」序」, 山東師範大學中文系文藝理論教研室 주편, 『中國現代作家談文學創作經驗』 上, 濟南 : 山東人民出版社, 1982, 7쪽.

'나'는 다음 세대인 홍얼과 수이성이 "나나 모두가 그러하듯이 장벽에 가로막히지 않기"를 진심으로 바랬다. 루쉰은 그의 향토소설 속에서 여러 차례 이 보이지 않는 저주스런 높은 담에 대해 힘껏 묘사하였다. 우리는 「약藥」의 혁명가 샤위와 화라오솬 사이에, 「축복祝福」의 가련한 샹린 댁과 남의 불행을 즐기는 루전魯鎮 마을 사람들 사이에, 정신이 나간 쿵이지와 셴헝 주점의 손님들 사이에, 모두 높은 담이 공포스럽게 세워져 있다. 르네 웰렉은 이미지에 대해 논의할 때, "이미지란 말은 과거에 관한 감각적이고 지각적인 경험이 마음속에서 재현된 것 혹은 기억된 것을 뜻한다. 이러한 재현이나 기억은 반드시 시각적일 필요는 없다"[4]고 인식하였다. 이렇게 볼 때 우리는 루쉰 소설속의 '높은 담' 이미지가 과거에 대한 루쉰의 감각적이고 지각적인 경험이 그의 마음 속에서 재현된 것 혹은 기억된 것이라고 할 수 있을 것이다. 루쉰은 『외침』, 「자서」에서 소년시절의 "완전히 잊어버릴 수 없어서 고통스러운" 생활기억에 대해 다음과 같이 말했다.

> 나는 일찍이 사 년 남짓한 동안 거의 매일같이 전당포와 약방을 출입했던 적이 있다. 몇 살 때인지 잊었지만, 늘 약방 계산대가 내 키의 갑절이나 되었다. 나는 내 키의 갑절이나 되는 계산대 위에 옷이며 장신구 따위를 놓고, 경멸어린 눈초리 아래 돈을 받아들었다. 그리고 다시 내 키만큼 높은 약방의 계산대로 가서 오랜 병을 앓고 계신 아버지를 위해 약을 지었다.[5]

---

4 韋勒克・沃倫, 『文學理論』, 北京：三聯書店, 1984, 201쪽.

5 魯迅, 「吶喊・自序」, 『魯迅選集』 제2권, 北京：人民文學出版社, 1983, 1쪽. 이하 『魯

소년 루쉰이 전당포와 약방에서 대면한 높은 계산대는 분명 루쉰 소설 속에서 반복적으로 출현하는 높은 담 이미지의 원형이다. 루쉰이 소년시절에 높은 계산대 앞에서 느낀 세태의 냉정함과 인심의 격막은 그의 마음속에 깊이 각인되어 있었다. 그래서 그의 향토소설 속의 '높은 담' 이미지는 과거에 대한 감각적이고 지각적인 경험일 뿐이라고 할 수 있다.

「고향」의 끝부분에서 루쉰은 철학성이 풍부한 서정적 필치로 구슬펐던 고향 방문 이후의 새로운 세계를 드러내어, 소설의 어두운 분위기에 한줄기 빛을 스치게 한다.

> 몽롱한 나의 눈앞에 바닷가의 파란 모래사장이 떠올랐다. 짙은 남빛 하늘엔 황금빛 보름달이 걸려 있었다. 나는 생각했다. 희망이란 본래 있다고도 할 수 없고, 없다고도 할 수 없다. 그것은 마치 땅 위의 길과 같은 것이다. 본래 땅 위에는 길이 없었다. 걸어가는 사람이 많아지면 그게 바로 길이 되는 것이다.

주인공의 내면 깊은 곳에서 사라지지 않는 유년의 기억과 희망에 대한 사유는 사람들에게 깊은 철학적 깨달음과 형상적인 정감체험을 제공해준다. 루쉰이 여기서 묘사한 '길'은 '한 순간에 표출한 이지와 정감 복합체'의 이미지 색채를 지니고 있다. 그것은 형상적으로 희망의 길이 바로 탐색자의 발아래 있다는 점을 알려준다. 「고향」을 창작

迅選集』으로 표기함.

하기 전날 밤 루쉰은 「수감록66 · 생명의 길」에서 길을 이미지로 삼아 유사한 인생철학을 서술하였다. "길이 무엇인가? 바로 길이 없는 곳에서 걸어가는 것이며, 가시뿐인 곳에서 뚫고나가는 것이다."[6] 인생의 여정과 사회의 도정 위에서 루쉰은 바로 끝까지 고수하며 지치지 않는 탐색자다. 소설집 『방황彷徨』의 속표지에 루쉰은 굴원屈原 「이소離騷」의 "길은 아득히 길고 먼데, 나는 오르내리며 찾아 구하노라"라는 시구를 인용하여, 『방황』에서 여전히 굽히지 않고 길을 찾아 앞으로 나가는 굳건한 신념과 고수하는 정신을 기탁하였다. 루쉰은 자신이 사회가 전환하는 과정에서 세월과 더불어 사라지는 역사적 중간물이라고 자칭하였다. '5 · 4' 시기의 루쉰은 진화론의 개성해방의 사상으로 새로운 길을 탐색하며, "중국의 각성한 사람은 어른을 따르고 아이를 해방시키기 위해선, 한편으로 옛 잘못을 청산하고 한편으로 새로운 길을 개척해야 한다"라고 인식하였다. 루쉰은 봉건 도덕예교의 역사전통을 청산하려고 노력하는 과정에서 다음 세대를 위해 새로운 길을 개척하였다. 그는 "스스로 인습의 짐을 메고 어깨로 어둠의 갑문을 버티며 그들을 광활한 광명의 세계에 놓아주었다".[7] '5 · 4' 시기의 고집스런 탐색자 루쉰은 때때로 새로운 길이 어디에 있는지 몰랐으며, "어떤 때는, 삶의 길이 회색의 뱀처럼 스스로 꿈틀거리며 나를 향해 오는 것 같았다. 나는 기다리고 기다리며 다가오는 것을 지켜보았는데 갑자기 어둠 속으로 모습을 감추어 버렸다".[8] 루쉰은 「노라는 떠난 후 어떻게

6 魯迅, 「隨感錄六十六 · 生命的路」, 『魯迅自編文集 · 熱風』, 天津人民出版社 · 香港炎黃國際出版社, 1999, 73쪽.

7 魯迅, 「我們現在怎樣做父親」, 『魯迅選集』 제2권, 25쪽.

되었는가」에서 "인생의 가장 고통스런 순간은 꿈에서 깨어난 후 갈 수 있는 길이 없는 때이다. 꿈을 꾸는 사람은 행복하다. 만일 갈 수 있는 길을 보지 못했다면 그를 깨우지 않는 것이 제일 좋은 일이다"[9]라고 말했다. '5·4' 시기의 루쉰은 이렇게 꿈에서 깨어났지만 갈 수 있는 길이 없는 고통스런 탐색자였다고 할 수 있다. 루쉰은 스스로 다음 세대를 위해 길을 개척하고 그들에게 길을 안내하기를 갈망했지만, 이에 대해 매우 솔직하게 말한 적이 있다.

> 그러나 불행하게도 나는 마음먹은 대로 하지 못했다. 나 자신이 갈림길에 서 있었기 때문이다—아마, 조금 희망적으로 말하자면 사거리에 서 있었다. 갈림길에 서 있으면 거의 움직이기 어렵지만, 사거리에 서 있으면 갈 수 있는 길이 매우 많다. 나 자신은, 무엇도 두렵지 않고, 생명은 나 자신의 것이라, 큰 걸음으로 나가는 데 지장이 없었다. 내가 가도 좋다고 여긴 길을 향해서는. 앞에 심연, 가시나무, 협곡, 불구덩이가 있다 하더라도 내가 감당할 수 있었다. 하지만 청년들에게 말하기는 어렵다. 만일 눈 먼 사람과 말을 눈멀게 하고 위험한 길로 들어선다면, 많은 인명을 해치는 죄악을 범하게 될 것이다.[10]

「무덤 뒤에 쓰다寫在'墳'後面」에서도 루쉰은 동일한 사상을 표출하였다. 1927년 이전의 루쉰은 시종 길을 찾기 위해 노력하면서, 항상 사

8 魯迅, 「傷逝」, 『魯迅選集』 제1권, 248쪽.
9 魯迅, 「娜拉走後怎樣」, 『魯迅選集』 제2권, 30쪽.
10 魯迅, 「北京通信」, 『魯迅選集』 제2권, 175쪽.

거리에 서서 어떻게 가야하는지 알지 못하는 당황감과 곤혹감을 지니고 있었지만, 언제나 견실하게 굽힘없이 전진하고 있었다. 산문시 「과객過客」에서 앞쪽에 꽃이 있든 무덤이 있든 상관치 않고 끝까지 홀로 전진하는, 피로하고 고집 센 과객이 바로 루쉰의 탐색정신이 나타난 생동적인 모습이었다.

지식인을 주인공으로 하는 루쉰 향토소설에는 대부분 탐색자의 형상을 그리고 있다. 이러한 탐색자는 희망의 길을 찾는 탐색자와 다른 길로 편향되게 가려는 탐색자 두 가지 유형으로 나눌 수 있다. 전자는 대부분 대대로 걸어온 길을 의지적으로 부정하며 희망의 길을 찾으려 노력한다. 가령 「술집에서在酒樓上」 고향에 들른 '나'는 고향에서 낯선 손님으로 변해 있었고, 「고독자孤獨者」에서 "편안하게 축축한 돌길을 건넌" 귀향자 '나'는 향신들이 주관하는 『학리주보』의 공격을 받았으며, 「고향」에서 옛 고향의 꿈을 찾아온 '나'는 고향의 쇠락 속에서 사람 사이의 격막을 느꼈다. 그들은 끝까지 전진하며 희망의 길을 찾는데, 이러한 형상에는 루쉰 자신의 감수성과 심리가 스며들어 있다. 후자도 대부분 새로운 길을 찾기 위해 분투하고 노력한다. 그러나 "중국 곳곳이 벽이지만 형체가 없어서, '귀신이 벽을 치는 것'처럼 당신을 수시로 부딪치게 할 수 있었다".[11] 그들은 옛 전통이 구축한 높은 담에 계속 부딪치며 분투의 용기를 잃어버리고, 다른 곳으로 떠나거나 원래 있던 곳으로 돌아갔다. "환경은 변함이 없고 매번 사람들을 타락하게 만들어, 낡은 사회와 분투하지 못하게 하거나 낡은 길로 돌아가게

---

11 魯迅, 「'碰壁'之後」, 『魯迅自編文集·華蓋集』, 天津人民出版社·香港炎黃國際出版社, 1999, 72쪽.

했다."[12] 「고독자」의 웨이롄수는 사람들에게 두려운 신당으로 간주되었지만 결국 "예전에 증오하고 반대하던 모든 것"을 몸소 행하며 군벌의 고문이 되었다. 「술집에서」의 뤼웨이푸는 명석하고 민첩한 개혁가로 성황당에 가서 신상의 수염을 뽑고 "연일 중국 개혁의 방법을 논의하며 싸우기까지 했지만", 뜻을 이루지 못하고 결국 "공자왈, 시경운"을 가르치며 연명하는, 허무하고 무료한 기생자가 되었다. 루쉰의 이러한 작품은 지식인의 상이한 인생경로에 대해 묘사하고 사색하는 가운데, 소설 「고향」에서 묘사한 담 허물기, 길 찾기의 기본 주제를 부각시키고 있다.

3. 황야와 외침

「고독자」에서 '나'는 웨이롄수의 장례를 본 후 대문을 나와 둥근 달이 비치는 축축한 돌길을 걷는다.

> 나는 마치 무겁게 억눌린 물건 속에서 뛰쳐나오려는 것처럼 급히 걸었다. 그러나 그것은 불가능했다. 내 귓속에서 무언가 발버둥치는 것이 있었다. 오래 지나, 마침내 발버둥치며 빠져나왔는데, 희미한 것이 긴 울음소리 같았다. 마치 상처를 입은 이리가 깊은 밤 광야에서 울부짖는데, 참담한 상처 속에 분노와 비애가 섞여 있었다.

12 魯迅, 「集外集拾遺補編・關于知識階級」, 『魯迅雜文集』, 鄭州 : 河南人民出版社, 1994, 1031쪽.

루쉰은 어두운 사회 분위기와 웨이롄수의 비극적 인생이 가져온 압박을 힘껏 묘사하는 가운데, '나'의 내면은 상처 입은 이리가 깊은 밤 광야에서 길게 울듯이 어둠과 압박에 대해 비애와 분노를 표출한다. 이 단락의 묘사가 깊은 인상을 주는 것은 황야의 이미지와 외침의 이미지 때문이다. 루쉰은 『외침』, 「자서」에서 일본에서 만든 『신생』 잡지가 유산된 후의 심정을 다음과 같이 말하고 있다.

> 내가 난생 처음 무료함을 느꼈다. (…중략…) 후에 나는 한 사람의 주장이 남의 찬성을 얻으면 전진을 촉구하게 되고, 반대를 얻으면 분발을 촉진하게 된다고 생각했다. 그러나 낯선 사람들 속에서 홀로 외쳤는데 아무 반응이 없으면, 즉 찬성도 반대도 없다면 마치 끝없는 벌판에 홀로 버려진 듯 자신을 어찌해야 좋을지 모르게 된다는 것이다. 이 얼마나 큰 비애인가! 나는 내가 느꼈던 것을 적막이라고 생각했다.[13]

끝없는 황야에서 홀로 외치는 상황은 「고독자」가 묘사한 깊은 밤 광야에서 길게 우는 정경과 매우 유사하다. 다만 『외침』, 「자서」가 세상 사람들에게 이해받지 못하는 상황에서 선각자가 느낀 적막감을 부각시켰다면, 「고독자」는 암흑사회의 압박 하에서 느낀 고독자의 분노를 묘사하고자 했을 따름이다.

역사적 사실은 선각자가 항상 고독하다는 점을 알려준다. 그들은 깊은 사상과 예민한 시각으로 역사와 현실의 각종 폐단을 통찰하지만, 전

13 魯迅, 「吶喊・自序」, 『魯迅選集』 제1권, 3쪽.

례 없는 사상과 대담한 행동으로 인해 종종 많은 사람들에게 기이한 부류로 간주된다. 그들은 사회와 대립될 뿐 아니라 민중들에게도 이해받지 못한다. 그들은 한동안 황야의 고독자가 될 운명이다. 선각자로서 루쉰은 일찍이 이러한 고독자가 된 적이 있었다. 루쉰은 '내면충동으로 얻은 가장 충실한 표현 혹은 해석'의 이미지—황야와 외침을 통해 세상 사람들에게 이해받지 못해 생긴 적막감과 분노를 표출하였다.

루쉰은 수천 년간의 중국 봉건사회를 '소리 없는 중국'이라고 간주하며, "사람이 있는데 소리가 없으면 매우 적막하다. 사람이 소리가 없을 수 있는가? 그럴 수 없다. 죽었다고 해야 할 것이다. 좀 완화하여 말하자면 이미 벙어리가 된 것이다"[14]라고 말했다. 루쉰은 중국이 진실한 소리를 내야 한다고 인식하였다. "반드시 진실한 소리가 있어야 세계 사람들과 함께 세계에서 생활할 수 있다."[15] 루쉰은 자신의 창작이 "이러한 적막을 깨기 위해 쓴 것"이며, "어떤 때는 큰 소리로 외치더라도, 사람들을 좀 시끌벅적하게 만들어",[16] "비록 적막한" 전사이기는 하지만 "큰 소리로 응원하려고 했다". 1919년 루쉰은 일본 작가 무샤노코지 사네아쓰武者小路實篤의 소설 『한 청년의 꿈』 역자 서문에서, 중국은 "현재 크게 외치며 한밤중에 높은 누각에 올라 경종을 울리는 이가 많지 않다. 일본은 일찍이 외치는 사람이 있어서 그들은 늘 행복하다". 루쉰은 무샤노코지 사네아쓰의 창작을 잠들어 있는 세상 사람을

---

14 魯迅, 「無聲的中國」, 『魯迅自編文集 · 三閑集』, 天津人民出版社 · 香港炎黃國際出版社, 1999, 4쪽.

15 위의 글, 9쪽.

16 魯迅, 「「阿Q正傳」的成因」, 山東師範大學中文系文藝理論教研室 주편, 『中國現代作家談文學創作經驗』上, 濟南 : 山東人民出版社, 1982, 9쪽.

깨우는 외침이라고 인식했다. 루쉰도 선각자의 태도로 소리 없는 적막한 세계인 중국에서 고함소리를 질렀다. 그는 "내 자신은 현재 절박한 상황에 이르렀는데 아무 말도 하지 못하는 사람은 아니라고 생각한다. 그러나 어쩌면 아직 그 때 나 자신이 가졌던 적막한 비애를 잊을 수가 없기 때문에 몇 마디 고함소리를 지르지 않을 수 없었다. 그것은 적막 속에서 내달리는 용사들에게 약간의 위로가 되고 그들이 앞장서서 달려가는데 거리낌이 없이 하고자 한 것이다".[17] 루쉰은 자신의 고함소리로 철방에서 혼미하게 잠들어 죽어가는 사람들을 깨웠다. 이 철방을 부숴야 진정한 사람이 되기 때문에, 루쉰은 자신의 첫 번째 소설집의 이름을 『외침』이라고 한 것이다. 루쉰이 소설 속에 묘사한 선각자도 적막한 세계를 향해 귀청이 울릴 정도의 커다란 고함소리를 질렀다. 「광인일기」의 광인이 말 한 "장래에는 식인하는 사람이 세상에 살도록 해서는 안 된다", "아이를 구해야한다", 「약」의 샤위가 말한 "이 청나라 천하는 우리 모두의 것이다", 「장명등」의 미치광이가 말한 "불을 끄겠어", "불을 지르겠어" 등은 모두 황야에서 내지르는 숫 사자의 포효 같으며 선각자의 적막한 심정을 전했다.

4. 이미지 방식과 주제 전개

영국의 이미지 비평가 루이스는 다음과 같이 인식하였다.

---

17 魯迅, 「吶喊・自序」, 『魯迅選集』 제1권, 5쪽.

> 시인과 마찬가지로 소설가도 이미지를 운용하여 상이한 효과에 도달한다. 가령, 생동적인 이야기를 만들고 이야기 구성을 빠르게 하고 상징적으로 주제를 표현하거나 심리상태를 드러낸다.
>
> 우리는 시적 진리가 이미지의 조화가 아니라 이미지의 충돌에서 더욱 유래한다는 사실을 갈수록 더 많이 발견하게 된다.[18]

그는 소설가가 이미지를 운용하여 소설 창작을 진행하는 의의, 이미지 배치와 주제 전개와의 관계를 지적하였다. 현대소설가들은 소설 창작을 하면서 지속적으로 이미지를 사용하며, 이미지를 운용하는 가운데 작가들은 자신의 독특한 이미지 방식을 지니고 있다. 루쉰 향토소설 속의 이미지는 대부분 경물 이미지이다. 그는 이원 대립적인 이미지 방식을 채용하여 이미지 사이의 충돌과 갈등에 관심을 지니며, 이미지 사이의 협조와 조화에 대해서는 마음에 두지 않았다. 어둔 방과 달빛, 높은 담과 길, 황야와 외침은 모두 강렬하게 충돌하는 이미지 쌍이다. 매 쌍의 이미지 가운데 전자는 애써 단절시켜 후자를 막으려 하고, 후자는 전력을 투입하여 전자를 부수려 하는데, 이는 두 가지 힘의 박투이다. 암흑과 광명, 봉쇄와 개방, 억압과 저항은 대립적인 이미지 사이의 충돌과 갈등을 거쳐, 새로운 사상, 탐구정신, 저항의식과 낡은 문화전통, 사회습관, 민족심리 사이의 모순투쟁을 은유한다. 루이스는 "시가나 문장을 막론하고 이미지를 조합하는 원칙은 이미지와

---

18 辛・劉易斯, 「意象的定式」, 汪耀進 편, 『意象批評』, 成都 : 四川文藝出版社, 1989, 108쪽.

주제의 조화다. 이미지는 주제를 위해 길을 밝혀 주제가 전개 되도록 도와줘, 점차 독자가 주제를 이해하게 한다. 다른 한편으로 주제가 이미지 방식을 제약하기도 한다"[19]고 인식하였다. 루쉰 향토소설 속에서 창조된 어둔 방과 달빛, 높은 담과 길, 황야와 외침의 이원 대립적 이미지 방식은 루쉰 향토소설 주제의 전개를 돕는다. 구조주의의 상호텍스트성 이론은 "매 이미지의 의미는 전적으로 자신과 다른 이미지와의 관계에 있다. 이미지는 결코 '실질적인' 의미가 없으며 '관계상'의 의미만이 있을 뿐이다"[20]라고 인식하였다. 상호텍스트성 이론과 루쉰 향토소설 속의 이원 대립적 이미지 방식의 특징에 근거하면, 우리는 루쉰 향토소설이 드러내고자 한 것이 어둡고 차갑고 적막한 세계이며, 이 세계는 충돌과 모순, 고통과 비애가 충만하다는 점을 볼 수 있다. 우리가 선택한 세 가지 이미지 조합은 선각자와 우중愚衆, 지식인과 민중, 계몽자와 피계몽자 사이의 관계에서 선별적으로 주제를 드러낸다. 어둔 방과 달빛의 이미지 조합 속에서 루쉰은 농민의 생존상태와 정신상태의 시각에서 어둔 방을 부수고 깊이 잠든 자를 깨우는 심도 깊은 문제를 제기하여, 영혼 개조의 주제를 드러냈다. 그렇지만 마비된 자와 깨어난 자 사이에는 여전히 혼미하게 잠들어 죽어가는 가련한 사람들이 존재하였다. 높은 담과 길의 이미지 조합 속에서 루쉰은 지식인의 역사사명과 출로의 시각에서 담을 부수고 길을 찾는 인생관을 제기하여 새로운 길을 탐색하는 주제를 보여주었다. 그렇지만 높은 담과 길이 막혀있는 상태와 전진하는 사이에는 여전히 창을 메고

19 위의 글, 110쪽.
20 汪耀進 편, 『意象批評・前言』, 成都 : 四川文藝出版社, 1989, 39쪽에서 재인용.

홀로 방황하는 시간이 있었다. 황야와 외침의 이미지 조합 속에서 루쉰은 선각자의 직책과 처지의 시각에서 선각자가 꺼리지 않고 전진하며 지르는 고함소리와 이해받지 못하여 어찌 할 바를 모르는 울분·비애를 제기하여, 민중 계몽의 주제를 드러냈다. 그렇지만 전혀 반응이 없는 낯선 사람에게 고함치는 과정 속에는 여전히 고통스런 적막한 비애가 있었다. 이 세 가지 이미지 조합은 농민, 지식인, 계몽자의 시각에서 영혼 개조, 출로 탐색, 민중 계몽의 중요 주제를 제기하며, 대체로 루쉰의 향토소설 창작의 독특하고 심도 깊은 사상 내함을 개괄하고 있다.

루쉰 향토소설의 풍자수법

1930년대 리창즈는 루쉰이 "농민의 초상을 그린" 소설 「풍파風波」, 「아Q정전阿Q正傳」 그리고 「이혼離婚」을 논의할 때 다음과 같이 지적했다.

> 이 세편은 공동점이 있는데 바로 순수 객관적 태도로, 얼음같이 차갑게 본 것을 묘사하여 조금도 꾸밈이 없다는 것이다. (…중략…) 그렇지만 나는 얼음처럼 차가운 면을 거의 느끼지 못했으며, 정 반대로, 커다란 동정이 그 속에서 뜨겁게 출렁이는 것을 느꼈다.
>
> 루쉰의 냉정하고 무관심하며 침착한 필치는 오히려 매우 열렬하고 분개하며 격앙되면서도 동정심이 극에 달하는 감정을 전달했다.[1]

1　李長之, 「魯迅作品之藝術的考察」, 天津, 『蓋世報』, 1935.6.12.

루쉰 소설 창작의 필치가 냉정하고 침착한 것과 전달하는 감정이 열렬하고 분개하고 격앙된 것 사이에는 매우 큰 격차가 형성되어 있다. 이러한 서사상태와 창작의도, 예술효과 사이의 상충을 우리는 풍자라고 부른다. 루쉰 향토소설의 예술매력을 구성하는 특징 가운데 하나가 풍자수법의 숙련된 운용이다.

고대 그리스 희극의 배역 유형에서 유래한 풍자는 본래 겉과 속이 다르고, 무지한 척하며, 멍청한 소리만 지껄이지만 진리를 드러내는 희극 배역을 가리켰다. 후에 풍자는 서양 수사학 속의 수사격식이 되어 본의와 상반된 담론을 사용하여 본의를 표출하는 수법을 지칭하였다. 작가는 항상 묘사대상에 대한 태도를 직접적으로 드러내지 않기 위해, 문구와 맥락 사이의 불일치를 이용하여 풍자효과를 조성함에 따라 의미를 더욱 완곡하고 깊이 있게 전달할 수 있다. 20세기 서양 신비평파는 풍자개념을 그들의 신비평 체계에 속에 차용하였다. 미국 신비평파 대표인물인 크린스 부룩스는 1948년 저명한 논문 「풍자와 풍자시」에서 풍자 개념을 다음과 같이 해석했다. "풍자는 맥락의 압력을 수용한다. 이 때문에 어떠한 시기의 시속에도 존재하며 심지어 간단한 서정시에도 있다." 그것은 "수정을 통해 태도를 확정하는 방법이며", "맥락 속의 각종 성분이 맥락으로부터 받은 어떠한 수정을 표현하는 가장 일반적 술어이다".[2] 그는 텍스트 속의 어휘가 맥락의 압력을 받아 의미에 왜곡이 생김에 따라, 말한 것이 뜻하는 것이 아닌 서술효과 즉 풍자가 이루어진다고 인식하였다. 신비평파는 항상 풍자로

2 趙毅衡, 『新批評』, 北京 : 中國社會科學出版社, 1986, 182쪽에서 재인용.

문학작품 특히 시가의 구조를 분석하였다. 영미문학비평계를 수십 년간 군림한 신비평파는 비평유파로서 이미 역사가 되었다. 하지만 신비평파는 문학작품의 내재연구를 중시하고 구체적이고 깊이있고 세밀한 연구방법을 운용하여, 문학비평이 문학본체에 더욱 근접하게 함으로써, 현대문예비평사에서 매우 중요한 의의와 지대한 영향력을 갖게 되었다. 이 글은 풍자의 각도에서 루쉰 향토소설 창작에 대해 연구하여, 루쉰 향토소설 창작의 영원한 매력이 어디에 있는지 탐색하려고 한다.

1.

미시적 언어기교로서 풍자수법은 대체로 과장적 풍자, 억제적 풍자, 역설적 풍자의 유형으로 나누어진다. 거시적 예술수법으로서 풍자는 대체로 성격의 풍자, 구조의 풍자, 묘사의 풍자와 주제의 풍자 등으로 나누어진다. 이 글은 거시적 각도에서 루쉰 향토소설의 풍자예술을 탐구하려고 한다.

인물의 성격을 창조하는 것은 소설 창작의 주요한 목적 가운데 하나이다. 성격 풍자수법을 채용하여 다면적이고 입체적으로 인물을 묘사하면 인물의 성격이 더욱 생동하고 핍진하게 된다. 성격 풍자수법은 항상 인물의 행동과 언어 사이에서, 혹은 인물의 현실에 대한 착각과 현실 사이에서, 혹은 인물의 성격 표상과 내재적 특질 사이에서 거대한 격차를 이루어 풍자의 예술효과를 이룬다. 루쉰의 「광인일기」, 「장명등」 그리고 「이혼」은 매우 독특하게 성격 풍자의 예술수법을 운용하였다.

「광인일기」에 출현하는 광인은 "말이 매우 혼란스러워 조리가 없고, 대부분 황당한 소리를 하는" 피해망상증 환자이다. 자오구이 영감의 이상한 눈빛, 입을 벌리고 있는 행인들의 웃음, 길거리 여인이 아이를 때리며 "깨물어버리겠다"는 저주를 두려워하든 아니면, 허 선생이 살집과 뼈대의 근수를 헤아리고, 자오 씨 집의 개가 그를 쳐다보고, 허옇고 딱딱한 입을 벌리고 있는 생선 눈알을 두려워하든지 간에, 모두 매우 구체적이고 생동적으로 피해망상증 환자의 모습을 보여주고 있으며, 그 병의 핵심은 잡아먹힐 것에 대한 두려움이다. 루쉰은 작품 속에서 상징수법을 운용하여 인물에 내재한 반봉건적 정신 특징을 드러낸다. 광인 병증의 원인이 20년 전에 구쥬선생의 오래된 금전 출납부를 밟은 데 있으며, 깊이 사고하고 연구한 결과 인의도덕이 가득 쓰여 있는 연대가 없는 역사 속에 "온통 식인이라는 두 글자가 가득 쓰여 있다"는 점을 밝힌다. 핵심을 찔러 사람을 놀라게 하는 이러한 담론은 반봉건 전사인 광인의 가장 깨어있는 일면을 드러낸다. 이는 바로 신해혁명이 실패한 후 중국 문학·역사·고서를 탐닉한 루쉰이 중국 역사와 현실에 대해 사색한 후 내면 깊은 곳에서 흘러나온 반봉건의 포효이다. 소설은 독자가 귀청이 뚫릴 정도로 각성하고 분발케 하여, 마오둔이 당시 「광인일기」를 읽은 느낌이 "통쾌한 자극을 받아 오랫동안 암흑에 처해있던 사람이 갑자기 아름다운 빛을 본 것과 같다"[3]고 말한 것이 이상할 게 없다. 작품 속 광인의 표면적인 광기와 본질적인

---

3 雁冰, 「讀『吶喊』」, 『時事新報』 副刊 『文學』 91기, 1923.10.8.

각성은 강렬한 풍자효과를 구성하는데, 이는 일본학자 이토 도라마루가 지적한 바와 같다.

> 이 길지 않은 소설은 독자들에게 분명하게 보여준다. 주인공 '광인'이 보기엔 정상적이지만 주변의 정상인이 보기엔 매우 발광한 상태라는 점을.[4]

작품 서문에서 서술하고 있는 쾌유한 광인이 "어떤 곳으로 관리후보가 되었다"는 점은 깨어있는 반봉건 전사와 풍자를 이루면서, "4천 년 동안 항상 식인해왔던" 중국에서는 다른 사람을 먹고 또 다른 사람에게 먹히는 운명에서 벗어나기가 어려우며, "식인 한 적이 없는 아이"에게 희망을 기탁할 수밖에 없다는 점을 드러낸다. 여기에는 반봉건에 대한 필요성과 아울러 그 실천이 매우 어렵다는 깊은 인식이 깔려 있을 뿐 아니라, 과거를 해체하고 미래에 희망을 기탁하려는 진화론 사상이 나타나 있다.

「장명등」에서 늘 분노하며 미신을 혐오하던 라오푸의 아이는 한결같이 지광마을의 장명등을 끄려 하고, 사당문을 닫고 불을 지르려는 외침은 모두 광기가 충만한 광인의 형상을 그리고 있다. 그렇지만 양무제 때부터 켜놓은 장명등에 빗댄 노쇠한 봉건전통의 상징의미는 광인의 비타협적이고 낙담하지 않으며 끝까지 고수하는 반봉건 투사의 본질을 부각시켜, 성격의 풍자를 이루고 있다. 그래서 푸스넨은 당시 "광인은 우리의 스승이다", "아이를 데리고 광인을 따라 가자—빛을

---

4 伊藤虎丸, 「「狂人日記」—'狂人'康復的記錄」, 樂黛雲 편, 『國外魯迅研究論集』, 北京 : 北京大學出版社, 1981, 472쪽.

향해 가자"[5]라고 글을 쓴 것이다.

「광인일기」, 「장명등」과 달리 「이혼」의 성격 풍자는 인물의 현실에 대한 착각과 현실 사이의 격차에서 드러난다. 소설 서두에서 우리 앞에 등장하는 아이구는 대담하고 강건하여 봉건 부권에 도전하려드는 향촌의 부녀 형상이다. 그녀는 남편이 외도하여 자신을 버리려고 했기 때문에 용감하게 반항하여 시댁과 3년 가까이 싸웠으며, 심지어 형제들을 데리고 와 시댁 부엌을 부수었다. 그녀가 나서서 일을 조정하려는 지주 웨이 영감을 눈앞에 두지 않는 것은 굳세고 용감한 반 봉건예교의 개성을 드러낸다. 그렇지만 성안의 지현 영감과 의형제를 맺은 치 대인이 하인을 부르는 고함소리에, 아이구가 수년간 구축한 반항의 제방이 순식간에 무너진다. 그리고 내면 깊은 곳에서 사죄하고 후회하면서 매우 얌전하고 예의바르게 이혼의 조정을 수용한다. 아이구가 이 때 드러낸 성격의 유약함과 온순함은 서두의 대담하고 강건한 모습과 극명한 대조를 이루어 성격의 풍자를 형성한다. 이것은 봉건 통치자에게 환상을 지니고 봉건 전통의 침습을 받은 아이구의 반항이 고독하고 무기력함을 드러낼 뿐 아니라, 동시에 봉건세력과 봉건전통의 권위 아래서 중국 부녀해방의 길이 복잡하고 어렵다는 점을 알려준다.

소설은 서사 문학양식의 하나이며, 묘사의 풍자는 서사의 측면에서 풍자효과를 생산하는 방법이다. 즉 서술자의 어조와 서술한 인물과 사건으로 강렬한 대조를 이루어 풍자효과를 생산한다는 것이다. 루쉰의 「아Q정전」, 「내일」, 「쿵이지」는 묘사의 풍자 예술수법을 운용한

---

5 傅斯年, 「一段瘋話」, 『新潮』 제1권 4호, 1919.4.

작품이다. 「아Q정전」이 발표된 후 저우쭤런은 작품 속의 풍자 색채에 대해 "「아Q정전」의 풍자는 중국 역대 문학 속에서 찾아보기 힘든 것인데, 대부분 반어이고 이른바 냉정한 풍자—'조소'이기 때문이다"[6] 라고 지적했다. 루쉰은 이 소설을 "골계나 애련을 목적으로 하지 않았다"고 자평했지만, 오히려 느슨한 골계의 필치로 국민성의 약점을 탐색한 비극적 이야기를 서술하여 강렬한 풍자효과를 이루고 있다. 소설의 서문에서 루쉰은 아Q의 전기를 쓰는 연유를 서술하면서, 전기가 영웅이나 명사를 위한 것이라는 점과 아Q가 "이름과 본적이 모호한" 사회 최하층 인물이라는 점을 대비시켜 풍자를 이룬다. 루쉰은 "금방 잊혀질 문장을 쓰기 위해 붓을 든다"고 해명하는데, 이는 전기가 불후의 문장을 쓰기 위한 것이라는 점과 풍자효과를 이룬다. 루쉰은 그의 문장이 "문제가 저열하여 인력거꾼이나 행상들이 쓰는 말"이라고 자칭하고, 또 "천두슈陳獨修가 『신청년』을 발행하여 서양학을 제창하는 바람에 국수가 망하여 고증할 수 없게 되었다"고 말하는데, 이는 풍자의 필법으로 당시의 봉건 복고파들에게 일침을 가한 것이다. 중국의 각성하지 못한 국민들에 대해 그 불행은 슬퍼하지만 싸우지 않는 것에 분노하는 감정 색채를 지닌 루쉰은, 오히려 느슨한 필치로 "큰 돌 아래 깔려 있는 풀처럼 이미 4천 년간" "침묵하는 국민의 영혼"[7]을 묘사하고, 또 느슨한 말투로 국민성의 약점과 신해혁명의 비극적이고 침중한 이야기를 서술하고 있다.

---

6 仲密, 「阿Q正傳」, 『晨報副刊』, 1923.3.19.

7 魯迅, 「俄文譯本「阿Q正傳」序」, 山東師範大學中文系文藝理論敎硏室 주편, 『中國現代作家談文學創作經驗』 上, 濟南 : 山東人民出版社, 1982, 7쪽.

「아Q정전」이 1인칭 서사각도를 사용한 것과 달리 「내일」은 전지적 시각으로 바오얼의 병과 죽음을 둘러싼 단씨 댁의 행동과 심리를 통해 슬픈 인생 이야기를 서술하고 있다. 루쉰은 고의로 절제하면서 매우 냉정한 어조로 이야기를 서술하는데, 이는 진실과 사랑이 결핍된 냉정한 사회 분위기와 부합하기도 하고, 다른 한편으로 서술어조의 냉정함은 이야기 서술 속에 드러나는 작가의 냉정한 세계에 대한 분노와 강렬한 풍자효과를 이룬다. 작가가 깊이 동정한 주인공 단씨 댁에 대해 루쉰은 수차례 무시하는 어조로 "그녀는 우매한 여인"이라고 말하고, 다른 사람의 아픔과 고통을 즐거움으로 삼는 일꾼들에 대해서 루쉰은 오히려 칭찬하거나 평정한 어조로 묘사하고 있다. 푸른 얼굴의 아우가 남이 위급할 때를 틈타 과부를 모욕하지만 루쉰은 오히려 "아우는 의협심이 있어서 어찌 되었든 늘 도와주려고 한다"고 서술한다. 사람들의 냉정함에 대해 루쉰은 매우 초탈하고 평정한 어조로 "일을 했던 사람이나 조언을 해주었던 사람들은 모두 밥을 먹었다. 해가 점점 서산으로 넘어가는 빛을 보이자, 밥을 다 먹은 사람들도 모두 집으로 돌아가고 싶어 하는 빛을 보였다. — 그래서 그들은 결국 집으로 돌아가고 말았다"고 묘사한다. 평온하고 차분한 서술을 통해, 고통 받는 사람에게 경박하게 대하는 사회 및 이에 대한 작가의 분노와 불평이 풍자의 묘사 속에서 매우 생동하고 깊이 있게 드러난다. 작가는 셴헝주점의 일꾼들이 남의 불행을 구경거리로 삼는 행동과 이웃집 단씨 댁의 적막, 비애, 고통, 번뇌를 강렬하게 대조하여 풍자를 이룬다.

마오둔은 루쉰의 「쿵이지」를 "웃음 속에 눈물이 있는"[8] 단편이라 평하며 그 풍자 색채를 언급하고 있다. 루쉰은 매우 독특한 서사각도를 선택하여 셴헝 주점에서 지위가 가장 낮은 어린 점원의 시각에서 이야기를 서술한다. "모습이 매우 멍청해 보이는" 12세의 어린 점원은 쿵이지를 회고할 때 냉정하고 무시하는 어조는 사회의 냉정함과 쿵이지 지위의 비천함을 부각시키며, 장삼을 입은 손님들 행렬 속에 늘 끼어 있으려 하는 쿵이지는 심지어 어린 점원의 조롱과 멸시를 받는다. 몇 차례 쿵이지를 조롱한 후 "주점 안 밖에 쾌활한 분위기가 충만한" 떠들썩한 웃음소리는 사회의 냉정함과 잔인함을 드러내어 강렬한 풍자 효과를 이룬다. "나는 지금까지 끝내 본적이 없다—아마 쿵이지는 틀림없이 죽었을 것이다." 소설 결미의 자의적이면서 모호한 이 구절은 쿵이지의 비극적 결말을 암시할 뿐 아니라, 더 주요하게는 고통 받는 사람에 대한 사회의 냉대를 부각시키고, 진실과 애정이 결핍된 세계의 무정함과 냉정함을 드러낸다. 정말로 루쉰이 비판하고 조소한 것은 이런 냉정한 구경꾼들이 조성한 무정한 사회였다.

구조는 예술가들이 작품을 구상하는 주요한 방면으로, 구조의 정교함과 타당성을 통해 작가의 사상 감정이 매우 생동적이고 자연스럽게 전달될 수 있다. 창작을 할 때 작품 구조 속의 어떤 한 부분과 다른 부분은 반면이나 대비를 이루어 구조 풍자를 형성하는데, 이 또한 작가가 채용한 예술수법이다. 루쉰의 「약」, 「고향」, 「마을 연극社戲」은 주로 구조 풍자의 예술수법을 운용하였다. 「약」은 화華, 샤夏 두 집안의 비극적 이야기를 묘사한 작품이다. 화라오솬은 폐병을 앓고 있는 아들을 위해 약으로 치료해보았으나 효과가 없어 결국 슬프게도 죽고 말았고, 샤위

8 雁冰, 「讀『吶喊』」, 『時事新報』 副刊, 『文學』 91기, 1923.10.8.

는 혁명적 정치이상을 위해 용감하게 분투했으나 결국 반동파에게 살해당했다. 루쉰은 인혈 만두로 본래 두 집안의 독립된 비극 이야기를 연결하여 구조상에서 풍자효과를 이루었다. 혁명가의 선혈이 마비되고 우매한 군중의 치료약이 되어 작품의 비극적 힘과 예술 매력을 강화함으로써 루쉰의 창작의도를 매우 완정하게 드러냈다.

> 「약」은 군중의 우매함과 혁명가의 비애를 묘사했다. 혹자는 군중의 우매함으로 인해 혁명가의 비애라고 말한다. 더 명쾌하게 말하자면, 혁명가는 우매한 군중을 위해 분투하고 희생했지만, 우매한 군중은 이 희생이 누구를 위한 것인지 모른 채 우매한 식견으로 인해 이 희생을 약으로 써도 된다고 여겼다.[9]

「고향」은 고향에 온 나그네의 시각으로 이야기를 서술한다. 작가는 기억 속의 따스하고 아름다운 고향의 용감하고 지혜로운 소년 룬투 형상과 현실 속의 처량하고 쓸쓸한 옛 집에서 마비되고 움츠려든 중년 룬투 형상을 구조상에서 강렬하게 대비시켜, 반동통치와 봉건예교의 압박하에 있는 향촌 농민의 비참한 생활과 마비된 의식을 선명하게 드러낸다. 소설 속의 서사 주인공인 조카 훙얼과 룬투의 아들 수이성 사이의 막힘없는 교제와, "두터운 슬픈 장벽에 막힌" '나'와 룬투의 관계가 선명한 대비와 조응을 이루어 구조상의 풍자효과를 형성한다. 이로써 작가가 옛 전통에 의해 구축된 보이지 않는 높은 담을 부수어 후

9 孫伏園, 「讀「藥」」, 『宇宙風』 30기, 1936.2.

세들 사이에 격막을 없애려는 사상을 매우 진실하고 생동적으로 표출한다. 「마을 연극」은 서술자가 베이징극장에서 두 차례 경극을 재미없게 본 것과, 소년시절 고향 들판에서 달밤에 배를 타며 연극을 본 즐거운 기억을, 구조상에서 강렬한 풍자 대비를 형성하여 작가의 짙은 향수를 농후하고 생동적으로 표현한다.

주제의 풍자는 작품의 표면에서 나타나는 주제사상과 작품의 심층의 함의가 모순을 이루어, 작가가 표면적으로 드러내려는 것과 완전히 상반된 효과를 조성하여 풍자를 이룬다. 루쉰의 「풍파」는 표면적으로 루전 마을의 소소한 변발 소동을 묘사한다. 치진은 성에 들어가 변발을 잘리고 나서 한 바탕 풍파가 일어나는데, 황제가 등극하여 변발을 요구한다는 말을 듣고 변발이 잘린 치진은 매우 불안해한다. 자오치 영감의 "머리털을 남기려면 목이 달아나고, 목을 남기려면 머리털이 없어진다"는 남의 재앙을 즐기는 말을 듣고, 치진은 큰 위험이 직면했다는 위협을 느낀다. 치진은 마을 사람 가운데 "이름이 난 인물이지만" 지위가 일순간에 급락한다. "마을 사람들은 대부분 회피하며 성안에서 그가 얻은 소식을 더 이상 들으려 하지 않았다." 치진의 처도 수시로 그를 '죄인'이라고 불렀다. 그렇지만 10여일이 지나고 황제가 등극했다는 소식이 들리지 않자 변발을 잃어버린 치진이 다시 지난날의 평정과 존엄을 찾아 "요사이 치진은 그의 처나 마을 사람들에게 또다시 상당한 존경과 대우를 받게 되었다". 한바탕 소문뿐인 풍파가 지난 후 모든 것이 이전의 상태를 회복하였다. 루쉰은 표면적으로 해학이 넘친 향촌의 희극을 그렸지만 이는 소설의 심층적 의미와 풍자를 이룬다. 루쉰은 변발로 인한 작은 풍파를 통해 신해혁명의 대 비극을 투영함으로써 우매하고 마비된 국민성을 비판하고, 희극과 비극, 해학과 분노로 강렬한 풍자효과를 이룬다.

풍자이론의 선구자 버나드 쇼는 풍자정신이 결핍된 작가는 항상 자신의 주관성과 자신이 동정한 인물 혹은 관점을 일치시키며, 풍자정신이 충만한 작가는 항상 자신의 인물과 일정한 거리를 유지한다고 인식했다. 그는 세익스피어가 바로 풍자정신이 충만한 작가라고 여겼다. 세익스피어 희극이 표현한 것은 세익스피어의 주관성이 아니라 전체 세계이며, 이것이 바로 높은 곳에서 아래를 내려다보는 풍자정신이다.[10] 루쉰도 풍자정신이 충만한 작가이다. 그는 하층 사회의 사람들에 대해 진정한 연민과 동정을 가지며 그들의 불행을 슬퍼하면서도, 그들의 마비되고 우매한 정신에 대해 불만과 분노를 지니며 그들이 싸우지 않는 것에 노여워했다. 루쉰은 사상가의 고도에서 민족운명을 사유하고 국민성의 약점을 탐색했다. 이 점에서 볼 때 루쉰은 하층 사회의 사람들을 위에서 내려다보는 풍자정신을 통해 관조적으로 묘사하여, 작품 속의 인물과 시종 일정한 거리를 유지하였다. 앞에서 말한 것처럼 풍자수법의 운용은 언어 표현의 예술장력을 증가시키고 작품의 예술 감염력을 강화시켜, 작가의 정감 표현을 더욱 함축적이고 심도 있게 하며 작품의 사상에 매혹적인 깊이를 부여한다. 이 점이 대체로 당시 다른 향토작가 소설 창작이 루쉰의 예술 수준에 도달하지 못한 원인 가운데 하나였다.

10 趙毅衡, 『新批評』, 北京 : 中國社會科學出版社, 1986, 186쪽에서 재인용.

2.

'5·4' 시기에는 외국의 각종 문학유파, 문학사조의 영향 하에 작가들이 자신의 필요에 따라 상이한 예술수법을 선택하여 창작을 진행하였다. 위다푸郁達夫는 작품 속 인물과 동일시하는 낭만서정의 자서전 수법을 취하고, 쉬디산許地山은 이역의 정조와 곡절한 이야기가 있는 전기 수법을 사용했지만, 루쉰의 소설 창작은 깨어있는 현실주의의 기치 하에서 풍자 예술수법을 취하였다. 이는 루쉰이 수용한 세계문학의 영향일 뿐 아니라 국민의 불행을 슬퍼하지만 싸우지 않음에 분노하는 루쉰의 정감 표현방식과 진화론 사상과 연계되어 있다.

루쉰은 자신이 문학창작의 길에 입문하던 때에 대해 다음과 같이 말했다.

> 대체로 의지한 것은 예전에 보았던 백여 편의 외국 작품과 약간의 의학 지식이었다.[11]

> 내가 본받았던 것은 대부분 외국 작가이다.[12]

> 당시 제일 좋아했던 작가는 러시아의 고골리와 폴란드의 시엔키에비치이다. 일본 작가는 나쓰메 소세키와 모리 오가이이다.[13]

---

11 魯迅, 「我怎麽做起小說來」, 山東師範大學中文系文藝理論敎硏室 주편, 『中國現代作家談文學創作經驗』上, 濟南 : 山東人民出版社, 1982, 22쪽.

12 魯迅, 「致董永舒」, 『魯迅書信集』 上, 北京 : 人民文學出版社, 1976, 398쪽.

13 魯迅, 「我怎麽做起小說來」, 山東師範大學中文系文藝理論敎硏室 주편, 『中國現代作家

루쉰은 소설을 창작할 때 확실히 이러한 작가들의 영향을 받았다. 저우쭤런도 다음과 같이 말한 적이 있다.

> 「아Q정전」 필법의 내원은, 내가 알기로는 외국 단편소설이다. 그 가운데 러시아의 고골리와 폴란드의 시엔키에비치 작품이 가장 뚜렷하며 일본의 소세키, 오가이 두 사람의 저작에서도 많은 영향을 받았다. 고골리의 「외투」와 「광인일기」, 시엔키에비치의 「탄화」, 「추장」, 오가이의 「침묵의 탑」은 모두 중국어로 번역했는데, 이 몇 편만을 참고해보더라도 상당한 흔적을 찾을 수 있을 것이다. 소세키의 영향을 받은 작품은 반어가 충만한 걸작 「나는 고양이로소이다」였다.[14]

당시 저우쭤런은 루쉰의 창작을 매우 잘 이해한 인물로, 저우쭤런이 언급한 작가와 작품은 정도의 차이는 있지만 모두 풍자 색채를 지니고 있다. 이 점이 루쉰의 소설이 풍자 예술수법을 채용하는데 영향을 주었다.

루쉰이 "보이지 않는 눈물과 슬픔으로 국민들을 진작시켰다"[15]고 평가한 고골리는 풍자가 충만한 작품으로 자르 황제 통치하의 러시아 사회의 어둔 현실을 드러내고 지주계급, 하층관료의 우습고 추악한 영혼을 풍자하였다. 고골리의 「광인일기」는 풍자의 필치를 통해 표면적으론 억압을 받아 미쳐버린 광인이지만 실제로는 자르 황제 통치하

談文學創作經驗』上, 濟南 : 山東人民出版社, 1982, 21쪽.

14 仲密, 「阿Q正傳」, 『晨報副刊』, 1923.3.19.

15 魯迅, 「摩羅詩力說」, 『魯迅文華』 2권, 上海 : 百花出版社, 2001, 57쪽.

의 암흑사회를 자각적으로 폭로하는 형상이었다. 루쉰의 「광인일기」는 매우 뚜렷하게 고골리 소설 속의 성격 풍자수법을 빌려 깨어있는 반봉건 전사의 형상을 창조하였다. 고골리의 「외투」는 압박과 조롱, 모욕을 심하게 받은 어린 직원의 비참하고 굴욕적인 일생을 다루는데, 매우 냉정한 어조의 서술과 깊이 동정하는 소인물에 대한 묘사적 풍자수법은 「쿵이지」, 「내일」 등의 작품 속에서 대체로 루쉰이 받은 영향의 흔적을 찾아볼 수 있다.

유머의 필치로 암담한 사건을 서술한 폴란드 작가 시엔키에비치의 작품은 루쉰 소설 풍자수법의 모범이 되었다. 저우쭤런은 시엔키에비치의 작품이 "사건이 대부분 참담하지만 문장이 특별히 기이하여, 미묘하고 해학적인 필치로 비통함을 더욱 증대시킬 수 있었다. 「탄화」가 그 대표작이다".[16] 「탄화」는 풍자와 해학의 필치로 폴란드 향촌의 비극을 묘사한 작품이다. 양두촌 농민 리는 자신의 아내를 빼앗으려는 도적들의 공격을 받고 군인이 되며, 그의 아름다운 아내는 어찌 할 길이 없어 몸을 팔아 남편을 구하지만 결국 남편의 도끼에 목숨을 잃어버렸지만, 사건이 끝난 후 양두촌은 모든 것이 예전과 마찬가지다. 이러한 이야기를 통해 소설은 폴란드 향촌 사회의 암흑과 부패를 드러낸다. 루쉰의 「아Q정전」 등의 소설은 바로 「탄화」의 유머의 필법으로 참담한 사건을 서술하는 방식과 유사하게, 향촌 사람들의 마비되고 우매한 정신을 묘사하고 인심을 뒤흔드는 풍자효과를 조성한다. 시엔키에비치의 「추장」은 인디언 흑사 부락이 백인에 의해 멸종되고 15년

16 周作人, 「關于「炭畵」」, 鐘叔河 편, 『知堂序跋』, 長沙 : 岳麓書社, 1987, 214쪽.

후 흑사 부락의 생존자가 서커스단을 따라 귀향하여 백인들의 환심을 산다는 구조상의 풍자를 통해 민족의 비참한 역사와 생존자의 마비된 영혼을 드러낸다. 루쉰의 「약」, 「고향」 등의 작품 속에서 「추장」의 구조 풍자의 영향을 찾아볼 수 있다.

루쉰이 "풍자가 장엄하면서 해학적이고 미묘하면서 깊이가 있다"고 평가한 일본 작가 오가이는 역사소설 창작을 잘 했는데, 루쉰은 그의 소설 『침묵의 탑』을 번역하였다. 작품은 냉정한 어조로 비극적 이야기를 서술한다. 조로아스터교 파시족은 옛 것을 고집하여 모든 외래 서적을 "위험한 서양 책"으로 간주하여 독서를 금지하고, 서양 책을 보는 사람들은 모두 살해하여 시체를 침묵의 탑 위에 걸어둔다. 루쉰은 오가이의 작품을 평하면서 "비평가들의 말을 빌려 그의 작품은 투명한 지적 산물이며 그의 태도에 '뜨거움'이 없다"[17]고 말했다. 오가이 소설의 이러한 "'뜨거움'이 없는" 냉정한 서사 어조와 암흑 전제사회에 대한 작가의 강렬한 분노는 풍자를 이루고 있으며, 루쉰은 오가이의 이런 묘사의 풍자 수법을 차감하였다. 「아Q정전」, 「내일」, 「쿵이지」 등의 작품은 냉정한 필치로 사람을 분노케 하는 이야기를 서술하기 때문에 어떤 사람은 루쉰의 소설에 대해 다음과 같이 평가하였다.

> 그는 매우 냉정하게 묘사하고 다 묘사한 후에는 또 냉정하게 당신에게 보여주며 놀라게 한다.[18]

---

17 魯迅, 「『現代日本小說集』附錄關于作者的說明」, 『現代日本小說集』, 上海 : 商務印書館, 1923.

18 一聲, 「第三世界的創造」, 『少年先鋒旬刊』 제2권 15기, 1927.2.21.

루쉰은 소세키의 작품이 "상상력이 풍부하고 문장이 정밀하여 칭찬을 받으며", 그의 소설 『나는 고양이로소이다』는 "경쾌하고 소탈하며 기지가 뛰어나다"[19]고 인식하였다. 작품은 말을 할 줄 아는 고양이를 서술자로 삼아, 조롱하는 필치를 통해 정신이 공허하지만 고결하다고 자처하며 아무 일도 하지 않는 지식인을 비난하고, 일본 메이지 시대의 사회 암흑을 폭로하였다. 저우쭤런은 이 작품이 "이성이 지배적이고 열정이 적으며, 증오가 많고 애정이 적다"[20]고 인식하며, 이러한 경향은 루쉰의 「광인일기」 속에서 매우 뚜렷하며 오히려 더욱 농후다고 말했다.

루쉰의 소설 창작은 또한 러시아 작가 안드레프의 영향을 깊이 받았다. 루쉰이 번역한 안드레프의 소설 「거짓말」은 정신 실성자의 시각으로 거짓말과 속임수가 가득한 세계의 암흑을 폭로한다. 표면적으로 실성한 사람과 실질적으로 각성한 사람 사이의 성격 풍자는 루쉰의 「광인일기」와 「장명등」에서 볼 수 있다. 안드레프의 소설 「치통」은 예수가 십자가에 못 박힐 때 상인 반투베이가 마침 치통을 앓고 있는데, 인류 구세주가 박해받는 것에 대해 마음에 동요가 없으며 자신의 치통만을 아파하다가, 치통이 사라진 후 다른 사람들과 함께 못 박혀 죽은 예수를 보러 간다. 구세주의 박해에 냉담한 것과 자신의 치통을 몹시 아파하는 것은 강렬한 풍자를 이룬다. 루쉰의 「약」은 소설 구조상에서 「치통」과 유사한 풍자 요소가 있어서 구세주가 마비된 군중에

---

19 魯迅, 「『現代日本小說集』附錄關于作者的說明」, 『現代日本小說集』, 上海 : 商務印書館, 1923.

20 仲密, 「阿Q正傳」, 『晨報副刊』, 1923.3.19.

이해되지 못하는 비극을 연출한다. 루쉰의 풍자수법의 운용은 또 체홉의 영향을 받았는데 왕푸런은 다음과 같이 평했다.

> 루쉰과 체홉은 항상 냉정하고 객관적인 서술태도를 지닐 뿐 아니라 평범한 색조로 고상한 사물을 묘사했다. 해학적인 말투로 비극적인 내용을 서술하고 찬송하는 언사로 비열한 행동을 폭로하고 과장된 자태로 세속적인 모습을 드러냈다.[21]

기표와 기의가 일치하지 않는 이런 수법이 작품의 풍자효과를 이루었다.

루쉰 소설의 풍자수법의 운용은 또 중국 만청소설 『유림외사儒林外史』와 『경화연鏡花緣』의 영향을 받았다. 루쉰이 "슬프면서도 해학적이고 완곡하면서도 조롱이 많다"고 평가한 풍자소설 『유림외사』는 전혀 마음에 두지 않는 듯한 냉정한 필치로 유림 중생의 형형색색의 추악한 모습을 그려, "비난하는 말이 없는데도, 진위가 다 드러났다".[22] 『경화연』은 해외 이상한 나라의 기이한 소식을 통해 당시 암흑사회를 비난하였다. 이 작품들은 루쉰 소설속의 풍자수법 운용에 일정한 영향을 끼쳤다.

루쉰은 불행을 슬퍼하지만 싸우지 않음에 분노하는 심정을 가지고 기억 속 고향 사람들과 그 이야기를 서술했다. 소년시절 가정이 몰락

---

21 王富仁, 『魯迅前期小說與俄羅斯文學』, 西安 : 陝西人民出版社, 1983, 75쪽.

22 魯迅, 『魯迅自編文集 · 中國小說史略』, 天津人民出版社 · 香港炎黃國際出版社, 1999, 247쪽.

하여 가난해진 상황은 루쉰이 고향에서 냉랭하고 조롱 받는 삶의 처지를 맛보게 하고, 세태의 냉정함을 깊이 느끼게 했다. 루쉰은 고향 사람들에 대한 증오의 감정을 지니고 낯선 길을 걸어 외지로 도피한 것이었다. 루쉰은 서양문화의 세례를 받은 이후 중국 역사 문화의 병폐를 깊이 사유하고 탐색한 후, 계몽주의 정신을 통해 기억 깊은 곳에서 잊을 수 없었던 고향을 모델로 삼아 국민의 영혼을 분석하였다. 고향에 대한 그의 심정은 시종 애증이 교차하고 서로 모순된 감정 색채를 드러냈기 때문에, 루쉰은 차분하면서 함축적이고 냉정하면서 심도깊은 비판수법(풍자)을 자연스럽게 취하였다. 이로 인해 고향 사람들의 마비되고 우매한 정신을 폭로하고 비판하는데 있어 직접적으로 자신의 외재적 감정을 노출하지 않고 한층 냉정하고 객관적인 태도를 드러내게 되었다. 그렇지만 작품의 내부에는 여전히 고향 사람들과 민족에 대한 루쉰의 깊고 따뜻한 애정이 흐르고 있다. 리창즈는 루쉰의 소설 「축복」을 논의할 때 "이 소설 속에는 분노와 원한이 감춰져 있고 아픔도 억눌려져 있지만, 서정의 숨결은 정감이 없는 듯한 모든 문자 위에 가득해 있다"[23]라고 지적하였다.

『외침』, 『방황』 창작 시기에 진화론 사상은 루쉰이 암흑사회와 봉건전통과 투쟁하도록 고무한 정신적 힘이 되어, 루쉰은 굳건히 내일에 희망을 걸고 청년에게 미래를 기탁하였다. 루쉰은 문학으로 민중을 계몽하려고 했지만 항상 겹겹의 모순에 처하였다. 그는 옛 전통이 구축한 높은 담 속의 모든 민중이 각성하고 빠져나와 외치기를 매우

23 李長之, 「魯迅作品之藝術的考察」, 天津 『益世報』, 1935.6.12.

기대했지만, 또 혼미하게 잠들다 죽어가는 사람들을 깨워 "이 소수의 불행한 이들에게 구원될 수 없는 임종의 고초를 겪게 하는" 것을 두려워했고, 그들이 "꿈에서 깨어나 갈 수 있는 길이 없는"[24] 고통을 받게 되는 것을 두려워했다. 루쉰은 병근을 들춰내어 치료하려고 했지만, 또 "스스로 고통스러워하는 적막을 자신의 청년시절처럼 꿈에 부풀어 있는 청년들에게 다시 전염시키고 싶어하지 않았다". 그래서 창작 속에서 루쉰은 "어둠을 줄이고 즐거운 척하며 작품이 약간 밝은 빛을 띠게 했고", 또 소설집을 편할 때 "독자에게 중압감을 주는 작품을 특별히 빼도록 힘썼다".[25] 혁명 선구자의 명령을 따른 루쉰은 "당시의 주장이 소극적인 것을 싫어했기 때문에" 루쉰은 "나는 가끔 곡필을 들어 「약」 속의 위얼의 무덤에 이유 없이 꽃다발을 놓았고, 「내일」에서도 단씨 댁이 아들을 만나는 꿈을 꾸지 못했다고 쓰지는 않았다".[26] 루쉰은 소설 창작 속에서 풍자수법을 채용하여 작품 속의 인물과 사건이 지나치게 처량하고 슬픈 색채를 띠거나 사람들에게 지나치게 많은 중압감을 주지 않도록 했다. 아Q는 한바탕의 갈채 소리 속에서 그의 '대단원'을 완성하였고, 치진은 황제가 등극하지 않았다는 소식 속에서 풍파를 잊어버렸으며, "아마도 쿵이지는 틀림없이 죽었을 것이다"라는 모호한 문장으로 쿵이지의 결말을 대체했으며, 새로운 길을 찾으려는 갈망 속에서 슬픈 고향 방문의 이야기를 마무리하였다. 이는 "수

---

24 魯迅, 「吶喊・自序」, 『魯迅選集』 제1권, 5쪽.

25 魯迅, 「自選集・自序」, 山東師範大學中文系文藝理論教研室 주편, 『中國現代作家談文學創作經驗』 上, 濟南 : 山東人民出版社, 1982, 18쪽.

26 魯迅, 「吶喊・自序」, 『魯迅選集』 제1권, 5쪽.

정을 통해 태도를 확정하는 방법"이라고 칭해지며, 이런 수정을 거쳐 슬픈 것과 유머적인 것, 처량한 것과 해학적인 것, 침중한 것과 가벼운 것 등의 요소가 풍자수법의 운용 속에서 조화와 평형을 얻게 된다. 이를 통해 진화론 사상을 무기로 하는 계몽자 루쉰의 복잡한 내면과 모순 심리를 엿볼 수 있다.

풍자는 항상 공개적으로 드러난 것과 다르면서 상반된 의미를 전달한다. 풍자와 달리 작가는 풍자를 사용할 때 늘 묘사 대상이나 사건에 대한 태도를 직접적으로 표시하지 않으려 하며, 문장 혹은 사건이 앞뒤 사이의 거리를 이용하여 풍자효과를 조성한다. 엥겔스는 독일 시인 하이네 작품 속의 풍자수법에 높은 평가를 하며 "하이네 작품에서 시민의 환상은 일부러 높은 곳에 올려놓고 있는데, 일부러 그들을 현실의 땅 위로 추락시키기 위해서였다"[27]라고 했다. 풍자수법의 운용은 하이네가 시민계급의 비현실적인 환상을 드러내는 유력한 예술수법이었다. 마찬가지로, 루쉰 향토소설도 풍자수법의 운용으로 국민성의 약점 및 상류 사회의 타락과 하층사회의 불행을 드러내는 데 있어 홀시할 수 없는 예술작용을 하여, 루쉰 향토소설의 독특한 예술매력을 증가시켰다.

---

27 恩格斯, 「詩歌和散文中的德國社會主義」, 『馬格斯恩格斯全集』 제4권, 北京 : 人民出版社, 1980, 236쪽.

루쉰 향토소설과 문화비판

중국의 문화 거인 루쉰 선생은 역사 문화의 고도에서 중국인의 생존상태와 심리구조를 성찰하였으며, 서양문화를 참조하는 가운데 중국 전통문화를 깊이 있게 반성하고 비판하였다. 루쉰의 활동은 정치 혁명의 측면에서 5·4신문화운동에 투신한 것이라기보다는 문화비판의 시각에서 사상계몽 사업에 종사한 것이라고 해야 할 것이다. 초기에 루쉰은 세계 과학성과의 소개와 전파에 매우 관심을 가진 적이 있었는데, "과학은 지식으로 자연현상의 본질을 탐구하는 것이며, 오랜 시간이 지나 성과를 얻으면 개혁이 마침내 사회에 미치게 된다"[1]고 인식하였다. 루쉰은 과학을 소개 발전시킴으로써 조국을 구원하게 되기를 간절히 바랐던 것이다. 의학을 포기하고 문학에 입문하여 문예로 국민정신을 개조할 것을 결심한 후, 루쉰의 관심은 대체로 세계 과학

1 魯迅, 「科學史教篇」『魯迅自編文集·墳』, 天津人民出版社·香港炎黃國際出版社, 1999, 15쪽.

물질문명의 소개에서 인류정신문명에 대한 추앙으로 전환되었다. 그는 "물질을 배격하고 영혼을 확장하며, 개인을 따르고 군중을 배척하는" 「문화편지론文化偏至論」과 "반항에 뜻이 있고 실천을 숭배하는" 「마라시역설摩羅詩力說」을 발표하였다. 당시의 루쉰은 중서문화를 비교하는 가운데 중국 전통문화의 폐단을 탐색하는 작업에 몰두하였다. 신해혁명이 실패한 이후의 고통과 적막 속에서 "국민 속으로 심입하고", "고대로 돌아갔는데",[2] 서방문화의 세례를 거친 루쉰은 중국 전통문화를 더욱 깊이 있게 인식하고 파악할 수 있었다. 루쉰은 자신의 창작을 중국 전통문화 비판이라는 기반 위에서 진행했으며, 이로 인해 루쉰의 소설 창작이 독특한 시야를 지니게 되었다. 그는 위다푸, 궈머뤄郭沫若처럼 약소국 국민인 재일 유학생의 고독하고 우울한 생활을 자신의 예술세계 속으로 끌어들이지 않았고, 예성타오葉聖陶, 빙신冰心처럼 고민과 방황 속에서 아름다움과 사랑을 동경하는 이상적 천국에 뜻을 두지 않았다. 루쉰은 고향인 저둥浙東[3] 지역 향촌 생활을 모델로 삼아 고향 사람들의 생존상태와 정신세계를 묘사하고 분석함으로써 중국 전통문화에 대해 깊이 있는 형상적 비판을 가하였다.

---

2 魯迅, 「吶喊 · 自序」, 『魯迅選集』 제1권, 北京 : 人民文學出版社, 1983, 4쪽.

3 【역주】 浙東 지역은 당송 시대의 행정구획이며 오늘날 저장성 서북쪽을 제외한 전 지역을 지칭한다.

1.

중국 현대작가 가운데 중국 전통문화에 대한 인식이 루쉰처럼 깊이 있고 구체적이거나, 중국 전통문화에 대한 비판이 루쉰처럼 끈질기고 날카로운 작가는 없다. 루쉰은 중국 전통문화를 한 마디로 노예문화라고 개괄하였다.

> 중국의 문화는 모두 주인을 받드는 문화이며, 아주 많은 사람들의 고통을 주고 바꾼 것이다. 중국인이든 외국인이든 중국문화를 칭찬하는 사람은 모두 주인으로 자처하는 일부일 뿐이다.[4]

루쉰은 중국인이 줄곧 '사람'의 가치에 대해 싸우지 않아, 기껏해야 노예이며, 중국 역사에는 노예가 되고 싶어도 될 수 없었던 시대와 잠시 안정적으로 노예가 된 시대 밖에 없다고 인식하였다. 루쉰은 전체적으로 중국 전통문화의 특징을 파악하려고 노력했다. 중국 전통문화의 전체적 특징을 파악하는 동시에, 루쉰은 많은 문장에서 중국 전통문화의 각종 폐단을 매우 구체적이고 깊이 있게 분석하였다. 루쉰은 편향적 발전관의 시각으로 중국 전통문화의 폐단에 대한 폭로와 비판에 집중했는데, "이는 부흥과 개선에 뜻이 있었다".[5] 그래서 루쉰은 향토소설의 창작 속에서 민족 심리성격의 형성에 있어서 중국 전통문화의 각종 병폐를 분석하고 공격하려고 애썼던 것이다.

---

4 魯迅, 「老調子已經唱完」, 『魯迅文華』 제4권, 上海 : 百家出版社, 2001, 942쪽.
5 魯迅, 「致尤炳圻」, 『魯迅書信集』 下, 北京 : 人民文學出版社, 1976, 1064쪽.

루쉰은 중국 전통문화를 비판하는 가운데 비겁한 국민성에 대해 매우 혐오하고 통절해하였다. 그는 중국 전통문화의 침습으로 비겁한 국민성이 형성되었다는 점을 재차 비판하면서, "생존을 의도하면서도 너무 비겁하여 결국 죽게 될 것이다. 중국의 옛 교훈 가운데 구차하게 살라고 하는 격언이 이렇게 많지만, 중국인은 많이 죽기만 하고 외족이 많이 침범하기만 하여 결국 그 반대가 되었다. 우리가 옛 교훈 버리는 일을 조금도 늦춰져서는 안 된다는 것을 알 수 있다"[6]고 말했다. 루쉰 향토소설이 우리에게 보여주는 것은 비겁자의 세계이다. 리창즈는 「루쉰 작품의 예술적 고찰」에서 루쉰 소설 창작은 "내용상에서 일치하는 바가 있는데 바로 농민의 우매함과 노예근성을 묘사한 것이다"[7]라고 지적했다. 루쉰 향토소설에서 아이의 운명을 인혈 만두에 기탁한 유약한 화라오솬(「약」), 장삼을 입은 손님의 행렬에 끼어 있으려 하는 실의에 찬 쿵이지(「쿵이지」), 변발을 잃어버려 사람들 앞에서 아내에게 욕을 먹은 우울한 치진(「풍파」), 많은 자녀, 가난, 가혹한 세금 등의 압박 하에서 꼭두각시처럼 고통스러워하는 룬투(「고향」) 등은 모두 향촌사회의 비겁자로 자신이 겪는 압박으로 굴욕을 받으면서도 순종하며 살아간다. 「축복」에서 토지묘에 문지방을 바치며 속죄하는 샹린댁, 「술집에서」에서 대충대충 모호하고 무료하게 살아가는 뤼웨이푸, 「고독자」에서 스스로 고독한 누에 집을 만들어 갇혀 사는 웨이롄수, 「이혼」에서 치 부인의 행패를 두려워하는 아이구는 모두 사회생활 속의 비겁자로, 불우한 운명과 인생이 불만스러워 저항도 해보지만 결

6 魯迅, 「北京通信」, 『魯迅選集』 제2권, 176쪽.
7 李長之, 「魯迅作品之藝術的考察」, 天津 『益世報』, 1935.6.12.

국 문화전통과 사회환경에 굴복하고 만다. 루쉰은 국민의 비겁함을 국민성의 주요 병근 가운데 하나로 간주하고 결연한 태도로 공격을 가했다. 루쉰은 사는 둥 마는 둥 하는 비겁자의 구차한 삶을 매우 반대하며, 문화전통의 감옥에서 빠져나와 진정한 인간적인 삶을 살도록 간절히 바랬다.

> 세상에 진정으로 살아가려는 사람이 있다면 먼저 과감히 말하고 웃고 울고 분노하고 욕하고 싸워야 한다. 이렇게 저주할 수 있는 곳에서는 저주스런 시대를 격퇴할 수 있다.[8]

루쉰은 비겁자가 강자를 섬기고 약자를 능멸하는 것에 더욱 통탄하며 다음과 같이 질책했다.

> 용감한 자가 분노하면 칼을 뽑아 더 강한 자를 향하는데, 비겁한 자가 분노하면 칼을 뽑아 더 약한 자를 향한다. 구제할 수 없는 민족 가운데 틀림없이 영웅들이 많이 있지만 아이들에게만 눈을 부릅뜬다. 이 겁쟁이들![9]

루쉰은 자신의 향토소설 속에서 비겁자가 약자를 능멸하는 점을 재차 비판하고 폭로하였다. 「쿵이지」에서 셴형 주점 손님들의 쿵이지에 대한 조롱, 「약」에서 라오솬 찻집 손님들이 샤위에 대한 질책, 「내일」

8 魯迅, 「忽然想到·五」, 『魯迅選集』 제2권, 167쪽.
9 魯迅, 「雜感」, 『魯迅選集』 제2권, 173쪽.

에서 루전의 코가 붉은 일꾼, 얼굴이 파란 아우의 단씨 댁에 대한 능멸, 「아Q정전」에서 가짜 양놈의 칭찬을 받은 아Q가 비구니에게 준 모욕, 「축복」에서 루전 사람들의 샹린 댁의 비극적 이야기 흉내 내기, 샹린 댁의 이마 상처에 대한 조롱, 「고독자」에서 한스산 사람들의 웨이렌수 모친 장례의식에 대한 협박 등에서 루쉰이 향촌사회의 비겁자가 강자를 섬기고 약자를 능멸하는 것에 대해 매우 증오하고 있음을 볼 수 있다. 루쉰은 화를 내며 "인생에 아무런 의미도 없는 고통을 제거해야 한다. 다른 사람의 고통을 조장하고 즐기는 어리석음과 포악함을 제거해야 한다"[10]고 지적했다. 중국 전통문화를 비판하는 가운데 루쉰은 봉건적 절개 관념과 등급사상에 대해 매우 증오하였다. 루쉰은 「나의 절개관」에서 봉건 절개 관념을 이름도 없고 의식도 없는 살인범으로 간주하고, "사회적으로 다수의 옛 사람들이 아무렇게나 전해 준 도리는 실로 무리하기 이를 데 없는데도, 역사와 숫자라는 힘으로 마음에 들지 않는 사람들을 죽음에 몰아넣을 수 있다. 이름도 없고 의식도 없는 이러한 살인 집단 속에서 예부터 얼마나 많은 사람들이 죽었는지 모른다. 절개를 지킨 여자도 바로 이속에서 죽었다"[11]라고 말했다. 루쉰은 향토소설에서 봉건 절개 관념의 영향과 학대 아래 "불행하게도 역사와 규범의 무의식적 함정에 걸려 이름도 없는 희생이 된"[12] 향촌사회 사람들을 묘사하였다. 「내일」의 과부 단씨 댁은 수절을 고집하며 아들 바오얼을 그녀 인생의 유일한 희망으로 삼는데, 바

---

10 魯迅, 「我之節烈觀」, 『魯迅選集』 제2권, 10쪽.
11 위의 글, 9쪽.
12 위의 글, 10쪽.

오얼의 불행한 죽음으로 그녀는 미래를 잃어버린다. 「축복」의 샹린 댁은 과부가 된 후 시어머니에 의해 강제로 자씨 집안으로 시집을 가게 되는데, 수절을 마음먹은 샹린 댁은 힘껏 반항하며 머리를 상 모서리에 부딪친다. 착한 여인이라고 칭해지는 류 아주머니는 애초에 샹린 댁이 "차라리 머리를 부딪쳤을 때 죽었으면 좋았을 텐데"라고 생각하며, 그녀에게 토지묘에 가서 문지방을 기증하면 "이 세상의 죄도 사라지고 죽은 후에도 고통을 면할 수 있다"고 말한다. 봉건적 절개관념은 향촌 부녀들을 학대하는 "이름도 없고 의식도 없는 살인집단"이 되고, "사회는 공공연히 절개를 지키지 않는 여성을 하찮게 여겨 받아들이지 않는다". 이 때문에 정신적으로 고통과 학대를 받은 샹린 댁은 자신을 받아주지 않는 사회에서 죽음의 길을 갈 수 있을 뿐이다. 루쉰은 중국 역사에서 절개 관념으로 죽음에 이른 사람들을 추도해야 한다고 인식하며, "과거의 사람들을 추도하고 발원해야 한다. 자신과 다른 사람들이 모두 순결하고 총명하면서 용맹하게 전진해야 한다. 허위적 얼굴을 제거해야 한다. 자신과 다른 사람을 해치는 세상의 어리석음과 포악함을 제거해야 한다"[13]고 말했다.

루쉰은 중국 봉건사회 수천 년 동안의 역사와 전통이 식인의 잔치였다고 개괄하고, 이러한 식인은 봉건 등급제도 위에 건축된 것이라고 인식하였다. 루쉰은 이러한 식인의 잔치는 "우리 스스로도 이미 자리가 잡혀 귀천이 있고 대소가 있고 상하가 있다. 자신이 다른 사람에게 학대를 당하면 자신도 다른 사람을 학대할 수 있고, 자신이 다른 사

13 위의 글, 10쪽.

람에게 먹히면 자신도 다른 사람을 먹을 수 있다. 조금 조금씩 지배되어 움직일 수 없고 움직일 생각도 없다"[14]고 말했다. 루쉰은 이러한 봉건적 등급사상에 대해 매우 증오하여 "중국인은 지금까지 무수한 '등급'이 있어서 가문에 의지하기도 하고 조상에 의지하기도 한다. 만일 바뀌지 않으면 영원히 소리가 없거나 혹은 소리 있는 '나라 욕'이 될 것이다".[15] 중국의 군신부자 등급이 엄격한 전통적 예치질서는 수천 년 동안 사람들을 규제하는 생활기준과 처세방식이 되었는데, 루쉰 향토소설에서는 이런 엄중한 등급사상을 생생하게 폭로하고 있다. 「쿵이지」 속의 셴헝 주점에서 술 마시는 사람들은 장삼을 입은 손님과 짧은 옷을 입은 일꾼으로 확연히 나누어지며, 짧은 옷을 입은 일꾼들은 계산대 밖에 기대어 서서 술을 마시고 장삼을 입은 손님들은 가게 안쪽의 방안으로 거들먹거리며 들어가 천천히 술을 마신다. 실의에 찬 쿵이지는 "서서 술 마시면서 장삼을 입은 유일한 사람"이다. 쿵이지는 시종 장삼을 입은 손님들 행렬 속에 끼어들지 못하며 마지막에는 장삼을 벗고 너덜너덜한 겹옷을 입고 책상다리를 한 채 술을 마신다. 「고향」에서 귀향하여 과거의 기억과 정감을 찾는 주인공 '나'는 세월과 생활고로 마비돼버린 룬투가 "영감님"이라고 부르는 소리에, 그들 "사이에 이미 두터운 슬픈 장벽으로 막혀있으며", 어린 시절 서로 거리낌 없이 지내던 작은 영웅 룬투는 사라지고 힘들고 꼭두각시처럼 마비된 룬투만이 있다는 사실을 느낀다. 루쉰은 사람과 사람 사이의 이러한 격막이 봉건 등급에 의해 기인한 것이라고 통찰하였다. "내

14 魯迅, 「燈下漫筆」, 『魯迅選集』 제2권, 81쪽.
15 魯迅, 「論"他嗎的!"」, 『魯迅文華』 제2권, 上海 : 百家出版社, 2001, 228쪽.

가 보기엔, 늘 우리들 사이에 높은 담이 있고 각자 막혀져 있어서 모두의 마음이 떨어져 있다. 이것이 바로 우리 고대의 총명한 사람 즉 이른바 성현이 사람을 십 등급으로 나누어 고하가 각기 다르다고 한 이유이다"[16]라고 말했다. 루쉰은 중용사상과 기만행위를 비난하였다. 유가의 가장 고상한 미덕이라고 칭해지는 중용사상은 치우치지 않게 사물의 중간을 추구하는 중화주의를 창도했는데, 이는 사람들의 도덕 수양과 처세 행위의 기본 준칙과 방법이 되었다. 루쉰은 중용을 국민성이 비겁한 뿌리이자 중국인이 개혁을 추진하고 전진하는데 장애가 되는 거대한 힘이라고 간주하였다.

> 중국인의 성정은 늘 조화와 절충을 좋아한다. 가령, 집이 너무 어두우면 안에다 창문을 만들어야 하는데 다들 틀림없이 허락하지 않을 것이다. 그러나 만일 천장을 뚫자고 주장한다면 그들은 타협을 하여 창문을 만들자고 할 것이다. 더욱 강렬한 주장이 없으면 그들은 언제나 평화적인 개혁조차 행하지 않으려 할 것이다.[17]

산문 「총명한 사람과 어리석은 사람 그리고 종」에서 루쉰은 총명한 사람의 중용사상을 공격하고 어리석은 사람의 개혁정신을 존중하며 노예의 비굴한 성격을 비판하였다. 산문 「입론立論」에서는 중간을 추구하는 중용의 도를 비난하였다. 루쉰은 향토소설 창작에서도 한쪽으

16 魯迅, 「俄文譯本「阿Q正傳」序」, 山東師範大學中文系文藝理論教研室 주편, 『中國現代作家談文學創作經驗』上, 濟南 : 山東人民出版社, 1982, 7쪽.

17 魯迅, 「無聲的中國」, 『魯迅選集』 제2권, 435~436쪽.

로 치우치지 않는 중용사상을 생생하게 폭로하였다. 「내일」의 왕쥬 할머니는 단씨 댁이 바오얼의 병세를 묻자 "자세히 살펴보더니 머리를 두 번 끄덕이고 두 번 흔들었을 뿐이다". 가부를 명확히 하지 않고 책임을 지지 않는 대답은, 「입론」에서 거짓말을 하지 않으면서 얻어맞지도 않는 대답과 꼭 같은데, 이는 분명 루쉰이 매우 경멸하는 일이다. 「축복」에서 루전으로 돌아온 나그네는 샹린 댁이 영혼과 지옥의 존재 유무를 묻는 질문에 "있을 수도 있고", "꼭 있다고도 할 수 없고", "정확히 말할 수 없다"고 얼버무린다. 이러한 중용적인 처세태도에 대해 루쉰은 소설 속에서 다음과 같이 변명하였다.

> '정확히 말할 수 없다'는 매우 유용한 말이다. 경험이 부족한 용감한 소년이 종종 다른 사람을 위해 문제를 해결해주려고 과감히 처방을 제시하는데 결과가 좋지 못하면 도리어 원망을 듣게 된다. 하지만 '정확히 말할 수 없다'는 말로 마무리 지으면 모든 일이 자유로워진다.

이는 분명 루쉰이 비판한 조화·절충의 중용의 길이며, 책임과 도리에서 벗어난 중화주의이다. 「술집에서」의 뤼웨이푸는 사회와 환경의 압박 하에서 국가의 미래와 운명에 관심을 가지고 과감히 행동하던 청년에서 "공자 왈 시경 운"을 가르치며 대충대충 모호하고 무료하게 마음대로 살아가는 약자로 변하여, 중용의 도로 자기의 인생을 조화시키고 규범화하였다. 이는 분명 루쉰이 불만스러워한 점이다.

루쉰은 중국인의 노예근성을 증오했고 그들이 거짓과 기만으로 기묘한 도피로를 만드는 것을 더욱 증오하였다.

중국인의 직시하고 싶어 하지 않는 면은 거짓과 기만으로 기묘한 도피로를 만들고 이를 올바른 길이라고 여겼다. 이 길 위에서 국민성의 겁약하고 나태하며 또 교활한 점이 증명되고 있다. 하루하루 만족하면 하루하루 타락하게 되는데도 날마다 영광스럽다고 느낀다.[18]

루쉰은 그들이 거짓과 기만으로 노예의 삶 속에서 '아름다움'을 찾아낸 것이라고 증오하였다. 루쉰의 「아Q정전」은 중국인의 영혼을 묘사하려고 한 작품으로 아Q는 거짓과 기만으로 기묘한 도피로를 만든 전형적 인물이다. 얼마나 불리하고 불쾌한 상황에 처하든 관계없이 아Q는 그 속에서 탈피하여 정신적으로 승리하는 불패의 공간에 거처한다. 「고향」에서 마비되고 고달프게 살아가는 룬투는 향로와 촉대 속에서 인생의 희망을 찾고 정신적 기탁과 위안을 구한다. 「축복」에서 학대의 수모를 받은 샹린 댁은 마을 서쪽에 있는 토지묘에 가서 문지방을 기증하여 속죄하면서 정신적인 평형과 해탈을 구한다. 「고독자」에서 자포자기 하던 웨이롄수는 예전에 증오하고 반대하던 모든 것을 행하고, 예전에 숭배하고 주장하던 모든 것을 배척하며, 실패 속에서 정신적인 승리를 찾는다. 루쉰은 국민의 노예근성을 깊이 증오하며, 중국 역사상 존재한 적이 없는 제3의 시대를 창조하여 인간으로서의 권익을 쟁취할 수 있기를 진심으로 바랬다.

18 魯迅, 「論睜了眼看」, 『魯迅選集』 제2권, 89쪽.

2.

5·4신문화운동 진영에서 루쉰은 매우 이성적 태도로 중국 전통문화에 대해 철저하면서도 깊이 있는 비판을 가하였다. 루쉰은 서양문화가 변천하는 역사과정을 거시적으로 분석하고 파악하고, 중국 문화 역사 전통을 전체적으로 탐구하고 총괄하는 과정에서 중국 전통문화에 대해 철저하고 구체적인 비판을 한 것이다. 루쉰은 중국 문화전통의 병증 치료를 위해 서양 근대문화 전통 속에서 좋은 처방을 찾았다. 루쉰은 "외국 약방에서 설사약을 구매하기" 위해 서양문화를 수용 소개하고 이를 통해 중국 전통문화가 형성한 고질병을 치료하였다.

중국 전통문화에 대한 루쉰의 비판은 사람의 계몽에 발 딛고 있고, "중국인이 '세계인' 속에서 퇴출될 수 있다"는 우려에 기초하며, '사람을 세우는' 초석 위에 세워져 있다. 루쉰은 민족 진흥은 "우선적으로 사람을 세워야 하고", "사람을 세운 후 모든 일을 시작할 수 있다"[19]고 인식했다. 그래서 루쉰은 병세를 폭로하고 치료 방법을 찾으려고 노력하는 과정에서 수천 년 동안 중국 전통문화의 침습으로 형성된 민족심리를 탐색하고 비판하는데 착중했다. 루쉰은 중국 전통문화가 국민성에 끼친 고질병을 통감하고, 전통문화의 영향 아래에 있는 민족성격의 비겁함과 유약함, 정절관념, 등급사상, 중용사상, 거짓과 기만 행위 등의 폐단을 철저하게 폭로 비판하여, 어리석고 나약한 국민정신을 개혁하고자 했다. 루쉰은 옛 전통이 구축한 높은 담에 포위되어 있

19 魯迅, 「文化偏至論」, 『魯迅文華』 제2권, 上海 : 百家出版社, 2001, 53쪽.

는 모든 민중이 각성하여 나오기를 기대하며, "앞으로 각성한 사람은 먼저 동방 고유의 불순한 사상을 씻어내야 한다"[20]고 인식하였다. 진화론 사상의 영향을 받은 루쉰은 사람을 세우는 이상을 아이들에게 기탁하여, 「광인일기」에서 "식인한 적이 없는 아이들이 혹 아직도 있을지? 아이를 구해야지……" 하는 고함소리를 지른다. 「고향」에서는 훙얼과 수이성이 "또다시 나와 다른 사람들처럼 단절이 생겨나지 않고", "그들은 마땅히 새로운 삶을 살아야한다. 우리가 아직 경험해 본적이 없는 삶을" 갈망한다. 루쉰은 아이들이 장래 '사람'의 싹이 되기를 기대하였다. 그러나 루쉰은 「장명등」에서 아이들이 장명등을 끄려는 '미치광이'를 조롱하는 장면을 그리고, 「고독자」에서는 아이들이 고독자 웨이롄수에게 복수하려는 장면을 묘사하는데, 여기에는 루쉰의 진화론 사상에 대한 회의와 부정이 굴절되어 있다. 루쉰은 '사람을 세우는' 시각에서 전통문화에 대한 비판을 진행하며 "동쪽에서 먼동이 트면서 인류가 여러 민족에게 요구한 것은 '사람' — 물론 '사람의 아들'이었다. 하지만 우리가 가진 것은 사람의 아들, 며느리와 며느리의 남편밖에 없으므로 인류 앞에 바칠 수가 없다"[21]고 말했다. 루쉰은 중국에 모든 전통사상을 파괴할 수 있는 개척자가 출현하기를 간절히 바랐던 것이다.

루쉰은 중국 전통문화의 폐단을 철저하게 공격하며 개혁의 장래에 주목하였다. "나는 고질적인 이른바 구 문명을 공격하여 흔들어놓음으로써 장래에 조금의 희망이라도 생기기를 바란다."[22] 그래서 루쉰은

20 魯迅, 「我們現在怎樣做父親」, 『魯迅選集』 제2권, 17쪽.
21 魯迅, 「隨感錄 · 四十」, 『魯迅選集』 제2권, 125쪽.

「광인일기」에서 식인을 하지 않는 미래가 도래하고, 「고향」에서 사람 사이에 격막이 없는 새로운 미래의 삶이 출현하기를 기대했던 것이다. 루쉰은 전통문화가 수천 년 동안 지배한 낡은 국가의 개혁이 어렵다는 점을 깊이 알고 있었지만, 두려움 없이 낡은 사회의 가면을 제거하기 위해 노력하였다.

> 대동 세계는 한순간에 반드시 도래하지는 않을 것이다. 설사 도래한다 하더라도 현재와 같은 중국 민족은 틀림없이 대동 세계의 문 밖에 있을 것이다. 그래서 어찌되었든 항상 개혁을 해야 된다고 생각한다.[23]

루쉰의 중국 전통문화에 대한 인식은 매우 철저하고 깊이가 있어서 "중국은 대체로 너무 고루하고 사회적으로 어떠한 일이든 아주 낙후하여, 마치 검은 항아리에 어떠한 새로운 것을 넣더라도 모두 칠흑으로 변해버리는 것과 같다. 다시 개혁의 방법을 찾는 것 이외에는 다른 어떠한 길도 없다"[24]고 말했다. 개혁은 루쉰이 중국 전통문화와 투쟁하는 방법이며, 루쉰의 개혁사상은 시종 민족 문화심리의 개조에 주목하였다. "장성은 오래되어 폐물이 되었고 약수[25]도 이상 속의 사물일 뿐이다. 고루한 국민들은 굳어버린 전통 속에 푹 젖어 변혁을 하려들지 않고 정력이 다 사라질 정도로 쇠락하여 저절로 소멸해버릴 것이다."[26]

---

22 魯迅, 「兩地書 · 十一」, 『魯迅全集』 제11권, 北京 : 人民文學出版社, 1981, 32쪽.

23 魯迅, 「兩地書 · 十」, 위의 책, 31쪽.

24 魯迅, 「兩地書 · 四」, 위의 책, 26쪽.

25 【역주】 弱水, 옛날 중국에서 신선이 살던 곳 주위에 있었다는 물 이름.

26 魯迅, 「忽然想到 · 六」, 『魯迅選集』 제2권, 168쪽.

"정리하자면, 역사를 공부할수록 중국 개혁은 늦춰져서는 안 된다는 점을 깨달을 수 있을 것이다. 국민성이라도 개혁하려고 하면 할 수 있다. 그렇게 하지 않으면 잡사나 잡설에서 쓴 전철이 될 것이다."[27] 루쉰은 문화의 시각에서 중국사회의 개혁문제를 철저하게 탐색하여 중국사회의 병증을 고쳐야 한다고 제기하였다. 루쉰은 이른바 전통을 보수補修하는 변혁을 매우 반대하고 혁신적인 파괴를 제창하였다. 루쉰은 전통문화 세력이 매우 강대한 중국에서 개혁자는 고통과 목숨의 대가를 피하기 어렵다는 점을 통감했지만, 여전히 두려움 없이 개혁의 길 위에서 분투하며 날카롭고 신랄한 잡문과 생동적이고 성숙한 향토작품으로 중국 전통문화의 각종 병폐를 폭로하고 비판하였다.

중국 전통문화에 대한 루쉰의 비판은 자아에 대한 해부·반성과 결합되어 있다. 이로 인해 그의 작품에는 사람의 마음을 흔드는 깊이가 내재되어 있으며, 루쉰 향토작품은 다른 작가의 창작이 도달하기 힘든 두터움과 높이가 보여준다. 루쉰은 구문예의 창작은 강 건너 불 보듯하지만, 신문예의 창작은 "우리 자신조차 묘사되어", "소설 속에서 사회 뿐 아니라 우리 자신도 발견 할 수 있다", "현재의 문예는 자신조차 그 안에 넣어 태우고 있다"[28]고 지적했다. 루쉰의 창작은 바로 자신을 그 안에 넣어 태우는 것이며, 그의 향토소설은 향촌 사람들의 마비되고 우매한 정신을 마음대로 질책하는 것이 아니라 그들의 불행을 슬퍼하고 싸우지 않음에 분노하는 심정으로 고통을 드러내고 있으며, 동시에 루쉰은 항상 자신이 받은 전통문화의 영향을 반성하고 있었다.

---

27 魯迅, 「這個與那個」, 『魯迅選集』 제2권, 224쪽.

28 魯迅, 「文藝與政治之歧道」, 『魯迅文華』 제2권, 上海 : 百家出版社, 2001, 969쪽.

루쉰은 「무덤 뒤에 쓰다」에서 "나는 분명 다른 사람을 수시로 해부했지만, 무정하게 나 자신을 해부하는 경우가 더 많았다"[29] 고 말했다. 루쉰은 자신이 받은 중국 전통문화의 깊은 영향에 대해 진정으로 반성하며, "다른 사람은 몰라도 나 같은 경우는 많은 옛 책을 읽었다는 것은 분명하다. 교육을 위해 지금도 읽고 있다. (…중략…) 그러나 나 자신은 오히려 이런 낡은 망령을 짊어지고 벗어던지지 못하여 괴로워하고 있으며, 늘 숨이 막힐 듯한 무거움을 느낀다. 사상 면에서도 역시 때로는 제멋대로이고 때로는 성급하고 모질어서 장주와 한비자의 독에 중독되지 않았다고 할 수 없다", "옛 사람들이 책에 써놓은 나쁜 사상이 내 마음속에 항상 있었다고 느꼈기 때문이다"[30] 고 말했다. 루쉰은 자신을 사회가 전환하는 도중의 중간물이라고 여겼다. 자아를 세월과 함께 사라지는 것으로 간주하는 루쉰의 중간물 사상은 중국 전통문화에 대한 비판이 핵심을 찌르는 깊이와 강인하고 밀고나가는 용맹함을 지니게 한다. 또 자아에 대한 해부와 반성이 시종일관되게 하고, 심지어 해부와 반성이 매우 잔혹한 지경에 도달하게 했다.

> 나는 항상 내 영혼에 독기와 귀기가 있다고 느꼈다. 나는 그것을 매우 증오하여 제거하려고 했지만 그럴 수 없었다. 힘껏 감추고는 있지만 늘 다른 사람에게 전염시킬까 두려웠다. 나와 비교적 왕래가 잦은 사람들에게 어떤 때 슬픔을 느낄 수밖에 없었던 것도 이 때문이다.[31]

---

29 魯迅, 「寫在「墳」後面」, 『魯迅選集』 제2권, 106쪽.

30 위의 글, 107쪽.

31 魯迅, 「致李秉中」, 『魯迅書信集』 下, 北京 : 人民文學出版社, 1976, 61쪽.

루쉰의 산문시집 『야초』는 심장을 도려내 스스로 태워버리는 정신으로 자아의 영혼을 매우 깊이 있게 해부하고 고문한다. 루쉰의 향토소설 창작은 국민성의 각종 병폐를 폭로하는 가운데 항상 자아의 영혼을 해부한다. 1927년 마오둔은 「루쉰론」에서 루쉰은 결코 구름 속에서 세상 사람들의 어리석고 비열함을 질책하는 성현이나 초인이 아니라, "어리석고 비열한 우리 세상에 실로 뿌리를 내리고 동정의 뜨거운 눈물을 참으며, 차가운 풍자의 미소로써 번거로움을 피하지 않고 인류가 어떻게 허약해지고 세상에 얼마나 모순이 많은지 우리에게 설명해준다. 그는 자신의 본성에도 이런 허약함과 잠재적 모순이 있다는 점을 망각하지 않는다". 루쉰의 향토소설 속에서 우리는 루쉰이 자신의 내재적 모순을 해부하고 비판하는 장면을 볼 수 있다. 루쉰은 수천 년 간의 중국 봉건사회의 식인 본질을 공격한 「광인일기」에서 자신의 정감과 시각을 사람에게 먹히면서 또 사람을 먹는 광인의 행렬 속에 뚜렷하게 위치시킨다. 가족제도와 봉건예교의 폐해를 폭로하는 동시에 루쉰 자신을 포함하여 "4천 년 동안 식인한 경력이 있는" 국민을 깊이 성찰한다. 봉건 전통의 뿌리 깊은 영향과 압박을 받으면서도 식인하지 않은 사회와 사람의 출현을 간절히 바란다. 「고향」은 루쉰이 귀향하여 집을 이사하는 것을 소재로 삼은 작품인데, 소설 속에서 귀향한 '나'는 완전히 루쉰 자신의 투영이라고 할 수는 없지만, 루쉰의 진실한 사상과 정감을 기탁하고 있다. 소설은 '나'와 룬투 사이에 가로놓인 두터운 슬픈 장벽을 드러내어 한탄하고, 사람 사이를 가로막은 높은 담을 부수게 되기를 바란 후, 룬투가 향로와 촉대를 가지려고 한 것은 일종의 우상숭배라고 지적한다.

현재 나의 희망은 나 스스로 만든 우상이 아닐까? 그의 바람은 가까이 있고 나의 바람은 아득할 따름이다.

1921년의 루쉰은 새로운 길을 모색하고 있었다. 담장을 부수고 길을 찾으려 애를 썼지만 그 스스로 얘기하듯이 어떠한 길로 가야할지 알지 못하여 항상 십자로에서 방황하였다. 당시 루쉰에게 있어 희망은 매우 모호하여 붙잡기 힘든 우상일 뿐이었다. 루쉰은 자신의 어색한 내면과 심정을 진실하게 해부하면서도, 용감하게 담장을 부수고 길을 찾아가는 투철한 정신을 드러내고 있다. 루쉰의 「아Q정전」은 아Q 형상을 통해 "우리 중국인의 현대적 영혼을 묘사"하려고 했다. 1933년 루쉰은 「보류에 대해 다시 말함再談保留」에서 "12년 전 루쉰이 지은 「아Q정전」은 대체로 국민의 약점을 폭로하려고 했다. 자신이 그 안에 포함되는지 여부는 말하지 않았지만". 루쉰은 자신의 관찰에 의거하여 고독하게 「아Q정전」을 썼는데, 분명 자신을 그 안에 포함시키고 있다. 국민성에 대한 폭로와 비판은 루쉰의 자아 해부와 비판을 포함하고 있는 것이다.

루쉰의 중국 전통문화에 대한 비판은 옌푸嚴復, 량치차오梁啓超, 장타이옌章太炎 등 문화비판 선구자의 영향을 받았다. 그렇지만 민족문화에 대한 우월감과 이민족에 대한 강렬한 복수의식이 가득한 시대분위기 속에서 그들의 중국 전통문화 비판은 항상 모순이 중첩되고 힘이 약하여 결국 전통으로 분분이 회귀하고 말았다. 캉여우웨이康有爲는 공자 숭배의 길로 돌아갔고, 옌푸는 공맹의 품으로 투신했고, 량치차오는 중국 고유의 구도덕으로 사회를 유지하려 했고, 장타이옌은 민족주의에서 국수주의로 회귀하였다. 5·4신문화운동은 단절적인 태도로 문화전통을 반성 비판했는데, '5·4' 전야의 동서문화 논전은 5·4신문화운동 선구자들의 중서문화 가치체계에 대한 전면적인 선택과 인식을 드러내고 있다. 천두슈의 「동서민족 사상의 근본적 차이」는 동서민족의 근본적 차이에서 중국 전통문화의 폐단을 드러내고, 리다자오李大釗의 「동서문명의 근본적 차이」는 동적 문명과 정적 문명의 시각에서 동서민족의 차이를 비교했다. 그들은 동서문명의 비교 속에서 중국 전통문화와 국민성의 폐단을 드러내어 '5·4' 시기 반전통적 시대 분위기를 조성하였다. 옌푸, 량치차오, 장타이옌 등의 영향을 받은 루쉰은 중국 전통문화에 대한 인식과 비판 그리고 국민성 문제에 대한 사고를 함에 있어서 자아정신에 대한 반성과 해부를 포함하고 있다. 그래서 역사 중간물이라고 자칭하는 루쉰의 전통문화에 대한 비판은 이전 사람들보다 더욱 깊은 내함과 용맹한 기상을 지니고 있었다. 루쉰은 날카로운 잡문으로 전통문화에 대한 비판을 가했을 뿐 아니라, 생동적인 형상을 지닌 향토소설로 민족문화 심리구조의 깊은 곳에 들어가 중국 전통문화는 노예문화의 핵심이라는 점을 포착하고 민족문화 심리의 비겁함과 유약함, 정절, 등급, 중용, 거짓과 기만 등 각종 병폐를 드러냈다. 그래서 현대 중국인들에게 전통문화의 각종 폐해를 드러내는 생생한 화면과 중국인의 자아 영혼의 병태를 면면히 보여주는 형상 거울을 제공하여, 루쉰의 중국 전통문화 비판과 국민성 탐색이 매우 심원한 영향력을 지닐 수 있었다.

루쉰의 향토 콤플렉스와 향토소설

현대 중국 최초의 향토문예가로 칭해지는 루쉰의 소설은 인생의 진실을 탐색하고 사랑의 철학을 건립한 빙신과 다를 뿐 아니라, 자전체 소설을 창작하여 상처받은 정서를 표현하는 위다푸와도 확연히 다르다. 루쉰의 소설은 독특한 제재선택과 정감표현의 특징을 지닌다. 그는 "완전히 잊을 수 없어서 고통스럽기만 한", 기억 깊은 데 있는 고향의 향촌생활을 소재로 삼고 고향 향촌의 하층인물을 주요 묘사대상으로 삼아, 독특한 루전(웨이좡未莊) 세계를 건립하고, 이 세계 상류사회의 타락과 하층사회의 불행을 보여주었다. 이로 인해 루쉰은 현대 중국 향토문학의 개척자가 되었다. 루쉰의 이런 독특한 창작방식은 물론 인생을 위한 깨어있는 계몽의식에서 연유하지만, 루쉰 심령 깊은 곳에 침잠해 있는 향토 콤플렉스를 홀시해서는 안 된다. 바로 마음속에 감돌며 떨쳐지지 않는 정감에 기반하여 루쉰은 향토소설 창작의 길을 끝까지 걸을 수 있었던 것이다.

1.

걸출한 향토 예술가는 항상 향토 콤플렉스가 응결된 향토에 뿌리를 박고, 매혹적인 토지 위의 풍토인정을 철저하게 드러내며, 토지에서 생장한 옛 고향의 잊혀지지 않는 삶을 묘사하고, 고향에 대한 진실한 사랑과 한을 표출한다. 이렇게 되어야 그는 풍격이 독특하고 매력이 풍부한 향토예술가가 될 수 있다. 프랑스 농민 화가 밀레는 "나는 농민으로 태어나 농민으로 죽을 것이다. 나는 내 자신의 땅 위에서 지낼 것이며, 결코 나막신만큼도 벗어나지 않을 것이다"[1]고 말했다. 미국의 향토 화가 웨이스는 "나의 작품은 내가 생활하는 향토와 깊이 연결되어 있지만, 나는 결코 이러한 풍경 자체를 그리지 않으며, 그것을 통해 나의 심령 깊은 곳의 기억과 감정을 표현한다"[2]고 말했다. 러시아 작가 톨스토이는 "나의 야스나야 폴랴나[3]가 없었다면 나의 러시아도 없고 나와 러시아의 혈육상련의 관계도 없었을 것이다"[4]고 말했다. 미국 작가 윌리엄 포크너는 "나의 우표만 한 크기의 고향 땅은 정말로 묘사할 가치가 있어서, 한 평생을 쓰더라도 그곳 사람과 사건을 다 쓰지 못할 것이다"[5]고 말했다. 예술가가 익히 알고 있는 자그마한 향토는 향토기운과 지방색채가 넘실거리는 향토예술을 생산한다.

---

1 羅曼·羅蘭, 『米萊傳』, 北京 : 人民美術出版社, 1985, 11쪽.
2 魏斯, 『美國畵家魏斯』, 北京 : 人民美術出版社, 1983, 37쪽.
3 【역주】 톨스토이의 생가가 있는 곳.
4 康·洛穆諾夫, 『托爾斯泰傳』, 天津 : 天津人民出版社, 1981, 77쪽.
5 斯通貝克, 「威廉·福克納與鄉土人情」, 『福克納中篇小說選』, 北京 : 中國文聯出版公司, 1983, 11쪽.

루쉰은 그의 소설 창작에 대해 "그동안 보아온 농촌의 풍경이 더욱 또렷하게 내 눈 앞에서 재현되었다. 우연히 글을 쓸 기회를 얻어 나는 이른바 상류사회의 타락과 하층사회의 불행을 계속 단편소설의 형식으로 발표했다"[6]고 말했다. 고향인 농촌 마을의 생활은 루쉰의 심령 깊은 곳에 깊은 인상을 남겼으며, 어린이의 즐거움, 소년의 쓰라림, 청년의 비애, 성년의 탐색이 교직되어 루쉰 소설 창작의 제재선택과 정감표현에 결정적 역할을 하였다. 루쉰은 자전 속에서 고향에서의 어린 시절과 소년 시절의 생활을 매우 간결하게 서술하고 있다.

> 나는 1881년 저장(浙江) 샤오싱부(紹興府) 성안의 저우 씨의 집에서 태어났다. 아버지는 선비였고 어머니는 루씨로 향촌사람이었다. 그녀는 스스로 공부하여 책을 읽을 수 있는 능력을 갖추었다. 듣자하니, 내가 어렸을 때 집안에 사오 십 묘의 밭이 있어서 생계에 그다지 걱정이 없었다. 그러나 내가 13살 때 집안이 갑자기 커다란 변고를 겪어 거의 남아있는 게 없었다. 나는 한 친척 집에 얹혀살며 어떤 때는 거지라고 불렸다. 나는 그래서 집에 돌아갈 것을 결심했으나 아버지가 또 중병이 들어 약 3년 정도 지난 후 돌아가셨다. 나는 점점 자그마한 학비마저 구할 수 없는 처지가 되었다. 연말에 어머니가 내게 약간의 여비를 마련해주며 학비가 필요 없는 학교를 찾아가라고 했다. 왜냐하면 내가 늘 관리 보좌나 장사를 하지 않으려 했기 때문이다—이것은 우리 고향에서 쇠락한 선비 집안의 자제가 항상 걸었던 두 가지 길이었다.[7]

---

6 魯迅, 「英譯本「短篇小說選集」自序」, 山東師範大學中文系文藝理論教研室 주편, 『中國現代作家談文學創作經驗』 上, 濟南 : 山東人民出版社, 1982, 25쪽.

바로 이러한 고향 생활의 독특한 경력 덕분에 루쉰의 향토 콤플렉스의 복잡성이 성숙되었으며, 고향에 대한 애증의 교차, 고향 사람들에 대한 슬픔과 분노의 융해, 고향을 떠남과 고향의 그리움에 대한 통한, 귀향과 이별의 서글픔 등이 풀어지거나 안정되기 어려운 정감의 복잡함과 모순 충돌을 조성하였다.

어린 시절의 기억은 작가의 창작에 많은 영향을 미친다. 프로이드는 예술가의 어린 시절 경험에 대한 관심과 분석을 매우 중시하여, "『햄릿』은 세익스피어의 어린 시절 아버지에 대한 감정 회복"[8]이며, 「모나리자」는 다빈치의 "어린 시절 어머니에 대한 기억"[9]이라고 인식하였다. 물론 프로이드는 생활과 창작에서 감정의 작용을 과장하여 그 이론 가설에 결함이 존재하지만, 예술가의 어린 시절의 경험과 창작의 관계에 대한 분석에 정밀한 부분이 적지 않다. 어린 시절의 루쉰은 "생계에 그다지 걱정이 없는" 집안 형편으로 인해 기억 깊은 곳에 어린 시절의 시간이 따스하게 남아있었다. 여름 밤 집 앞의 계수나무 아래서 할머니의 무릎을 베고 듣던 매혹적인 이야기, 청명절에 성묘하러 가서 본 맑은 물가의 검은 돌, 말 조련장에서 본 아름다운 풍경. 그리고 안챠오터우 농촌에서 하루 종일 농민의 아들과 함께 낚시를 하고 새우를 잡고 소를 방목하며 거위를 보았고, 정월에 장원수이의 이야기를 들으며 새를 잡고 작살로 오소리를 찌르고 조개를 줍

7 魯迅, 「魯迅自傳」, 『魯迅全集』 제8권, 北京 : 人民文學出版社, 1981, 305쪽.

8 弗洛伊德, 「『俄狄浦斯王』與『哈姆雷特』」, 張喚民·陳偉奇 역, 『弗洛伊德美術選』, 北京 : 知識出版社, 1987, 18쪽.

9 弗洛伊德, 「列奧那多·達·芬奇和他的童年的一個記憶」, 위의 책, 84쪽.

고 튀어 오르는 물고기를 보았다. 검은 돛단배를 타고 사원에 가서 마을 연극을 본 일은 영원히 잊혀지지 않는 기억을 새겨주었으며, 목련희에서 본 귀신 분장은 선명하고 생생한 인상을 남겨주었다. 어린 시절의 생활이 루쉰에게 남긴 것은 주로 감미롭고 따스하며 즐겁고 순수한 기억이었다. 이로 인해 루쉰은 고향에 대한 애착과 깊은 사랑을 가지게 되었고, 중년이 된 루쉰은 깊은 정을 다음과 같이 표출하고 있다.

> 어떤 때는 어린 시절 고향에서 먹었던 야채와 과일인 마름 씨, 누에콩, 줄 새싹, 참외 등을 여러 차례 기억하곤 했다. 모두 매우 신선하고 맛있는 것이어서 고향의 그리움에 빠지게 했다. 나중에, 오랜 시간 지난 후 맛을 보았더니 별 게 아니었다. 내 기억에서만 그렇게 남아있을 뿐이었다. 그것들도 평생 나를 속이며 때때로 돌이켜보게 할지 모르겠다.[10]

고향의 그리움에 흠뻑 빠지게 한 야채와 과일은 이미 그리움의 상징물이 되어 루쉰 어린 시절의 따스한 기억이 가득한 이미지가 되었다. 그래서 정보치도 다음과 같이 말하고 있는 것이다.

> 애향심의 표현은 충동적이고 일시적인 감정에서만이 아니라 미묘한 감정 속에서도 많은 애향심이 삼투되어 있다. 고향의 산천초목, 정원은 항상 우리의 꿈속에 맴돌고 있다. 중요치 않은 특이한 식물도 고향에 대

10 魯迅, 「朝花夕拾 · 小引」, 『魯迅自編文集 · 朝花夕拾』, 天津人民出版社 · 香港炎黃國際出版社, 1999, 2~3쪽.

한 우리의 매우 풍부한 기억을 떠올리게 한다. 애향심, 향토에 집착하는 감정, 고향의 기억은 문학에서 매우 중요한 것이다.[11]

만일 가정의 대변고가 없었고, "단란한 가족이 빈곤에 빠지는" 불행이 없었다면, 후일의 위대한 사상가 문학가 혁명가 루쉰이 존재하지 않았을지도 모른다. 그는 어쩌면 조상의 뒤를 이어 수재 거인이 되거나 고향의 풍경을 읊조리는 전원시인이 되었을 것이다. 조부의 과거 부정행위는 루쉰 일가를 단란한 가정에서 빈곤에 빠지게 했으며, 루쉰은 가정의 변고 속에서 더욱 광범하게 사회를 접촉하고 인생에 대해 더욱 깊이 있게 사유하게 되었다.

나는 이러한 과정에서 세상 사람들의 진면목을 볼 수 있었을 것이라고 생각한다.[12]

할아버지가 하옥되어 루쉰은 기거생활을 시작하면서 삭막하고 조롱하는 눈빛과 식인하는 사람들의 모욕을 받았다. 부친의 병으로 루쉰은 항상 전당포와 약방에 출입하며 모욕과 천대 속에서 전당포 높은 계산대에서 돈을 받았고 다시 마찬가지로 높은 계산대에 가서 약을 샀다. 아버지의 사망으로 루쉰은 집안 어른들의 무시를 받고 또 그가 물건을 몰래 팔아버린다는 소문이 나, 루쉰은 사회의 삭막함과 세태의 냉정함을 실제로 겪을 수 있었다. 어린 루쉰이 고향에서 따스한 사랑

11 鄭伯奇, 「國民文學論」, 『創造周報』 제34호.
12 魯迅, 「吶喊 · 自序」, 『魯迅選集』 제1권, 1쪽.

을 더 많이 받았다고 한다면, 소년 루쉰은 고향 땅에서 냉정한 증오를 더 많이 느꼈다고 해야 할 것이다.

> S성 사람들의 얼굴은 벌써 다 익숙하고 속마음도 분명히 알 수 있을 듯하다. 그들과는 종류가 다른 사람을 찾아야 한다. S성 사람들이 싫어하는 사람들을 찾아야 한다. 축생이든 악마든 상관없이.[13]

루쉰은 고향 사람들에 대한 증오의 감정을 가지고 고향 땅을 떠나, "다른 길, 다른 지역으로 가서 다른 사람을 찾았다".[14] 냉대와 조롱을 받은 소년 시절 특유의 불행은 루쉰의 고향에 대한 증오를 주체적 감정으로 만들었고, 어린 시절 형성된 고향에 대한 따스한 사랑은 주체적 감정에 억눌려 부차적 지위로 밀려난 정감 기억이 되었다. 비록 고향의 정감이 여전히 루쉰 심령 깊은 곳에서 지워지지 않는 기본적인 색채가 되었더라도 말이다. 이 점이 이후 루쉰 소설 창작의 정감기조, 표현방식 그리고 소설풍격을 결정하여, 루쉰은 향촌사회에서 사람들 사이의 삭막한 관계와 정감 단절의 묘사를 소설의 기본 모티브로 삼았다. 하지만 매우 냉정한 표현방식 속에서도 향토의 정감이 충만한 사랑이 배어있어서, 리창즈가 1935년에 다음과 같이 지적한 바 있다.

> 루쉰의 차갑고 무관심하며 차분한 필치는 오히려 가장 열렬하고 분개하며 격앙되면서도 동정심이 최고조에 달한 감정을 전달하였다.[15]

---

13 魯迅, 「朝花夕拾 · 鎖記」, 『魯迅選集』 제1권, 431쪽.
14 魯迅, 「吶喊 · 自序」, 『魯迅選集』 제1권, 1쪽.

2.

향토 콤플렉스는 벗어나기 어려운 누적된 정감으로 특히 고향을 떠난 나그네 심리 속에 더욱 짙게 표현되어 있다.

> 어떤 사람이든 남녀노소의 차이에도 불구하고, 누구나 고향 땅에 대해 집착하는 감정이 있다.[16]

다른 길 다른 지역으로 떠난 루쉰이 처음 고향을 떠나 타향에 머물렀을 때, 억제할 수 없는 향수가 1898년에 쓴 「알검생잡기」에 강렬하게 표현되어 있다.

> 나그네가 해가 지려 할 때, 어둔 빛이 짓눌러, 사방을 둘러봐도 고향 사람 없고, 귀 기울여 봐도 타향의 소리다. 마음은 저 멀리 떨어진 고향에 이르고, 노친과 동생에게 제때 연락하고 싶지만, 지금 낯선 곳 가야 한다는 걸 생각하니, 이 순간 실로 연약한 창자 끊어지려 하고 눈물이 흘러 고개를 들 수가 없다.[17]

고향을 떠나는 고통, 고향을 그리워하는 심정이 짙고 강렬하여 글 속에 생생하게 드러난다. 1900년 1월 루쉰은 광로학당礦路學堂에서 귀

---

15 李長之, 「魯迅作品之藝術的考察」, 天津『益世報』, 1935.6.12.

16 鄭伯奇, 「國民文學論」, 『創造周報』 제34호.

17 魯迅, 「戛劍生雜記」, 『魯迅全集』 제8권, 北京 : 人民文學出版社, 1981, 458쪽.

향하여 새해를 보내고, 2월 학교로 돌아간 후 이별의 정과 고향의 그리움이 깊어져 3수의 석별시를 써 동생에게 보냈다. 그 가운데 "귀가한지 얼마 되지 않아 또 집을 떠나니, 날 저물어 근심이 더욱 깊어진다. 길가에 수많은 버드나무, 바라보니 비통한 꽃이구나"라는 시는 버드나무를 비통한 꽃으로 보는 환각을 통해 집 떠난 나그네의 아쉬운 심정을 매우 진지하고 생생하게 표현하였다. 1901년 4월 초 루쉰은 또 「아우들과 이별하며 3수別諸弟三首」에서 간절한 고향의 그리움을 묘사하고 있다. 그중 한 수가 "꿈속에서 항상 고향으로 달려가니, 이제야 인간세상 이별의 고통 알겠구나. 한밤중 침상에 기대어 아우들 그리워하는데, 등불은 콩처럼 가물거리고 달빛이 밝아지는구나"이다. 루쉰은 또 발문에서 "한가을 밝은 달 나그네를 비추니 더욱 밝아진다. 겨울 밤 한 서린 피리소리 나그네를 만나니 더욱 한스러워진다. 이러한 정경은 초연히 슬퍼지지 않을 수 없다"고 말하고 있다. 루쉰은 타향에서의 학업기간 동안 맴돌았던 고향의 꿈과 가족에 대한 깊은 그리움을, 정경이 교차하는 슬프고 원망스런 시 가운데 생생하게 표현하였다. 1902년 루쉰은 일본으로 유학을 간 후 친구에게 보내는 편지에서도 항상 조국과 고향을 그리워하는 정을 표출하였다. "고국에 대한 기나긴 그리움이 날마다 자라나고 있다", "센다이에 오래 비가 내리더니 오늘에야 날씨가 개이고, 아득히 고향을 그리워하여 마음에 오랫동안 쓸쓸한 기운이 생겼다".[18] 당시 "내 피로 황제를 추앙한" 루쉰은 민족의 전도, 조국의 운명에 대해 깊이 생각하기 시작했으며, 고향과

18 周芾棠, 『鄕土記憶-魯迅親友憶魯迅』, 西安 : 陝西人民出版社, 1983, 135쪽.

조국을 그리워하고 고향과 조국을 사랑하는 정감이 불가분하게 연결되어 있었다. 비록 고향을 그리워하는 정서가 불시에 흘러나오기는 했지만, 확실히 난징에서 공부할 때처럼 강렬하지는 않았다.

1909년 루쉰은 귀국 후 먼저 항저우杭州에서 나중에 샤오싱으로 돌아가 교직을 맡았다. 그는 지산稽山 샹루펑香爐峰을 오르며 식물표본을 채집했고, 우릉[19]에 올라 우릉의 비문을 탁본하였다. 둥후東湖로 내려가 배를 타고 허우산吼山에 올라 샘물을 마셨다. 루쉰은 고향의 문학 진보단체 월사越社를 조직하여 『월탁일보越鐸日報』를 발간하고 『월사총간越社叢刊』을 출판하였다. 저우쭤런과 함께 『후이지군 고서 잡집會稽郡故書雜集』을 편집하고, "책 속의 현인들의 이름, 언행의 자취, 풍토의 종류는 대부분 지방지에 기록된 것으로, 이것이 없었다면 볼 수 없었을 것이다. 기록에 남은 지방 사람들을 통해 풍속과 언행에 관한 자료를 제공하니 옛 일을 잊지 않기를 바란다"고 했다.[20] 루쉰은 그리운 향토의 정을 고향을 드높이는 문화로 삼아 여기에 전심전력을 다하였다. 향토 콤플렉스는 시종 루쉰의 내면 깊은 곳에 맺혀 있었는데, 어린 시절의 따스함, 소년 시절의 쓰라림이 애증이 교차하는 정감 기억으로 응결되었다. 1928년 출판된 산문집 『아침 꽃을 저녁에 줍다朝花夕拾』는 이러한 잊히지 않는 기억을 의식적으로 서술하고 고향을 그리워하는 애절함을 고집스레 표출하였다. 1931년 루쉰은 백색공포의 도시 상하이에 거주하면서 친구들에게 보내는 편지에서 그가 있는 곳을 "정

19 【역주】위릉(禹陵)은 샤오싱 시의 동남쪽 5km 거리에 있는 중국 최초의 왕조인 하(夏)나라를 창시한 우(禹)왕을 기리기 위한 능묘이다.

20 魯迅, 「『會稽郡故書雜集』序」, 『魯迅全集』 제10권, 北京 : 人民文學出版社, 1981, 32쪽.

말로 가시밭 속에 있는 것 같다"고 비유하였다. 또 "때론 위험스런 이곳을 떠나고 싶으나, 옛 고향이 그리워도 옷이 떨어져 즉시 갈 수가 없다. 나그네는 고향을 회상하고 풀은 산을 그리워하니, 슬프구나"라고 했다.[21] 암흑사회 현실에 대한 분노 속에 고향에 대한 짙은 그리움이 드러나 있다. 루쉰은 펑쉐펑馮雪峰에게 "농민을 묘사하려고 샤오싱으로 돌아갔다"[22]고 말한 적이 있다. 그는 만년에 쉬친원許欽文과 샤오싱으로 돌아가 "지산의 맑은 물" 사이의 단풍을 보고 고향의 낯익은 농민을 보러가자고 약속했다.[23] 1936년 10월 루쉰은 병이 위중할 때 친구에게 보내는 편지에서 짙은 향토의 정을 드러냈다. "잠시라도 고향에 거주하는 것이 본래 숙원이었다. 그러나 타향이 낯선데도 고향에 돌아갈 수가 없다."[24] 루쉰은 고향에 돌아갈 수 없는 깊은 유감을 지닌 채 인간 세상과 이별하였다.

고향은 루쉰의 마음속에서 이토록 사랑스러우면서도 가증스러운 대상이었다. 루쉰이 고향 땅을 그리워하기는 했지만 1919년 11월 쉬서우상에게 보내는 편지에서 다음과 같이 말하고 있다.

> 내년 소흥 집을 가족의 압박 때문에 팔아버리고 가족을 데리고 베이징에서 살며, 다시는 고향에 돌아가지 않으려 한다. 근래 소흥에 대한 감정이 날로 나빠지는데 그 이유를 알지 못하겠다.[25]

---

21 魯迅, 「致李秉中」, 『魯迅書信集』 상, 北京 : 人民文學出版社, 1976, 270쪽.
22 周芾棠, 『鄉土記憶-魯迅親友憶魯迅』, 西安 : 陝西人民出版社, 1983, 135쪽.
23 위의 책, 203쪽.
24 魯迅, 「致曹聚仁」, 『魯迅全集』 제13권, 北京 : 人民文學出版社, 1981, 648쪽.
25 魯迅, 「致許壽裳」, 『魯迅書信集』 상, 北京 : 人民文學出版社, 1976, 21쪽.

비록 루쉰이 『아침 꽃을 저녁에 줍다』 「소인小引」에서 고향의 그리움에 빠지게 하는 야채와 과일을 정겹게 기억하고 있지만, 1926년 「즉흥일기」에서는 "샤오싱에 대해 (…중략…) 내가 증오한 것은 음식이다. (…중략…) 샤오싱에서 몇 차례 대 기근을 만난 적이 있는데 마을 사람들을 꽤 놀라게 하여 마치 내일 세계종말이 오는 것 같았으며, 오로지 저장한 마른 음식만을 좋아했다".[26] 루쉰은 고향에 대해 매우 복잡하고 모순적인 정감이 충만하여, 열애와 증오, 그리움과 비하, 슬픔과 분노, 희망과 실망 등이 시종 모순적으로 교직되어 있었다. 이러한 복잡한 정감은 어린 시절의 따스한 기억과 소년 시절의 고생스런 경력에 기초하면서, 또 역사의 변천과 사회발전 속에서 루쉰의 인생환경이 변화하고 사상관념이 발전함에 따라 변화 발전한 것이다. 그 가운데서 우리는 어쩌면 비교적 또렷한 정감의 맥락을 정리해 볼 수 있을 것이다.

3.

만일 융의 심리학이론으로 분석한다면 향토 콤플렉스는 집체 무의식에 속한다. 그것은 인류 조상이 대대로 유전되어온 생활과 행위모식을 포괄하며 심령이 시초부터 성장 발전해온 원시 이미지를 저장하고 있다.

---

26 魯迅, 「馬上支日記」, 『魯迅選集』 제2권, 300쪽.

사람은 지난 세월의 생활 경력 속에서 각종 원시적 이미지를 계승하는데, 여기서 말하는 지난 세월은 인류 조상의 모든 생활 경력을 포함하고 또 전 인류 혹은 동물 조상의 지난 세월의 모든 생활 경력도 포함한다.[27]

신석기 시대부터 원시 농업이 날로 발달하여 원시인이 비교적 장기간의 정주생활을 시작했고 점차 농업경제를 기초로 하는 촌락을 형성하였다. 혈연가정과 씨족사회가 출현하면서 인류의 조상이 고향에 대한 그리움을 지니게 되었다. 인류가 문학 창작을 한 이래 고향 땅에 대한 그리움, 고향에 대한 추억을 표현하여 향토 콤플렉스가 삼투한 고향을 그리워하는 문학의 원형을 구성하였다. 『시경詩經』 가운데 "옛날에 내가 떠날 때는 버드나무 무성했는데, 이제 내가 돌아갈 생각하니 눈과 비가 흩날린다. 가는 길은 더디고, 목도 마르고 배도 고파라. 내 마음 쓰라려도, 내 슬픔 아는 이 없구나"[28]라는 구절은 귀향하는 나그네가 고향을 그리워하는 갈망을 표출하고 있다. 『악부樂府』 가운데 "높은 산 위의 나무, 바람이 부니 잎새가 떨어진다. 한번 가면 수천리 길, 언제 다시 고향에 돌아갈까"[29]라는 구절은 고향에 돌아가려는 나그네의 갈망을 표현하고 있다. 왕유王維의 "당신은 고향에서 오셨으니, 당연히 고향 소식 아시겠지요. 오시던 날 비단 창문 앞에, 겨울 매화가 피었던가요"[30]라는 질문, 가현옹家鉉翁의 "전당에서 산 적이 있는데, 두견새 소리 듣고 고향 촉이 생각났네. 오늘 밤 꿈에는, 전당에 갈지 촉'

---

27 卡·霍爾, 沃·諾德拜, 『榮格心理學綱要』, 鄭州 : 黃河文藝出版社, 1987, 33쪽.

28 "昔我往矣, 楊柳依義. 今來我思, 雨雪霏霏. 行道遲遲, 載渴載饑. 我心傷悲, 莫知我哀."

29 "高高山頭樹, 風吹葉落去. 一去數千里, 何當還故處."

30 "君子故鄉來, 應知故鄉事), 來日綺窓前, 寒梅春花未."

에 갈지 모르겠네"[31]라는 기대, 이백李白의 "오늘 밤 노래 속에 이별가를 듣고, 고향이 생각나지 않는 사람이 있겠는가",[32] 노륜盧綸의 "어디선가 갈대 피리소리 들리니, 밤새 병사들이 고향에 생각에 빠져 있겠네"[33] 등은 풍경을 보고 감정이 일어나고, 사물에 기탁하여 뜻을 표현하고, 높은 곳에 올라 멀리 바라보고, 소리를 듣고 슬퍼한 것이다. 모두 매우 감동적으로 고향을 그리워하는 마음을 표현하여, 고향의 그리움이 문학 창작의 기본 모티브가 되고 향토 콤플렉스가 맺힌 문학 원형을 이루었다.

루쉰의 향토소설은 주로 귀향 원형과 고향 그리움의 원형을 이야기로 서술하여 향토 정감이 충만한 독특한 시각과 창작 모식을 이루었다. 「광인일기」가 "마침 귀향하던 참에", "길을 돌아 방문한" "지난 중학교 때의 친한 친구"가 소설의 일기체 이야기를 전개하는 데 계기를 제공했다면, 「고향」, 「축복」, 「술집에서」, 「고독자」 등의 작품은 고향을 떠난 주인공 '나'가 고향으로 돌아가는 것을 서사시각으로 삼아 '나'가 보고 들은 바를 통해 이야기를 전개한다. 귀향자가 귀향한 후 심리 정서의 파동 기복, 정감과 현실의 모순 충돌은 작품에서 전력으로 묘사하는 부분이며 심지어 이야기 전개의 골간이 된다. 「고향」에서 10여 년간 고향을 떠난 '나'는 고향으로 돌아가는데, 기억 속의 고향은 이미 아득한 아름다운 꿈이 되었다. 고향으로 돌아가려는 열정과 옛 꿈을 찾는 갈망이 고향의 소슬한 풍경과 옛 꿈이 사라진 실망과

31 "曾向錢塘住, 聞鵑憶蜀鄉. 不知今夕夢, 到蜀到錢塘."
32 "此夜曲中聞折柳, 何人不起故園情."
33 "不知何人吹芦管, 一夜征人盡望鄉."

모순되어, 귀향자의 심리에 강렬한 정감 충돌을 형성하였다. 기억 속의 어린 시절 룬투와 현실 속의 성년 룬투의 신상에 나타난 외모에서 마음에 이르기까지의 거대한 변화는 귀향자의 심령이 진동하고 정감이 충돌하는 충격파를 일으켜, 고향 어린 시절의 아름다운 꿈이 룬투의 신상에서 활기차다가 또 룬투의 신상에서 부서지게 되었다. 고향이 쇠퇴하고 비극적인 현실은 룬투의 신상에서 생생하고 구체적으로 전개되며, 귀향자의 고향에 대한 소외감과 단절감도 주로 기억이 아닌, 이미 낯설어진 룬투의 신상에 기초하고 있다.

루쉰 향토소설에서 귀향자는 항상 고향을 떠난다. 고향은 더 이상 나그네의 정신의 집이 아니며, 고향으로 돌아온 나그네는 여전히 돌아갈 집 없는 손님이다. "북방은 물론 나의 옛 고향이 아니라고 느끼지만 남방으로 와도 손님으로 간주될 뿐"이어서, 귀향의 목적은 오로지 집을 팔고 이사를 가기 위한 것이다. 「축복」에서 고향에 집이 없고 잠시 루쓰 나리의 집에 거주하는, 막 귀향한 '나'는 루쓰 나리와 말이 서로 맞지 않고, 샹린 댁이 죽었다는 소식을 들으며 루전을 떠날 결심을 한다. 귀향자는 고향과 소거되기 어려운 이질감과 단절감을 느끼는데, 이는 서양문명과 문화사상의 영향을 받은 현대 지식인이 중국 전통문화와 사상에 갇힌 낡고 정체된 향촌사회 사이의 대립이다. 「술집에서」의 길을 에돌아 고향에 방문한 '나'는 익숙한 S성에서 오히려 손님이 되어, 술집 아래의 매화꽃이 핀 폐허 정원만이 고향의 따스한 기운을 느끼게 할 뿐이다. 「고독자」에서 초봄 오후에 S성으로 돌아온 '나'는 고독자 웨이롄수의 장례를 치른 후 자신도 고독자가 되어 홀로 달빛 아래 축축한 돌길 위를 천천히 걷는다. 이렇게 귀향 모식으로 서술한 작품 가운데 귀향자는 모두 고향에 받아들여지지 않는 고독자이다. 그들은 행동거지에서 정감에 이르기까지 고향에 의지하고 옛 꿈에 의지하려고 할수록 그들은 고향과의 거리감과 단절감을 더욱 느끼게 되고 고향에 머물기가 힘들며 새로운 길을 탐색하려는 신념을 더욱 굳건하게 한다.

루쉰의 산문집 『아침 꽃을 저녁에 줍다』는 대부분 옛 일을 거듭 제기하는 사상모식으로 어린 시절의 지난 일을 추억하고 고향을 그리는 정을 표출한다. 어린 시절 여름 밤 계수나무 아래서 들은 이야기를 회고하고, 둥관에서 오창회五猖會를 구경한 드물고 성대한 일을 서술하고, 활발하고 해학적이며 무서우면서도 사랑스런 훠우창活無常을 묘사하고, 사람 얼굴의 동물, 머리가 아홉 개인 뱀 이야기가 있는 『산해경山海經』을 서술하는데 모두 고향을 그리워하는 깊은 정이 넘친다. 루쉰의 문언소설 「옛 일을 기억하며懷舊」는 향토소설의 첫 작품으로 간주될 수 있는데, 한 아이의 시각으로 오랜 향촌에서 발생한 이야기를 서술하며, 터무니없는 풍파 속에서 나타난 향촌 사람들의 우매하고 마비된 심리를 비판한다. 작품 속에서 아이는 여름 밤 오동나무 아래서 더위를 피하며 이야기를 듣는데, 물을 떠 개미굴에 붓는 희극, 누워서 비가 파초를 때리는 소리를 들으며 잠드는 일은 모두 어린 시절의 고향 생활에 대한 그리움과 추억이 들어 있어 고향 그리움의 원형적 색채를 지니고 있다. 「마을 연극」은 고향 그리움의 원형적 의미를 지닌 전형적인 소설이다. 루쉰은 도시에서 두 차례 경극을 볼 때 자리 찾는 어려움과 재미없는 노래 연기에 대해 서술하면서, 어린 시절 고향에서 배를 타고 마을 연극을 본 아름다운 기억을 끌어들인다. 아름답게 울리는 피리소리, 달빛 비치는 강가의 연극무대, 배 위에서 연극을 보던 만족감, 배 위에서 콩을 삶던 즐거움. 극장에 들어가 경극을 보던 참을 수 없이 힘든 경험과 야외에서 마을 연극을 보던 재미와 뿌듯함이 아주 선명한 대조를 이루어 깊은 망향의 정을 기탁하였다. 작품 결미의 "사실 그로부터 지금까지 나는 그날 밤처럼 맛있는 콩을 먹은 적이 없었다. ―또 그날 밤처럼 재미있는 연극을 다시 본 적도 없었다"는 서술은, 어린 시절 아름다운 꿈이 재현되기 힘든 진한 아쉬움을 드러내고 해소될 수 없는 향토 콤플렉스를 부각시킨다.

미국의 심리학자 홀과 노드비는 융의 원형이론을 통해, "원형을 심령 속에서 완전히 인쇄된 사진으로 간주해서는 안 되며, 그것을 개체의 지난 세월 생활경험에 관한 기억 이미지로 간주해서도 안 된다"라고 인식하였다. 그들은 원형이 오히려 경험에 의해 현상된 원판이라고 여겼는데, 바로 융이 지적한 대로 "원시 이미지는 사람들에게 인식되고 또 이 때문에 의식적인 경험으로 활용되는 재료가 충만할 때, 그 내용이 비로소 확정되어진다"[34]는 것이었다. 향토 콤플렉스는 루쉰 소설이 귀향과 고향 그리움의 문학 원형을 선택하도록 했으며, 그는 이러한 원시 이미지가 고향의 정을 표현하는 데 있어서 그 중요한 의의를 인식하였다. 루쉰은 자신의 독특한 의식경험의 재료를 가득 채움으로써 향토 콤플렉스의 독특한 풍모를 전개했던 것이다.

---

34 卡・霍爾, 沃・諾德拜, 『榮格心理學綱要』, 鄭州 : 黃河文藝出版社, 1987, 36쪽.

4.

저우쭤런은 「루쉰 소설 속의 인물」에서 다음과 같이 지적했다.

> 저자는 자신의 고향에 대해 줄곧 깊은 그리움을 표시한 적이 없다. 이는 소설에서 그러할 뿐 아니라 『아침 꽃을 저녁에 줍다』에서도 마찬가지이다. 대체로 향촌 사람들에게 반감이 아주 컸는데, 일반적인 봉건 사대부 이외에 특이하게도 선생님과 은행 직원(향촌에서는 '은행관'이라고 부른다) 두 부류에게 혐오감을 지녔다.[35]

저우쭤런의 관점은 편파적인 면이 있지만 루쉰의 고향 사람들에 대한 증오감을 진실하게 말하고 있다. 루쉰이 소년 시절 지녔던 장남으로서의 특수한 신분과 경력 그리고 루쉰이 후에 민족의 뿌리, 민족의 운명에 관한 사고와 탐색에 집착했기 때문에, 루쉰이 묘사한 향촌은 저우쭤런과 확연히 다른 선택과 취향을 드러낸다. "문예는 자기의 표현일 뿐"이라고 입장을 바꾼 저우쭤런은 고향의 야채, 검은 돛단배, 마름 열매, 소흥주 등의 향토풍물을 따스함이 충만하게 묘사하는 가운데 개인 본위주의 삶의 예술추구를 드러냈다. 그러나 루쉰은 고향 생활을 기점으로 삼아 병증을 들추어 치료 방법을 찾으려 했고, 국민의 침묵하는 영혼을 그리면서도 고향과 민족에 대한 넓고 깊은 사랑을 표현하였다.

35 周遐壽, 『魯迅小說里的人物』, 北京 : 人民文學出版社, 1981, 109쪽.

집단무의식으로서 향토 콤플렉스는 인류 조상의 지난 세월의 생활경력과 정감체험을 포함하는 원시 이미지이다. 그것은 작가의 심령 구조 속에 각인되어 있지만, "각인의 형식은 내용이 가득한 이미지 형식이 아니며 처음부터 내용이 없는 형식이다. 이러한 형식은 지각과 행위에 해당하는 모종 유형의 가능성일 뿐이다".[36] 상이한 작가들은 모두 독특한 의식경험의 재료로 이러한 원시 이미지를 충실하게 하고 상이한 정감 표현방식을 드러냄으로써 작품에 독특한 예술풍격을 지니게 한다. 루쉰 향토소설의 영원한 매력과 독특한 풍격은 바로 풍부하고 독창적인 내용을 향토 콤플렉스라는 내용 없는 형식에 주입한 데서 기인한다.

루쉰의 향토 콤플렉스 속에 뜨겁게 녹아든 민족정감은 소설의 향토 정감 표현에 있어서 막대한 의미를 지닌다. 1923년 정보치는 「국민문학」에서 향토문학은 구석진 향토 정감에 대한 표현이라고 지적하면서 다음과 같이 인식하였다.

> 국민문학은 이렇게 협소하지 않으며, 향토정감을 국민 공동생활의 경지 위로 올려놓아야 한다. 향토문학은 물론 매우 필요하지만 국민문학은 사실주의와 일정 정도 결합되어야 자연스레 발전할 수 있다. 그래서 현재 향토문학을 제창하는 것보다 국민문학을 먼저 건설하는 것이 순서상의 필연적인 길이다.[37]

정보치는 작가들이 창작의 정감을 구석진 땅에 국한하는 것에 반대

36 卡·霍爾, 沃·諾德拜, 『榮格心理學綱要』, 鄭州 : 黃河文藝出版社, 1987, 35쪽.
37 鄭伯奇, 「國民文學論」, 『創造周報』 제34호.

했는데, 당시 창작에 매우 중요한 의의를 지닌다. 그러나 그가 향토문학과 국민문학을 확연히 대립시킨 것은 분명 타당하지 못한 일이었다. 루쉰의 어떤 소설은 향토문학과 국민문학의 융합이라고 할 수 있었다. 루쉰은 신세기의 문턱에 서서 현대 서양문명과 문화사조를 깊이 있게 이해하고 흡수하면서, 중화민족의 고원한 역사와 전통문화에 대해 심도 있게 연구 분석한 후, 아래를 조망하듯이 세계 현대문명을 참조하여 중화민족의 현실과 미래를 사색하였다. 그는 자신이 잘 알고 있는 고향 사람들의 생활을 묘사대상으로 선택하여, 민족현실에 대한 관심과 민족의 미래에 대한 우려를 루전(웨이좡) 사회의 분석과 묘사 속에 구현하고 있었다. 루쉰 향토소설 속에 함축된 정감은 이곳에서 태어나고 자란 고향의 구석진 땅에 대한 그리움의 정감일 뿐 아니라, 이미 "향토정감을 국민 공동생활의 경지로 올려놓은" 것이었다. 고향 사람들의 평범한 생활과 심리성격의 묘사 속에서 민족의 역사와 운명을 전개하고 민중의 각성과 전진을 부르짖기 때문에, 루쉰이 그린 아Q, 룬투, 샹린 댁, 화라오솬 등은 중화민족의 대표로 볼 수 있고, 루쉰이 묘사한 루전, 웨이좡은 중국 사회의 축소판으로 볼 수 있다. 향토성과 민족성, 고향의 정감과 민족의 정감이 매우 자연스럽고도 조화롭게 하나로 융화되어, 고향을 그리워하는 정감의 묘사에만 얽매인 향토작가의 창작에 비해 훨씬 심후한 사상 내함과 훨씬 고차원의 예술경계를 지니고 있다.

루쉰의 향토 콤플렉스 속에 응결된 심원한 역사의식은 소설 속의 향토세계가 심원한 역사적 의미를 지니게 한다. 1928년 첸싱춘은 루쉰이 창조한 것은 "죽어버린 아Q시대"이며, "대부분 현대적 의미가 없다! 시대사상 하에서 생산된 소설이 없을 뿐 아니라 시대를 대표할 수 있는 인물도 없다", "그가 창작한 대부분의 시대는 이미 지나가버려 아득해졌다"[38]라고 인식하였다. 첸싱춘은 혁명의 화신으로 '좌경'의 입장에서 루쉰을 비판하고 편면적인 과격성을 표출하였다. 그렇지만 어떤 측면에서 보면, 첸싱춘도 루쉰 소설의 역사적 의미를 말한 것이다. 정확히 말하자면, 루쉰의 소설은 이미 지나가버린 아득한 시대에 속할 뿐 아니라 막 진행되고 있는 현대사회에 속하기도 한다. 루쉰은 중국 고대 문학과 문화에 대한 정리 연구에 심취한 적이 있었다. 신해혁명이 실패한 후 루쉰은 적막과 고민 속에서 중국 고대문화 유산의 정리와 연구에 몰두했던 것이다.

> 나는 그래서 각종 방법을 사용하여 자신의 영혼을 마취시켜, 국민 속으로 깊이 들어가게 하고 고대로 돌아가게 했다.[39]

바로 루쉰이 고대로 돌아갔기 때문에 중화민족의 역사와 문화 깊은 곳에서 민족의 누적된 병폐의 근원을 탐색하여, 봉건 사회 식인의 본질을 명확하게 통찰하고, 루쉰이 평생 반봉건을 고수한 사상기초를 건립하고, 국민성 문제를 탐색하는 창작을 선택할 수 있었다.

> 역사를 공부하면 중국의 개혁이 늦춰져서는 안 된다는 점을 더욱 깨달을 수 있다. 국민성이라 하더라도 개혁할 것은 개혁해야 한다. 그렇지 않으면, 야사나 잡록에 쓰인 일들이 그대로 되풀이 될 것이다.[40]

---

38 錢杏村, 「死去了的阿Q時代」, 『太陽月刊』 제3호, 1928.
39 魯迅, 「吶喊 · 自序」, 『魯迅選集』 제1권, 4쪽.

루쉰이 풍부하게 민족역사와 문화를 연구 사색하고, 서구 현대문명과 문화를 광범위하게 흡수하고 참조했기 때문에, 향토색채가 농후한 향촌 생활의 묘사 속에서 역사의 두께와 깊이를 드러낼 수 있었다. 루쉰이 그의 "눈을 거쳐 간 중국의 인생"을 냉정하게 묘사하기는 했지만, 이러한 인생은 "묵묵히 태어나 자라다가 시들어 죽는 것이 마치 큰 돌 아래 눌려 있는 풀처럼 이미 4천 년의 역사를 지닌"[41] 인생이었다. 루쉰은 "현대 중국인의 영혼"을 묘사하려고 노력했지만, 이러한 영혼은 바로 "고유하고 진부한 문명에 의지하여 모든 것이 나쁘게 굳어버린" 영혼이었다. 루쉰은 자신이 묘사한 향촌사회의 오랜 풍습과 아Q·룬투들의 마비된 영혼 속에서 중화민족의 오랜 역사와 문화를 투시할 수 있다. 이점으로 보자면, 첸싱춘이 말한 루쉰 소설은 "이미 지나간 아득한" 시대의 역사에 속한다고 할 수 있지만, 이는 루쉰 소설의 현대색채를 경시한 것이다. 루쉰은 현대에 주목하고 현대에 발을 디디면서 "고대로 돌아간 것"이며, 또 역사 깊은 곳에서 출발하여 사회현실에 관심을 가지고 현실 속의 인생을 묘사하였다. 이 점이 바로 깨어있는 현실주의자로서 루쉰의 위대성과 깊이가 있는 부분이다.

루쉰의 향토 콤플렉스 가운데 증오가 스며든 정서 기억은 소설이 냉정한 정감 표현의 색채를 띠도록 했다. 가정의 대 변고 후의 곤궁함으로 소년 루쉰은 조롱과 모욕을 받았고, 세태의 삭막함을 느꼈으며, 세상 사람들의 진면목을 보았다. 고향에 대한 증오는 심령 속의 제일 강

40 魯迅, 「這個與那個」, 『魯迅選集』 제2권, 224쪽.

41 魯迅, 「俄文譯本「阿Q正傳」序」, 山東師範大學中文系文藝理論教研室 주편, 『中國現代作家談文學創作經驗』 上, 濟南 : 山東人民出版社, 1982, 7쪽.

렬한 정서 기억이 되었다. 이러한 지워지지 않는 기억이 향토 콤플렉스 속에 스며들어 자연스레 향토소설 창작에 영향을 끼쳤다. 리창즈는 "농촌을 묘사할 때 공교롭게도 그는 항상 조롱 받는 비애감, 적막 그리고 황량함을 발휘하여 자기 자신을 감염시킬 뿐 아니라 모든 독자들을 감염시킨다"[42]라고 말했다. 이 때문에 루쉰 소설은 항상 냉정한 필치와 분노의 감정으로 향촌사회 하층 사람들이 조롱을 받고 모욕을 당하는 장면을 묘사하고, 진실과 애정이 결핍된 국민성을 폭로 비판하였다. 쿵이지는 셴헝 주점에서 놀림을 받고, 샹린 댁의 아마오 이야기는 혐오를 받고, 아이구의 이혼에 대한 반항은 도와주는 사람이 없고, 웨이롄수는 귀향하여 상을 치르지만 고독하고 서글프며, 단씨 댁은 모욕을 받고 조롱을 당하며, 불을 끈 미치광이는 욕을 먹고 구금을 당한다.

> 놀리고 조롱하며 약자의 상처를 괴롭히는 이야기는 영원히 루쉰 소설에서 표현하려는 내용이며 (…중략…) 이것이 루쉰 자신의 상처이기 때문이다.[43]

루쉰은 소년 시절 조롱을 받은 체험과 분노를 소설 속의 모욕 받는 자의 신상에 이입하여, 평범하고 하찮은 인생의 슬픈 장면을 냉정하게 묘사하고, 소년 시절의 고향 기억을 투영하여 삭막한 세태에 대한 증오를 부각시킨다. 루쉰의 향토소설 가운데 「마을 연극」과 「고향」에서 어린 시절의 아름다운 기억을 묘사한 것을 제외하면 대부분의 작품은 오

42 李長之, 「魯迅作品之藝術的考察」, 天津, 『益世報』, 1935.6.12.
43 위의 글.

래되고 누추하며 온정이 결핍된 향토사회를 힘껏 서술한다. 사실적 수법으로 마비된 자가 의식하지 못하는 우매하고 냉혹한 사회환경을 묘사하든, 아니면 귀향 모식으로 귀향자가 포용되기 어려운 쇠퇴하고 삭막한 고향 현실을 그리든, 루쉰은 모두 해부용 칼 같은 필치로 묘사하였다. 이는 당연히 루쉰이 병세를 드러내어 치료 방법을 구하려는 창작 목적과 상관되며, 더욱 중요하게는 루쉰 심령 깊은 곳에 조롱을 받은 정서 기억에 기초하고 있다. 이것이 루쉰 향토소설 창작의 독특한 표현 방식과 정감취향을 결정했기 때문에, 루쉰 소설 특징이 "첫째도 냉정하고 둘째도 냉정하고 셋째도 냉정하다"[44]고 칭해지는 것이다. 그러나 이 점이 결코 루쉰이 향토정감이 결핍된 작가라고 말하는 것은 아니다. 루쉰의 고향에 대한 증오는 바로 고향에 대한 깊은 애정, 민족에 대한 심원한 사랑에 기인한다고 할 수 있다. 그는 고향 사람들이 이러한 우매하고 마비된 인생을 각성하고 인식하고 변화시켜, '인간'으로서의 정당한 생활과 권익을 획득하기를 간절히 희망하였다.

> 인생에 전혀 의미가 없는 고통을 제거하고, 다른 사람의 고통을 조장하고 즐기는 혼미함과 포악함을 제거해야 한다. 우리는 인류가 모두 정당한 행복을 누리기를 소망해야 한다.[45]

이는 바로 리창즈가 지적한 바와 같다.

---

44 張定璜,「魯迅先生」,『現代評論』, 1925.1.
45 魯迅,「我之節烈觀」,『魯迅選集』제2권, 10쪽.

루쉰은 냉정하고 무심하며 조용한 필치로 오히려 매우 열렬하고 분노하며 격앙되면서도 동정심이 극치에 달하는 감정을 전달한다.[46]

이 말이 진정으로 루쉰 창작의 토대를 알려주고 있다. 루쉰의 향토 콤플렉스 속의 치열한 민족정감, 심원한 역사의식, 증오의 정서기억은 루쉰의 향토소설이 울분에 가득한 예술풍격을 형성하게 한다.

스토운백은 「윌리엄 포크너와 향토 인정」에서 향토인정은 포크너 소설을 관통하는 "세밀하고 강렬한 붉은 선"이라고 인식하였다. 이 붉은 선은 "진리처럼 강대하고, 사악함처럼 흔들리지 않는다. 그것은 생명보다 장구하고, 역사와 전통을 넘어 우리를 정욕·격정, 희망·몽상 및 우환·슬픔과 하나로 결합시킨다".[47] 마찬가지로, 우리도 루쉰의 향토소설이 향토 콤플렉스라는 붉은 선으로 관통되어 있다고 할 수 있다. 루쉰은 이로부터 역사와 현실, 과거와 미래, 실망과 희망, 증오와 사랑 등을 하나로 결합하여, 세계문학의 숲에 우뚝 솟은 위대한 향토작가가 되었다.

46 李長之, 「魯迅作品之藝術的考察」, 天津, 『蓋世報』, 1935.6.12.
47 斯通貝克, 「威廉·福克納與鄉土人情」, 『中篇小說選』, 北京 : 中國文聯出版公司, 1983, 11쪽.

루쉰 향토소설의 민속색채

루쉰은 중국현대 향토문학의 개척자로, 그의 향토소설은 매우 농후한 민속색채를 지니고 있다. 소설 속의 찻집과 술집의 정경, 복을 비는 제사, 마을 추수 감사제와 연극, 출상 제문의 풍습 등에 관한 묘사는 루쉰의 향토소설에 풋풋한 향토의 숨결과 독특한 지방색채가 넘치게 하고, 향촌 사람들의 생존방식과 문화심리를 드러냄으로써 인생을 개조하려는 루쉰의 창작 취지를 생생하게 전달하고 있다.

1.

벨린스키는 "'습속'은 한 민족의 면모를 구성한다. 습속이 없는 민족은 바로 얼굴이 없는 사람, 불가사의하고 실현될 수 없는 환상이나 마찬가지다"[1]라고 인식하였다. 어떠한 민족이든 독특한 습속이 있다.

정신과 물질, 문화와 역사가 융합되고 지방성 · 전승성을 지닌 민속은 사회생활의 중요한 조성부분이기 때문에, 문학사에서 저명한 많은 작가들의 작품은 민속과 관련된 내용을 세밀하게 묘사한다. 고골리의 출세작인 「지깐까 근교 농촌 야화」는 우크라이나 민간 고사 신화 전설을 현실생활의 묘사와 함께 엮어놓아 낙관적이고 유머스런 분위기가 충만하다. 투르게네프의 「사냥꾼 필기」는 향촌생활을 민속풍경, 자연경관의 묘사와 하나로 융합시켜 서정 산문의 기운이 넘친다. 세익스피어의 「베니스상인」은 상자 뽑기 풍속의 묘사, 토마스 하디 「귀향」의 가면 무언극에 관한 서술은 모두 짙은 민속색채를 지니게 하여 작품의 예술 감염력을 증가시킨다.

루쉰의 향토소설은 매우 짙은 민속색채를 지닌다. 루쉰은 소설 속의 인물 고사와 상관된 저둥 지역의 민속을 찾으려고 노력했으며, 그것을 작품의 예술적 분위기와 이야기 흐름 속에 매우 조화롭고 적절하게 배치하였다. 선충원이 항상 작품의 첫 머리에 세밀한 회화繪畫 필법으로 상서 지방 산골의 민간 풍습, 산골 사람들의 순박하고 강건한 생활환경과 변방심리를 서술하는 것과 달리, 루쉰의 향토소설은 항상 매우 간략한 사의寫意 필법으로 저둥 지방 마을의 풍속 묘사를 작품 속에 매우 자연스레 이입시켰다. 이를 통해 향토의 기운이 농후한 이야기 배경이 되고, 의미가 함축된 이야기 공간이 되고, 깊은 감명을 주는 소설의 세부 내용을 형성하여, 진실과 사랑이 결핍된 향토사회와 그 사람들의 마비된 심태를 드러내었다. 이 점이 루쉰 향토소설에 저둥

---

1 別林斯基, 「別林斯基選集」 제1권, 北京 : 時代出版社, 1958, 27쪽.

지역의 독특한 지방색채를 충만하게 하였다.

루쉰의 「축복」, 「풍파」, 「쿵이지」는 생동적인 민속 묘사로 이야기 전개의 배경을 이루고 향토기운이 짙은 향토사회를 서술한다. 「축복」의 첫 부분은 새해의 시끌벅적한 축복(복을 비는 제사)를 이야기의 배경으로 하여, 조왕신을 보내는 폭죽소리, 희미한 화약 냄새가 마을의 새해의 기상을 드러낸다. 루쉰은 축복의 의례를 매우 생동적으로 묘사한다.

> 축복은 루전에 있어서 1년 중 마지막 큰 제사로, 내년 한 해의 행복을 기원하기 위해서 복의 신을 예를 다하여 맞이하는 것이다. 닭과 거위를 잡고, 돼지고기를 사들여 그것을 정성껏 씻는다. 그 때문에 아낙네들의 팔은 모두 물에 불어 새빨개질 정도였다. 개중에는 가늘게 꼬아 만든 은팔찌를 팔뚝에 낀 여자도 있었다. 음식을 삶은 후에는 이 음식들의 가로세로 사방에 숱한 젓가락을 꽂는데, 이것이 '복례'라고 불리는 일이다. 새벽녘부터 차리기 시작하여 향을 피우고 촛불을 밝혀 정성스레 '복신' 앞에 바친다. 의식에 참여하는 사람은 남자만으로 한정되어 있었다. 의식이 끝나면 전과 같이 폭죽을 터뜨리는 것은 말할 것도 없다. 해마다 그랬고 집집마다 그랬으며 — 복례와 폭죽을 살 수 있는 집이라면 — 올해도 물론 그랬다.

루쉰은 바쁘고 즐거운 축복의 의례를 살아있는 것처럼 생생하게 묘사한다. 루쉰은 샹린 댁이 정신이 황폐해진 후 축복 지내는 밤의 환락적인 분위기 속에서 죽게 하여, 향토기운이 짙은 루전의 풍속을 전시하고, 농후한 봉건색채를 지닌 고루하고 폐쇄된 향토사회를 폭로한다. 그리고 샹린 댁의 비극적 이야기 서술을 위하여 즐거운 상황 속에서 슬픔을 묘사하는 독특한 배경을 설정한다. 이로 인해 봉건예교라는 "이름도 없고 의식도 없는 살인집단"에 의해 죽음으로 내몰리는 샹린 댁 이야기가 심금을 울리는 비극적 힘을 더욱 지니게 된 것이다.

「풍파」의 첫 부분에서 루쉰은 민속색채가 매우 강한 민속화를 그린다. 여름날 태양이 산을 넘어간 후 강에 인접한 마을, 사람들은 자기 집 마당에 물을 뿌리고 작은 탁자와 낮은 걸상을 가져와, "노인들과 남자들은 낮은 걸상에 앉아 큰 파초부채를 부치며 잡담을 하고 있었으며, 아이들은 펄쩍펄쩍 뛰어다니기도 하고, 오구목 나무 밑에 앉아 돌멩이를 가지고 놀기도 했다. 여자들은 새까만 마른 나물 삶은 것과 소나무 꽃가루 색의 쌀밥을 가져는데, 김이 무럭무럭 났다". 저우쭤런은 "이 장면은 여름날 민간에서 밥 먹는 정경을 자잘하면서 간결하게 묘사한 것"이며, 주목할 만한 향촌 민속자료라고 인식하였다.[2] 루쉰은 소설의 이야기를 위해 평화롭고 따스한 향촌 마당을 배경으로 설치했지만, 이런 독특한 향촌사회의 무대 위에서 인생의 비극을 상연하고 커다란 변발의 풍파를 일으켜 우매하고 마비된 향민 정신을 폭로하였다. 「쿵이지」 첫 부분에서 루쉰은 루전 주점의 독특한 분위기, 손님들이 술 마시는 정경을 간결하게 묘사한다. 이러한 루전 주점의 풍경 묘사는 쿵이지 이야기를 위해 고풍이 여전히 존재하는 향촌의 배경을 설치하고, 또 쿵이지의 비극적 운명을 위해 등급이 삼엄한 사회 환경을

2 周作人, 『魯迅小說里的人物』, 北京 : 人民文學出版社, 1957, 30쪽.

드러내준다. 리창즈는 "루전과 셴헝 주점은 이 작품에서 독자에게 소개되기 시작한다. 간결하고 조용한 필치로 묘사가 매우 익살스러우면서도 친절하고 또 매우 슬프고 황량한 광경을 느끼게 한다"[3]라고 인식하였다. 루쉰의 「축복」, 「풍파」, 「쿵이지」는 간결하고 핍진한 필치로 농후한 지방색채를 지닌 풍속화를 묘사하여, 작품의 이야기 전개, 인물성격과 운명의 묘사를 위해 향토기운이 충만한 독특한 사회 환경과 문화배경을 설치하였다.

루쉰의 「약」, 「이혼」, 「장명등」, 「마을 연극」 속의 민속 묘사는 소설 이야기의 핵심이 되며, 민속색채를 매우 강하게 지닌 이야기 서사를 통해 그 속에 함축된 깊은 의미와 두터운 정감을 드러낸다. 「약」은 인혈 만두로 병을 치료하는 습속을 주요 이야기로 삼아 혁명가의 선혈로 병을 치료하는 사람들의 우매하고 마비된 정신을 폭로한다. 「이혼」은 향토사회 가부장 권력 통치하의 이혼 분쟁 조정에 관해 묘사하는데, 소설 속의 향촌 신사들이 조정하는 장면, 결혼증서를 서로 바꾸는 이혼절차 등은 모두 민속색채가 충만하며, 봉건세력이 지배하는 향촌사회에서 부녀의 반항이 도와주는 이 없어 무기력하다는 점을 폭로한다. 「장명등」에서 양 무제 시대부터 켜놓은 지광마을 사당의 장명등은 선명한 민속적 의미를 지니고 있다. 작품은 미치광이가 장명등을 끄려고 하자 마을 사람들이 전력으로 미치광이를 막고 끌어내는 장면을 통해, 반봉건 용사의 형상을 상징적인 수법으로 창조하고 폐쇄되고 정체된 봉건 향토사회의 냉정함과 우매함을 드러낸다. 「마을 연극」은 서정적

3 李長之, 「魯迅作品之藝術的考察」, 天津, 『益世報』, 1935.6.12.

필치로 어린 시절 달밤에 배를 타고 마을 연극 보러가는 일을 주요 이야기로 삼는데, 몽롱한 달빛, 아름답게 울리는 피리 소리, 콩 보리의 맑은 향기, 강가의 연극무대, 검은 수염의 라오성老生, 이이 야야 노래하는 샤오단小旦, 붉은 적삼 입은 샤오초우小丑, 앉아서 노래하는 라오단老旦 등은 시골 향기 물씬 풍기는 민속화 속에서 작가의 진한 고향의 그리움을 드러낸다.

루쉰 향토소설의 민속묘사는 소설 배경의 설정, 이야기 구성 과정에서 중요한 의미를 지닐 뿐 아니라, 세부 묘사 가운데서도 저둥 지역 민속의 생동적 묘사를 볼 수 있는데 이를 통해 작품의 민속색채와 향토 분위기를 강하게 한다. 「약」에서 청명절 묘지에 가서 지전을 태우고 제사 음식을 차리는 묘사, 「내일」에서 염을 할 때 부적을 태우고 좋아하는 물건을 놓아두는 묘사, 「풍파」에서 근으로 이름으로 짓는 풍습과 여자아이의 발을 감는 악습 묘사, 「장명등」에서 역서를 살펴 외출을 정하는 풍습과 향신들이 모여 회의하는 장면 묘사, 「아Q정전」에서 야바위 놀음을 하는 장면, 향촉으로 속죄하는 풍습, 조리 돌림을 하는 정경의 묘사, 「고독자」에서 상복을 입고 무릎을 꿇고 배례를 드리고 중이나 도사를 불러 불공을 올리는 입관의식, 죽은 사람의 성별 나이를 적는 대련과 금기하는 사각 종이 풍습의 묘사, 「마을 연극」에서 출가한 딸이 친정에서 와서 여름을 지내는 풍습 묘사, 「이혼」에서 이혼 분쟁을 조정하는 풍습 등은, 루쉰 향토소설을 더욱 생생하고 핍진하게 하여 저둥 지역 민속색채를 띤 향토기운을 충만하게 한다.

2.

민속학자 중징원은 "민속은 문명이나 문화가 발달하지 않은 민족이라 하더라도 인민 사회생활의 중요한 부분을 이룬다. 우리는 민족이나 부락의 사회생활에 민속이 없는데도 홀연히 생존하는 경우를 상상하기 어렵다. 바꾸어 말하면, 민속은 인류 각 집단의 공동생활에서 보편성과 중요성을 지니는 사회현상이다"[4]라고 인식하였다. 루쉰의 향토소설은 저둥 지역 민속이라는 보편성과 중요성을 지니는 사회현상 묘사에 노력하여 민속색채와 향토기운이 농후하게 되었다.

루쉰 향토소설의 농후한 민속색채는 루쉰의 독특한 민속관 즉 민속에 대한 중시와 편애에 기초하였다. 루쉰의 소설은 자신이 말한 바대로 풍경의 묘사에 큰 관심을 두지 않지만, 풍속화의 가치와 묘사에 대해서는 특별히 중시하였다. 루쉰은 친구에게 보내는 편지에서 풍속화의 의미에 대해 재차 언급한 적이 있다. 1934년 루쉰은 천옌챠오陳烟橋에게 보내는 편지에서 "정물, 풍경, 각 지방의 풍속, 거리의 풍경을 섞어 묘사하자는 나의 주장은 바로 이러하다. 현재의 문학도 마찬가지이다. 지방 색채가 있어야 세계적인 문학이 되기가 쉬워 다른 나라의 주목을 받을 수 있다"[5]고 말했다. 루쉰 작품 속의 민속 묘사는 지방색채의 중요 요인 가운데 하나로 간주되며 세계적인 가치와 의미를 지니고 있다. 루쉰은 뤄칭전羅淸楨에게 보내는 편지에서 "내 생각입니다만, 선생은 어찌하여 산터우의 풍경, 동물, 풍속 등을 제재로 삼아 묘사하

---

4 鐘敬文, 『民俗學入門 · 序』, 北京 : 中國民間文藝出版社, 1984.

5 魯迅, 『魯迅全集』 제12권, 北京 : 人民文學出版社, 1981, 391쪽.

지 않는 건가요. 지방색채도 그림의 아름다움과 힘을 증가시키고, 자신이 다른 것을 성장시킬 수 있습니다. 익숙해지면 특별한 것을 느끼지 못할 수 있지만 다른 지방 사람들이 보면 시야가 확 트이고 지식을 증가시키는 면이 있습니다. (…중략…) 풍속화는 학술상에서도 유익한 점이 있습니다"[6]라고 했는데, 루쉰이 풍속화를 중시하고 존중한 것을 엿볼 수 있다. 1934년 루쉰은 친구에게 보내는 편지에서 오스트리아 작가 미술작품 전시회를 참관하지 않는 이유를 "신문에서 외국 풍경이라고 하는데, 민속이었다면 바로 보러 갔을 것이다"[7]라고 해명했는데, 루쉰의 풍속화에 대한 편애를 볼 수 있다. 루쉰이 풍속을 존중하는 말이 미술 창작에서 비롯되기는 하지만 문학창작에서도 풍속 묘사에 관심을 가진 원인을 살필 수 있다. 저우쭤런은 루쉰이 창작을 할 때 "저자는 자신의 고향에 대해 줄곧 깊은 그리움을 표한 적이 없다. 이는 소설에서 그러할 뿐 아니라 『아침 꽃을 저녁에 줍다』에서도 그러하다. (…중략…) 하지만 지방 기후와 풍물에 대해서는 그리움을 남기지 않은 적이 없다"[8]고 말했다. 루쉰은 고향에 대해 깊은 그리움을 간직하고 있었지만, 그의 그리움은 사랑과 증오가 함께 교직된 것이라고 해야 할 것이다. 루쉰의 고향 풍물 습속에 대한 그리움과 편애는 의심의 여지가 없으며 이로 인해 루쉰의 향토소설은 민속색채가 충만하게 된 것이다.

루쉰 향토소설의 농후한 민속색채는 고향 민속문화에 동화된 데서

---

6 위의 책, 308쪽.

7 위의 책, 325쪽.

8 周作人, 『魯迅小說里的人物』, 北京 : 人民文學出版社, 1957, 109쪽.

도움을 받은 것이다. 오월 문화전통을 지닌 샤오싱에는 지방색채를 지닌 많은 향토민속이 유전되어, 루쉰은 어려서부터 이런 민속문화에 젖어 있었다. 그는 고향의 즐겁고 화려한 신을 맞이하는 제사를 동경하였고, 고향 강가 무대의 시끌벅적하고 유쾌한 마을 연극을 잊을 수 없었고, 인간세상의 해학이 가득한 목련희를 그리워하였다. 그는 "귀신이면서 사람이고, 이성적이면서 정감적이며, 두려우면서 사랑스런 우창無常"을 정말로 사랑했고, 붉은 적삼과 검은 긴 조끼를 입어 "다른 모든 귀신보다 아름다운" 뉘댜오女吊를 좋아했다. 어린 시절 루쉰은 안챠오터우 외갓집에 가서 항상 농민 아이들과 함께 마을 연극을 보러 가고, 낚시를 하고 새우를 잡고 소를 방목하고 오리를 보았으며, 여름밤 바람을 쐬며 어머니가 들려주는 이야기를 듣고 민속가요를 부르고 수수께끼를 풀고 노래를 흥얼거렸다. 루쉰은 세상을 떠나기 전날 밤에도, 십여 세 때 목련희에서 얼굴을 칠한 다음 쇠창을 든 이융구이義勇鬼 역할을 맡아, 어른들과 함께 "일제히 말을 타고 야외의 연고자 없는 묘지로 갔다. 묘지를 세 번 돈 다음 말에서 내려 큰 소리를 지르면서 쇠창을 힘껏 흙 만두 위에다 몇 번이고 찔렀다. 그리고는 창을 뺀 다음 다시 말을 탔다. 돌아와서는 무대로 올라가서 전원이 일제히 소리를 지르고 창을 치켜들어 힘껏 바닥을 찔렀다"[9]는 장면을 매우 또렷하게 기억하고 있었다. 이로 볼 때 어린 시절 고향의 민속이 루쉰에게 매우 깊은 인상을 남겨주었다는 사실을 알 수 있다. 이 때문에 루쉰은 산문집 『아침 꽃을 저녁에 줍다』에서 고향의 그리움 가득한 필치로 고향

9 魯迅, 「女吊」, 『魯迅全集』 제6권, 北京 : 人民文學出版社, 1981, 616쪽.

의 각종 풍속 즉 어린 그에게 즐거운 그림을 선사한『산해경』, 어린 루쉰이 이해할 수 없고 흥미를 깨뜨렸던『이십사효도二十四孝圖』, 어린 시절 보기 드문 대 행사인 '우창회', 사람이면서 귀신이고 정감적이면서 이성적인 훠우창活無常을 묘사했던 것이다. 루쉰은 향토소설에서 고향 민속을 세밀하게 묘사했고, 심지어 더욱 진실하고 생동적인 묘사를 위해 항상 민속조사를 세심하게 하였다. 여름 밤 바람을 쐴 때 집안 일꾼에게「용호투龍虎鬪」의 "손으로 강철 채찍을 들고 너를 때리는" 부분을 어떻게 부르는지, 목련희를 할 때 난댜오南吊 죽은 귀신이 어떻게 47조이고, 뉘댜오 죽은 귀신이 어떻게 "본래 양가의 규수인데, 아, 고통스럽군, 하늘이여" 하고 탄식하는지, 어떻게 야바위 놀음을 하는지 물었다. 이런 것들에 대해 루쉰은 세세하게 문의하고 조용히 경청한 후「아Q정전」등의 작품에서 활용하였다.[10] 고향 민속문화에의 동화가 루쉰 향토소설의 민속색채에 매우 중요한 영향을 끼쳤다는 점을 알 수 있다.

루쉰 향토소설의 농후한 민속색채도 루쉰의 침중한 향토 콤플렉스와 관련되어 있다. 만일 고향에 대한 진지한 사랑이 없었다면 루쉰은 그리움이 충만한 필치로 산문 속에서 고향의 풍경과 민속을 재차 회고할 수 없었을 것이며, 고향에 대한 연정이 없었다면 그리움 가득한 언어로 소설 속에서 향토의 풍경과 습속을 세심하게 묘사할 수 없었을 것이다. 루쉰은『아침 꽃을 저녁에 줍다』,「서언」에서 깊은 고향의 그리움을 의미심장하게 토로하고 있다. "어떤 때는 어린 시절 고향에서

10 周芾棠,『鄉土記憶－魯迅親友憶魯迅』, 西安 : 陝西人民出版社, 1983, 18~19쪽.

먹었던 야채와 과일인 마름 씨, 누에콩, 줄 새싹, 참외 등을 여러 차례 기억하곤 했다. 모두 매우 신선하고 맛있는 것이어서 고향의 그리움에 빠지게 했다. 나중에, 오랜 시간 지난 후 맛을 보았더니 별 게 아니었다. 내 기억에서만 그렇게 남아있을 뿐이었다. 그것들도 평생 나를 속이며 때때로 돌이켜보게 할지 모르겠다."[11] 비록 소년 루쉰이 가정의 대변고 후 고향 사람들의 조롱과 냉대를 받으며 세태의 삭막함과 사회의 각박함을 진정으로 느끼며 다른 길 다른 지역으로 떠나 다른 사람들을 만나려고 했지만, 루쉰의 고향에 대한 깊은 그리움은 수시로 마음속에서 용솟음쳤다. 향토소설의 창작에서 루쉰이 불행을 슬퍼하고 싸우지 않음에 분노하는 심정으로 고향 사람들의 생활상태와 정신상태를 묘사하기는 했지만, 루쉰의 내면 깊은 곳의 고향의 정은 영원히 떨어지지 않았으며, 심지어 죽기 전날 밤에도 고향을 그리워하면서도 돌아갈 수 없는 깊은 유감을 드러내었다. 바로 루쉰 내면 깊은 곳의 향토 콤플렉스가 루쉰의 향토소설에 민속색채를 농후하게 만든 것이다.

3.

알렉산더. H. 크라보는 1930년에 출판한 『민속학학과 연구』에서 민속학은 민간생활방식과 언어 가운데서 인류 종족의 '정신사'를 건

11 魯迅, 「朝花夕拾·小引」, 『魯迅自編文集·朝花夕拾』, 天津人民出版社·香港炎黃國際出版社, 1999, 2~3쪽.

립하는 것이라고 지적했다.[12] 이 말은 민속이 지방성 전승성을 지닌 생활방식이며, 그 속에 민간의 정신생활을 포함함에 따라 특정 지역 민족의 전통문화 색채를 지닌 정신의 역사를 구성한다는 점을 알려준다. 루쉰의 소설 창작은 민중 계몽과 국민 영혼의 묘사에 기초하고 있어서, 종족의 정신적 의미를 지니는 민속에 대한 관심과 묘사는 소설 창작의 취지와 매우 부합하는 것이다. 루쉰 향토소설이 민속색채의 민족심리를 해부하고 비판하는 데 있어서 의미와 가치를 지니는 것은 이점에서 비롯된다. 루쉰은 옛 전통이 구축한 높은 담 안에서 침묵하는 국민의 영혼을 그리려고 했기 때문에, 루쉰의 향토소설은 민속색채를 지닌 배경, 이야기, 세부장면을 묘사하는 과정에서 향촌 사람들의 마비되고 우매함과 사회의 삭막하고 냉담함을 폭로 비판하였다. 「습관과 개혁」에서 루쉰은 풍속과 습관을 문화로 포괄하고 이를 개혁하는 일이 매우 어렵다고 여긴 레닌의 말을 언급한 적이 있다.

내 생각에, 이러한 개혁 즉 혁명이 성과가 없다고 할 수는 없으나, 모래 위에 탑을 세워 즉시 무너지는 것이나 같다.

다른 일도 이와 같다. 민중의 거대한 계층 속으로 깊이 들어가 그들의 풍습 습관을 연구하고 해부하여 좋고 나쁜 것을 구별하고, 존폐의 기준을 정하여 존폐를 함에 있어서 시행의 방법을 신중히 선택하지 않는다면, 어떠한 개혁이든 습관의 암석에 눌려 부서지거나 표면에서 잠시 부

12 林驤華 외 편저, 『文藝新科學新方法手冊』, 上海 : 上海文藝出版社, 1987, 135쪽.

유하게 될 것이다.[13]

루쉰은 풍속 습관의 존폐를 사회 개혁이 추진되고 혁명이 성공할 수 있는 필수조건이라고 간주했는데, 풍속 습관을 중시하고 주목한 점을 엿볼 수 있다. 루쉰은 전통적인 추악한 습관을 철저히 비판했으며, 민간의 좋은 민속에 대해서는 정감에 충만한 필치로 감탄하였다(가령 「마을 연극」 속의 마을 연극에 대한 묘사). 루쉰 향토소설 속의 민속 묘사는 대부분 국민성 비판의 의미를 깊이 지니고 있다. 「약」에서 인혈 만두로 병을 치료하는 습속의 묘사, 「이혼」에서 이혼분쟁을 조정하는 장면의 묘사, 「축복」에서 여성의 노동을 남성들이 절을 올리는 축복 제의에만 한정하는 장면의 서술, 「쿵이지」에서 장삼을 입은 손님과 짧은 옷을 입은 손님을 확연히 구분하여 술 마시는 장면의 묘사 등은 진실과 사랑이 결핍된 향촌의 사회 환경을 드러내는 가운데 사람들의 마비되고 우매한 정신세계와 심리성격을 해부한다. 세부 묘사에 있어서 「풍파」의 여자아이 전족 악습, 「축복」의 샹린 댁이 문지방으로 속죄하는 풍습, 「고향」의 룬투가 향로와 촛대를 소유하려는 믿음, 「장명등」의 마을 사람들이 역서에 따라 외출을 정하는 옛 풍속 등의 묘사는 전통 습속 속에 내재된 마을 사람들의 마비된 심리를 비판하고 있다.

민속은 서로 습관이 되어 대대적으로 전해온 사회현상이다. 어떤 사람은 풍속이 민족의 생활에 대한 애착을 반영한다고 인식하여 풍속을 민족감정의 중요한 조성 부분으로 간주한다. 풍속의 존재는 한 민

---

13 魯迅, 「習慣與改革」, 『魯迅雜文全集』, 鄭州 : 河南人民出版社, 1994, 387쪽.

족의 독특한 문화전통 및 생활형식과 밀접한 관련성을 가진다. 풍속은 깊은 문화적 함의를 지니고 있을 뿐 아니라 때때로 일정한 심미적 의미도 지닌다. 루쉰도 민속의 묘사가 작품의 아름다움과 힘을 증가시킬 수 있다고 인식하였다. 서북 황토고원에서 소리 높여 노래 부르고 자연을 따라 노니는 도도함, 강남 물의 고향에서 단오절에 용주 경기를 하는 장쾌함은 모두 독특한 심미적 풍운을 지닌다. 소설 창작에서 민속에 대한 관심과 묘사도 어느 정도 작품의 심미적 풍격에 영향을 끼친다. 선충원의 소설은 민속 묘사에 푹 빠져, 샹시湘西 산촌에서 무당이 굿을 하는 장면, 청년남녀가 노래를 주고받으며 연애하는 풍속, 칼로 적을 대하고 친구를 맺는 기풍, 설날 야외에서 잔치를 열어 술 마시며 즐기는 풍속 등을 묘사하고 있다. 샹시 산촌 사람들의 순박하고 강건한 풍속 묘사는 선충원의 샹시 소설에 적막하고 투박한 심미적 풍격을 드러나게 한다. 루쉰의 향토소설에서 묘사한 것은 대부분 농후한 유가문화 색채를 지닌 민간 풍속이다. 엄격한 봉건등급, 전통적 봉건예의, 고루한 미신습속, 전통적 윤리도덕 등이 루쉰이 묘사한 수많은 저둥 지역 민속 속에 스며들어 있다. 염을 하고 입관하는 풍속, 술 마시고 차 마시는 풍속, 축복 제사하는 전통, 결혼 이혼의 풍속 등은 대부분 침울한 해학적 색채를 드러내어 루쉰 향토소설이 선충원 샹시 소설과 다른 소박하고 침중한 심미적 풍격을 지니게 한다.

중징원은 "오늘날 우리나라의 민속학은 다음의 임무를 짊어지고 있는 것 같다. 즉 과학적 방법으로 광대한 군중 생활, 문화활동 현상(그와 상관된 사상 감정과 상상적 현상을 포함하여) 속에 유전되는 것을 최대한 수집하여 정리 연구함으로써, 줄곧 중시 받지 못한(과거 오랜 시간 학자들에 의해 기록되고 논의되지 못한 것) 진실한 민중의 문화활동 및 정신 상태와 특징을 해명하는 일이다. ―이러한 활동과 상태 등은 주로 오랜 시간 형성된 역사적인 것을 가리키지만 현대적인 것도 포괄한다"[14]라고 인식했는데, 독립된 학과로서 민속학의 임무를 지적하고 있다. 루쉰의 향토소설 속의 민속 묘사는 루쉰의 고향 민속에 대한 세밀한 이해 조사와 정밀한 연구 기초 위에서 진행된 것이며, 생동적이고 핍진한 민속 묘사는 민속학의 측면에서 볼 때 일정정도 민속학적 의의와 가치를 지닌다. 루쉰 향토소설은 다양한 민속형식을 서술하고 있는데, 향촌 사회의 습속관례(향촌 분쟁, 제제와 조정 등)에서 생활 의례의 민속형식(조문, 염, 출상 등)에 이르기까지, 혼인의 민속형식(매매혼, 이혼 등)에서 세시 절일의 민속형식(농사절일, 제사절일과 경축절일 등)에 이르기까지, 미신적 민속형식(제사류 미신, 금기류 미신 등)에서 유희적 민속형식(마을 연극, 야바위 놀음 등)에 이르기까지 매우 생생하여 살아있는 듯하다. 루쉰 향토소설은 이러한 저둥 지역의 생생한 풍속화 민속화를 전시하여 저둥 지역의 민속지적인 의미를 지닌다.

루쉰 향토소설의 민속 묘사는 농후한 민속색채를 지닐 뿐 아니라 독특한 지방색채와 짙은 향토기운을 드러내어, 세계문학의 숲에 우뚝 솟은 훌륭한 문학으로 칭송될 수 있었다.

---

14 烏丙安,『中國民俗學』, 沈陽 : 遼寧大學出版社, 1985, 18쪽.

제 2 편

루쉰 작품연구

적막 속의 외침

루쉰 『외침』 신론

루쉰은 계몽주의 정신을 가지고 문학창작에 종사한 인물이다. 그의 소설은 인생을 위하고 개조하는 데 기반하여 "병증을 드러내고 치료 방법을 구하고자" 노력했다. 소설집 『외침』 속의 작품은 루쉰의 이러한 창작태도와 문학관념을 충분히 표현하고 있다. 루쉰은 중국이라는 수천 년 된 봉건 고국을 '소리 없는 중국'이라 간주하고, "사람은 있어도 소리가 없어 매우 적막하다"고 인식했다. 루쉰은 '입인立人'의 시각에서 중국은 진실한 소리를 내야하며, "반드시 진정한 소리가 있어야 세계인들과 함께 세계에서 살아갈 수 있다"[1]라고 제기했다. 어떤 측면에서 보면 『외침』은 바로 루쉰이 이러한 소리 없는 중국에 귀청을 울리는 외침이라고 할 수 있다. 루쉰은 자신의 창작이 "적막을 깨트리기 위해 쓴 것"[2]이며, "때때로 어쩔 수 없이 고함소리를 질러 다른 사람들을 시끌

---

1 魯迅, 「無聲的中國」, 『魯迅選集』 제2권, 北京 : 人民文學出版社, 1983, 437쪽.

2 魯迅, 「致靑木正兒」, 『魯迅書信集』 하권, 北京 : 人民文學出版社, 1976, 1070쪽.

벅적하게 하고",[3] "비록 적막 속 있기는 하지만" 전사에게 "고함을 질러 응원하려고 했다".[4] 선각자의 태도와 '입인'의 목적으로 루쉰은 중국이라는 적막하고 소리 없는 세계에서 고함소리를 질렀다. 『외침』, 「자서」에서 루쉰은 다음과 같이 말했다. "내 자신은 현재 이미 절박한 상황에 이르렀는데 아무 말도 하지 못하는 사람은 결코 아니라고 생각한다. 그러나 어쩌면 아직 그때 나 자신이 가졌던 적막한 비애를 잊을 수가 없기 때문에 때로는 어쩔 수 없이 몇 마디 고함소리를 지르지 않을 수 없는 것이다. 그것은 적막 속에서 내달리는 용사들에게 약간의 위로가 되고 그들이 앞장서서 달려가는데 거리낌이 없게 하고자 하는 것이다. 나의 함성이 용맹스러운 것인지 슬픈 것인지 증오스러운 것인지 가소로운 것인지 돌아볼 겨를이 없다. 그러나 함성인 이상 당연히 지휘관의 명령을 들어야 한다."[5] 소설집 『외침』에서 루쉰은 독특한 고함소리로 봉건예교를 폭로하고 마비된 영혼을 비판하고 삭막한 사회를 공격하고 진실과 사랑을 노래하고 철저한 반봉건 정신을 드러내는데, 이것이 바로 '5·4' 시기 적막 속의 고함소리이다.

---

3 魯迅, 「「阿Q正傳」的成因」, 山東師範大學中文系文藝理論教研室 주편, 『中國現代作家談文學創作經驗』 上, 濟南 : 山東人民出版社, 1982, 9쪽.

4 魯迅, 「自選集 · 自序」, 山東師範大學中文系文藝理論教研室 주편, 『中國現代作家談文學創作經驗』 上, 濟南 : 山東人民出版社, 1982, 16쪽.

5 魯迅, 「『吶喊 · 自序』」, 『魯迅選集』 제2권, 5쪽.

1.

루쉰은 『외침』, 「자서」 서두에서 다음과 같이 말했다.

> 나는 젊었을 때 많은 꿈을 가졌던 적이 있었다. 나중에는 대개 잊고 말았지만 그렇다고 별로 애석하게 생각한 적은 없다. 추억이란 사람을 즐겁게 만들기도 하지만 때로는 적막하게 만들기도 한다. 마음속의 실오라기로 이미 지나가버린 적막한 시간을 매어둔들 무슨 의미가 있겠는가. 그것을 완전히 잊어버리지 못한 데에서 나는 오히려 고통을 느낀다. 그 완전히 잊혀질 수 없는 일부분이 지금에 와서 『외침』을 쓰게 된 원인이 되었다.[6]

루쉰은 이 "완전히 잊어버리지 못하여 오히려 고통스럽고" "마음속의 실오라기로 이미 지나가버린 적막한 시간을 매어둔" 것을 『외침』 창작의 원인이라고 여기며, 『외침』, 「자서」에서 루쉰은 이러한 잊혀지지 않아 고통스러운 "적막한 시간"을 자세하게 회고했다. 어려서 안락한 가정이 곤궁해지면서 받은 조롱, 중국인이 죽임을 당하는 필름을 보면서 동포들이 박수 치고 환호하는 경악스러움, 창간한 문예지 『신생』이 유산된 후의 쓸쓸함…… 루쉰은 이러한 적막감을 "낯선 사람들 속에서 홀로 외쳤는데 아무 반응이 없으면 즉 찬성도 반대도 없다면, 마치 끝없는 벌판에 홀로 버려진 듯 자신을 어찌해야 좋을지 모르게 된다는 것이다. 이 얼마나 큰 비애인가! 나는 내가 느꼈던 것을

---

6 위의 글, 1쪽.

적막감이라고 생각한다". 루쉰은 심지어 "이 적막감은 하루하루 자라기 시작하여 마치 커다란 독사처럼 나의 영혼에 달라붙어 떨어지지 않았다". "내 자신의 적막감은 제거하지 않으면 안 된다. 내게 너무 고통스럽기 때문이다"[7]라고 토로했다. 루쉰은 중국사회를 '철방'이라고 비유하고, 계몽정신으로 진행한 문학창작을 "크게 소리 질러" 철방 속에서 "혼미하게 잠들어 죽어가는" 사람들을 깨우고, 그들이 "이 철방을 부수기"[8]를 기대했다. 이 때문에 루쉰은 문학창작을 시작하여 독특한 외침으로 적막을 깨트린 것이다.

루쉰의 백화소설은 철저한 반봉건 태도로 문단에 등장하였다. 「광인일기」는 독특한 예술수법으로 표면상으로 매우 미친 듯하지만 실제로는 매우 각성한 반역자의 형상을 창조하였다. 루쉰은 작품의 "취지가 가족제도와 예교의 폐해를 폭로하는 데 있다"[9]고 인식했다. 우리 앞에 출현한 광인은 피해망상증을 앓아 "말이 매우 혼란스러워 조리가 없고, 대부분 황당한 소리를 하며", 시종 구경거리가 되는 것을 두려워하고 잡아먹힐까 두려워하는 상태에 처해있다. 자오구이 영감의 이상한 눈빛, 길가는 사람들의 입을 벌린 웃음, 아이들의 수근거림에 대해 그는 "나를 두려워하는 것 같기도 하고 나를 해치려 하는 것 같기도 하다"고 생각한다. 거리에서 엄마가 아이를 때릴 때 화를 내며, "이 놈아! 너를 깨물어줘야 분이 풀리겠다"고 하고, 소작인이 늑대촌에서

---

7 위의 글, 1~2쪽.
8 위의 글, 5쪽.
9 魯迅, 「中國新文學大系·小說二集導言」, 『中國新文學大系導言集』 제2권, 上海 : 上海書店, 1982, 125쪽.

나쁜 사람을 때려죽이고 그의 심장과 간을 볶아 먹었다고 한다. 광인은 이에 대해 "그들이 사람을 먹을 수 있다면 나를 반드시 먹지 않으려고 하진 않을 거야. 봐라, 그 여자가 아이를 깨물어주겠다는 말이나 험상궂은 얼굴에 이빨을 드러낸 사람들의 웃음, 엊그제 소작인의 말은 분명 암호일 거야"라고 생각한다. 심지어 들고 온 찐 생선도 광인의 눈에는 "이 생선의 눈깔은 희고도 단단하며, 입을 벌리고 있는 모양이 사람을 잡아먹으려는 그 놈들과 흡사하다". 예전에 자신에게 병과 진맥을 봐준 의사에 대해 광인은 "이 늙은이가 살인자인데 의사로 변장했다는 것을 내가 어찌 모르겠는가! 맥을 짚어본다는 핑계로 살이 쪘는지 말랐는지 살펴보려는 것임에 틀림없다. 이 공로로 자기도 고기 한 덩어리를 분배받으려는 것이다". 광인은 끝까지 그의 형에게 식인을 해서는 안 된다고 권고한다. 의학을 배웠던 루쉰은 이러한 피해망상증 환자 광인의 병세를 매우 생생하고 핍진하게 묘사했지만, 오히려 상징적 수법을 통해 봉건사회에 대한 반역자의 형상을 창조하였다. 소설에서 자오구이 영감에 관해 서술할 때 광인은 다음과 같이 생각한다. "내가 자오구이 영감과 무슨 원수진 게 있을까? 거리에서 만난 사람들과는 또 무슨 원한이 있을까? 있다면 20년 전에 구쥬 선생의 오래 묵은 출납부를 슬쩍 한 발로 밟아서 구쥬 선생이 무척 화를 내신 적은 있다." 이 "구쥬 선생의 오래 묵은 출납부"는 바로 뿌리 깊은 봉건문화 전통을 상징하며, 광인이 "한 발로 밟은" 행위는 그가 후에 구경거리가 되고 잡아먹힐까 두려워하는 곤경에 처하게 만들었다. 깨어있는 광인의 모습을 가장 잘 표출한 것은 중국역사가 '사람을 잡아먹는' 것을 발견한 장면이다.

> 역사책을 펼쳐서 조사해보았더니, 이 역사책엔 연대는 없고 각 페이지마다 비스듬하게 '인의도덕'이라는 글자가 쓰여 있었다. 나는 어차피 잠을 잘 수 없었기 때문에 오밤중까지 자세하게 살펴보다가 비로소 글자와 글자 사이에서 또 다른 글자를 찾아냈는데, 책 가득히 쓰여 있는 두 개의 글자는 '식인'이었다.

이 깊은 발견과 게시는 바로 루쉰의 중국문화와 역사에 대한 연구와 사유에서 나온 것이다. 루쉰은 친구에게 보낸 편지에서 "후에 우연히 『통감』을 읽다가 중국인이 늘 식인한 민족이라는 사실을 깨닫고 이 소설을 완성한 것이다. 이 발견이 소설과 관련성이 매우 크지만 아는 사람은 아주 드물다"[10]라고 말했다.

루쉰이 창조한 광인은 실로 사회에 수용되지 못하는 고독자로, 식인하는 적막세계에서 고함소리를 지른 인물이다. 그는 예전부터 그래온 식인 윤리에 대해 강렬한 질의를 한다. "예전부터 그랬다면 옳은 일입니까?" 이 귀청을 울리는 고함소리는 수천 년 봉건예교에 대한 회의와 부정이다. 그는 사람들에게 고함을 지른다. "당신들은 고칠 수 있습니다. 진심으로 고치세요! 앞으로 식인하는 사람이 이 세상에 살지 못하다는 사실을 깨달아야 합니다." 그는 자신에 대해서도 반성을 한다. "나도 모르는 사이에 내 누이동생의 고기조각을 먹지 않았다고 할 수도 없다. 이번에는 내 차례인 것이다. 4천 년 동안 식인한 이력을 가진 나는 애초엔 몰랐지만, 지금은 진정한 사람을 만나기 어렵다는

---

10 魯迅, 「致許壽裳」, 『魯迅書信集』 상권, 北京 : 人民文學出版社, 1976, 18쪽.

걸 알고 있다." 광인은 중국사회를 "4천 년 동안 수시로 식인한 곳", 사람을 잡아먹고 잡아먹히는 윤리가 지배하는 곳, 식인하지 않는 진정한 사람이 결핍된 곳이라고 여긴다. 이 때문에 광인은 큰 소리로 고함을 지른다. "사람을 먹어본 적이 없는 아이들이 아직 있을는지? 아이를 구해야 하는데……" 이것은 한편으로 루쉰의 '입인' 사상과 연계되고 다른 한편으로 루쉰이 수용한 진화론 사상에 부합한다. 루쉰은 소설의 문언문 서문에서 광인이 "이미 완쾌되어 모 지방에 가서 임관을 기다리고 있다"고 하는데, 완쾌한 광인이 또 식인의 행렬 속으로 돌아갔다는 것은 봉건예교의 질곡에서 벗어나기 어려움을 보여준다. 마오둔은 「광인일기」를 읽은 느낌에 대해 "통쾌한 자극을 받아서 마치 어두운 곳에 오래 있던 사람이 갑자기 아름다운 빛을 본 것 같다"[11] 고 했다. 일본 학자 이토 도라마루는 "이 길지 않은 소설은 독자들에게, 주인공 광인이 보기엔 정상적인데 주위 '정상'인에겐 매우 미쳐 보이는 상황을 분명히 느끼게 한다"[12]고 인식했다. 루쉰은 친구와 「광인일기」에 대해 얘기할 때 다음과 같이 말했다.

> 나는 스스로 작가가 아니라는 점을 정말로 잘 알고 있다. 현재의 어지러운 상황이 새로운 작가들을 일으켜 — 중국에 항상 천재가 있어야 하는데 사회가 짓눌러버렸다 — 중국의 적막을 깨트리기를 바란다.[13]

---

11 雁冰, 「讀『吶喊』」, 『時事新報』 부간 『文學』 제91기, 1923.10.8.

12 伊藤虎丸, 「「狂人日記」-'狂人'復康的記錄」, 樂黛雲 편, 『國外魯迅硏究論集』, 北京 : 北京大學出版社, 1981, 472쪽.

13 魯迅, 「致傅斯年」, 『魯迅書信集』 상권, 北京 : 人民文學出版社, 1976, 23쪽.

광인의 외침이 '5·4' 문단의 적막을 깨트린 것이다.

「흰 빛白光」에서 루쉰은 피해망상증 환자 천스청이 현시에 낙방하고 보물을 파다가 물에 빠져 죽은 이야기를 서술하여 주인공의 비극을 양성한 봉건예교를 공격하였다. 소설 속의 천스청은 부유하다 몰락한 후손으로 줄곧 과거로 입신양명하는 길을 걸으려 했다. 그는 자신의 앞날을 다음과 같이 상상한다.

> 수재의 자격을 얻어 성에 향시를 보러가고 차례차례 시험을 돌파한다. (…중략…) 그렇게 되면 지방 유지들이 온갖 방법으로 앞을 다투어 혼담을 내놓을 테고, 사람들은 흡사 신을 우러러보듯 그를 두려워하고 존경할 것이며, 이제껏 그를 경멸했던 것을 후회하겠지 (…중략…) 지금 그의 낡은 집에 세 들어 살고 있는 사람들은 쫓아내고 — 아니 쫓아낼 것도 없다. 그가 나가면 되니까 — 집은 모두 새로 짓고 대문에 깃대와 편액을 건다. (…중략…) 높은 자리에 앉으려면 중앙의 관리가 되는 것이 좋겠고, 그렇지 않으면 차라리 지방관이 되는 쪽이 좋겠지.

이러한 휘황찬란한 앞날은 그를 시험장에 16번이나 도전하여 낙방하게 만들었다. 소설은 주인공의 방을 보는 초조함과 낙방 후의 정신자극을 묘사하였다. 방을 보아도 자신의 이름이 보이지 않자 천스청은 "안색이 점점 창백해져 갔고, 지쳐서 붉게 충혈된 두 눈에는 이상한 광채가 번득였으며", "무의식적으로 조각조각 흩어진 것 같은 몸을 돌려 망연히 집으로 향했다". 그는 학당의 학동들을 집으로 돌려보내고 나서, 시험관들의 "안목이 없는 눈"에 분노를 느끼고 심지어 한 무리의 닭들도 그를 조롱한다고 느꼈다. 그가 상상한 휘황찬란함은 "무너져 내린 설탕 탑 같은 앞날이 되어 면전에 누워 있었으며", 고독한 천스청은 적막 속에 처해 있었다. 현시가 있을 때면 이웃 사람들은 일찍 문을 닫아, "제일 먼저 사람 소리가 들리지 않았고, 이어 등불도 하나 둘 꺼져갔다". 천스청은 저녁도 짓지 않고 집 밖의 정원을 배회하는데 눈이 아주 맑아지고 사방도 고요해졌다. 이렇게 고요한 밤에 그는 할머니가 얘기한 조상이 집에 은을 묻어둔 일을 생각하고, "왼쪽으로 돌고 오른쪽으로 돌아라, 앞으로 갔다가 뒤로 가라, 금은의 수량을 잴 때 말로 하자 마라"는 수수께끼를 떠올리며 보물을 파기 시작하였다. 그는 방안 탁자 밑을 파보았는데, 녹슨 동전, 깨진 시가 조각, 썩은 뼈뿐이었다. 그는 또 대낮에 어떤 사람이 "산속으로 가라"는 말을 떠올리고는, 집을 나와 성문 앞으로 가 고요한 여명 속에서 고함을 질렀다. "'성문을 열어라 (…중략…)' 큰 희망을 품은 공포의 비명 소리가 아지랑이처럼 서쪽 관문 앞의 여명 속에 떨면서 부르짖고 있었다." 보물을 찾던 천스청은 결국 서문에서 15리 떨어진 만류호에 빠져 죽었는데 온몸의 옷도 벗겨져 있었다. 루쉰은 주인공의 허황된 심리에 대한 세밀한 묘사와, 관직과 재물이 마음을 현혹하여 천스청을 미치게 한 슬픈 이야기를 통해 주인공의 비극적 결말을 조장한 봉건예교를 비판하였다.

리창즈는 루쉰의 소설 창작에 대해 다음과 같이 언급하였다. "농촌을 묘사할 때 항상 조롱받았던 비애, 적막과 황량함을 잘 발휘하는데, 그 자신을 감염시킬 뿐 아니라 모든 독자들도 감염시킨다." "비웃음과 조롱, 약자의 아픔을 희롱하는 행위는 영원히 루쉰 소설이 표현하려고 한 것이며 (…중략…) 이것이 루쉰 자신의 상처이기 때문이다."[14] 13세 이후의 가정 변고 속에서 루쉰은 세상 사람들의 진면목을 보았고 세태의 냉정함, 인정의 삭막함을 느꼈기 때문에, 이러한 "조롱받았던 비애, 적막과 황량함"을 창작 속으로 이입시켜 "비웃음과 조롱, 약자의 아픔을 희롱하는 행위"를 표현하고 온정이 부족하고 조롱이 가득한 차가운 사회를 공격하였다.

「쿵이지」는 루쉰이 제일 좋아한 작품인데, "모습이 매우 아둔하고", "술을 데우는 일만 하는" 셴헝 주점의 어린 점원의 시각에서 쿵이지의 비극적 인생을 묘사하고 "고통받는 사람에 대한 일반 사회의 각박함"[15]을 드러내어 차가운 사회를 공격하였다. 쿵이지는 환경에 전혀 맞지 않는 고독자이다. 셴헝 주점에는 서서 술 마시는 짧은 옷을 입은 무리와 앉아서 술 마시는 장삼을 입은 손님이 있는데 쿵이지는 "서서 술 마시면서 장삼을 입은 유일한 사람이다". "입은 옷은 장삼이지만 더럽고 낡아서 십여 년 동안 수선도 하지 않고 빨지도 않은 것 같다." 소설은 먼저 셴헝 주점의 삭막한 분위기를 묘사한다. "주인은 험상궂은 얼굴을 한 사람이었고 손님들도 말투가 거칠어 주위를 살벌하게 했는데" 쿵이지가 오자 사람들의 웃음소리가 들렸다. 소설 속에는 사람들이 쿵이지를 껄껄대고 웃는 세 차례 장면이 있다. 첫 번째 장면은 허씨의 책을 훔친 것에 대해 비웃자 쿵이지가 "책을 훔친 것은 도둑질이라고 할 수 없다"고 변론하여 "많은 사람들이 껄껄대고 웃게 만들었

14 李長之, 「魯迅作品之藝術的考察」, 天津 『益世報』, 1935.6.12.
15 孫伏園, 「魯迅先生二三事 · 「孔乙己」」, 魯迅博物館 · 魯迅研究室 · 『魯迅研究月刊』 편, 『魯迅回憶錄』 상, 北京 : 北京出版社, 1999, 85쪽.

다". 두 번째 장면은 "어떻게 반쪽짜리 수재도 되지 못한 것"에 대해 비웃자 쿵이지가 "당혹스럽고 불안한 표정을 짓고 얼굴이 잿빛으로 변하자" 사람들도 껄껄대고 웃기 시작했다. 세 번째 장면은 주인이 딩거인 집의 물건을 훔치다가 다리가 부러진 것에 대해 비웃자 쿵이지는 넘어져서 부러진 것이라고 해명하는데 "이 때 이미 모여 있던 수십 명이 주인과 같이 웃기 시작했다". 시종 장삼 입은 손님 행렬 속으로 들어가려던 쿵이지는 어린 점원에게 무시당하고 온갖 조롱과 비웃음을 받는다. 루전에서 쿵이지는 존재감이 없어서 "이렇게 사람들을 즐겁게 해주지만 그가 없더라도 다른 사람들은 별일 없이 지낸다". 쿵이지는 다리가 부러진 후 장삼을 벗고 "너덜너덜한 겹옷을 입고 책상다리를 한 채" 주점에 와서 술을 마시는데, 결국 그는 "주위 사람들의 비웃음 속에서 앉아서 손을 짚고 천천히 기어나간다". 루쉰은 쿵이지에 대한 사람들의 비웃음을 통해 "고통받는 사람들을 대하는 일반 사회의 냉정함"을 비판하였다.

「내일」에서 루쉰은 단씨 댁의 비참한 인생을 통해 삭막한 사회를 비판하였다. 재작년에 과부가 된 단씨 댁은 무명길쌈에 의지하여 "자신과 세 살 난 아들을 먹여 살리고 있으며", 아들 바오얼은 그녀의 내일이다. 그런데 바오얼이 병이 나자 단씨 댁이 아이를 안고 의사를 찾아가지만 결국 죽어버리고, 바오얼을 안장한 후 단씨 댁은 무한한 적막 속에 빠진다. 소설은 단씨 댁의 비극적 이야기를 묘사할 때 사회의 냉정함을 부각시킨다. 빨간 코의 라오궁, 얼굴빛이 푸른 아우는 단씨 댁에게 침을 흘리고, 얼굴빛이 푸른 아우는 아이를 안는다는 구실로 단씨 댁을 농락하고, 왕쥬 할머니는 바오얼의 병세를 명확히 말하지 않고 고개만 끄덕이거나 저었다. "일을 했거나 조언을 해주었던 사람들은 모두 밥을 먹었고" 밥을 다 먹은 사람들이 결국 집으로 돌아가자, 단씨 댁 한 사람만이 남아 "너무 조용하고 너무 크고 너무 허전한" 집을 마주하고 있었다. 소설의 결말은 루전의 적막함으로 단씨 댁의 희망 없는 내일을 묘사하고 있다. "이때 루전은 완전히 적막 속으로 떨어졌다. 어두운 밤만이 내일을 기대하며 여전히 적막 속을 달리고 있었다. 개 몇 마리가 어둠 속에 숨어서 컹컹 짖고 있을 뿐이었다." 수절하는 단씨 댁에게 기다리고 있는 것은 영원히 희망 없는 내일이며, "아직 옛 바람이 부는" 적막한 루전에는 약자를 우롱하는 냉정함이 가득 차 있다. 루쉰은 쿵이지, 단씨 댁의 비극적 인생을 통해 삭막하고 무정한 루전 사회를 깊이 있게 폭로하고 비판하였다.

'5·4' 전후 루쉰은 '사람 세우는' 일에 몰두하며 중국에 정신계의 전사가 출현하기를 기대하면서, 다른 한편으로 국민성의 약점을 탐색하고 마비된 영혼을 비판하며 "이렇게 침묵하는 국민의 영혼을 그리려고"[16] 노력하였다. 소설 「약」은 혁명가 샤위의 피가 화라오솬 아들의 폐병 치료약이 되는 묘사를 통해 민중의 마비된 영혼을 비판하고 혁명가와 민중 사이의 단절을 지적하였다. 소설은 찻집주인 화라오솬이 인혈 만두를 사서 아이의 병을 치료하는 점은 부각시키고 샤위가 민중을 위해 희생한 점은 감추면서, 병으로 죽은 샤오솬과 혁명으로 인해 살해된 샤위를 마주보는 무덤에 묻는다. 군중에게 이해받지 못하는 샤위는 적막한 혁명가이며 그는 적막한 세계에서 크게 고함을 지

16 魯迅, 「俄文譯本「阿Q正傳」序」, 山東師範大學中文系文藝理論教研室 주편, 『中國現代作家談文學創作經驗』 上, 濟南 : 山東人民出版社, 1982, 7쪽.

른다. "이 청나라 세상은 우리 모두의 것이다." 루쉰 자신은 이 작품을 다음과 같이 평했다.

> 「약」은 군중의 우매함과 혁명가의 비애 혹은 군중의 우매함으로 인한 혁명가의 비애를 묘사한다. 직설적으로 말하면, 혁명가가 우매한 군중을 위해 분투하다 희생되었지만, 우매한 군중은 이 희생이 누구인지 모르며, 오히려 우매한 견해 때문에 이 희생을 향유할 수 있는 것이라고 여긴다.[17]

「풍파」에서는 1917년 장쉰張勛 복벽사건을 배경으로 변발 사건을 통해 민중의 마비된 심리를 묘사한다. 사공노릇을 하는 치진은 견식이 넓어 마을에서 "이미 이름을 날린 인물이었다". 그는 성에 들어가 변발을 잘리는데 "황제가 등극하여" 변발이 있어야 한다는 말을 들은 후 걱정이 되어 안절부절 한다. "유로遺老의 분위기를 풍기는" 마오위안 주점 주인인 자오치 어른이 "머리털을 남기려면 목이 달아나고 목을 남기려면 머리털이 없어진다"고 하자, 치진의 부인은 치진이 불만스러워 욕을 하고 마을 사람들도 치진을 피한다. 십여 일이 지난 후 성안에서 돌아온 치진이 부인에게 황제가 등극하지 않았다고 하자, "요즘 치진은 그의 부인이나 마을 사람들에게 또 다시 상당한 존경과 대우를 받게 되었다". 마비된 치진들이 관심을 가지는 것은 변발과 자신의 생존과 안위일 뿐이며, 장쉰이 복벽한 국가대사에 대해서는 전혀

17 孫伏園, 「魯迅先生二三事 · 「孔乙己」」, 魯迅博物館 · 魯迅硏究室 · 『魯迅硏究月刊』편, 『魯迅回憶錄』 상, 北京 : 北京出版社, 1999, 77쪽.

관심을 지니지 않는다.

「머리털이야기頭髮的故事」는 주인공 N선생의 독백을 통해 "그들은 기념일을 망각하고 기념일도 그들을 망각한" 현실을 얘기한다. N선생이 신해혁명 후 변발이 없어서 당당해하는 것, 변발이 없어서 벌어졌던 피곤한 일, 그를 가짜 양놈이라고 욕하는 이들에게 지팡이를 휘두르는 비애, 학생들에게 변발을 자르지 말라고 권하는 모순된 마음 등에는 인물의 복잡하고 마비된 심리가 묘사되어 있다. 「고향」의 룬투는 본래 은 목걸이 걸고 강철 작살을 든 생기발랄한 '소영웅'이었지만, "자식이 많고 기근이 들고 세금이 가혹하고, 군인, 도적, 관리, 신사가 허수아비처럼 고통스럽게 만들어", 그는 향로와 촛대를 고르며 신이 자신의 고통스런 인생을 보호해주기를 기대하였다. 「단오절端午節」의 팡센줘는 셔우산학교의 교원으로 관청의 관료를 겸임하고 있다. 그는 충실히 자신의 본분을 지키는 사람이라고 여기며, 교원들이 봉급이 줄어들어 연합하여 봉급을 요구할 때 그는 아무런 동요도 없으며 심지어 생각이 모자라서 너무 떠들어대는 것이라고 여겼다. 관청의 봉급도 줄어들어 팡센줘는 쪼들리게 되었고 관청의 동료들이 봉급을 요구했지만, "예전처럼 그들과 함께 독촉하러 가지 않고" '그게 그것'이라고 자신을 위로하는, "자신을 속이며 일부러 만든 도피처"에서 팡센줘의 마비된 영혼을 볼 수 있다.

제일 대표적인 작품은 「아Q정전」으로 루쉰은 1933년에 다음과 같이 말했다. "12년 전 루쉰이 지은 「아Q정전」은 대체로 국민의 약점을 폭로하려고 한 것이다. 비록 자신이 그 속에 포함되는지 여부는 말하지 않았지만."[18] 루쉰은 아Q의 인생경력으로 작품의 서사구조를 구성한다. 아Q는 웨이좡의 '정말로 일을 잘하는' 고용노동자로, "보리를 벗기라고 하면 바로 그렇게 하고 쌀을 도정하라고 하면 바로 그렇게 하고 노를 저으라고 하면 바로 그렇게 하는데", 그는 매우 가난하고 이름과 본적이 불분명하다. 혼자 사는 아Q는 살 집이 없어 토지신 사당에 거주하며 고정된 직업이 없어 날품팔이에 의지하여 생활을 한다. 그는 우마와 '자려고' 하다가 '연애비극'을 일으키는 바람에 그를 고용하려는 사람이 없어진다. 생계에 문제가 생긴 아Q는 성에 들어가 생계를 도모하려고 도둑들을 도와 동굴 밖에서 망을 보는 '작은 역할'을 맡는다. 마을에 돌아온 후 아Q는 본래 혁명에 반대했으나 나중에는 가난한 처지에 이끌려 돌연히 조반을 외치게 되어, 사람들의 경외심을 일으키지만 가짜 양놈은 그를 혁명에 가담시키려 하지 않는다. 결국 아Q는 약탈 사건의 주범으로 간주되어 경황없이 법정으로 끌려간다. 소설은 아Q의 정신승리법을 힘껏 묘사한다. 이른바 정신승리법은 사람들이 실패나 불리한 상황에 처할 때 현실을 직시하지 않고 자존자대, 자기비하, 마비 망각, 비겁 나약 등의 수단으로 환각적인 정신상의 승리를 얻고 실제 현실의 실패를 감추는 것이다. 이는 실로 노예생활 속에서 '안식'을 찾는 데에 유리한 방법이다. 아Q는 "나는 예전에 너보다 훨씬 잘 살았다", "내 아이는 훨씬 잘 살 수 있다"는 말로 자존자대함을 표현한다. 아Q는 다른 사람에게 맞으면 "나는 벌레다"라고 자기비하 하며, 노름에서 딴 돈이 보이지 않자 아Q는 제 따귀를 때리며 "패배를 승리로 전환시켰다"고 하며 스스로 경멸할 수 있음을 표

18 魯迅, 「再談保留」, 『魯迅文化』 제3권, 上海 : 百家出版社, 2001, 667쪽.

시한다. 가짜 양놈에게 상주 지팡이로 맞고, 우마를 희롱하다 문제를 일으키고, 원을 그리려 하지만 동그랗지 않아 괴로워하고, 법정으로 끌려갈 때 비겁해지지만, 그는 이 모든 것을 금방 잊어버리는데 이를 통해 그의 마비되고 망각하는 정신을 표현한다. 그는 자오 나리를 두려워하고 가짜 양놈의 상주 지팡이를 두려워하지만 비구니를 깔본다. 그는 왕털보를 싸워서 당해내지 못하지만 "마르고 힘도 없는" 샤오D를 깔보는데 강자에게 비겁하고 약자를 능멸하는 면을 표현한다. 작품은 아Q의 정신승리법에 대한 묘사를 통해 마비된 정신을 부각시키고 국민성의 약점을 폭로한다.

일본시기 루쉰은 항상 쉬셔우창과 중국민족성 문제를 토론했는데 다음과 같이 말한 바 있다.

> 우리 민족에게 제일 결핍된 것은 성실과 애정이라고 생각한다. 바꿔 말하면, 바로 허위적이고 부끄러움이 없으며 의심이 많고 서로 싸우는 병폐에 깊이 빠져있다는 것이다.[19]

루쉰은 여러 작품에서 성실과 애정을 노래하고자 노력했다. 「작은 사건一件小事」은 '성실과 애정'을 지닌 인력거꾼의 행위를 통해 '나'의 냉정함을 비판한다. 북풍이 몰아치는 아침에 나는 인력거를 타고 S문으로 가다가 인력거 손잡이가 희끗한 머리에 옷이 남루한 여성을 치게 되는데, 그녀는 비실비실 넘어지다 땅에 머리를 부딪쳐 피를 흘린다.

19 許壽裳, 「我所認識的魯迅 · 回憶魯迅」, 魯迅博物館 · 魯迅研究室 · 『魯迅研究月刊』 편, 『魯迅回憶錄』 상, 北京 : 北京出版社, 1999, 487쪽.

"나는 이 여인이 심하게 다쳤다고 생각하지 않았고 또 본 사람도 없어서" 인력거꾼에게 그대로 차를 끌고 가자고 했다. 인력거꾼은 오히려 노파를 부축하여 파출소로 가는데, '나'는 온몸에 먼지 가득한 그의 뒷그림자가 일순간 커졌고 걸어갈 때마다 더욱 커져서 우러러 보게 만들었다. 이러한 인도주의 정신에 충만한 '성실과 애정'은 "나를 부끄럽게 하고 새롭게 분발시켰다". 「토끼와 고양이兎和猫」에서 루쉰은 정원에 매우 귀여운 토끼를 데려왔다가 고양이에게 해를 당하는 묘사를 통해 애정 가득한 선량한 동물 토끼를 노래하고 연약한 생명을 앗아간 고양이를 비난한다. 「오리의 희극鴨的喜劇」에서는 자기 힘으로 생활하자고 주장하는 러시아 맹인 시인 예로센코가 개구리 소리를 들으며 베이징 숙소의 적막함을 떨쳐내려고 정원의 연꽃 연못에 올챙이를 풀어놓는데, 나중에 산 오리 새끼의 먹이가 돼버린다. 이를 통해 예로센코의 성실과 애정의 성격을 그리고 있다. 「마을 연극」에서 루쉰은 대비의 수법으로 베이징 공연장에서 두 차례 보았던 경극이 맛이 부족했다는 서술을 한 후, 어린 시절 돛단배를 타고 자오좡에 가서 마을 연극을 본 즐거움을 토로한다. 고향에 대한 짙은 그리움을 서술하는 가운데 성실과 애정이 있는 인생에 대한 부러움과 즐거움을 부각시켰다. 아이들은 사이가 매우 가까워 "우연히 싸운다 하더라도 매우 공정하게 벌어져 한 마을의 어른이니 아이나 '깔보았다'는 말을 결코 떠올리지 않았다".

루쉰은 『외침』에서 봉건예교를 폭로하고 마비된 영혼을 비판하고 냉정한 사회를 공격하고, 성실과 애정을 노래하며 강렬한 반봉건 정신으로 민중에 대한 계몽을 힘껏 진행하는데, 이것이 '5·4' 시기의 적막한 세계 속의 외침이었다.

2.

루쉰은 『중국신문학대계』, 「소설 2집 도언」에서 다음과 같이 말했다.

> 여기에 실린 단편소설 가운데 루쉰은 1918년 5월부터 「광인일기」, 「쿵이지」, 「약」 등을 계속 발표했는데 '문학혁명'의 실적으로 볼 만하다. 또 당시 '표현에 깊이가 있고 격식이 특별하다'고 인식되어 일부 청년 독자들의 마음을 매우 격동시켰다.[20]

『외침』의 출판으로 루쉰 소설의 근심과 분노가 깊고 넓은 풍격을 구성하여, 당시 소설 창작에 모범적 의미를 지니게 되었다.

『외침』은 개방적 현실주의 수법으로 루쉰의 철저한 현실적 계몽정신을 보여주었다. "병증을 드러내어 치료 방법을 구하는" 루쉰은 현실과 인생을 직시하는 태도로 소설 창작에 종사했고, 『외침』은 주로 깨어있는 현실주의 수법으로 창작을 진행하였다. 쿵이지나 단씨 댁 등이 거주하는 삭막한 루전 사회를 그리든 아니면 화라오솬, 치진, 아Q 등의 마비된 영혼을 드러내든, 미친 듯하지만 깨어있는 광인의 반골성격, 보물을 찾아 출세하려는 천스청의 망상심리를 그리든 아니면 인력거꾼과 예로센코 등의 성실과 애정의 개성을 묘사하든 모두 "진실하고 깊이 있고 대담하게 인생을 간파하고 그 피와 살을 묘사하도록"[21] 노력

---

20 魯迅, 「中國新文學大系·小說二集導言」, 『中國新文學大系導言集』, 上海 : 上海書店, 1982, 125쪽,

21 魯迅, 「論睜了眼看」, 『魯迅選集』 제2권, 90쪽.

하였다. 루쉰은 "여러 사람의 모습을 취하여 한 사람으로 만드는" 전형화 수법으로 전형적인 색채를 지니는 수많은 인물형상을 창조하고 중국현대문학의 현실주의 표현수법을 개척하였다. 루쉰의 소설 창작은 현실주의적일 뿐 아니라 개방적인 태도로 창작에 종사하여 상징주의, 낭만주의 등의 예술수법을 흡수하였다. 「광인일기」는 상징주의 수법으로 철저한 봉건반역자의 형상을 창조했고, 작품 속의 '구쥬 선생의 오래된 금전출납부', '어둔 방' 등은 선명한 상징적 색채를 지닌다. 「약」 속의 약과 병은 모두 상징적 의미를 지니며, '화'씨, '샤'씨에 대한 묘사에는 '화샤'의 상징의미를 지니고 있다. 「광인일기」에서 식인역사에 대한 광인의 분노, 식인하지 않는 미래에 대한 갈망에는 낭만주의 색채를 지닌다. 「작은 사건」에서 인력거꾼 형상에 대한 흠모와 찬양, 「마을 연극」에서 마을 연극 관람에 대한 서정적 색채의 회고, 「고향」 결말에서 길에 대한 철리적 사유 등에는 짙은 낭만적 분위기를 드러낸다.

마오둔은 「'외침'을 읽고」에서 다음과 같이 말했다.

> 중국 신문단에서 루쉰은 항상 '신형식'을 창조하는 선봉이었다. 『외침』 속의 십여 편의 단편소설은 거의 매 편이 신형식이다. 이러한 신형식은 또 청년들에게 막대한 영향을 끼쳐 당연히 따라서 실험하는 사람들이 많았다.[22]

22 雁冰, 「讀『吶喊』」, 『時事新報』 부간 『文學』 제91기, 1923.10.8.

루쉰은 새롭고 다양한 예술구조로 『외침』의 또 다른 특징을 구성하였다. 「광인일기」는 일기체의 형식으로 심리를 자술하는 방식으로 광인 형상을 묘사한다. 셴헝 주점의 어린 사환의 시각으로 쿵이지의 인생의 처지를 서술한다. 「약」은 명암 교직하는 예술 구상으로 화씨 집안과 샤씨 집안의 비극적 이야기를 그린다. 「머리털이야기」는 주인공의 독백의 형식으로 마비된 국민성을 그린다. 「고향」은 귀향하는 주인공의 시각으로 오늘날과 옛날을 대비하며 고향이 쇠퇴하는 과정 속에서 인물들의 마비된 영혼을 드러낸다. 「아Q정전」은 인물 전기 형식으로 국민의 영혼을 그린다. 「흰 빛」은 인물이 자극을 받은 후의 환청 환각의 묘사를 통해 주인공이 관직과 재산을 위해 광분하다가 사멸하는 결말을 그린다. 「마을 연극」은 경극을 보는 것과 마을 연극을 보는 것의 대조를 통해 경극의 재미없음과 마을 연극의 즐거움을 묘사한다. 루쉰 소설의 이러한 탐색과 성공은 그의 작품이 항상 형식의 개척적 의미와 가치를 지니게 한다.

루쉰의 소설은 백묘수법의 운용을 중시하는데 이것도 『외침』의 특징 중의 하나이다. 루쉰은 백묘에 관해 논의할 때 "'백묘'는 결코 비결이 아니다. 만일 있다고 한다면 속임수와 반대된 것에 불과하다. 진정한 의미는 수식을 제거하고 작위를 줄이며 과장하지 않을 뿐이다"[23]고 말했다. 루쉰의 소설은 소박하고 간결한 정신적 필치로 인물을 묘사하고 사건을 서술하며 정경을 그린다. 이러한 점은 특히 '화룡점정'식의 인물묘사, '사의寫意'식의 정경묘사에 잘 표출되어 있다. 가령 「고

23 魯迅, 「作文秘訣」, 『魯迅文華』 제3권, 上海 : 百家出版社, 2001, 478쪽.

향」에서 초상의 변화로 룬투의 정신변화를 묘사하고, 영감님이라는 호칭으로 사람과 사람 사이의 단절을 드러낸다. 「쿵이지」에서는 "서서 술 마시면서 장삼을 입은 유일한 사람"이라는 표현으로 쿵이지의 지위, 처지와 성격을 대체한다. 「약」에서는 "화서방의 아내가 베개 밑을 한참동안 더듬어 한 꾸러미의 돈을 꺼내어 라오숸에게 건네주었다. 라오숸은 떨리는 손으로 돈 꾸러미를 주머니에 집어넣고 바깥에서 두어 번 눌러보았다"는 표현으로, 형편이 곤란하지만 약 사는 일이 중요하다는 점을 묘사하여, 인물이 그 일을 신중히 하는 심리를 고스란히 드러낸다. 루쉰의 소설은 환경을 그렇게 세밀하게 묘사하지 않으며, 항상 사의 식의 필치로 간결하게 환경을 그린다. 특히 민속적 의미가 있는 환경 묘사를 중시하여 이야기 전개, 인물 창조를 위해 독특한 배경과 분위기를 설치한다. 가령 「쿵이지」 서두의 술집 구조와 술 마시는 풍습에 관한 서술, 「약」 결미의 청명절 제단 풍경에 대한 묘사, 「풍파」 서두의 여름 밤 마루에서 밥을 먹고 더위를 피하는 장면의 묘사, 「고향」 결미의 황금빛 보름달과 푸른 모래사장에 대한 묘사 등에서 백묘수법의 독창성을 엿볼 수 있다.

1924년 1월 청팡우는 『외침』을 논의할 때 다음과 같이 말했다. "최근 반 년 동안 문단이 매우 침체되었다고 할 수 있다. 나는 인내하며 이 침묵을 깨는 음향을 기다렸는데 마침내 환한 외침을 들었다. 이 환한 외침을 직접 듣기 전에 나는 시끄러운 고함소리를 들었다. 이러한 외침은 사람들의 무딘 주의력 깨우는 데 필요하지만, 나처럼 침묵하며 기다리고 있는 사람에게는 시끄럽고 귀찮게 느껴진다. 그렇지만 나는 마침내 환한 외침을 들었다. 이것이 바로 루쉰의 『외침』 소설집이다."[24] 루쉰의 『외침』은 '5·4' 시기 귀청을 틔우는 외침으로 문단의 적막을 깨트리고 계몽적이고 반봉건적인 강렬한 외침을 내질렀다.

24 成仿吾, 「『吶喊』的評論」, 李宗英·張夢陽 편, 『六十年來魯迅研究論文選』 상, 北京 : 中國社會科學出版社, 1982, 21쪽.

“분란 속에서 약간의 여유를 찾다”

루쉰의 『아침 꽃을 저녁에 줍다』를 논함

‘민족혼’이라 칭해지는 루쉰은 소설을 통해 국민성 문제에 대해 깊이 있는 사유와 탐색을 하고, 잡문을 통해 중국 현실사회에 대해 가차없는 폭로와 비판을 하고, 산문시를 통해 자기 영혼에 대해 깊은 반성과 해부를 하여, 문화거인, 사상거두, 문학거장으로서 루쉰의 열정적인 계몽정신, 철저한 전투정신, 심원한 자기비판정신을 구현하였다. “무정하여 반드시 진정한 호걸이라 할 수 없다”는 당시 사람들과 달리 루쉰은 결코 냉혹함만 가지고 이름은 얻은 것이 아니며, 산문집 『아침 꽃을 저녁에 줍다』에서는 따스한 목소리 가득한 루쉰의 부드러운 마음을 읽을 수 있다. 어린 시절의 생활에 대한 기억, 자기 인생 역정에 대한 회고, 친한 친구들과의 지난 일에 대한 추억, 고향의 민속 풍정에 대한 묘사 속에 루쉰 정감의 또 다른 측면이 드러나 있다. 유년 생활에 대한 애착, 불우한 인생에 대한 애중, 혈육과 친구에 대한 애정, 고향의 그리움을 소중히 하는 마음속에 정감이 진실하고 지긋한 루쉰의 형상이 드러나 있다. 루쉰은 『아침 꽃을 저녁에 줍다』「서언」 서두에서 "나는 항상 분란 속에서 약간의 여유를 찾으려 했지만 정말로 쉽지가 않았다"고 했는데, 그 산문 속에는 루쉰이 "분란 속에서 약간의 여유를 찾으려는" 바람과 아울러 여유를 찾기가 "정말로 쉽지 않은" 심정도 드러나 있다.

1.

1927년 5월 루쉰은 『아침 꽃을 저녁에 줍다』「서언」에서 다음과 같이 말했다.

> 여기 실는 10편은 기억에서 뽑아낸 것들로, 사실과 다소 차이가 있을지 모르나 현재의 나는 그렇게 기억하고 있다. 문체도 매우 혼란스러울 텐데, 썼다 그만두었다 하는 과정이 9개월이나 걸렸기 때문이리라. 환경도 동일하지 않았다. 처음 2편은 베이징의 거처인 동벽 아래에서 썼고, 중간의 3편은 피난중의 것으로 장소는 병원과 목수의 집이었다. 나머지 5편은 샤먼대학의 도서관 2층에서 썼는데, 이미 대학에서 물러난 후였다.

루쉰은 1926년 2월 21일에 쓴 회고적인 산문인 첫 번째 글 「개狗·고양이猫·쥐鼠」에서 11월 8일에 쓴 마지막 글 「판아이눙范愛農」에 이르기까지 9개월여의 시간 동안 항상 '분란' 속에 처해 있었다. 1925년 베이징여자사범대학 부임한 루쉰은 여사대의 저항운동을 경험하였다. 여사대 학생들은 교장 양인위楊蔭楡의 노예교육과 학생 박해에 반대하기 위하여 교육부에 교장을 교체해달라는 청원을 제출했는데, 오히려 사법총장 겸 교육총장인 장스자오章士釗의 '학풍정돈'의 질책을 받았고 심지어 베이징여자사범대학을 해산하려고 했다. 양인위는 저항운동의 진압과 학생 박해를 더욱 심하게 하여 루쉰은 학생들의 정의 투쟁을 지지하고 교무유지회에 참여하였다. 베이징대학 교수 천시잉陳西瀅은 양인위를 지지하면서 학생운동을 멸시하고 암묵적으로 학생운동을 고취하는 루쉰 등을 질책하는 문장을 썼다. 루쉰은 「홀연히 생각하다忽然想到」, 「결코 한담이 아니다并非閑話」 등의 글을 써 반격하고 폭로하였다. 1926년 3월 18일 일본 제국주의 군함이 다구大沽 항에 들어와 국민군에게 포격한 일을 반대하기 위하여 베이징 각계 인사들은 천안문에서 집회를 한 후 돤치루이段祺瑞 정부에 청원을 하러 갔는데, 국무원 문 앞에서 총으로 진압을 당하여 47명이 죽고 150여 명이 부상을 입었다. 이 사건이 바로 전국을 경악케 한 '3·18 참사'이다. 여사대 학생 류허전劉和珍, 양더췬楊德群도 살해를 당하였다. 루쉰은 「꽃 없는 장미 2無花的薔薇之二」, 「사지死地」, 「담담한 혈흔 가운데淡淡的血痕中」, 「류허전 군을 기념하며記念劉和珍君」 등의 글을 써 반동 당국의 죄상을 폭로하고 죽은 이들을 간절히 추모하였다. 군벌정부는 참사가 발생한 후 체포령을 하달했는데 루쉰이 그 명단에 포함되어 있었으며 4월 『징바오京報』에 북양군벌정부의 체포명단을 게시하였다. 군벌정부의 박해를 피하기 위하여 3월 26일 루쉰은 베이징 시청에 숨어 지내다가 야마모토병원, 독일병원, 프랑스병원 등지로 이주했고, 어떤 때는 "낡은 물건들을 쌓아놓은 방"에 머물면서, "밤에는 콘크리트 바닥에 잠자고 낮에는 빵과 통조림 식품으로 허기를 채웠고", 어떤 때는 지하실에서 지냈다. 1926년 7월 9일 국민혁명군은 북벌을 결의하였다. 8월 26일 루쉰은 베이징을 떠나 샤먼대학에 부임하여 2년 계약을 했는데, 배타적이고 또 샤먼대학의 '어정쩡한' 현상 때문에 12월 분노하며 사직하였다. 『아침 꽃을 저녁에 줍다』를 쓰는 시기 루쉰의 생활은 분란과 투쟁이 가득했지만, 루쉰은 "항상 분란 속에서 약간의 여유를 찾으려 했지만 정말로 쉽지가 않았다". 1935년 루쉰은 『아침 꽃을 저녁에 줍다』를 쓰던 시기를 회고할 때 다음과 같이 말했다.

> 1926년 가을에 이르기까지 혼자 샤먼의 독방에 거주하며 바다를 마주하고 고서를 읽는데 사방에 인기척이 없고 마음은 텅 비어 있었다. 그런데 베이징의 웨이밍사(未名社)에서 끊임없이 편지를 보내 잡지의 글을 재촉하였다. 이때 나는 목전의 일은 생각하고 싶지 않아 마음속에 있는 기억을 찾아내어 『아침 꽃을 저녁에 줍다』 10편을 쓰게 되었다.[1]

루쉰의 이 10편의 산문은 처음에 '옛 일을 다시 끄집어내다'라는 이름으로 연이어 웨이밍사의 간행물 『망원莽原』에 발표하였다.

『아침 꽃을 저녁에 줍다』에서 루쉰은 생기가 충만한 필치로 어린 시절의 생활을 회고하는데, 친절하면서 생동적이며, 유년 생활의 따스함과 정취가 넘쳐흐른다. 「개 · 고양이 · 쥐」에서 고양이를 적대시하는 경위를 설명할 때 어린이의 심리와 감수성이 생생하게 드러난다.

---

1 魯迅, 「古事新編 · 序言」, 『魯迅文化』 제1권, 上海 : 百家出版社, 2001, 396쪽.

유년 시절 여름밤에 바람을 쐴 때 할머니가 들려준 고양이 이야기의 즐거움, 정월 14일 쥐의 혼례 의식을 보려고 밤새 기다리던 설레임, 사람이 먹다 버린 찌꺼기를 주워 먹으며 항상 눈앞에서 돌아다니는 애완용 쥐를 키우는 기쁨. 「아장과 산해경阿長與'山海經'」에서는 아이의 눈과 마음으로 보모 장 아주머니의 형상을 그리고 유년 생활의 정취와 정감을 묘사한다. 장 아주머니의 많은 기괴한 원칙과 자질구레한 규율에 대한 귀찮음, 장 아주머니가 성곽 위에 서서 포화를 막아낼 수 있다고 말한 것에 대한 경이로움, 장 아주머니가 도판 『산해경』을 가지고 왔을 때의 놀라움과 기쁨. 「우창회」에서 영신 제례 행렬에 대한 간절한 기대, 빨간 옷에 족쇄를 찬 죄인으로 분장하여 돋보이고 싶은 갈망, 배를 타고 둥관으로 우창회를 보러 가려는 즐거움, 『감략』을 외워야 우창회에 갈 수 있다는 불안함. 「바이차오원에서 산웨이서옥으로從百草園到三味書屋」에서 생기발랄한 바이차오원의 묘사, 미녀 뱀과 날아다니는 지네 이야기의 서술, 바이차오원 눈밭에서 대바구니로 새를 잡는 장면의 서사, 매우 엄격한 산웨이서옥에서 소리 높여 책 읽는 아이들의 소리가 솥이 끓는 듯하다는 묘사 등은 동심이 충만하며 유년 시절의 따듯한 삶에 대한 그리움이 넘친다.

『아침 꽃을 저녁에 줍다』에서 루쉰은 진실하고 자연스런 필치로 자기 인생역정을 회고하는데, 진솔하고 소박하게 불우한 인생의 고달픔과 애착을 드러낸다. 「부친의 병환父親的病」에서 명의가 아버지 병환 치료에 사용한 특수한 첨가물에 대해 서술할 때, 돌팔이 의사의 오진에 대한 불만을 표출하고 아울러 루쉰이 일본에 가서 의학을 배우게 된 처음 동기를 내포하고 있다. 「자질구레한 일瑣記」에서 루쉰은 고향을 떠나 난징에서 공부를 한 경력을 회고한다. 부친이 돌아가신 후 곤궁해진 경제생활을 기억하는 과정에서 고향사람들이 나쁜 소문을 퍼트린 데에 대한 증오를 부각시키고 그해 루쉰이 낯선 곳으로 떠날 수밖에 없었던 필연성을 서술한다. 난징 강남수사학당江南水師學堂 입학에 관해 언급할 때 학당은 '난장판이고', 상급생들은 "게처럼" "활개치고 다니며", 학생들이 빠져 죽은 수영장이 메워져 "그 위에 관우 사당을 세우고", "매년 7월 15일에 항상 스님들을 초청하여 노천 체조장에서 독경을 하며" 물에 빠져 죽은 귀신의 영혼을 제도하였다는 점을 집중 서술한다. 강남육사학당江南陸師學堂 부설 광로학당石廣路學堂 시험에 합격한 사실을 언급할 때, 학당의 "매우 신선한" 교육과정에 대해 서술하고, 새로운 책을 보는 풍조가 유행하여 헉슬리의 『천연론天演論』을 읽었을 당시의 신선한 충격을 떠올리고, "틈이 나면 여전히 과자나 땅콩, 고추를 먹으면서 『천연론』을 보던" 생활에 대해 회고한다. 또 유학을 떠난 자초지종을 설명한다. "하늘로 20장을 기어오르고 지하로 20장을 파고들어도 결국 하나도 이해할 수 없었다. 학문이 '위로는 하늘 아래로는 황천까지, 두 곳 모두 망망하여 보이지 않았다.' 나머지 길은 단 하나 외국으로 가는 것이었다."[2] 「후지노 선생藤野先生」에서 루쉰은 일본 센다이에서의 유학생활을 회고한다. 감옥 옆의 모기가 극성인 여인숙에서 거주하며 삼키기 힘든 토란줄기 국을 먹은 일, 후지노 선생의 엄격함과 친절함, 후지노 선생이 시험 문제를 유출했다는 학생회 간사의 유언비어, 마비된 중국인이 중국인 처형 장면을 구경하는 환

2 魯迅, 「瑣記」, 『魯迅選集』 제1권, 北京 : 人民文學出版社, 1983, 435쪽.

등기 사건의 충격, 후지노 선생과의 작별의 아쉬움 등은 루쉰에 당시 의학을 포기하고 문학에 종사한 원인을 설명해준다. 「판아이눙」에서는 판아이눙과의 교류를 기억하는 과정에서 루쉰 자신의 인생 역정을 묘사한다. 일본 유학 시절 중국에서 츄진秋瑾, 쉬시린徐錫麟이 피살당한 일에 대한 분노, 샤오싱 중학당에 교원 겸 학감에 부임한 장면, 신해혁명 후의 깊은 좌절, "내막은 변함이 없어서, 여전히 옛 향신들이 조직한 정부이고, 철도회사의 주주가 행정사장이고, 환전상 주인은 군수회사 사장이고", 형식만 바뀌고 내용은 바뀌지 않은 결과가 실망스러웠다. 군 정부를 비판하는 신문의 발기인이 될 것을 동의하여 곤란한 일이 생겨났고 이에 난징에 가서 부임하라는 친구의 권유에 응하였다. 이 산문들은 자신의 인생 역정에 대한 회고를 통해, 1898년 고향을 떠나 난징에서 공부를 하고, 일본으로 유학을 가고, 귀국하여 교편을 잡고, 난징에 가서 부임한 경력이 매우 생생하게 묘사되어 있어서 루쉰 연구의 기초자료가 되었다.

『아침 꽃을 저녁에 줍다』에서 루쉰은 세밀하고 진지한 문체로 친한 친구들과의 지난 일을 기억하고, 생생하고 진실하게 친구에 대한 그리움과 진심을 표현한다. 「개 · 고양이 · 쥐」, 「아장과 '산해경'」에서는 보모 장 아주머니의 보수적이면서 열정적이고 매우 교활한 성격을 회고한다. 그녀가 알고 있는 많은 번거로운 원칙, 그녀가 말한 많은 자질구레한 규율, 그녀가 말한 장발적이 여자들을 잡아 치마를 벗긴 후 성곽 위에 세워서 적을 막아낸 이야기 등은 그녀의 보수적 성격을 드러낸다. 그녀는 루쉰을 위해 귀중한 그림책 『산해경』을 구해 오는데 그녀의 열정적이고 성실한 개성을 보여준다. 그녀의 세심한 성격은 사람들에게 낮은 소리로 부드럽게 말하는 것을 좋아하고, 조심스럽지 못한 성격은 애완용 쥐를 밟아 죽인 후 루쉰에게 고양이가 잡아먹었다고 말하여 교활한 일면을 표현한다. 그러나 젊어서 청상과부가 된 그녀의 신세는 연민과 슬픔을 자아낸다. 「바이차오원에서 산웨이서옥으로」에서는 "방정하고 소박하며 박학한" 선생의 형상을 묘사하고 있다. "그는 키가 크고 마른 노인으로 수염과 머리털이 희끗희끗하고 커다란 안경을 썼다", 학생에 대한 엄격함과 학생이 괴이한 문제를 내는 것에 대한 '노여움', 좀처럼 사용하지 않는 매와 무릎 꿇게 하는 벌칙, 큰소리로 책을 읽을 때의 미소와 집중력은 산웨이서옥 선생의 성격을 드러낸다. 「부친의 병환」, 「자질구레한 일」에서는 연 부인의 겉과 속이 다른 교활한 개성을 그리고 있다. "그녀는 예절에 정통한 부인"으로 부친이 임종할 때임을 알고 종이돈과 『고왕경』을 태워 재로 만들고 그 재를 종이로 싸서 아버지 손에 쥐어 드리고 '나'에게 큰 소리로 아버지를 부르라고 했다. 그녀는 아이들이 겨울에 물독에 언 얼음을 먹으라 권하고 아이들이 맴 돌기 시합을 하도록 권하지만, 어른들이 나타나면 큰 소리로 "먹지 마라, 배 아프다", "내가 맴 돌기 하지 말라고 했지, 하지 말라고" 한다. 그녀는 돈이 없어 힘들어 하는 '나'에게 어머니의 돈을 써도 된다, 집안의 물건을 팔아도 된다고 하지만, 밖에서는 "내가 이미 집안의 물건을 훔쳐 팔아먹었다"는 소문을 퍼뜨린다.

「후지노 선생」에서는 엄격하고 열정적인 후지노의 형상을 그린다. 센다이 의전의 교사로서 팔자수염에 검고 마른 후지노 선생은 해부학의 역사를 손바닥 보듯 훤하게 안다. 그는 평소 형식에 구애받지 않지만 수업과 학생에 대해선 매우 성실하고 책임감이 강하여 '나'의 강의 노트를 가져다가 검사한 후 일일이 세심하게 수정 보완해 준다. 학생에 대해 지칠 줄 모르는 가르침, 희망과 격려에 열심인 "그의 성격은 내 눈과 마음에서 위대한 것이었다". 「판아이눙」에서는 판아이눙의 고집스럽고 절망적인 성격을 그린다. "그는 키가 크고 머리가 길며 안구에 흰자가 많고 검은자가 적어 사람을 볼 때 항상 업신여기는 듯하다." 막 일본에 도착했을 때 그들을 마중 나온 루쉰이, 짐 속에 수놓은 전족화가 있고 기차 안에서 자리를 양보하는 것을 보고 고개를 젓자, 그는 루쉰에 대한 반감이 생겨 문제를 토론할 때 오로지 루쉰에게만 대들었다. 그는 학비가 떨어지자 바로 귀국하여 생계를 도모했는데, "또 경멸과 배척, 박해를 받고 거의 설 자리가 없어서", 시골에 숨어 몇몇 어린 학생을 가르치며 연명하였다. 신해혁명 후 상황이 더 나빠져 아는 사람 집에서 기숙하다가 여러 곳을 떠돌아다녔는데 모두들 그를 싫어하였다. "그는 매우 궁핍했지만 여전히 술을 마셨는데 친구들이 사준 것이었고", 한번은 끝내 술에 취하여 강에 떨어져 익사하였다. 루쉰은 친구들의 지난 일에 대한 회고를 통해 특정 역사 시기에서의 인물의 성격과 운명을 드러냈다.

『아침 꽃을 저녁에 줍다』에서 루쉰은 지방색채가 충만한 언어로 고향의 민속풍정을 묘사하는데, 기이하고 흥미롭게 고향에 대한 깊은 그리움을 드러냈다. 「우창」에서는 영신제 때 길거리를 돌아다니는 풍경을 묘사한다. 팔자 창을 든 구이주鬼卒, 호랑이 머리 패를 든 구이왕鬼王, 활발하고 해학적인 훠우창. 목련희에서 "얼굴은 희고 입술은 빨갛고 눈썹은 새까만" 훠우창은 형수가 슬피 울어 잠시 조카를 저 세상에 돌려보내려 했기 때문에 염라대왕의 질책을 받아, "모든 귀신 가운데 그만이 인정이 있으며", "솔직하고 말하기 좋아하고 인정이 있어" 사람들의 사랑을 받았다. 우창에 대한 묘사에는 생생한 민속기운이 넘친다. 「우창회」에서는 영신제의 성대함을 묘사하는데, '탕바오塘報'라 불리는 말을 타는 아이, 길다란 깃발을 든 뚱뚱한 사내인 '가오자오高照', '가오챠오高蹺', '타이거擡閣', '마터우馬頭', 붉은 옷을 입고 족쇄를 찬 아이, 우창묘 안의 우창의 신상을 그리고 있다. 「이십사효도」에서는 "귀신이 적고 사람이 많은" 이십사효도의 정황을 설명하여 효에 대한 회의와 비판을 드러낸다. "효라는 것이 얼마나 어려운지 알게 되었고 어린 마음에 효자가 되겠다고 생각했던 계획이 완전히 좌절되었다." 특히 '라오라이가 부모를 즐겁게 하다老萊娛親', '궈쥐가 아이를 묻다郭巨埋兒'는 고사에 대한 해설은 민속적 의의가 충만한 그림을 보여주는 과정에서 허위적 봉건윤리도덕에 대한 비판을 드러낸다. 「아장과 '산해경'」에서 정월 초하루에 복귤을 먹으며 새해 인사를 하는 풍속의 서술, 제야에 어른들이 아이들에게 새해 용돈 주는 풍속의 설명, 「바이차오원에서 산웨이서옥으로」에서 미녀 뱀과 날아다니는 지네 이야기의 서술, 눈밭에서 대바구니로 새를 잡는 묘사 등은 모두 민속적 기운과 지방색채가 충만하다.

루쉰의 『아침 꽃을 저녁에 줍다』은 '옛 일을 새로이 제기하는' 방식으로 지난 일을 생생하고 진실하게 회고하여 "분란 속에서 약간의 여유를 찾는" 작품이지만, 그 속에는 자신의 지난 삶과 경력에 대한 진실한 기억을 통해 진심이 충만하면서도 독특한 풍격을 이루고 있다.

2.

루쉰은 "분란 속에서 약간의 여유를 찾으려 했지만 정말로 쉽지가 않았다". 이러한 여유 찾기와 정말로 쉽지 않은 상황이 『아침 꽃을 저녁에 줍다』의 복잡한 모순을 구성할 뿐 아니라 주요한 예술특징을 이루고 있다. 지난 일의 회고와 현실의 분노가 교직하고, 진지한 서정과 신랄한 풍자가 교차하고, 민속 서사와 민속 고증이 결합되어 『아침 꽃을 저녁에 줍다』의 진지하고 소박하며 격분과 해학이 병존하는 예술 풍격을 형성하였다.

'옛 일을 새로이 제기하는' 방식을 총 표제로 하는 10편의 산문은 루쉰이 "분란 속에서 약간의 여유를 찾으려 한" 작품으로, 그 제재는 모두 "기억 속에서 뽑아낸 것"이며 자신의 지난 삶에 대한 루쉰의 회고였다. 애완용 쥐를 키우는 경이로움, 바이차오원 안의 생기, 할머니의 이야기를 듣는 설레임, 그림책 『산해경』을 얻은 놀라움, 『이십사효도』를 보고난 후의 풀리지 않는 의혹, 우창회를 보고 싶어하는 초조함, 훠우창의 출현을 지켜보는 동안의 흥분, 부친이 병마로 겪은 고통, 고향을 떠나 타지로 공부하러 간 경력, 일본 유학 생활의 어려움, 귀국 후 신해혁명에 대한 실망 등은 모두 지난 일에 대한 루쉰의 회고였다. 루쉰은 현실에 철저한 작가로 "분란 속에서 약간의 여유를 찾으려" 했지만, 30년대의 저우쭤런처럼 정치를 피해 은일을 추구하지 않았으며, 30년대의 린위탕林語堂처럼 성령을 중시하고 한적을 추구하지 않았다. 현실에 철저한 루쉰의 품성은 항상 지난 일에 대한 회고 속에서 현실생활의 불만을 끊임없이 표출하고 비판했는데, 마치 역사소설집

『고사신편故事新編』처럼 역사 고사에 대한 서사 속에서 항상 골계적 방법으로 현실에 대한 불만과 비판을 전달하는 것 같았다. 「개·고양이·쥐」에서 루쉰은 시종 창끝을 학생운동을 멸시하는 천시잉 부류에 조준하였다. 문장 서두에서 루쉰은 "나의 창으로 나의 방패를 공격하는" 방식으로 천시잉 등이 쓴 글의 일부를 떼 내어 그들을 풍자함으로써 학생운동에 대한 선명한 태도를 드러내고 천시잉 부류에 대해 폭로 비판하였다. 문장 결미에서 루쉰은 고양이가 사람을 화나게 할 정도로 떠들 때 이제는 예전처럼 때리지 않고 쫓아 보낸다고 말한다.

> 어느 정도 조용해지면 서재로 돌아온다. 이렇게 해야 오랫동안 사람들의 모욕을 받지 않고 집안을 보존할 수 있는 자격이 생긴다. 사실 이 방법은 중국 관병이 항상 실행하고 있는 것이다. 그들은 늘 토비든 적병이든 뿌리 채 소탕하려 하지 않는다. 이렇게 하고 나면 자기들이 중요하게 여겨지지 않을 수 있고 심지어 쓸모가 다하여 감축될 수 있기 때문이다.

고양이를 쫓아내는 것에서 중국 관병의 작태를 연상함으로써 관병의 소탕방식에 대한 날카로운 폭로를 한다. 「우창」에서 루쉰은 무상의 형상을 고찰할 때 천시잉의 글에서 루쉰을 공격한 부분을 떼 내어 천시잉 등에 맞섰다.

> "그들—우리 고향의 하등인—은 대부분 살아가면서 괴로워하고 비방을 당하고 협박을 당하는데, 오랜 경험 덕분에 이 세상에서 공리를 유지하는 것은 조직 밖에 없으며 이 조직 자체는 자신들에게 '아득하다'는

것을 알기 때문에, 저 세상을 동경하지 않을 수 없었다. 사람은 대개 자기만이 부당한 대접을 받고 있다고 생각한다. 살아있는 '정인군자'는 세상을 속일 수 있지만, 만일 우중들에게 물어본다면 그들은 즉각 다음과 같이 답변할 것이다. 공정한 재판은 저 세상에서나 한다고!"

글 속에 인용 부호가 있는 것은 모두 천시잉이 루쉰을 공격한 문장에서 취한 것이며, 천시잉 등에 대한 풍자를 통해 공리가 결핍된 사회를 비판하고 있다. 「이십사효도」의 서두에서 루쉰은 분노의 어조로 "나는 항상 위 아래 사방을 돌아다니며 가장 어둡고 어두운 주문을 찾아 백화를 반대하고 방해하는 모든 자를 먼저 저주할 것이다", "백화에 위해를 가하는 자들은 다 멸망시켜야 할 것이다"라고 한 후 천시잉 등에 대해 풍자하고 비판한다. 중국 아동 독서물이 조잡한 점에 대한 불만 속에서 과거에 「이십사효도」를 보고 난 후 해결되지 않는 의혹을 회고하면서, 허위적이고 낯간지러운 봉건윤리를 날카롭게 비판한다. 루쉰은 지난 일의 회고 속에서 항상 여유로운 기운을 드러내지만, 현실 생활에 대한 불만을 통해 산문에 비판정신이 충만케 한다.

루쉰은 『아침 꽃을 저녁에 줍다』 「서언」에서 다음과 같이 말했다.

때때로 어린 시절 고향에서 먹었던 마름 씨, 누에콩, 줄풀, 참외 등의 채소가 누차 생각나곤 했다. 이것들은 매우 신선하고 맛있어서 망향의 충동에 빠지게 하였다. 나중에 오랜 만에 먹어보게 되었는데 맛이 그저 그랬다. 오직 기억 속에서만 옛 그대로 남아있었다. 그것들은 나를 평생 속이면서 가끔씩 돌아보게 만들 것이다.

루쉰의 이러한 "기억에서 뽑아낸" 산문에는 어린 시절의 지난 일에 대한 기억 속에서 그리고 고향사람들의 삶에 대한 회고 속에서 깊은 정감이 충만하고 진한 향수가 표출되며 문장에 진지한 서정적 색채가 가득 차 있다. 「아장과 '산해경'」에서 루쉰은 장 아주머니의 성가신 규율, 원단의 기괴한 의식, 그림책 『산해경』을 사온 장면을 서술한 후, 짙은 서정적 필치로 다음과 같이 서술한다.

> 보모 장 아주머니는 이 세상을 떠난 지 30년 쯤 되었을 것이다. 나는 끝내 그녀의 이름과 경력은 알지 못했다. 양자가 있었고 젊어서 청상과부가 되었다는 점만을 알 뿐이었다. 인자하고 캄캄한 대지의 어머니여, 당신의 가슴속에서 그녀의 영혼이 안식하기를 바랍니다!

그림책 『산해경』은 루쉰의 어린 시절에 무한한 즐거움을 가져다주었으며, 장 아주머니에 대한 루쉰의 감사와 동정이 이 단락의 깊은 정 가득한 구절에서 표출되고 있다. 「부친의 병환」에서 루쉰은 돌팔이 의사가 아버지 병환의 치료에 나쁜 영향을 끼친 점을 서술한 후, 생명의 불꽃이 시들어가는 아버지를 묘사하는데 부끄러운 심정이 가득 차 있다.

> 아버지의 호흡이 매우 급해져 나조차 듣기 힘들 정도였으나 누구도 도와줄 수가 없었다. 나는 때때로 '빨리 호흡이 멈춰지는 게 나을 텐데……'라는 생각이 스쳐 지나갔으나, 즉시 이렇게 생각해서는 안 되지 죄를 짓는 일이라고 여겼다. 그러나 동시에 이런 생각이 정당하며 아버지를 매우 사랑하기 때문에 그런 거라고 여겼다. 지금도 여전히 그렇게 생각한다.

아버지가 병마로 겪는 고통에 대한 연민, 아버지가 빨리 고통에서 벗어나길 바라는 마음에는 서정적 기운이 충만해 있다. 연 부인이 '나'에게 큰 소리로 임종 직전의 아버지를 부르게 한 후 루쉰은 매우 부끄럽고 후회하는 어조로, "나는 지금도 그때의 내 목소리를 듣는다. 그 소리를 들을 때마다 아버지에 대한 나의 제일 큰 잘못이라고 생각된다". 이 소리로 인해 병이 깊은 아버지를 평안히 가시지 못하게 한 점에 대해 루쉰은 내면 깊은 곳에서 부끄러워하고 있다. 「자질구레한 일」에서 루쉰은 가세가 기울어지자 사방에서 비방이 난무하는 상황을 기억하며 길을 떠나 다른 지역으로 가게 된 원인을 설명한다.

> 좋아. 그렇다면 떠나자! 그런데 어디로? S성 사람들의 얼굴은 벌써 익숙해져 이 정도나 되고 속내마저도 분명히 알 수 있을 듯 했다. 그들과 다른 사람, S성 사람들이 싫어하는 사람을 찾아야 한다. 축생이든 악마든 간에.

이 말 속에는 S성 사람들의 냉정함에 대한 분노와 세상을 비난하는 뜻이 가득 차 있다. 「후지노 선생」에서 루쉰은 자신에 대한 후지노 선생의 관심과 도움, 후지노 선생과 작별할 때의 아쉬운 마음을 회고한다. 결미에서 루쉰은 다음과 같이 애절하게 서술하였다.

> 그가 수정한 노트를 세권의 두꺼운 책으로 만들어 소장하고 있는데 영원한 기념으로 삼으려 한다. 불행하게도 7년 전에 이사를 할 때 도중에 책 상자 하나가 부서져 반절의 책을 잃어버렸는데 공교롭게도 이 노

트도 포함되어 있었다. 운송회사에 책임지고 찾아달라고 했으나 아무런 소식이 없다. 그의 사진만은 지금도 베이징의 우거 동쪽 벽에 책상과 마주보게 걸어 놓았다. 밤에 피곤하여 게으름을 피우고 싶을 때마다 고개를 들어 등불 속에서 그의 검고 야윈 얼굴을 보면, 바로 명료한 말씀을 하시는 듯하다. 나는 문득 양심을 발견하고 용기가 북돋아나 담배 한 대를 태우고 '정인군자'들이 싫어하는 글을 계속해서 쓰게 된다.

루쉰은 서정이 충만한 언어로 후지노 선생에 대한 진솔한 정감을 묘사하고 후지노 선생의 가르침에 어긋나지 않게 일하려는 결심을 표출한다. 『아침 꽃을 저녁에 줍다』에서 루쉰은 항상 신랄한 풍자로 불만스럽고 반대하는 사물에 대해 조소하고 비판한다. 미국의 신비평파 대표인물인 크린스 부룩은 「풍자와 '풍자시'」에서 "풍자는 맥락의 압력을 견디고", "수정하여 태도를 확정하는 방법"[3]이라고 말했다. 그는 풍자는 텍스트 속의 어휘가 맥락의 압력을 받아 의미가 변화되어, 기표와 기의의 불일치를 형성하는 서사방법이라고 인식하였다. 「개·고양이·쥐」 서두에서 루쉰은 자신이 고양이를 적대시한다는 누군가의 말을 언급한 후 다음과 같이 서술했다.

> 내가 펜을 움직여 글을 쓰고 인쇄되어 나오면, 어떤 사람들에게는 가려운 데를 긁어주기보다는 아픈 데를 찌른 경우가 많은 모양이다. 만일 조심하지 않아 심지어 명사나 명교수의 비위를 거스르고, 더욱더 '청년

3 趙毅衡, 『新批評』, 北京 : 中國社會科學出版社, 1986, 182쪽.

을 지도할 책임을 지닌 선배'들의 비위를 거스르면 매우 위험할 수 있다. 왜 그런가? 이런 거물들은 '초연한 체' 하는 사람들이기 때문이다. 어떻게 '초연한 체' 하는가? 아마 전신에 열이 오른 후 편지를 써 신문에 공개할지 모른다.

글에서 인용부호를 한 말은 모두 천시잉 부류가 루쉰을 공격하는 문장에서 뽑아온 것이다. 루쉰은 '나의 창으로 나의 방패를 찌르는' 방법으로 풍자효과를 이루고, 천시잉 부류가 학생운동을 멸시하는 것을 조소했다. 「아장과 '산해경'」에서 루쉰은 어린 시절 장 아주머니가 말한 '장발'족이 그녀와 같은 부녀자를 납치하여 치마를 벗기고 성곽 위에 세워 적을 막은 얘기를 회고한 후 다음과 같이 서술한다.

> 이것은 실로 예상 밖의 일이어서 놀라지 않을 수 없었다. 나는 줄곧 그녀의 뱃속에 번거로운 예절만 가득 차 있다고 여겼는데, 그녀에게 이런 위대한 신통력이 있었다니! 그때부터 그녀에게 각별한 경의를 지니게 되었는데 그 깊이를 알 수 없을 정도였다. 밤에 손발을 뻗어 침상을 다 차지하는 건 당연히 받아들일 만한 일이며 오히려 내가 양보해야 했다.

어린 시절 루쉰은 장 아주머니와 한 침상에서 잤는데, 그녀는 항상 손발을 뻗어 "내가 몸을 누일 곳이 없을 정도도 자리를 차지했다". 그러나 그녀의 이야기 속의 '신통력'이 소년 루쉰으로 하여금 경의를 표하며 양보하게 했는데, 어른이 되어 글을 쓸 때는 오히려 풍자의 의미가 충만하다. 「우창」에서 루쉰은 "귀신이면서 사람이고, 이성적이면서 정감적인" 우창을 묘사한 후 다음과 같이 말했다. "아! 귀신의 일은 말하기 어려우니 잠시 논하지 않기로 하자. 무상이 어찌하여 친 자녀가 없는지의 문제는 올해 매우 쉽게 풀렸다. 귀신은 예견을 할 수 있기 때문에 자식이 많으면 말하기 좋아하는 이들이 공연히 러시아 루블을 받았다느니 하는 뒷소리를 듣게 될지도 모른다는 것을 염려한 탓이다. 그는 '산아제한'을 연구만 한 것이 아니라 벌써 실천을 했던 것이다." 루쉰은 천시잉이 글에서 '집안일이 날로 번거로워' '소련의 돈을 썼다'는 등의 비방을 하자, 무상에게 친 자녀가 없다는 언급을 할 때 풍자의 어조로 천시잉을 조소하였다. 「부친의 병환」에서 루쉰은 천롄허 명의가 부종을 치료하기 위한 처방이 '패고피환敗鼓皮丸'이라고 말한다. "이 '패고피환'은 찢어진 헌 북 가죽으로 만든다. 부종은 고장이라고 하는데, 찢어진 북 가죽을 쓰면 자연스레 병을 극복할 수 있다는 것이다. 청나라 강건함이 '양놈'을 증오하여 그들을 몰아내기 위해 양성한 병사를 '호신영虎神營'이라 부르는데, 호랑이가 양을 잡아먹고 신이 귀신을 제압한다는 뜻이니, 같은 이치라 할 것이다." 루쉰은 매우 평온해 보이는 말로 '명의'의 처방의 신기함을 설명하지만 돌팔이가 오진한 것에 대한 풍자의 뜻을 드러내고 있다. 「자질구레한 일」에서 루쉰은 강남수사학당에서의 생활을 회고하며, 수영장이 학생들이 익사하여 메워지고 그 위에 "자그마한 관우사당"을 지었다고 말한다.

다만 애석한 것은 빠져죽은 두 망령이 수영장이 사라져 교체할 죽은 이가 없어 항상 그 주위를 배회하는 일이다. '복마대제관성제군'이 그곳을 누르고 있더라도 말이다. 학교 당국의 자상한 배려로 매년 7월 15일 스님들을 초청하여 노천 제조장에서 외로운 혼령에 대한 제사를 지냈다. 코가 빨간 뚱뚱보 큰 스님이 비로모를 쓰고 독경하며 주문을 외웠다. '후이즈라오(回資羅), 푸미예훙(普彌耶吽)! 안예훙(唵耶吽)! 안(唵)! 예(耶)! 훙(吽)!!!' 나의 선배 동학은 관성제군에게 일 년 내내 눌려 지내지만 이때만은 덕을 본다—무슨 덕인지 나도 잘 몰랐지만. 그래서 나는 이 때 항상 생각한다. 학생은 스스로 자기 몸 지키는 것을 조심해야 한다는 걸.

매우 명료한 기억 속에서 학교의 난장판 분위기를 말하는데 풍자적 색채가 충만하다. 「후지노 선생」에서 루쉰은 학생회 간사가 일을 꾸며 후지노 선생이 자신에게 시험 문제를 누출했다고 비난하고 익명의 편지를 보내는데, 이에 대해 루쉰은 "중국은 허약한 나라여서 중국인은 당연히 저능하다. 점수가 60%점 이상이면 자신의 능력이 아니니 그들이 의심하는 것도 당연하다"고 말한다. 풍자의 뜻이 글 속에 생생하며 타국에서 멸시와 모욕을 받은 것에 대한 분노가 가득하다. 『아침 꽃을 저녁에 줍다』에서는 진지한 서정과 신랄한 풍자가 교차하며 애증이 분명한 루쉰의 태도를 드러내고, 지난 일에 대한 여유로운 서사 속에서 루쉰의 깊은 망향의 정이 나타나고, 현실 생활 속의 추악한 현상에 대한 풍자 속에서 루쉰의 철저한 투쟁정신이 표출되어 있다.

『아침 꽃을 저녁에 줍다』에서 루쉰은 매우 생생하게 여러 샤오싱 지방의 민속을 묘사하고 아울러 민속의 서사와 고증을 결합하고 있는데, 이는 『아침 꽃을 저녁에 줍다』의 또 하나의 특징을 구성한다. 루쉰은 예술 속의 풍속의 묘사를 특별히 중시하여 1934년 화가 천예챠오에게 보내는 편지에서 다음과 같이 말했다.

정물, 풍경, 각 지방의 풍속, 거리풍경을 융합하자는 나의 주장은 바로 이 때문이다. 현재의 문학도 마찬가지다. 지방색채가 있어야 세계적인 작품이 되기가 용이하고 다른 나라의 주목을 받을 수 있다.[4]

지방색채와 민속묘사를 중시하는 것은 루쉰 창작의 한 특징이어서, 그의 소설도 그러하고 산문도 마찬가지다. 「개・고양이・쥐」에서 루쉰은 어린 시절 침상 앞에 붙어있던 두 장의 그림을 기억하며 다음과 같이 서술한다.

한 장은 '저팔계 장가가기'로 종이 가득 길다란 주둥이와 커다란 귀가 그려져 있어서 그렇게 아름답다고 여겨지지 않았다. 다른 한 장은 '쥐 시집가기'로 사랑스러웠다. 신랑 신부는 물론이고 중매쟁이, 손님, 집사에 이르기까지 모두 갸름한 얼굴에다 발도 작아 선비와 흡사했고 다만 빨간 장옷에 초록 바지를 입고 있었다.

'저팔계 장가가기'와 '쥐 시집가기' 그림은 민속색채가 가득하다. 「아장과 '산해경'」에서 루쉰은 그믐날과 새해의 민속을 묘사한다.

송년제가 끝나면 어른들에게서 받은 새해 용돈을 빨간 종이에 싸 베갯머리에 놓고 하룻밤이 지나면 마음대로 돈을 쓸 수 있다. 베개를 베고 빨간 종이에 싼 돈을 보며 내일 살 장난감 북, 칼, 흙 인형…… 등을 생각

4 魯迅, 『魯迅全集』 제12권, 北京 : 人民文學出版社, 1981, 391쪽.

한다. 또 그녀가 들어와 복귤 하나를 침상머리에 놓는다.

새해 용돈의 풍습, 새해의 장난감, 복귤을 먹는 민속 등은 짙은 지방 색채를 드러낸다. 「우창」에서 루쉰은 목련희 속의 "귀신이면서 사람이고 이성적이면서 정감적인" 무상 형상을 생동적으로 묘사하는데 민속적 정취가 충만하다. 「우창회」에서 루쉰은 영신제의 성대한 광경을 세밀하게 서술한다. 루쉰은 이러한 전통 민속에 대한 생생한 기억 속에서 진한 망향의 정을 드러낸다. 반봉건에 투철한 루쉰은 봉건색채를 지니는 악습에 대해 매우 증오하여, 『아침 꽃을 저녁에 줍다』에서 루쉰은 항상 이러한 악습에 대해 비판을 가했다. 「아장과 '산해경'」에서 루쉰은 장 아주머니가 말한 많은 '번거로운' 규율과 원칙에 대해 혐오감을 표출한다. 「부친의 병환」에서는 '예절에 정통한' 옌 부인이 임종 직전의 아버지에게 옷을 갈아입히고, "종이돈과 『고왕경』의 경문을 태워 그 재를 종이에 싸서 아버지의 손에 쥐어주게 하고", 또 루쉰에게 큰 소리로 아버지를 부르라고 분부하는데, 아버지의 죽음에 심한 고통을 주는 이러한 행위는 루쉰을 줄곧 매우 부끄럽게 만든다. 「이십사효도」에서 루쉰은 민속색채를 지닌 그림 속에 드러난 봉건적 의미를 분연히 질책하고, 징그럽고 허위적이며 억지 부리는 이런 효행에 대해 철저히 비판한다. 「자질구레한 일」에서 루쉰은 강남 수사학당이 수영장을 메워 사원을 지어 귀신을 누루고 경문을 읽어 혼령을 제도하는 민속에 대해 통렬한 비판을 가한다.

『아침 꽃을 저녁에 줍다』에서 루쉰은 각종 민속을 서술할 때 항상 학자의 태도로 민속에 대해 깊이 있게 고증하였다. 가령 「우창」에서 루쉰은 영신제 속의 우창을 말하면서 「옥력초전玉歷鈔傳」[5] 속의 우창, 나아가 인도 불경 속에 우창의 존재 여부, 목련희 속의 우창까지 언급하여 우창의 형상이 생동하고 풍부하다. 『아침 꽃을 저녁에 줍다』 후기에서 루쉰은 우창의 초상에 대해 꼼꼼한 고증을 하는데, 『옥력초전』의 「베이징룽광자이본北京龍光齋本」, 「젠광자이본鑒光齋本」, 「텐진스궈자이본天津思過齋本」, 「스인쥐본石印局本」, 「난징리광밍본南京李光明本」, 「항저우마나오징팡본杭州瑪瑙經房本」, 「샤오싱쉬광지본紹興許廣記本」, 「광저우바오징거본廣州寶經閣本」, 「한위안러우본翰元樓本」 등의 고증을 통해 우창 형상에 대한 고증상의 보완을 한다. 「이십사효도」에서 루쉰은 '라오라이가 부모를 즐겁게 하다'를 얘기할 때 사각수師覺授의 『효자전孝子傳』 속의 설명을 끌어오고, '궈쥐가 아이를 묻다'는 이야기를 할 때 유향劉向 『효자전』의 논리를 제시한다. 『아침 꽃을 저녁에 줍다』 후기에서 루쉰은 세밀하게 고증을 진행하는데, 수저우肅州 호문병胡文炳의 『이백책효도二百冊孝圖』, 동치 11년의 『백효도百孝圖』, 민국 9년의 『남녀백효도전전男女百孝圖全傳』 등으로 '라오라이가 부모를 즐겁게 하다' 이야기에 대한 상이한 화법을 고증한다. 민속에 대한 이러한 고증은 루쉰 산문의 민속 묘사를 더욱 엄밀하게 하였다.

중국현대문단에서는 늘 산문을 '도학파'와 '언지파'로 구분한다. 저우쭤런은 "타인의 뜻을 말하는 것이 바로 재도이고, 자신의 도를 싣는 것이 또한 언지이다", "언지파의 문학은 명칭을 바꾸어 즉흥적 문학이

5 【역주】 옥력초전(玉歷鈔傳)은 통속도교의 권선징악을 주제로 한 책으로 지옥을 상세히 설명하고 있다. 본문에 그에 관한 설명이 있고 그림으로 그에 상응하는 지옥의 모양을 그렸다.

라고 부를 수 있고, 재도파의 문학은 명칭을 바꾸어 부역하는 문학이라고 할 수 있다. 고금이래로 유명한 문학은 모두 즉흥문학이었다"[6]라고 말했다. 대개 현실에 철저한 루쉰의 투쟁정신과 루쉰이 잡문을 비수와 투창으로 간주하는 것 때문에 사람들은 루쉰의 산문을 재도파에 귀납시킨다. 루쉰의 『아침 꽃을 저녁에 줍다』은 "분란 속에서 약간의 여유를 찾으려" 하고, 자신의 지난 일에 대한 회고 속에 '언지'의 색채가 충만하다. 그러나 당시 루쉰은 여유를 찾으려했지만 "정말로 쉽지 않았고", 여유를 찾는 과정에서도 현실을 잊지 않아 산문들에 '재도'의 의미가 가득 차 있다. 이 때문에 루쉰의 『아침 꽃을 저녁에 줍다』는 언지와 재도의 결합이며 중국 현대 산문 글쓰기에 진일보한 새로운 경계를 개척했다고 할 수 있을 것이다.

6 周作人, 「中國新文學大系·散文一集導言」, 『中國新文學大系導言集』, 上海 : 上海書店, 1982, 192쪽.

역설적 인물과 역설적 사상

『야초』의 어휘 모순, 모티브의 역설과 예술 장력

루쉰은 20세기 중국에서 제일 고통스런 영혼을 소유한 한 인물이며 『야초』는 루쉰의 영혼을 형이상학적으로 보여준다. 『야초』 시기의 루쉰은 "거대한 모순, 거대한 배양, 대도약을 준비하는"[1] 비상시기에 처해 있어서 그 사상 속에 각종 성분이 혼합되어 있다. 어떤 때는 거의 대립 모순되는 상태에 처해 있어서, 『야초』를 "모종의 그림자와 같은 모습"[2]으로 창조하였다. 어떤 학자는 "루쉰은 역설적 인물이며 또한 역설적 사상을 지닌다"[3]고 지적하였다. 『야초』는 어휘의 모순, 모티브의 역설 등으로 역설적 사상을 보여주어 산문시의 예술장력을 증가시켰으며, 이로 인해 산문시 『야초』가 내함이 매우 풍부한 예술 정품이 되었다.

---

1 許杰, 『'野草'詮釋』, 天津 : 百花文藝出版社, 1981, 56쪽.
2 竹內好, 李心峰 역, 『魯迅』, 杭州 : 浙江文藝出版社, 1986, 5쪽.
3 汪暉, 『反抗絶望－魯迅及其文學世界』, 石家庄, 河北教育出版社, 2000, 24쪽.

1.

루쉰의 『야초』에는 모순적 어휘가 가득하다. 항상 확연히 대립되고 의미가 상반되는 두 가지 어휘를 병치시켜 기이하고 모호한 내함을 구성한다.

『야초』 「제사題辭」는 그동안 "해제 편", "책 전체의 창"[4]이라고 칭해져왔다. 글 첫머리 "침묵하고 있을 때 나는 충실함을 느끼고, 입을 열려고 하면 동시에 공허함을 느낀다"에서 '침묵'과 '입을 열다', '충실함'과 '공허함'은 모순을 이루며, 어휘들은 병렬되는 과정에서 서로 부딪치고 어긋나서, "여러 차례 충돌하는 두 극단이 논리적으로 풀 수 없는 역설의 회오리를 만든다".[5] 글 말미 "나는 한 다발의 야초를 밝음과 어둠, 삶과 죽음, 과거와 미래의 경계에서, 친구와 원수, 사람과 짐승, 사랑하는 자와 사랑하지 않는 자 앞에 바쳐 징표로 삼는다"는 일련의 대립되는 어휘 속에서 복잡하고 깊은 내함을 표출한다. 이러한 어휘 수사방식은 시가에서 상용하는 '불합리' 수법과 유사하며, 상반되거나 상대되는 두 가지 혹은 몇 가지 어휘를 병치하고 배열하여 어의語義 내부에 혼란되고 모호한 낯설기 효과를 조성한다. 표면적으로 보면 때때로 생활의 논리를 위반하는 듯하지만 실제로는 심리세계의 복잡한 진실에 부합한다. 일정 정도 '황당한' 색채를 표출하는데, "그 본질은 분열이다. 그것은 대립하는 두 가지 요소의 어떤 한 쪽에서는 존재하지 않으며 그들 사이의 대립에서 생성된다".[6]

4 王乾坤, 『魯迅的生命哲學』, 北京 : 人民文學出版社, 1999, 316쪽.

5 李歐梵, 尹慧珉 역, 『鐵屋中的吶喊』, 岳麓書社, 1999, 111쪽.

상술한 「제사」의 두 예문에는 미세한 차이가 존재한다. 전자는 반의어의 형태로 출현하는 어휘조합방식으로 '완전부정식'이라 칭할 수 있으며, 대체로 물과 불이 병존할 수 없는 것 같은 이질적인 의미의 대립이다. 후자는 어휘, 구절이 대치 병립하는 어휘조합방식으로, 대립 모순이 대부분 어휘 외재형식의 표층에 나타나 의미 차원의 상반된 대립이 아니다. 거칠게 살펴보자면, 『야초』 전편 가운데 '완전부정식' 어휘조합방식은 주로 「그림자의 고별影的告別」(천당, 지옥, 광명, 암흑), 「복수 1復仇一」(포옹, 살육), 「복수 2復仇二」(비련, 저주), 「희망希望」(희망, 절망, 청춘, 황혼), 「연風箏」(봄의 따스함, 겨울의 소슬함), 「사후死後」(생존, 사망), 「졸음一覺」(생, 사) 등의 몇 편에 집중되어 있다. '완전모순식' 어휘조합방식 유형은 거의 『야초』 전편에 깔려있다. 신구가 합쳐져 조화롭게 거주하는 '의고적 신해학시'(「나의 실연我的失戀」), 기이한 복수방식인 '피 없는 대살육'(「복수 1」), 어떠한 관용 가능성도 사라진 '원망 없는 용서'(「연」), 칭찬 속에 비판이 깃들어 있고 강렬한 풍자와 반박의 의미를 지닌 '좋은 지옥'(「잃어버린 좋은 지옥失掉的好地獄」), 무한한 내용을 함축한 '말이 안 되는 언어'(「무너진 선의 떨림頹廢線的顫動」), 실체가 있지만 무형의 '장소'로 존재하는 '무물의 물無物之物'(「이러한 전사這樣的戰士」) 등등. 그러나 '완전부정식'이든 '완전모순식'이든 간에 그것들은 모두 "일상 언어의 울타리를 돌파하고, 논리적 언어의 규범을 위배하며 일반언어학의 기표와 기의의 관계를 초월하여, '말도 침묵도 아닌', '말이 없는 말'의 거대한 장력이 '말과 말 없음이 동일하다'고 할 만한 층면을 뚜렷이 드러

---

6 加繆, 『西緒福斯的神話』, 北京 : 中國文聯出版公司, 1985, 333쪽.

낸다".[7]

'완전부정식', '완전모순식' 이외에 『야초』에는 두 가지 사이를 매개하는 제3의 어휘조합 유형이 있는데 잠시 '조합식 병치'라고 칭해보자. 가령 '포용하지도 않고 살육하지도 않는', '복수'(「복수 1」), '나'는 "밝지도 어둡지도 않는 허망함 속에서" 생명을 훔친다(「희망」), 글 제목 가운데 '총명한 사람과 어리석은 사람과 종', "'몇 명의 죽은 자와 산자와 아직 태어나지 않은 자'를 기념한다" 등처럼 "기괴하고, 평범하지 않은 어휘와 평범하지 않은 말의 배치"가 그러하다.[8]

'어휘 배반'은 엄격한 의미로 말하자면, 시가에서 상용하는 수사수법에 속한다. '배반悖反'의 '배悖'는 '어긋남'의 뜻으로 형식상의 '상충'이다. '배반'의 '반'은 우리가 '풍자'로 이해하는 경향이 있으며, 말과 전달하는 뜻이 상반되는 것을 나타낸다. 이것은 특정한 맥락의 압력을 받아 어휘 의미가 변하여 기표와 기의의 단절과 대립을 조성하는 언어현상이다.

물론 『야초』에서 어휘 배반의 의의는 수사 수단에 그치지 않으며, 언어의 '낯설게 하기' 시학 효과를 만들어 독자에게 기이한 심미감성을 주는데 있다. 러시아 형식주의 대표이론가인 쉬클로프스키는 다음과 같이 지적했다. 일상적으로 사라지는 언어 즉 일반적인 생활과 교류 매개로서의 언어는 순전히 실용 정보를 전달하고 교환하는 것을 목적으로 할 뿐이어서 언어의 운율과 맛을 탐구하려는 흥미를 일으키기

---

7 常立霓, 「不可言說的言說－魯迅與殘雪的言說比較」, 『上海魯迅研究』, 上海：上海文藝出版社, 2006, 149쪽.

8 霍克斯, 『構造主義和符號學』, 上海：上海譯文出版社, 1987, 223쪽.

에는 매우 부족하다. '낯설게 하기'는 언어의 일반적 '기준'과 '규범'을 '파괴하고' '변화시켜' 일반 언어를 비범하게 조합·변형·연장·축소하여 일반 언어와 다른 '낯설게 하기' 효과를 일으킴으로써, 수용자의 '심미 확장'을 조성하여 "사람이 사물을 느끼고, 돌멩이에 돌멩이의 질감을 드러나게 한다".[9] 문학 속에 진정으로 존재하는 특수 미감도 바로 "낯섦을 체험하는 경향 속에 포함되어 있다".[10]

『야초』는 루쉰의 가장 개인적인 심령 텍스트로서, '말이 되지 않는 언어' 식의 '중얼거림'('독백')[11]이 '어휘 배반' 같은 내면의 정감 파란에 가장 부합하는 언어체제와 정감매개를 선택하게 했다. 이러한 특성은 일반적인 산문시 언어 공간을 크게 개척했고 독자적인 낯선 심미 풍격을 드러냈다. 가령, "호탕하게 노래하며 열광하던 시절에 추위를 만나고, 천상에서 심연을 보고, 모든 눈 속에서 무소유를 보고, 희망이 없는 곳에서 구원을 얻는다"(「묘비문墓碣文」), "다음 순간에 그 모두가 한 덩어리가 되었다. 자비와 축출, 애무와 복수, 양육과 말살, 축복과 저주가"(「무너진 선의 떨림」) 많은 반의어 혹은 대립어의 조합 병치, 심지어 현실 정감 논리에 근본적으로 위배되는 표현방식, 혼돈스럽게 변화하는 말의 기세와 몽환적이고 기괴한 말의 양태 등은 독특한 낯선 경계를 드러낸다.

『야초』는 독특한 낯선 언어의 특징으로 러시아 형식주의자의 문학 주장에 부합하였다. 루쉰에게 '언어 배반'은 결코 힘써 기교를 부린

---

9 什克洛夫斯基, 『作爲技巧的藝術』, 桂林 : 廣西師範大學出版社, 1997, 12쪽.
10 托尼 · 本奈特, 『形式主義與馬克思主義』, 倫敦, 麥休與辛格出版有限公司, 1979, 8쪽.
11 錢理群 · 溫儒敏 · 吳福輝, 『中國現代文學三十年』, 北京 : 北京大學出版社, 1998, 52쪽.

것이 아니며 내면에 쌓인 모순의 감정이 거르지 않고 흘러나온 것으로, 그의 예술재능이 자연스럽게 드러난 것이다.

2.

『야초』를 전부 개관해보면 뜻이 모호하고 복잡하게 얽혀 있지만, 그 속에서 언어 사이에 퍼져있는 생명의 '정수, 기운, 정신', 자유로운 사상의 변주, 생명이 감당해야 하는 모순 등을 느낄 수 있다. 나는『야초』의 모티브를 침묵과 말하기, 암흑과 광명, 희망과 절망, 사랑과 증오, 이상과 현실, 생과 사 등 여섯 쌍으로 정리하고 이를 분석하려고 한다.

침묵과 말하기

"나는 침묵할 때 충실함을 느끼고 말할 때 동시에 공허함을 느낀다"는「제사」의 첫 구절은 모순과 역설이 가득하며, 글쓰기와 말에 대한 루쉰의 생생한 곤경을 상징적으로 개괄하고 있다. 루쉰은 나중에『삼한집三閑集』「어떻게 글을 쓸 것인가—밤에 적다 1怎麽寫一夜記之一」「'야초' 영문 번역본 서'野草'英文譯本序」에서 이러한 곤경에 대해 여러 차례 언급했다.

비트겐슈타인은 "대개 말할 수 있는 것은 분명하게 말할 수 있지만, 말할 수 없는 것은 침묵을 유지해야 한다"[12]고 말했다. '말할 수 없는'

것은 '허무함'과 동등한 것인가? 만일 그렇지 않다면 어떻게 말해야 하는가? '말할 수 없는' 상황이면서도 루쉰은 왜 침묵을 깨뜨리려 한 것인가? 진웨솽은 "'말할 수 없는' 것을 말한다는 것은, 한 측면에서 우리는 이런 말에 의미가 없다고 여기지만, 다른 측면에서 우리는 의미가 있다고 여겨 한 측면에서 말할 수 없는 말을 다른 측면에서 여전히 말하려고 한다"[13]고 인식했다. 어떤 학자는 이러한 침묵/말하기 사이의 단절을, 루쉰 개인의 진실하고 생생한 깨달음과 신문화가 필요로 하는 '타인의 말' 사이의 단절, 충돌, 타협과 조화라고 해석했다. "루쉰은 타인의 말에 대한 압력에 직면하여 주동적으로 자기 내면의 경험을 주변부의 위치로 축소시키거나, 혹은 최대한 자신을 압박하여 '침묵'을 유지했다."[14] 그러나 루쉰은 강렬한 사회 책임감과 역사 사명감을 지닌 계몽주의자로서 언설(말하기)은 결국 현대 지식인의 가장 기본적인 생존방식이자 자기 가치 실현의 길이라는 점을 분명하게 의식했다. "침묵! 침묵! 침묵 속에서 폭발하지 않으면 침묵 속에서 소멸할 것이다." 세상에서 생존하려면 현대 지식인은 침묵상태를 영원히 지속할 수 없다. 바꿔 말하면, 현대 지식인이 정말로 '실어증'에 걸려 있다면, 생명의 의의와 가치는 틀림없이 사라져버릴 것이다.

그래서 말과 침묵, 개인의 독백과 타인의 말의 대립 모순 사이에서, 루쉰은 "거짓말을 하면 좋은 보답을 받고, 사실을 말하면 매를 맞는다"(「입론」)는 무서운 이야기를 전개하며, "하하하" 웃어넘기는 말이

12 維特根斯坦, 『邏輯哲學論』, 北京 : 北京大學出版社, 1988, 17쪽.

13 金岳霜, 『金岳霜學術論文選』, 北京 : 中國社會科學出版社, 1990, 341쪽.

14 薛毅, 『無詞的言語』, 北京 : 學林出版社, 1996, 4쪽.

표면적으로 보면 주체의 자주적 언설인 듯하지만, "타인의 압력이 계속 존재하면 주체의 실어를 조성한다"[15]는 점을 분명히 암시하고 있다. 이러한 침묵과 말하기의 모순이 바로 주체와 타자, 개체와 집체 사이를 가로막는 높은 벽으로 내화되었다. 침묵, 말하기(언설) 내지 '독백'은 허망한 존재로 전화되어 "논리적으로 해결할 수 없는 역설의 회오리를 건립할 수밖에 없었다".[16] 어휘배반 식 표현은 표현할 수 없는 것을 더 이상 표현하려 하지 않으며, 다만 표현할 수 있는 말을 역설적 극한으로 힘껏 밀고나가, 분열되고 붕괴된 주변을 생생하게 달리게 할 뿐이다.

암흑과 광명

「그림자의 고별」의 "암흑이 나를 삼킬 수 있지만 광명도 나를 소멸시킬 수 있는" 모순 배반은 생명 선택과정에서 진퇴양난의 곤경과 방황 심리를 암시한다. 어떤 글은 「그림자의 고별」의 최초 구상은 영혼 속의 '독기와 귀기'[17]를 제거하는 데 있었다고 주장했고, 아이보, 리어우판, 리톈밍 등의 연구자는 이에 대해 연구한 적이 있었다.[18]

암흑과 광명의 틈 사이에서 '그림자'는 영혼과 자아의 충돌로서 피

15 薛毅, 『無詞的言語』, 北京 : 學林出版社, 1996, 7쪽.

16 李歐梵, 尹慧珉 역, 『鐵屋中的吶喊』, 岳麓書社, 1999, 111쪽.

17 孫玉石, 『'野草'硏究』, 北京 : 社會科學出版社, 1982, 44쪽.

18 李天明, 『難以直說的苦衷－魯迅'野草'探秘』, 北京 : 人民文學出版社, 2000, 59쪽. 아이보는 '그림자'가 '작가의 대역'이라고 단언하고, 리어우판은 '그림자'가 '시인의 또 다른 자아'라고 인식하고, 리톈밍은 '그림자'가 프로이트적 의미의 종합일체로서 루쉰 자아가 그 자신에게 보낸 고별이라고 인식한다.

할 수 없는 것이 되었다. 이로 인해 일어난 생명 곤경 속의 내면 모순과 저항도 매우 격렬했으며, '그림자'는 "광명과 암흑 사이에서 방황하고 싶지 않고", "때를 분간할 수 없을 때 홀로 멀리 가리라"는 최종적으로 생명 존재의 '사라짐'과 '드러남'을 선고한다.

'그림자'는 암흑 속에 잠기든 광명 속에서 사라지든 간에 모두 본래의 생명상태이며, 그림자의 고별은 이러한 생명의 자각과 참된 율동에 바탕하고 있다. "사실, '그림자'는 암흑에 잠기기를 '바란' 것이 아니라 암흑에 잠길 '수밖에' 없는 것이다."[19] 그래서 생명은 큰 밝음으로 나가게 되어 이른바 암흑과 광명, 천당과 지옥, 비관과 낙관이 없다. 생명은 소멸하는 즉시 영생으로 나아간다. 이 점이 바로 루쉰의 생명이성에 대응한다. "나의 반항은 암흑을 교란시키는 것에 불과하다."[20] "그 후 만일 횃불이 없다면 내가 유일한 빛이 될 것이다. 만일 횃불이 있고 태양이 뜬다면 우리는 당연히 기쁘게 사라지며, 조금도 불평하지 않을 뿐 아니라 이 횃불과 태양을 기꺼이 찬미할 것이다. 인류를 비춰주고 나조차 그 안에 있기 때문이다."[21]

『야초』에는 이와 유사한 형상이 있다. '영원히 얼지 않고 타오르는' 소망을 품은 '죽은 불'이 똑같이, 얼음계곡을 나오면서 '타오르다' 얼음계곡을 버리면서 '얼어 죽은' 상징주의식 진퇴양난과 모순갈등에 직면한다. 결국 '타오르면서' '얼어 죽지' 않기를 바란 주동적 선택은 주체의 내재적인 생명 전투의 흔적을 매우 철리적으로 표현하며, '전

19 李國濤, 『'野草'藝術談』, 太原 : 山西人民出版社, 1982, 7쪽.
20 魯迅, 『魯迅全集』 제11권, 北京 : 人民文學出版社, 1981, 79쪽.
21 魯迅, 『魯迅全集』 제1권, 北京 : 人民文學出版社, 1981, 325쪽.

사이자 참된 나'의 굳세고 강인한 품성을 드러낸다. 프로메테우스가 천국에서 불을 훔쳐 인간 세상에 건네주면서 세상의 암흑이 사라졌지만, 자신은 매일 상제의 독수리에 쪼아 먹히는 고통을 겪는다. '나'는 '죽은 불'을 상징적인 얼음계곡에서 구출하여 냉혹한 추위에 얼어 죽지 않게 했으나, 자신은 커다란 돌 수레의 바퀴에 깔려죽었다. 불을 훔치든 불을 구하든 모두 동일한 정신 지평에서 동일한 가치 수준을 지닌다.

희망과 절망

"절망은 허망하다. 희망이 그러하듯이."(「희망」) 이 저명한 시구는 헝가리 시인 퇴페피의 「희망의 노래」에서 인용한 것이다. 순위스에 따르면, 「희망」을 쓰기 전에 루쉰은 이것을 이미 번역했지만 발표하길 원하지 않았다고 한다. 그는 다른 사람에게 이렇게 한 원인이, 이 시의 부정적 사상이 당시 청년들에게 해독을 끼치는 걸 원치 않았기 때문이라고 설명했다.[22] 이러한 회고에서 출발하면, 루쉰이 이 시를 인용한 주관적 의도를 통찰할 수 있다. 문제는 신념적 희망과 실제적 절망이 결코 확연히 대립하여 공존할 수 없었던 것이 아니라는 점에 있다.

왕간쿤은 루쉰의 생명이 존재하는 진실한 배경은 "희망이 아니라 바로 희망이 없다(절망)는 점을 정시하고 '희망이 없는' 상황을 감내한

22 孫玉石, 『'野草'硏究』, 北京 : 社會科學出版社, 1982, 56쪽.

데 있다".[23] 이 때문에 희망과 절망은 분명한 대립관계가 사라지고 '허망'의 존재로 전화하여, 모든 것이 상대성 속에서 생존을 획득하게 된다. 이것이 실제로 「희망」의 '나'가 진퇴양난의 논리적 곤경에 빠지고 생명 비극이 발생하는 내재적 근원이다.

매우 적막한 시대에 살면서 '나'는 모든 심신의 힘을 운용하여 '희망의 방패'을 메고 어둔 밤의 습격에 항거했지만, 불행하게도 '나의 청춘'을 소진하고 이어서 큰 희망을 걸었던 '몸 밖의 청춘'도 은둔하여 형체가 없다. 안팎의 곤경하에서 나는 결연히 또 다른 생명의 돌파를 진행한다. 그렇지만 '내'가 홀로 육박전을 벌일 때 진정한 비극이 발생하는데, "나의 눈앞에서 갑자기 참된 어둔 밤이 없어졌다". 어둔 밤이 사라졌다는 것은 적이 사라지거나 심지어 '내'가 이로 인해 생명이 존재하고 전투를 벌이는 논리적 전제가 사라졌다는 것을 뜻한다. "이러한 진퇴양난의 배치는 루쉰이 자신의 내면 긴장을 탐구하는 수단이다. 그는 희망과 절망의 양극에서 머뭇거리며 항거하는 듯하다."[24] 존재주의와 유사한 이러한 모순의 회오리 속에서 '나'는 어떻게 내재적 자아와 외재적 현실의 경계를 정하고 생명 곤경과 대등한 의미를 얻을 수 있는가?

루쉰의 생명 속의 무수한 희망은 점차 현실의 두꺼운 벽 앞에서 부서지고 절망의 불꽃이 솟구쳤으나, 절망이 희망을 품은 유골의 잔해가 갈수록 소모되다가 절망 자체가 문드러졌다. 바로 마루야마가 말한 "절망은 희망을 자아내는 자기 자신의 유일한 길이다. 죽음 속에 생이 있

---

23 王乾坤, 『魯迅的生命哲學』, 北京 : 人民文學出版社, 1999, 178쪽.

24 李天明, 『難以直說的苦衷－魯迅'野草'探秘』, 北京 : 人民文學出版社, 2000, 70쪽.

고 생은 죽음으로 향해가는 것에 불과하다"[25]고 하는 것과 같다.

새로운 가능성은 절망의 공포 인식에서 잉태되며, 철저한 의미에서의 '절망'은 정처 없이 표류하는 그림자 같다. 절망 속의 희망은 분명한 근거로 적절히 파악할 수 없고, 절망에 대한 부정과 반항도 구체적인 객관사실에 있지 않다. 그래서 생명은 저절로 완전히 새로운 자유세계로 도약하며, 가치 층면과 생명의 자아선택 취향에서 '반항'의 자태로 우뚝 솟아있다. 이것은 비관을 비관으로 여기지 않고, 할 수 없는 것을 할 수 있다고 여기며, "앞에 무덤이 있는 줄 분명이 알면서도 가려고 하는" '과객'의 형상에서 가장 잘 드러난다.

사랑과 증오

「복수 1」, 「복수 2」는 『야초』 가운데 같은 날에 같은 제목으로 쓴 유일한 글이다. 두 편은 공히 "애증이 서로 얽혀있고, 얽혀있을 뿐 아니라 서로 싸우는" 루쉰식 생명정감의 역설을 드러낸다. 희생자의 생명과 유사한 선각자는 적막과 비분의 끝에서 사랑이 증오로 바뀌고 마지막으로 심리발전의 정점인 복수에 이른다. 그런데 이것은 어떠한 복수인가? 「복수 1」의 주인공은 "마주보며, 광막한 광야에서, 벌거벗은 채로, 날카로운 칼을 쥐고 있지만, 포옹도 살육도 하지 않고, 포옹이나 살육의 기미도 보이지 않는다". 「복수 2」의 '사람의 아들'은 모르핀을 섞은 선의의 술을 마시지 않고, 자기 내부의 상처를 처절하게 누르며,

25 竹內好, 李心峰 역, 『魯迅』, 杭州 : 浙江文藝出版社, 1986, 7쪽.

종교에 가까운 분위기 속에서 신성하고 숭고한 죽음의 시의詩意를 곱씹는다. 이것들은 상이한 측면에서 사랑과 증오의 정감이 풍부하고 복잡한 루쉰식 심리를 드러내며, 아울러 선각자 루쉰이 특수한 역사적 상황 하에서 직면한 매우 난감한 처지를 표현한다.

> 선각자는 현대인의 강렬한 개성을 이미 실현하여, 기본적으로 아직 인간의 현대화 과정에 들어서지 못한 민족 대다수의 우매한 상태와 대비된다. 선각자는 역사의 필연적 요구를 이미 인식하여, 실제로 실현되지 않았고 잠시라도 희망의 실현을 보지 못하는 상황과 대비된다.[26]

'두 가지 거대한 역사적 대비'의 존재는 숙명적으로 선구자가 인도주의적 이상과 의지를 품고 중생을 구원하면서 동시에 봉건 전제의 억압 하에서 구제될 수 없는 민중의 열근성에 직면하지 않을 수 없다. 심지어 "천성적 사랑을 더욱 확장하고 순화시켜, 무아의 사랑으로 스스로 후세의 새로운 인간을 위해 희생하지 않을 수 없다".[27] 이러한 복잡하고 희생적인 합일정신은, 동전의 양면처럼 루쉰의 개성 심리의 명확한 특징 즉 학대와 복수를 구성한다. 복수의 결의는 희생되고 버려지는 비분의 파도 위에 출렁이며, 복수의 대상은 공교롭게도 늘 갈구하는 구원대상이다. 이러한 복수는 복수해서는 안 되는, 복수할 수 없는 것으로 변한다. 복수의 결의와 갈구는 어찌할 수 없는 '무혈의 살육'으로 바뀌고, 복수는 사물에 다가갈 수 없는 동사, 대상을 상실하고 극도의 자

26 錢理群, 『心靈的探尋』, 北京 : 北京大學校出版社, 1999, 112쪽.
27 魯迅, 『魯迅全集』 제1권, 北京 : 人民文學出版社, 1981, 135쪽.

학성을 지니는 '자해식 행위' 혹은 정확히 칭하자면 '소극적 복수'로 변한다.[28] '광명과 암흑, 생과 사, 과거와 미래' 이든 '친구와 적, 사람과, 짐승, 사랑하는 사람과 사랑하지 않는 사람' 이든 모두, '포용'(사랑)하기 때문에 대립을 해소하고 혼연일체가 될 수도 없으며, '살육'(증오 혹은 복수)도 시행할 수가 없다. 그러나 "진정으로 위대한 복수자는 틀림없이 위대한 희생자이다".[29] 거리낌 없는 선각자의 심령 가장 깊은 곳에 비분과 복수의 정감이 회오리치고 팽배하는 동시에 사랑의 잠류가 세차게 흐르지 않을 수 없다. '사랑의 커다란 둑'과 '증오의 높은 비석'이 독특한 역설적 방식으로 루쉰 생명의 내막을 공동으로 구성한다.

이상과 현실

1925년 1월 18일에서 2월 24일에 이르기까지 루쉰이 한 달이라는 짧은 시간 동안 연속적으로 쓴 「눈雪」, 「연」, 「아름다운 이야기好的故事」 3편은 대체로 상통하는 표현구조와 정감맥락이 있다. 즉 생명이 발전 과정 속에서 추구한 완미한 이상과 객관현실의 제약 사이의 모순 충돌인데, 구체적으로 두 가지 형태로 표현된다. 하나는 회고와 회고의 단절이다(여기서 단절은 주로 '현재'와 '회고' 정경이 대비나 역설구조를 이루는 점이지, 개념이나 논리 측면을 가리키는 것이 아니다). 「눈」에서 루쉰은 '매우 윤기 있고 아름다운' 강남의 눈을 그리워하지만, 바로 시선을 바꾸어 '윤기'는 끝내 '흩어져 사라지고' '아름다움'은 '퇴색되고' 마는 결말

28 蘇雪林, 『我論魯迅』, 臺北 : 臺中文星書店, 1967, 12쪽.
29 錢理群, 『心靈的探尋』, 北京 : 北京大學校出版社, 1999, 119쪽.

을 잔혹할 정도로 서술한다. 「연」은 기억 깊은 곳의 '봄날의 온화함'과 현실 베이징의 '엄동의 소슬함' 사이의 모순 대립을 묘사한다. 사람들이 어린 시절의 아름다운 기억 속에서 영혼의 위안 찾기를 좋아하는 방식과 달리 루쉰은 나이가 어려 '정신학대'인지 알지 못한 사건에 대해 전전긍긍하며, 심지어 '원망하지 않는 용서' 속에 자신의 마음을 영원히 침잠케 하여, 모두들 알 수 없는 슬픔을 지니게 한다.

다른 하나는 꿈과 꿈에 대한 환멸이다. 「아름다운 이야기」에서 시인은 음력 1월 5일 폭죽이 울리는 상서로운 분위기 속에서 아름다운 꿈을 꾼다. 꿈속에서 찬란하고 다채로운 많은 풍경들이 교차한다. 하늘 가득한 비단 구름, 수많은 유성들, 영롱하게 반짝이는 햇빛에서 맑은 강에서 노니는 물고기, 양쪽 기슭의 농부, 시골 처녀, 야생화, 새 곡식, 닭, 개, 나무, 초가집, 대나무, 강물 속에 비친 그림자에 이르기까지, 마치 교향곡 속의 다양한 소리처럼 서로 융화되어 변화하고 즐거운 생명의 아름다운 악장을 이룬다. 리어우판은 "「아름다운 이야기」는 순수한 환상이며, 악몽 같은 시집 속에서 유일하게 아름다운 꿈이다"[30]라고 평가했다. 그러나 이렇게 많지 않은 아름다운 꿈도 꿈에서 깨어내면 잔혹한 현실에서 벗어날 수 없다—깨어진 꿈의 '잔상'을 모으려 하는 시인의 소박한 이상도 철저한 실패를 고한다.

여기에 이르러, 이상적 유토피아의 특성과 현실의 완강함 냉혹함 사이에서, 꿈과 환멸의 비애 속에서, 생명의 이상과 현실 사이의 '끊임없는 부조화, 부단한 충격과 갈등'이 일어나기 시작한다. 회고와 회고

30 李天明, 『難以直說的苦衷－魯迅'野草'探秘』, 北京 : 人民文學出版社, 2000, 144쪽.

가 단절되는 균열 깊은 곳에서 거대한 '정신적 피해'가 형성된다.[31] 물론 루쉰은 진솔한 생명 선택으로 목적을 초월하고 과정을 중시하고 이상에 주목하며 현재에 더욱 철저한 깨어있는 현실주의 생명철학의 모습을 실증하고 있다. 『야초』의 마지막 편은 두목杜牧의 「속마음을 풀다遣懷」 "십 년 만에 양주의 꿈에서 깨어나니十年一覺揚州夢" 시구를 변용하여 마무리를 하는데, 그 상징적 우의寓意가 아마 여기에 있을 것이다.

생과 사

생과 사는 루쉰의 창작 모티브 가운데 하나이다. 생과 사의 역설은 서술 내용에서 보더라도 의심의 여지없이 『야초』를 관통하는 모티브이다. 『야초』 24편 가운데 3/4은 직접적으로 '죽음'을 제기하며 그 나머지 몇 편에서도 대부분 '죽음'을 제재로 삼는다. "삶을 모르면서 어떻게 죽음을 알겠는가"라는 유가전통을 기꺼이 어기며 죽음에 대해 빈번히 서사하는 데에는 분명히 독특한 심리적 내함이 있다. 샤지안은 『암흑의 갑문』에서 "루쉰은 죽음 자체가 아니라 쇠락의 상징으로서 죽음에 대해 공포를 느끼는 듯하다"라고 인식했다. 이 말은 생명력이 억압되고 쇠락하는 것에 대한 루쉰의 심각한 걱정을 형상적으로 나타내고 있다. 가령 '나'의 영혼의 손이 '떨리고' 머리털이 '희끗희끗하고'(「희망」), '윤기있고 아름다운' 강남 눈이 '사라지고' '퇴색하는'(「눈」), '피가 부족한' 나그네의 생명 곤경과 비애(「과객」), 노부인이 입

31 魯迅, 『魯迅全集』 제13권, 北京 : 人民文學出版社, 1981, 30쪽.

술 사이에서 말없는 언어를 '드러내고'(「무너진 선의 떨림」), '지각'과 운동신경만 있고 '사멸한' 한 사람의 생기 없음(「사후」), '전사'가 '무물의 진'에서 '목숨을 다한'(「이러한 전사」) 등이 그러하다.

물론 『야초』의 죽음 모두가 생명체가 쇠락한 상징인 것은 아니다. 「졸음」의 서두에서 따옴표를 붙인 '생'과 '사' 및 「제사」에서 내가 '지나간 생명'의 죽음과 썩음을 '매우 좋아하는' 것은 이에 대한 분명한 예증이다. 생리적 의미의 생과 사를 논하지 않는다면, 여기서의 '죽음'은 대부분 벗어남, 고별, 분발, 사지에 놓인 생명이 진퇴양난의 상황 속에서 만난 '생'의 기점을 의미한다.

그러나 생명은 '반드시 죽는'(무덤) 결말의 영원한 존재는 생명의 자연성의 기점(생)과 서로 의존해야 하는 동시에 궁극적 배반의 모순을 구성한다. 이런 모순은 다양한 상태에 따라 상이한 표현양식을 지닌다. 『야초』는 역설의 형식으로 출현하며, 이 자체는 모순들 사이에 매우 긴장되고 대립되는 위기상태임을 드러낸다. 이러한 위기가 조성되는 원인은 매우 많은데, 생명 내부의 생사 대항성 자체에서 기인하기도 하고, 외부 생존환경의 협박(가령 사회 이데올로기의 억압, 물질적 생존의 곤경 등)으로 인해 일어나기도 한다. 루쉰의 이러한 문제에 대해 우리는 외부 요인의 작용보다는, 그가 허무한 생명존재에 대해 불만스러워하고 또 인간은 '반드시 죽는다는' 결말하에서 생명 의미와 가치에 대해 고통스럽게 추구하고 성실하게 탐색하는 데에서 기원한다고 인식하는 경향이 있다. 『야초』의 전편은 거의 긍정 혹은 부정의 방향에서 이러한 사상의 핵심으로 귀의하고 있다.

3.

어휘배반에서 모티브역설에 이르기까지 이러한 요인들은 『야초』를 예술장력이 충만케 한다. 어떤 연구자는 『야초』는 총체적으로 볼 때 '루쉰 정신생명의 구조와 자취'의 유기적 연계성을 내재하고 있다고 인식했다. "어떤 사물을 투시하고 마주보면서 동시에 다른 사물로 향하려 하고, 어떤 생명지대를 초월하여 다른 생명지대로 도달하려고 한다."[32] 이러한 결론은 대체로 옳지만, 문제는 이러한 대립구조 원칙이 글자, 구절, 단락, 편장으로 확장되어 모든 곳에 존재한다는 데에 있다. 이로 인해 텍스트가 선명한 주제의식과 명확한 비판지향이라는 복잡하고 혼돈스런 경지를 지니게 되어, 풍부한 내용을 획득하는 동시에 논리적으로 해결할 수 없는 역설의 소용돌이를 더욱 높은 차원에서 드러낼 수 있었다. 이러한 혼돈, 상호역설, 내부 소용돌이의 대립적 요소는 일상을 초월하는 힘에 의해 공동의 '언어장'에 포괄되는데, 그것들은 왜 자신이 자신을 반대하는 해체 및 와해적 요인이 되지 못한 것인가? 바꿔 말하자면, 어떠한 안정적 힘이 존재하여 혼돈, 상호역설, 내부 소용돌이의 대립적 요인을 작품의 내재구조에 정합시키고 있다는 것이다.

『야초』 연구에서 뛰어난 예술직관으로 이점을 파악하고 글을 쓴 사람은 일본 루쉰연구자 다케우치 요시미이다. 그는 루쉰 소설이 지니고 있는 각종 경향을 어렴풋이 느끼는 과정에서, "적어도 본질적 대립

32 彭小燕, 「存在主義視野下的'野草'－魯迅超越生存虛無, 回歸"戰士眞我"的"正面決戰"」上, 『中國現代文學叢刊』 5기, 2006, 6~12쪽.

이 있는데, 동질적이지 않은 사물의 혼합이라고 할 수 있다"고 한다. 또 이러한 언어로 분명하게 말하기 어려운 '대립'은 "중심이 없는 게 아니라 두 가지 중심을 가지고 있다. 그것들은 타원의 초점이나 평행선 같기도 하며, 서로 분리되고 갈등하는 작용력을 지닌다"[33]고 한다. 그의 이해에 따르면, '두 사물이 기묘하게 하나로 얽혀 있는 중심'은 루쉰 소설 속에서는 완만하게 드러나지 않고 '두 중심'은 『야초』에서 진정으로 연접해 있다.

다케우치 요시미의 인상주의 문학비평은 개인의 독특한 깨달음으로서 그 자체로는 명확한 학술적 판단을 하고 있지는 않지만, 루쉰 작품 속의 '모종의 근원적인 것'을 분명하게 포착하고 있다. 그것은 혼백처럼 질주하며, 『야초』의 글자와 글자, 어휘와 어휘, 단락과 단락 및 편장 사이를 떠돌아다니면서 강력하고 항거할 수 없는 구심력을 형성하여, "어떠한 통일을 향해 힘차게 운동하고 있다". 모든 이질적인 재료가 고속 회전하는 운동 속에 휩쓸린 후 적당한 시기에, 충돌하여 모이지 않고 정처 없이 유동하여 정태적이지 않은 문학구조 공간을 이룬다. 왕후이는 이러한 운동의 힘을, 독특한 심령의 논리에 기초한 '앞쪽에 무덤이 있는 줄 분명히 알면서도 가려고 하는', '절망에 반항하는' 루쉰의 생명의지와 생명철학이라고 해석했다.[34] 『야초』는 바로 이러한 차원에서 풍부한 사상 내함과 충실한 예술장력을 구성한다.

'장력'이라는 말은 물리학에서 최초로 사용되었는데, 사물 사이 혹은 사물 내부 힘의 상호작용으로 조성한 긴장상태를 지칭한다. 1937

33 竹內好, 『魯迅』, 李心峰 역, 杭州 : 浙江文藝出版社, 1986, 91~92쪽.

34 汪暉, 『反抗絶望－魯迅及其文學世界』, 石家庄, 河北教育出版社, 2000, 321쪽.

년 영미 신비평파 이론가 아이런 트위터는 「시의 장력을 논하다」는 글에서 이 말을 처음으로 문학비평 영역에 끌어들였다. 그는 과학적 개념과 달리 문학 언어의 내함과 외연 사이에는 항상 부조화하고 모순과 대립이 충만하다고 인식했다. 후에 로저 파울러가 주편한 『현대서방문학 비평술어 사전』은 '장력'을 "상보물, 상반물과 대립물 사이의 충돌과 마찰"로 해석하고, 또 "대립하면서 서로 연계된 힘, 충돌과 의미가 존재하는 곳에서는 모두 장력이 존재한다"고 인식했다.[35] 중국의 어떤 학자는 장력을 '표현되지 않는 힘'[36]이라고 칭하는데, 이것은 표현할 수 없는 것을 표현하여 표현 가능 공간을 역설적 극한까지 확장할 수 있다. 나는 문학 장력은 주로 맥락의 총체적 효과이며, 상호 연계된 부분 사이에서 생산된다고 인식한다. 적어도 두 가지 이질적인 문학 요소가 새로운 통일체를 구성할 때, 각 요소는 대립적 관계를 해소하지 않을 뿐 아니라 대립적 상태 속에서 서로 대결하고 충돌하는 운동 구역을 자동적으로 생성한다. 장력은 대체로 현대물리학에서 말하는 '장' 혹은 중국고대문론에서 상론하는 '기'에 상당한다. 문장에 장력이 있다면, 시적 문체 공간에 가득한 『야초』의 장력은 어휘 배반(역설, 풍자), 모티브 역설의 예술표현방식과 긴밀하게 연계되어 있다.

35 羅吉·福勒, 『現代西方文學批評述語詞典』, 成都 : 四川人民出版社, 1987, 280쪽.
36 薛毅, 『無詞的言語』, 北京 : 學林出版社, 1996, 8쪽.

역설이 생성하는 장력

역설Paradox은 원래 고전 수사학의 일종으로 "표면적으로 황당무계하지만 실제로는 진실인 진술"[37]을 가리킨다. 나중에 두 가지 모순적 개념, 사물 혹은 이미지를 병치하여, 독자들이 텍스트 이해에서 의미 충돌을 일으킴으로써 의미영역이 확장되어 동요되는 문학 언어현상을 널리 지칭한다. T. S. 엘리어트는 시가 "언어는 영원히 미세하게 변동하며, 어휘는 영원히 새롭고 돌출하는 결합 속에서 병치된다"고 인식했는데, 대체로 형식상의 역설적 특징을 말한다.[38] 『야초』의 표현방식은 모두 이러하다.

『야초』 텍스트에 충만한 어휘 배반은 텍스트 의미의 복잡성 다의성 불확정성을 수반한다. 즉 유한한 수단 — 유한한 언어 — 을 통해 더욱 넓은 객관세계와 심령공간을 표현한다. 가령 「가을밤秋夜」의 '두 그루 대추나무', 「제사」의 '침묵 → 충실', '말하기 → 공허' 등이 그러하다. 「가을밤」에서 "담밖에 두 그루 나무가 있다"는 "일상적 생활 속에서 사건과 상황을 선택한 것"이지만, "한 그루는 대추나무이고 다른 한 그루도 대추나무이다"는 특별한 격조가 있는 표현이며 "예사롭지 않은 상태로 머리 속에 나타난다".[39] 글자 표층은 담백하여 기이함이 없지만 숨겨져 드러나지 않는 역설구조를 교묘하게 배치하여, 이러한 심층구조 안에 '따분하여 맛이 없음'과 '놀라움'의 완전히 다른 정감

37 趙毅衡, 『新批評文集』, 北京 : 中國社會科學出版社, 1988, 313쪽.
38 위의 책, 319쪽.
39 위의 책, 318쪽.

흐름이 잉태되었다. 이 때문에 일상적 사물이 일상적이지 않게 변하고 산문적인 사물이 시적 장력에 충만하기 시작한다. 「제사」에서 '침묵→충실', '말하기→공허'는 쌍쌍이 밀집하여 대립하는 형태로 단문의 문장 조합축 위에 연결하여, 전형적인 역설 어법을 이루어 쌍방향의 장력을 일으킨다. 이러한 장력 구조가 제한하는 영역 안에서 루쉰의 생명서사와 언어의 곤혹에 의한 역설적 주제가 최대한도의 표현 경지에 도달한다. 이러한 역설은 아래의 도표로 나타낼 수 있다.

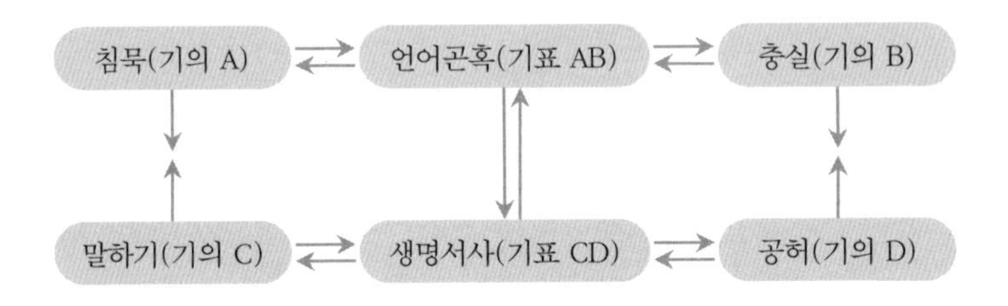

쌍방향으로 작동하는 역설 구조는 여기서 내부로 수축하는 장력의 구역을 만들어, 기의 A와 기의 C, 기의 B와 기의 D의 배열식 조합은 대립병치와 상반상생을 통해, 불확정적인 종합적 기표(기표 AB, CD는 복잡하고 혼돈된 종합체(종합감각)를 대신 지칭함)를 공동으로 지향한다. 실제로 이러한 장력의 실현은 수용주체의 감상경험 심미수양, 인생경력, 심리건강 등과 관련되며, 상이한 개체는 텍스트 상의 상이한 체험에 기초하여 자연스레 장력의 크기의 차이성을 형성한다. 이로 인해 '인한 자는 인을 보고, 지혜가 있는 자는 지혜를 본다'는 것이 가능하게 되는데, 『야초』의 무궁한 매력은 상당 부분 여기서 근원한다.

풍자가 생성하는 장력

서양 학자는 풍자irony를 "포착하기 어려운 악명 높은 성질"이라 칭하는데, "각종 상이한 표현형식이 있을 뿐 아니라 개념상에서 부단히 발전하고 있기 때문이다".[40] 여기서는 『야초』 속에서 언어기교의 풍자로 나타난다는 것을 강조한다. 간략히 말하자면, 말하는 것이 뜻하는 것이 아니고 실제 의미와 문장 의미가 대립하는 언어현상을 지칭하며, "항상 서로 간섭하고 충돌하고 배척하고 상쇄하는 측면이 시인의 손에서 안정적인 평형상태로 결합된다".[41]

일반적으로 풍자는 언설 주체가 의도하는 부재의 장소가 되며, 이를 대신하는 것은 상반된 기표이다. 독자는 감상하여 수용하는 과정에서 활발히 잠재하는 '소환 구조'[42]를 거쳐, 본래 가려진 의도가 전부 혹은 부분적으로 재현되어 텍스트 내부에서 확장을 이룬다. 『야초』 속의 몇 가지 풍자 사례를 들어 분석하면 다음과 같다.

① 교활형 : 사랑하는 사람이 내게 주신 것은 나비 손수건, 답례로 무엇을 줄까 수리부엉이……(「나의 실연」)

② 진담반어형 : 모든 망혼들의 외침은 가냘프지만 질서가 있고 화염의 웅얼거림이나 기름 튀기는 소리, 쇠창 부딪치는 소리와 공명하여, 마음이 취할 정도의 커다란 음악이 되어 삼계에 고한다. 천하가 태평하다

---

40 趙毅衡, 『新批評－一種獨特的形式主義文論』, 北京 : 中國社會科學出版社, 1986, 178쪽에서 재인용.

41 위의 책, 179쪽에서 재인용.

42 朱立元, 『接受美學』, 上海 : 上海人民出版社, 1989, 112쪽.

고.(「잃어버린 좋은 지옥」)

③ 낭만 풍자형 : 위대한 남자가 내 앞에 서 있다. 아름답고 인자하며 온 몸에 커다란 광채가 나지만, 나는 그가 마귀라는 걸 안다.(「잃어버린 좋은 지옥」)

④ 역설식 풍자 : 그리움과 결별, 애무와 복수, 양육과 섬멸, 축복과 저주 (…중략…) 그래서 그녀는 두 손을 힘껏 하늘로 뻗었고, 입술 사이에서 사람과 짐승의, 이 세상의 것이 아닌, 그래서 말이 되지 않는 말이 흘러나왔다.(「무너진 선의 떨림」)

사례 ①의 '나비 손수건'은 일반적으로 아름답고 행복한 사랑을 은유적으로 상징하고, 수리부엉이는 그동안 '불길한 새'로 여겨져 왔는데, 폭력과 유사한 일에 의해 억지로 연결되어 당연히 사람들에게 조화되지 않고 불합리하다는 당혹감과 황당함을 일으킨다. 이렇게 텍스트 표층의 불합리는 이성 층차의 합리적인 잠재요구와 은밀한 대립을 이루어[43] 자연스레 풍자 효과를 조성한다. 사례 ②의 망혼들의 고통스런 외침은 규율과 징벌(질서 있음)에 의해 사람을 심취하게 하는 음악이면서 '천하태평'을 표방하는 합법적 이유가 된다. 표층의 우의와 배후에 있는 깊은 분노와 불평을 미루어 짐작할 수 있다. 사례 ③의 허울 좋은 모든 미려한 수사는 결국 문장 말미의 까칠한 반격 속에서 붕괴되는데, 바로 "격정적인 뜨거운 물로 목욕한 후 풍자의 차가운 물로

---

43 石尙文 · 鄧忠强, 『'野草'淺析』, 武漢 : 長江文藝出版社, 1982, 33쪽. 두 선생이 고증에 따르쪽, 고대의 습속에서 신물로 주는 '나비 손수건'은 대부분 '원앙 거울'과 같은 의미라고 한다.

씻어내는 것"이라고 할 수 있다. 사례 ④의 서로 맞지 않는 사물들의 병치, 모호하고 종합적인 역설 정감의 교직은, 언어의 창백함과 적나라함 속에서 절망적 항쟁과 장엄한 규탄을 내적으로 솟아오르게 한다. 『야초』 속의 절대 다수의 시적 텍스트는 바로 이렇게 — 맥락의 압력을 견디면서 '이리저리 돌아가는'[44] 예술표현방식을 통해, 독자가 의미의 공백을 창조적으로 메우도록 격발하고 유도하여, 반논리와 합리, 반정서와 상정의 대립 속에서 장력효과를 조성한다.

모티브역설의 장력

영국 19세기 문학가 더 퀸시는 『자전』에서 다음과 같이 말했다. "진리의 무게감 있는 모든 측면은 (…중략…) 사람을 놀라게 하고 역설적이어서 우리는 기력을 써서 역설을 찾을 필요가 없다. 반대로 자기 경험에 충실한 사람은 모든 기력을 쓰더라도 진리가 포괄하는 역설을 억누르기 힘들다는 사실을 발견할 수 있을 것이다."[45] 마찬가지로 부르커스는 존 던의 『성일*THE CANONIZATION*』 시를 분석할 때 역설언어를 비교할 수 없는 수준으로 제고시키며, "모든 위대한 시에서 볼 수 있는 참된 식견은 확실히 이러한 언어를 사용하여 표현해야 한다"[46]고 인식했다. 이를 통해 시에 대한 역설 언어의 의미를 알 수 있다.

『야초』 속의 침묵과 말하기, 암흑과 광명, 희망과 절망, 사랑과 증

44 趙毅衡, 『新批評文集』, 北京：中國社會科學出版社, 1988, 320쪽.
45 趙毅衡, 『新批評－一種獨特的形式主義文論』, 北京：中國社會科學出版社, 1986, 184쪽.
46 趙毅衡, 『新批評文集』, 北京：中國社會科學出版社, 1988, 327쪽.

오, 이상과 현실, 삶과 죽음 등 진퇴양난의 경지에 있는 여섯 쌍의 모티브는 바로 주제에 상당하는 역설이다. 논의할 만한 점은 그것들이 '진술'에 대한 '맥락'의 '왜곡'에 속한다는 것이다. 이러한 '맥락'은 확장된 작가의 창작심리 배경일 뿐이며 구체적인 '아래 위 문장'의 맥락이 아니다. '진술'도 거시적이어서 더 이상 미시적 구법에 구속되지 않는다. 이 때문에 『야초』에 있어서 역설방식은 결코 일반적 문학형식이 아니다.

왕후이는 루쉰 소설의 텍스트 독해를 할 때, 희망과 절망, 광명과 암흑, 생명과 죽음 등의 주제가 상호 조롱의 방식으로 소설의 구조원칙을 형성하고 이를 빌려 소설의 명확한 비판지향을 복잡하고 모호한 상태로 드러나게 한다고 인식했다.[47] 나는 이러한 결론이 『야초』와 같은 시적 텍스트에도 똑같이 적용될 수 있다고 생각한다. 역설적 구조방식은 『야초』의 근본적 서술격식을 주조했으며, 서술 원동력의 존재로서 텍스트 의미공간을 효과적으로 분할하여 의미의 미끄러짐을 위한 대체적인 영역을 획정하였다. 이를 통해 주제 역설이 텍스트의 깊은 내함을 풍부하게 하는 동시에, 텍스트 서사구조 속에서 자신이 자신을 반대하는 해체와 와해 요소로 인해 근본적인 장애에 이르지 않게 하였다.

물리적 장력이 정지 혹은 상대적 정지 상태에서 존재하는 것과 달리, 문학적 장력은 불평형 상태에서 평형을 추구할 것을 요구한다. 일사천리의 불평형 상태는 장력의 해소를 초래할 수밖에 없다. 팽팽하

---

47 汪暉, 『反抗絶望 — 魯迅及其文學世界』, 石家庄, 河北教育出版社, 2000, 294쪽. 여기서 나는 왕후이 선생이 풍자와 역설을 하나로 혼융하고 있다고 생각한다.

게 당겨져 있는 상대적 정지만이 결국 문학 장력의 존재를 보증할 수 있다. 루쉰이 "감정이 가장 격렬할 때 시를 써서는 안 된다고 생각한다. 그렇지 않으면 필봉이 다 드러나 '시의 아름다움'을 말살할 수 있다"[48]고 한 것이 바로 이러한 이치다. 『야초』에 있어서 침묵과 말하기, 암흑과 광명, 희망과 절망, 사랑과 증오, 이상과 현실, 삶과 죽음 등 여섯 쌍의 역설 모티브는, 형상적으로 말하자면, 상호 작용하면서 단일한 방향으로 운동하지 않는 힘과 유사하다. 그것들의 대립과 비융합은 텍스트 내부에서 세력이 균형된 안정적 구조를 형성한다. "내부의 압력이 평형을 얻어 서로 지탱한다. 이러한 안정성은 활모양 구조의 안정성과 같다. 돌을 지면으로 당기는 힘은 실제로 지탱의 원칙을 제공한다. ―이러한 원칙하에서 미는 힘과 반작용이 안정적인 수단을 획득하게 된다."[49] 이러한 구조하의 모순 충돌의 잉태는 의미의 다변적 추구로 표현되고 텍스트 배후의 주체의지는 주제를 둘러싸고 부단히 자아갈등, 자아질문, 자아성찰을 진행하여, 결국 자아훼멸과 열반재생의 충동을 싹트게 한다. 텍스트의 거대한 장력도 이러한 충동 속에 숨겨져 있으며, 이러한 '충동의 평형'이 바로 『야초』의 "가장 가치 있는 심미반응의 기초"를 구성한다.[50]

역설, 풍자는 다음과 같은 인식에 기초한다. 세계는 본질적으로 변화무상하여, 애매한 태도가 세계 모순의 총체성을 포착할 수 있다.[51]

---

48 魯迅, 『魯迅全集』 제13권, 北京 : 人民文學出版社, 1981, 87쪽.

49 克利安斯·布魯克斯, 「嘲弄 ― 一種結構原則」, 中國科學院文選硏究所西方文學組 편, 『現代英美資産階級文藝理論文選』 上, 北京 : 作家出版社, 1962, 220쪽.

50 趙毅衡, 『新批評 ― 一種獨特的形式主義文論』, 北京 : 中國社會科學出版社, 1986, 54쪽에서 재인용.

『야초』에 대해 말하자면, 한편으로 상이한 모순 대립면이 통일체를 와해시키는 추세(루쉰이 현실의 강내한 내구력을 직시하는 것)를 드러내고, 모순된 면이 그 대립면을 부단히 극복하는 상황을 표현한다. 다른 한편으로, 그것들이 함께 협조하고 또 강대한 장력에 의지하여 잠시의 평형을 유지한다. 사실상 이러한 초월적 힘은 루쉰의 독특한 심령 논리에 기초한 '앞이 무덤인 줄 분명히 알면서도 나아가는', '절망에 반항하는' 생명의지와 생명철학으로 표현된다.

앞에서 서술한 바와 같이, 진퇴양난의 난처한 상황은 『야초』의 생명주체가 대립·배반·모순의 양 극단에 처하여 방황할 곳도 없게 만든다. 또 이 때문에 슬프고 어둡고 황당한 시공간 배경 및 생명력이 억압을 받고 갈 수 있는 길이 없는 초조한 분위기 속에 몸을 굽히게 한다. 쉬푸관이 말한 것처럼 "어둡고 어두운 느낌뿐이다".[52] 그렇지만 암흑 속에 절로 빛이 있고, 『야초』의 소리는 슬프지만 초인의 기개가 있다. "루쉰의 독특한 산문집은 우리에게 투시하기 어려운 그의 암담한 심령의 심층세계를 보여준다. 여기서 마귀의 그림자가 쇠퇴하고 황폐한 상징적 경관 속을 거닐고 있다."[53] 그러나 『야초』의 각 악몽을 시종 관통하는 것은 생명 가장 밑바닥에서 분출하는 항쟁의지이며, 각 몽환 장면의 추진과 전개에 따라 반항의 선율이 갈수록 높고 격앙된다. 샤지안은 『야초』 속의 인물이 모두 "강렬한 정감력을 내재한 형상"[54]

---

51 위의 책, 183쪽.

52 徐復觀, 『徐復觀集』, 北京 : 群言出版社, 1993, 58쪽.

53 吳俊, 『魯迅個性心理研究』, 上海 : 華東師範大學出版社, 1992, 59쪽.

54 Hsia Tsi-an, *The Gate of Darkness*, Seattle and London : University of wash-ing-ton press, 李天明, 『難以直說的苦衷－魯迅'野草'探秘』, 北京 : 人民文學出版社,

이라고 지적했다. 린위셩은 「과객」에 대해, 나그네에게 체현된 것은 "인류의지의 의미에 대한 존재주의적 강조"[55]라고 제기했다. 루쉰은 의식적으로 『야초』 형상 주체의 내면 깊은 곳에서 원시적 생명력을 주입하는 듯하다. 진흙처럼 버려진 생명주체('과객', '이러한 전사')라 할지라도, 분발하고 비등하려는 웅혼한 힘이 내재적으로 끓어오르고 이런 항구적인 힘은 '반항'의 태도로 출현한다. 생명개체가 피할 수 없는 역사적 책임으로서 암흑에 반항한 결과가 어떠하든 간에, 암흑과 타협하지 않는 의지는 반항의 과정에서 빛을 내고 또 생명에 비극적 장력을 부여한다.

여기서 나는 '절망하는 루쉰'에 대한 서술을 회피하려는 뜻이 없으며, 오로지 그의 반항 형상에 집중할 뿐이다. 그와 반대로 나는, 루쉰의 진정한 의미가 기의 속에 각인된 '앞에 무덤이 있는 줄 분명히 알면서도 나아가려 하는' 유가정신의 기개와 역사 비극의 자각에 있다고 인식한다. 『야초』에서 생명은 갈 곳 없는 끊어진 심연으로 내몰리고, 주체의 내재적 힘은 절망에 반항하는 외침을 분출시킨다. 그렇지만 이러한 정황하에서의 '반항'은 침중한 '중간물' 의식을 짊어진 비극적 자각이며, 점차 고유의 날카로움은 불가피하게 사라지고 인내 혹은 번뇌로 둔화될 수밖에 없다. 이것이 강건한 반항에 더 많은 인내의 색채를 부여하여, 심중한 비극적 '버팀'의 힘이 그 속에서 자라게 한다.[56] 강대한 심리적 격차, 처량한 영혼의 고문과 고통의 외침 및 역사적 운

2000, 200쪽에서 재인용.

55 李天明, 『難以直說的苦衷－魯迅'野草'探秘』, 北京 : 人民文學出版社, 2000, 76쪽.

56 竹内好, 李心峰 역, 『魯迅』, 杭州 : 浙江文藝出版社, 1986, 152쪽.

명의 자각과 책임은 『야초』의 심후하고 비극적인 상징 색채를 이루었다. 또 각양각색의 물질 혹은 정신의 굴레하에서 힘껏 벗어나려 하는 저항감, 생명 존재의 귀숙처를 찾으려는 끈질긴 열정은 『야초』에 흘러 비극적인 예술장력을 형성하였다.

국민성 병태를 보여주는 거울

루쉰의 「축복」 읽기

루쉰의 소설 속에서 「축복」은 무대가 바뀌고 샹린 댁을 누구나 알고 있는 형상으로 만들었기 때문에, 샹린 댁의 비극적 이야기는 많은 독자들의 동정과 연민을 일으켰지만, 루쉰이 제공한 샹린 댁 텍스트의 내재적 함의에 대해 사유하는 독자들은 드물었다. 봉건 윤리도덕 관념에 젖은 노예적 성격에 대한 비판, 동정과 사랑이 결핍된 냉정한 성격에 대한 비판, 책임을 짊어지기 두려워하는 이기적 성격에 대한 반성은 「축복」을 국민성 병태를 폭로하는 거울이 되게 한다. 국민성 문제에 대한 탐색은 루쉰이 오랫동안 집중하여 사유한 문제로, 루쉰 계몽사상의 핵심이다. 「축복」은 바로 국민성 문제에 대한 루쉰 사유의 결정이며, 이 작품의 깊은 내함을 해석하면 독자는 자아 성격의 병태를 관조 반성하고 국민성의 중대한 문제를 사유하여 치유의 방법을 얻을 수 있다. 「축복」은 우수한 문학 작품으로서, 루쉰은 방관자적 서사시각, 생동적 인물성격, 화룡점정의 백묘수법, 즐거운 정경으로 슬픔을 묘사하는 분위기 부각 등의 방법을 통해 국민성 병태를 매우 예술적으로 폭로하는 거울을 만들어, 독자가 이 거울 앞을 배회하며 사유하도록 유혹한다.

1.

루쉰의 소설 창작은 항상 귀향자 일인칭 서사시각으로 이야기를 서술한다. 「고향」, 「술집에서」, 「고독자」 등의 작품은 귀향자의 서사시각으로 서술을 전개하는데, 일인칭의 서사시각과 어투는 독자들에게 친근한 느낌을 준다. 귀향자와 고향사람의 격막감도 종종 소설이 표현하는 주요한 정감기조가 되어 작품에 애잔하고 슬픈 색채를 가득케 한다. 「축복」도 귀향자 일인칭 서사시각으로 이야기를 서술하는데 귀향자 '나'와 고향사람의 격막감을 보여주려고 노력한다. 소설은 방관자의 서사시각 속에서 귀향자가 보고 들은 바를 서술하고, 귀향자와 고향사람의 격막감과 샹린 댁의 불행한 인생 속에서 국민성의 병태를 폭로하고 국민성 문제에 대한 루쉰의 깊은 사유를 전달한다. 소설은 일인칭 '나'의 시각으로 귀향자가 귀향하여 보고 들은 바를 서술하여 이것이 소설의 중심 구조를 구성하고, '나'와 고향의 격막감 서술이 소설의 정감기조를 이룬다. 소설 속의 '나'는 음력 세모에 고향 루전에 돌아오는데, "고향이라고 하지만 이미 집이 없어서 루쓰 나리 집에서 잠시 거주할 뿐이다". 그렇지만 '나'는 '성리학을 가르치는 옛 국자감생'과 공통의 화제가 없었고, 루쓰 나리는 봉건 예교와 전통을 고수하는 구파 인물로 신당과 캉여우웨이를 심하게 욕한다. 그러나 '나'는 신사상의 영향을 받은 신지식인이기 때문에 그들의 대화는 늘 통하지 않는다. '나'는 몇몇 집안 어른들과 친구를 찾아가는데 그들의 집안은 모두 바쁘게 '축복' 준비를 하고 있어서 확실히 이야기를 나눌 시간이 없었다. '내'가 해후한 샹린 댁은 오히려 영혼, 지옥이 있는지 같은 '분명하게 말할 수 없는' 문제를 물어, '나'를 난감한 처지에 빠지게 했다. '지난 날 함께 놀던 친구'는 '이미 구름처럼 떠나고', '내'가 유일하게 걱정한 것은 '푸싱러우의 삶은 상어지느러미 탕'뿐이었다. 고향과의 격막감 속에서 '나'는 고향 루전을 떠나기로 결심한다. 소설은 일인칭 전지자 시각으로 귀향자 '나'가 보고 듣고 느끼고 생각한 바를 서술하고 신사상의 영향을 받은 지식인 '나'의 고향과의 격막감을 드러낸다. 귀향자의 귀향 경험을 서술하는 가운데 루쉰은 관찰자 시각으로 샹린 댁의 비극적 이야기를 얘기하는데, 작품 구조상으로 볼 때 삽입 서술의 방식으로 서사를 전개한다. 소설은 '내'가 루쓰 나리와 말이 통하지 않아 떠날 결심을 할 때, 어제 만난 샹린 댁의 불안정한 심리에 대해 삽입 서술하고 샹린 댁을 만났을 때의 정황을 반복 서술한다. 샹린 댁은 머리털이 백발이었고 대바구니를 들고 대나무 막대를 쥐고 있는 것이 완전히 거지의 모습이다. 그녀는 사람이 죽은 뒤에 영혼이 있는지 없는지, 지옥이 있는지 없는지, 죽은 집안사람을 만날 수 있는지 없는지 등의 질문을 하여, '나'는 안절부절 하며 대답한다. 샹린 댁이 죽었다는 소식을 들은 후 '나'의 관찰자 시각으로 샹린 댁의 비극적 이야기를 서술하는데, "예전에 보고 들었던 그녀의 반평생 사적의 끊어진 조각이 여기서 하나로 이어졌다". 삽입 서술 속에서 루쉰은 샹린 댁의 불우한 경력을 기억한다.

남편이 죽은 후 그녀는 도망쳐 루쓰 나리 집에서 하녀가 되려 했고, 루쓰 나리는 '부지런한 남자보다 더 부지런한' 여자를 고용한다. 그녀의 시어머니는 그녀를 억지로 두메산골로 시집보내고 받은 예물로 둘째 아들을 장가보냈고, 밧줄로 묶여 허씨 집에 온 샹린 댁은 목숨 걸고 혼례를 거부한다. 남편이 병사하고 아이가 이리에게 물려 죽은 후 샹린 댁은 또 루쓰 나리 집의 하녀가 되는데 루씨 집안은 샹린 댁이 풍속을 해친다고 여겨 제사지낼 때 손을 대지 못하게 했고, 샹린 댁은 몇 년간 모아둔 급료를 토지묘에서 문지방을 산다. 루씨 집안은 여전히 제기를 건드리지 못하게 하여, 그녀의 커다란 정신적 타격을 받았고 결국 루씨 집안에서 쫓겨났다가 거지가 되어 루전에서 축복 제사를 지낼 때 죽는다. 소설은 관찰자 시각으로 도망 나왔다 강제로 시집을 가고 문지방을 한 후 영혼이 있는지 질문하는 샹린 댁의 비극적 이야기를 시간 순서대로 서술하고, 봉건 윤리와 사상의 세례에 의해 정신이 우매하고 마비된 점을 부각시킨다. 소설은 전지적 시각으로 주인공 '나'가 보고 들은 바를 서술하고, 관찰자 시각으로 샹린 댁의 비극적 이야기를 서술하여, 소설의 구조가 자연스럽고 엄격하며 서사의 어조가 친근하고 진지하게 되어, 작품의 예술 감염력을 증가시킨다.

2.

소설은 성격이 선명한 인물형상을 힘껏 창조해야 하며, 루쉰의 소설 창작은 항상 독특한 개성을 지닌 인물을 그려낸다. 「축복」에서 루쉰은 샹린 댁, '나', 루쓰 나리, 류 씨 아주머니 등 매우 개성적인 인물을 그려내어, 인물성격의 생동적 창조 과정에서 소설의 독특한 예술 매력을 부각시킨다. 샹린 댁은 소설 속에서 진력하여 창조한 인물로, 루쉰은 이러한 인물 신상에서 매우 복잡한 정감을 기탁한다. 샹린 댁은 근면하고 능력 있고 자족적이고 인내심이 있으며, 모습이 반듯하고 손발이 튼튼하지만, 불행하게도 남편이 죽어 까다로운 시어머니를 피해 루쓰 나리 집의 하녀가 된다. "그녀는 일하는 데 전혀 게으름 피우지 않고 음식도 가리지 않으며 힘도 좋아서", 부지런한 남자보다 더 부지런하여 넷째 아주머니가 매우 만족해한다. 루쉰은 샹린 댁 성격 속의 노예근성을 세밀하게 묘사했다. "세모가 되면 청소를 하고 마당을 쓸고 닭을 잡고 거위를 잡고, 밤새 복례 음식 준비를 모두 혼자 맡아서 하여 날품팔이를 고용할 필요가 없었다. 그런데도 그녀는 흐뭇해했고 입가에는 차츰 미소가 번지고 얼굴도 하얗게 살이 올랐다." 루쉰은 중국인의 역사를 두 시대로 구분한 적이 있다. "하나는 노예가 되고 싶어도 할 수 없던 시대이고, 다른 하나는 잠시 안정적으로 노예가 되던 시대이다."[1] 또 "실제로 중국인들은 지금까지 '사람' 값을 쟁취한 적이 없으며 기껏해야 노예에 지나지 않았다"[2]고 말했다. 안정적으로 노예가 되려는 이러한 심리는 루쉰에 의해 생동적으로 묘사된다. 샹린 댁은 시어머니가 보낸 사람에게 끌려가 억지로 두메산골에 시집을 가고 그 대가로 받은 재물로 둘째 아들을 장가보낸다. 소설은 샹린 댁이 혼례를 거부하여 밧줄에 묶여 시집가는 상황을 묘사할 때, "그녀

1 魯迅, 「燈下漫筆」, 『魯迅選集』 제2권, 北京 : 人民文學出版社, 1983, 79쪽.
2 위의 글, 78쪽.

는 가는 내내 소리치고 욕하여 허씨 마을에 도착했을 때는 목이 다 쉬었다", 천지에 절을 할 때 예식 상 모서리에 머리를 들이받아 선혈이 낭자해지는데, 샹린 댁의 혼례 거부는 사실 여자가 두 남자에게 시집가지 않고 일생을 마치는 봉건 윤리도덕을 순종하는 것이다. 샹린 댁의 남편은 불행하게도 장티푸스에 걸려 죽고 아들 아마오는 산속의 이리에게 물려 죽는다. 다시 루쓰 나리 집안에 나타난 샹린 댁은 이미 원래의 정신이 없어져, 항상 루전 사람들에게 자신의 비참한 이야기를 반복해서 얘기한다. 샹린 댁은 루씨 집안의 제사를 할 때 손대지 못하게 하여 어쩔 줄 몰라 하고, 류 아주머니가 말한 사후에 두 귀신 남편이 그녀를 차지하기 위해 싸운다는 얘기를 듣고 매우 고민스러워 한다. 그녀는 그동안 모아둔 급료로 토지묘에 문지방을 기증하여 천 명이 밟고 만 명이 타고 넘도록 함으로써 속죄하려고 하지만, 넷째 아주머니는 여전히 제기를 만지지 못하게 하여 그녀는 커다란 충격을 받는다. 그녀는 결국 루씨 집에서 쫓겨나 거지가 되는데, 그녀의 속으로 여전히 사람이 죽은 후 영혼이 있는지 지옥이 있는지 죽은 집안사람들을 만날 수 있는지 등의 문제를 생각하다가, 결국 축복의 폭죽 소리 속에서 죽는다. 루쉰은 동정하는 마음으로 샹린 댁의 불행한 인생을 서사하고 봉건예교의 세례를 받은 샹린 댁의 노예 성격을 묘사한다.

소설 속의 귀향자 '나'는 신사상을 수용한 지식인이다. 그는 성리학을 가르치는 루쓰 나리와 말이 통하지 않았고 예전에 함께 놀던 친구들도 이미 흩어져 그는 고향에서 고독자가 되었다. 그는 혼자 서재에서 무료하게 책상 위의 책을 뒤적이거나 혹은 루전 사람들이 축복을 준비하는데 여자들의 팔뚝이 물속에서 새빨갛게 물든 것을 본다. 그는 샹린 댁이 죽은 후 영혼이 있는지 문의할 때 샹린 댁의 마음을 헤아려 "인생의 마지막 길에 들어선 사람에게 괴로움을 보탤 필요는 없겠지. 그녀를 위해서 차라리 있다고 말하는 편이 나을 것"이라 생각하여 "아마 있겠지요"라고 대답한다. 샹린 댁이 지옥이 있는지 물었을 때, 그는 어물어물 "이치로 본다면 당연히 있어야 겠지요 — 그렇지만 꼭 있을지는 모르겠어요"라고 대답한다. 샹린 댁이 죽은 집안사람들을 만날 수 있을지 물었을 때, 그는 멍청하게 "사실 난 잘 모르겠어요"라고 대답한다. '나'의 마음속에서는, 인생의 마지막에 들어선 사람에게 괴로움을 보탤까 두렵기도 하고 또 약간이라도 책임을 지기가 두렵다. 샹린 댁이 죽었다는 소식을 들은 후, 그는 스스로 "잘 모르겠어"라고 대답하며 자신을 위로하기는 하지만 어쩔 수 없이 괴로움이 느낀다. 그는 샹린 댁의 죽음에 분노를 느껴 "현세에서 무료하게 사는 자가 죽는 것은, 보기 싫던 자가 보이지 않는 것만으로도, 남을 위해서나 자신을 위해서나 모두 좋은 일이다". 이렇게 격분하는 말 속에서 '나'의 사회에 대한 불만, 샹린 댁에 대한 동정이 엿보인다. 소설은 '나'를 묘사하는 가운데 지식인의 방황과 무익함을 드러내고, 또 5·4신문화진영이 붕괴된 후 루쉰 자신의 방황과 고독의 심태를 그 속에 집어넣고 있다. 소설은 성리학을 가르치는 옛 국자감생 루쓰 나리의 형상을 묘사하는데, 이 때 루쉰은 계급적 의식으로 루쓰 나리를 그리진 않지만, 봉건전통의 시각을 지닌 완고하고 보수적인 봉건 수호자의 성격을 묘사한다. 루쓰 나리는 신당과 캉여우웨이를 크게 욕하고, 유신변법, 신해혁명에 대해 힘껏 반대하는 태도를 드러낸다. 그의 서재 책상에 놓인 『근사록집주近思錄集注』, 『사서친四書衬』 등의 성리학자가 편한 책 속에서도 그의 사상이 봉건 유가전통 의식에 깊이 뿌리박혀 있음을 볼 수 있다. 샹린 댁을 대하는 루쓰 나리의 태도에서도 완고한 봉건적 입장을 볼 수 있다. 과부가 된 샹린 댁이 루씨 집의 하녀가 되었을 때, "넷째 숙부가 미간을 찌푸리자 넷째 숙모도 이미 그 뜻을 알아챘다. 그녀가 과부인 것을 싫어하는 것이다". 그는 마음속으로 과부는 불길하다고 여겼다. 샹린 댁이 재가하여 남편이 죽고 아이가 죽은 후 루씨 집에 다시 왔을 때, "그녀가 막 왔을 때 넷째 숙부는 이전과 같이 미간을 찌푸렸지만 여태까지 하녀를 고용하는 데 애를 먹었던지라 크게 반대하지는 않았다. 다만 넷째 숙모에게 몰래 주의를 주며 말하기를, 이런 사람은 불쌍하기는 하지만 풍속을 해치는 이들이니 거들게 하는 것은 좋으나 제사 때는 일에 그녀가 손을 대게 해서는 안 되며 음식은 손수 만들어야지, 그렇지 않으면 불결해서 조상이 먹지 않을 것이다". 샹린 댁이 풍속을 해친다고 보는 이런 견해는 분명 봉건 윤리도덕을 규범으로 삼는 것이다. 샹린 댁이 축복 시기에 죽은 후 루쓰 나으는 결국 "공교롭게 하필 이런 때에 — 거 정말 못된 종자야!"라고 질책한다. 이로써 루쓰 나리가 시종 샹린 댁을 불길하고 봉건전통을 해치는 못된 종자로 보았는데, 그가 봉건 윤리도덕에 세례 받은 깊이를 알 수 있다. 소설 속에서 출현한 '착한 여자' 류 씨 아주머니는 매우 의미 있는 인물이다. 그녀는 주름진 얼굴에 메마른 작은 눈을 지니고 있었으며, 루씨 집안이 축복을 준비할 때 고용된 일꾼이다. 그녀는 불교 신자로 채식을 하고 살생을 하지 않아서 그릇만을 닦으려고 했다. 그녀는 샹린 댁에게 이마의 상처에 대해 묻고, 심지어 다음과 같이 말한다. "샹린 댁, 너는 정말로 수지가 맞지 않았어", "좀 더 끝까지 버티든가 아니면 아예 어디 부딪혀 죽든가 하는 게 나았어, 지금 보면 너는 두 번째 남자와 2년도 채 못 살고서 큰 죄명만 뒤집어썼어. 생각해 봐, 네가 훗날 죽어서 저승에 가면 그 죽은 두 남자 귀신이 임자를 두고 서로 다툴 텐데 너는 누구에게 가겠나? 염라대왕도 어쩔 수 없이 너를 찢어 두 귀신에게 나누어주겠지". 그녀는 샹린 댁에게 토지묘에 가서 문지방을 기증하여 그녀 대신으로 삼아 속죄하게 한다. 착은 여자 류 씨 아주머니는 선심으로 샹린 댁에게 권하는 듯하지만 샹린 댁의 정신에 침중한 족쇄를 채운다. 그녀는 봉건 전통예교로 샹린 댁의 재가를 생각하여, 샹린 댁의 비극적 이야기 속의 '이름도 없고 의식도 없는' 살인자가 된다. 샹린 댁이 류 씨 아주머니와 잡담을 나눈 후 "즉시 퍼져나가서 많은 사람들이 다시 새로운 흥미를 느끼고 또 그녀에게 얘기해달라고 조르기도 했으나", 얘기한 것은 대부분 그녀 이마의 상처에 관한 것이다. 샹린 댁의 비극 속에서 실제로 류 씨 아주머니는 봉건예교가 샹린 댁을 해치는 보조 악역을 맡는다. 소설은 냉정한 루전 사람들을 그리고 있다. 남편이 죽고 아이가 죽은 후 샹린 댁이 다시 루전에 왔을 때 샹린 댁이 울면서 말한 아마오가 이리에게 물려 죽은 이야기를 듣고, "남자들은 여기까지 듣다가 웃음을 거두고 무료하게 가버렸고, 여자들은 그녀의 처지를 동정할 뿐만 아니라 얼굴에서 바로 무시하던 표정을 바꾸고 함께 따라 울기까지 했다". 분명 여자들은 처음에는 따라 눈물을 흘리기는 했지만, 샹린 댁의 재가와 아마오의 죽음에 대해 비하하고 책망한다. 상린 댁이 그녀의 비참한 이야기를 반복하여 얘기하자, "나중에 전 마을 사람들이 거의 그녀의 말을 암송할 수 있어서, 듣자마자 머리가 아플 정도로 지겨워하였다". 그녀의 비애는 "여러 날 많은 사람들의 입에 오르내리며 이미 찌꺼기로 변해서 지겨워하고 내칠 만하였다". 샹린 댁의 이마에 난 상처 이야기가 퍼진 후 루전 사람들은 그녀의 상처를 비웃기 시작한다. 샹린 댁의 비참한 이야기가 오히려 루전 사람들의 조소의 대상이 되버리는데, 국민성의 마비되고 냉정한 면이 샹린 댁에 대한 루전 사람들의 왁자지껄한 희롱 속에서 그 면모를 드러낸다. 이렇게 「축복」은 인물 성격의 생동적인 창조를 통해 국민성 병태를 보여주는 거울이 되었다.

3.

루쉰은 「축복」 속에서 화룡정점의 백묘수법으로 인물을 묘사하여, 간략한 필치 속에서 인물의 선명한 성격과 심리를 부각시켰다. 루쉰은 백묘를 "속임수와 반대되는 필치로, 진의만 있을 뿐 꾸미지 않으며 인위적으로 만들지 않고 뽐내지 않는다"[3] 고 해석했다. 루쉰은 인물 성격의 특징을 간결한 필치로 묘사하는데, 이는 샹린 댁의 성격과 정신 묘사 가운데 특출하게 나타나 있다. 소설은 샹린 댁이 처음 루전에 왔을 때 그녀의 의상과 얼굴색을 다음과 같이 묘사한다. "머리를 하얀 끈으로 묶고 검정 치마에 남색 겹저고리, 옅은 남색 조끼를 입고 있었는데, 나이는 대략 스물예닐곱 되어 보였으며, 얼굴색은 푸르죽죽했으나 양쪽 볼 만은 붉었다." 소설은 과부가 되었지만 신체와 정신이

3 魯迅, 「作文秘訣」, 『魯迅文華』 제3권, 上海 : 百家出版社, 2001, 478쪽.

여전히 건강하다고 묘사한다. 그녀가 억지로 허씨 집안에 시집가서 남편이 죽고 아기가 죽어 다시 루전에 돌아온 후, 소설은 그녀의 정신의 변화를 다음과 같이 묘사한다.

> 그녀는 여전히 흰 끈으로 머리를 묶고 검정 치마에 남색 겹저고리, 옅은 남색의 조끼를 입었다. 얼굴은 검푸르고 누르스름한 빛이 감돌고 두 볼에는 이미 혈색이 사라지고 없었다. 내리감은 눈가에는 눈물자국이 보였으며 눈빛도 예전과 같이 그렇게 활기차지 않았다.

의복은 예전과 같았지만 정신은 크게 달라졌는데, 백묘수법으로 불행한 인생 고통을 겪은 샹린 댁의 정신 변화를 묘사한다. 샹린 댁이 문지방을 기증했지만 루씨 집안에서 여전히 제기를 만지지 못하게 했는데, 소설은 백묘의 필치로 그녀의 정신 상태를 다음과 같이 묘사한다.

> 그녀는 포락의 형벌을 받은 것처럼 손을 움츠리고 얼굴색도 금세 잿빛으로 변하더니 더 이상 촛대를 가져가지도 않고 정신이 나간 듯이 서 있다가 향을 피울 때가 되어 넷째 숙부가 나가라고 해서야 그녀는 밖으로 나갔다. 이번에는 그녀의 신상에 아주 커다란 변화가 일어났다. 이튿날 그녀는 눈이 움푹 들어갔을 뿐 아니라 정신도 온전하지 않았다. 게다가 겁이 아주 많아져서 캄캄한 밤과 검은 그림자를 무서워했을 뿐만 아니라 사람을 보아도 무서워했다. 심지어 자신의 주인을 보아도 두려워 벌벌 떠는 것이 마치 대낮에 굴에서 나와 돌아다니는 쥐새끼 같았다. 그렇지 않으면 나무로 만든 허수아비처럼 멍하니 앉아 있었다. 반년이 안

되어 머리카락도 희끗희끗해졌고, 기억력은 더욱 나빠져 늘 쌀 씻는 것도 잊어버렸다.

위 구절은 샹린 댁의 얼굴색 변화, 정신 나간 상태, 움푹 들어간 눈, 무서워하는 모습, 멍하니 앉아 있는 모양, 희끗한 머리털, 나빠진 기억력 등을 통해, 그녀가 영혼 상에서 자극을 받은 후의 정신적 변이를 묘사한다. 루쉰은 샹린 댁이 죽기 직전의 정황을 다음과 같이 묘사한다. "5년 전의 희끗희끗하던 머리카락은 이젠 완전히 하얘져서 마흔 살 전후의 사람으로 보이지 않았다. 야위고 누런 핏기 없는 얼굴은 이전에 보이던 비애의 표정조차 사라져 마치 나무토막 같았다. 간혹 도는 눈동자만이 그녀가 살아있는 물체라는 것을 말해 주었다. 그녀는 한 손에 대바구니를 들고 있었는데, 안에는 깨진 빈 그릇이 있었다. 다른 한 손에는 자기 키보다 큰 대나무 막대를 쥐고 있었는데, 아래쪽은 쪼개져 있었다. 그녀는 완전히 거지였다." 백발이 된 머리카락, 우둔한 눈동자, 대바구니와 빈 그릇, 쪼개진 대나무 막대 등은 모두 정신이 붕괴된 샹린 댁의 참상을 묘사한다. 루쉰은 화룡정점의 백묘수법으로 시기마다 상이한 샹린 댁의 정신 상태와 심리를 묘사하고, 또 불행한 처지와 냉정한 상황하에서의 심리 정신의 변화를 매우 간략하고 생동적으로 드러냈다.

4.

샹린 댁의 불행한 운명을 서술하고 마비된 영혼을 묘사할 때 루쉰은 항상 즐거운 장면에서 슬픔을 서사하는 방식을 통해 비참한 운명을 두드러지게 하여, 소설이 더욱 비극적이고 처량한 색채를 지니게 했다. 중국 고전 명저 『홍루몽紅樓夢』은 가보옥賈寶玉의 혼례로 임대옥林黛玉 죽음의 비애를 두드러지게 하여 임대옥의 운명이 더욱 처량해진다. 「축복」에서 루쉰은 축복의 경축 분위기를 매우 세밀하게 묘사하는데, 조왕신을 보내기 위한 귀청 울리는 폭죽소리, 축복을 준비하는 시끌벅적한 장면, 온 하늘에 흩날리는 눈꽃이 쌓인 눈 위에 떨어지는 소리 등은 샹린 댁이 눈 내린 땅에서 죽은 비참한 처지를 두드러지게 한다. 소설은 축복 제사 준비하는 정경을 다음과 같이 묘사한다.

> 이것은 선달 그믐날 루전의 큰 행사로 정성을 다해 예를 올리고 복신을 맞이하여 다음 해 일 년의 행운을 기원하는 것이다. 닭을 잡고 거위를 잡고 돼지고기를 사고 정갈하게 씻는다. 이 때문에 아낙네들의 팔은 모두 찬물에 불어서 벌겋게 되었다. 은으로 만든 팔찌를 차고 있는 이도 있었다. 이 고기들을 푹 삶은 뒤 여기저기 젓가락을 꽂아 놓는데, 이것을 '복례'라고 부른다. 새벽 네 시 쯤 이것들은 상에 올려놓은 다음 촛불과 향불을 피워 놓고 공손히 복신들을 모셔서 향용토록 한다. 절은 남자들만 하게 되어 있고 절이 끝나면 의례히 폭죽을 터뜨린다. 매년 어느 집에서나 이렇게 했다—복례와 폭죽 같은 것을 살 수만 있다면 올해도 물론 이렇게 할 것이다.

민속색채가 충만한 복례 준비 장면의 묘사 속에서 부자들의 즐거워하고 가난한 사람들이 근심하는 상이한 처지가 두드러지며, 봉건예교가 제약하는 남녀의 불평등한 처지를 서술하고, 특히 샹린 댁의 비참한 운명이 부각된다. 소설 끝부분에서 루쉰은 축복의 장면을 세밀하게 묘사하여 즐겁고 상서로운 분위기를 보여준다.

> 근처에서 요란하게 터지는 폭죽소리에 놀라 깬 나는 콩알만 한 노란 등불을 바라보았다. 이어서 톡톡 탁탁 하는 폭죽소리가 들려왔다. 그것은 넷째 숙부 집에서 '축복' 제사를 지내고 있기 때문이었다. 벌써 새벽 네 시가 가까웠다는 것을 알았다. 나는 몽롱한 가운데 멀리서 끊이지 않고 터지는 폭죽소리를 어렴풋이 듣는다. 온 하늘에 가득 찬 음향이 짙은 구름과 합쳐져 무리 지어 흩날리는 눈송이와 함께 온 마을을 감싸 안은 듯하다. 이 번잡한 소리에 안긴 나는 나른하고 또 편안해진다. 대낮부터 초저녁까지 품고 있던 의혹과 근심은 이 축복의 공기에 씻겨 사라졌다. 오직 천지간의 신들이 바친 제물과 술과 향불 연기에 거나하게 취해 하늘을 비틀비틀 거닐면서 루전의 사람들에게 무한한 행복을 약속해 주는 것만 같았다.

샹린 댁의 비참한 이야기를 삽입 서술한 후 '나'는 폭죽소리에 깨어 다시 현실생활 속으로 돌아온다. '나'는 톡톡 탁탁 하는 폭죽소리에 속에서 넷째 숙부 집에서 축복 제사를 지내고 있음을 알고, 멀리서 끊이지 않는 폭죽소리 속에서 '나'는 나른하고 편안함을 느끼며, 대낮부터 초저녁까지 품고 있던 의혹이 일거에 사라진다. 축복에 취한 분위기 속에서 '루전의 사람들에게 무한한 행복을 약속해 주는 것'을 상상한다. 이 단락의 축복 분위기 묘사 속에서 샹린 댁의 비극이 잊혀지기를 뜻하는 듯하지만, 소설에서 묘사한 샹린 댁의 비극 이야기 속에서 그 인생의 비애와 처참이 더욱 두드러진다. '나'의 나른하고 편안한 느낌 속에서 지식인의 마비된 심태가 국민성 병태를 비판하는 루쉰의 비판의식 속에 흡수되고, '루전의 사람들에게 무한한 행복을 약속해 주는' 결어가 풍자의 의미를 지니게 된다.

루쉰의 소설 창작은 침묵하는 국민의 영혼을 힘껏 묘사하는데, 「축복」은 바로 샹린 댁의 불행한 운명의 묘사, '이름도 없고 의식도 없는 살인 집단'적인 사회분위기 묘사를 통해 마비되고 우매한 국민성을 폭로했다. 소설은 전지적 관찰자적 서사 시각, 인물성격의 생동한 창조, 화룡점정의 백묘수법, 즐거운 장면에서 슬픔을 서사하는 방식의 분위기 부각 등을 통해 병적인 국민의 삶을 드러냈다.

화샤華夏민족의 이중적 정신비극을 드러내다

루쉰의 「약」 읽기

국민성 탐색은 루쉰이 '5·4' 전후 철저하게 사유하고 탐구한 중요 문제였다. "병근을 들춰내 치유 방법을 찾는다"는 것이 소설 창작의 주요 목적[1]이었고, 중국 5·4신문화운동 선구자로서 루쉰의 계몽주의 사상이 되었다. 루쉰이 '5·4' 전야에 창작한 소설 「약」은 화라오솬 부부가 아들 샤오솬의 폐병을 치료하기 위해 인혈 만두를 산다는 이야기를 통해, 화라오솬 등의 사람들과 혁명가 샤위와의 격막감을 보여주고, 옛 중국 자녀들의 마비된 정신을 폭로하는 동시에 혁명가와 민중이 소원해지는 비극을 드러낸다. 이것이 바로 화하민족의 이중적 정신비극이다.

소설은 정교하고 근엄한 예술구상, 진실하고 생동적인 장면 전개, 간결하고 핍진한 인물묘사, 내함이 풍부한 언어표현 등으로 매우 비극적 색채를 지닌 예술 정품이 되었다.

1 魯迅, 「我怎麽做起小說來」, 山東師範大學中文系文藝理論教研室 주편, 『中國現代作家談文學創作經驗』 上, 濟南 : 山東人民出版社, 1982, 22쪽.

1. 병과 약 – 화 씨와 샤 씨 두 집안의 비극

'5·4' 시기의 루쉰은 항상 '불행을 슬퍼하고 싸우지 않음에 분노하는' 태도로 옛 중국 자녀들의 불행한 운명, 마비된 영혼에 대해 서술하고, 중국 전통봉건 윤리도덕이 구축한 철방에서 나오거나 나아가 이 철방을 부수어 사람으로서 정당한 지위와 권리를 쟁취할 수 있기를 희망했다. 소설 「약」에서 루쉰은 여전히 이러한 태도와 정감으로 화라오솬의 비극적 이야기를 서술한다. 소설의 핵심 줄거리는 화라오솬이 폐병에 걸린 아들 화샤오솬을 위해 약을 사서 치료한다는 것이며, 루쉰은 전지적 서사시각으로 약을 사서 치료하는 전 과정을 조리정연하게 서술한다. 가을 한밤중에 집에서 나와 약을 사는 장면에서 새벽에 화라오솬 부부가 아들이 약 먹는 것을 주시하는 장면, 차 마시러 온 손님들이 약 먹는 것에 대해 얘기하는 장면, 마지막으로 그 다음날 청명절에 무덤 가는 장면이 나오는데, 이는 화라오솬이 산 약이 아들의 목숨을 살리지 못해 화샤오솬이 죽었다는 것을 나타낸다. 루쉰은 불행을 슬퍼하는 심정으로 화라오솬 집안의 비극을 묘사하는데, 아들의 병을 치료하기 위해 화라오솬 부부가 아껴 먹고 절약하여 모은 돈으로 아들을 위한 약을 사는 장면을 세밀하게 묘사한다. 또 아이를 구하려는 희망을 이렇게 산 약에 기탁하여, "그는 지금 이 포장 안의 새로운 생명을 그 집안으로 옮겨와 많은 행복을 수확하려고 한다". 화라오솬 부부는 눈을 부릅뜨고 샤오솬이 약 먹는 것을 바라보는데 "두 사람의 눈빛은 마치 그의 몸속에 어떤 것을 집어넣고 또 어떤 것을 끄집어내려는 듯했다". 화라오솬 부부는 그들에게 약을 살 정보를 제공한 캉 아저씨를 공손하게 대접하고 손님들이 샤오솬의 병과 약에 대해 얘기하는 것을 참을성 있게 경청한다. 소설 결미에서 화 씨 아주머니가 무덤에 가는 것은 화샤오솬이 병사한 소식을 알려준다. 새로운 무덤 앞에서 울며 앉아있는 화 씨 아주머니의 몸에서 화씨 집안 비극의 슬픈 분위기가 넘쳐흐른다. 화씨 집안과 유사하게 샤씨 집안도 아들 샤위를 잃어버렸다. 샤오솬의 병사와 다르지만, 혁명가 샤위는 셋째 아저씨의 고발로 체포되어 형장에서 참수되었다. 소설이 화씨 집안의 비극을 직접 서술하는 것과 달리, 루쉰은 샤씨 집안의 비극 이야기를 간접적으로 대체한다. 소설은 캉 아저씨 입을 통해 샤씨 넷째 부인의 아들 샤위가 체포되어 감옥에 가는 정황을 대신한다. 셋째 아저씨는 조카를 고발한 대가로 25량의 은을 포상으로 받지만, 샤위는 옥중에서 옥졸에게 "이 청나라 제국 천하는 우리 모두의 것"이라고 선전한다. 샤위 집안에는 노모 밖에 없고 가세가 매우 빈한했기 때문에 옥졸들은 그의 신상에서 재물을 빼내지 못하여 그를 때리고, 결국 형장으로 끌려가 참수를 당한다. 소설 결말에서는 샤씨 넷째 부인이 무덤에 가서 화씨 아주머니와 만나는데, 아들을 잃어버린 두 여성의 비통을 함께 연결하여 동병상련 식의 위로 속에서 소설의 비극적 분위기가 더욱 짙어진다. 화샤오솬의 몸에는 육체의 병 — 폐병이 있고, 샤위의 몸에도 모종의 병이 있는데, 바로 민중과 소원해진 상태가 그것이다. 그의 혁명 사상과 거동은 대중들에게 이해받지 못하여, 그의 아저씨가 그를 고발했고 옥졸들은 그를 이해하지 못했으며, 찻집 손님들은 그가 "그야말로 미쳐버렸다"고 말한다. 그의 어머니인 넷째 부인조차 그의 무덤에 가서 다른 사람을 만나면, "창백한 얼굴에 창피한 안색이 드러났고” 관아에 의해 참수당한 아들의 무덤에 가는 것이 면목 없는 일이라고 느낀다. 또 샤위가 살해당한 후 “일가친척이 발을 끊은 지 한참 되었다”. 혁명가와 민중의 격막감은 샤위 신상의 병증이 되었으며 루쉰도 이 병증을 치유할 수 있는 약이 있기를 기대하였다.

루쉰은 「약」에 대해 언급할 때 다음과 같이 말한 적이 있다. “「약」은 군중의 우매함과 혁명가의 비애를 묘사하였다. 아마도 군중의 우매함으로 인한 혁명가의 비애를 말한 것인지 모르겠다. 더 명쾌하게 말하자면, 혁명가는 우매한 군중을 위해 분투하고 희생하지만, 우매한 군중은 이 희생이 누구를 위하는 것인지 결코 알지 못한다. 오히려 우매한 견해 때문에 이 희생을 향유할 수 있고 군중 속의 개인의 이익을 증가시킬 수 있다고 여긴다.” 소설 구성에서 루쉰은 매우 교묘하게 인혈 만두를 통해 본래 아무 상관없는 화씨, 샤씨 집안의 두 비극을 함께 연결하였다. 민속적 의미를 지니는 인혈 만두를 먹고 폐병을 치료한다는 이야기 속에서 혁명가와 민중의 소원함, 혁명가에 대한 민중의 격막감을 매우 생동적으로 서술하였다. 혁명가 샤위는 민중을 위해 헌신하지만 화라오솬 부부는 혁명가의 선혈을 폐병 치료의 약으로 삼는데, 선혈이 흐르는 끔직한 이야기 속에 작품의 깊은 주제가 부각되었다. 화씨 샤씨 두 집안이 아들을 잃어버리는 이야기 구성에는 일정한 상징적 의미가 있다. 화씨 샤씨 두 집안의 비극은 중화민족 정신비극의 상징이며 소설은 정교하고 엄밀한 구성으로 화하민족의 이중적 정신비극을 드러냈다.

2. 형장에서 무덤으로 – 민중의 생존 공간

미국 문학이론가 레온 서멀리언은 소설 창작에 대해 언급할 때 다음과 같이 지적했다.

> 소설은 두 가지 묘사법이 있다. 장면 묘사와 개괄 서술. 장면 묘사는 연극적 표현수법이고 개괄 서술은 서사 진술 방법이다.[2]

> 한 장면은 바로 구체적 행동이며, 어떤 시간 어떤 지점에서 발생하는 구체적 사건이다. 장면은 동일한 지점에서 중단됨이 없는 시간 흐름 속에서 지속되는 사건이다. (…중략…) 이야기의 생동함과 신뢰를 주는 진실감은 부분적으로 장면 묘사에 의해 결정된다. 장면 묘사를 통해 독자는 한층 몸소 그 상황을 직면한 것처럼 느낄 수 있다.[3]

장면 묘사는 소설 창작에서 매우 중요한 의미를 지닌다. 루쉰의 소설 창작은 항상 장면 전개를 특징으로 삼아 소설의 연극적 구조를 구성한다. 그의 소설은 늘 이야기 배경을 술집, 찻집, 거리, 마당 등의 공공장소에 배치하여 민중의 생존공간 속에서 이야기를 서사하고 성격을 전개하는 데 편리하다. 장면의 전개는 루쉰 소설이 생동함과 이미지에 충만케 한다. 「약」은 바로 진실하고 생동적인 장면 전개로 소설 속 민중의 생존공간을 드러내고, 민속적 의미를 지닌 장면 속에서 옛

2 利昂·塞米利安, 『現代小說美學』, 西安 : 陝西人民出版社, 1987, 6쪽.
3 위의 책, 7쪽.

중국 자녀들의 마비된 심리를 폭로한다.

소설에서 루쉰은 약을 사고 약을 먹고 무덤에 가는 장면 등을 중심에 놓고 생동적인 필치로 민중생존의 장면을 보여준다. 정丁자 삼거리의 형장에서 화라오솬의 찻집, 서문 밖의 무덤에 이르기까지, 행간 속에 혁명가를 이해하지 못하는 민중의 마비된 영혼을 폭로하고 마비된 정신을 지닌 구경꾼을 비판한다. 소설은 화라오솬이 야밤에 정자 삼거리의 형장에 가서 인혈 만두를 사는 장면을 서술할 때, 구경꾼들이 살인을 관람하는 장면을 세밀하게 묘사한다.

> 후다닥 한바탕 발걸음 소리가 진동하더니 순식간에 사람들이 몰려들었다. 삼삼오오 배회하던 그자들도 홀연히 무더기가 되어 물결처럼 나아가더니 정자 삼거리에 이르러 돌연 멈추어 서서 반원형으로 무언가를 에워싸는 것이었다.
>
> 라오솬도 그쪽을 쳐다보았지만 보이는 거라곤 군상들의 등짝뿐이었다. 하나같이 목을 쭉 뻗고 있는 것이 마치 수많은 오리들이 보이지 않는 손에 목을 붙들려 대롱거리는 형국이었다. 잠시 정적이 이어졌다. 무슨 소리가 나는 듯하더니 또다시 술렁이기 시작했다. 덜커덕 하는 소리에 모두가 뒤로 물러섰다. 라오솬이 서 있는 곳까지 밀려나는 바람에 하마터면 쓰러질 뻔했다.

루쉰은 먼저 전지적 시각으로 정자 삼거리 구경꾼들이 벌처럼 몰려와 처형을 기다리는 장면, 처형 집행 부대가 지나간 후 구경꾼들이 삼삼오오 형장으로 달려와 정자 삼거리에서 처형을 관람하는 장면을 관조한다. 이어서 라오솬의 시각으로 구경꾼들의 동정을 살피고 목덜미를 붙잡힌 오리의 비유로 처형 장면을 바라보는 구경꾼들이 힘껏 목을 빼는 정경을 묘사한다. 또 동요하고 물러서는 동향으로 구경꾼들이 처형 장면을 보고 놀라는 것을 암시하는데, 마비된 구경꾼들이 처형을 관람하는 장면을 생동적으로 묘사하고, 싸우지 않음에 분노하는 루쉰의 심리를 표현한다.

소설은 화샤오솬이 찻집에서 덥힌 인혈 만두를 먹는 장면을 묘사할 때 세밀한 필치로 샤오솬과 라오솬 부부의 상이한 심리를 그린다.

> 샤오솬은 시커먼 것을 집어 들고 한참을 쳐다보았다. 자기 목숨을 들고 있기라도 한 듯 기이한 느낌이 일었다. 조심스레 가르자 바삭거리는 껍질 속에서 한 줄기 하얀 김이 솟았다. 김이 사라지고 보니 찐빵 두 쪽이었다. 얼마 뒤 남김없이 뱃속으로 들어갔지만 무슨 맛인지 전혀 생각이 나질 않았다. 한쪽엔 그의 아버지가 서 있었고 다른 한쪽엔 그의 어머니가 서 있었다. 둘의 눈초리는 그의 몸 안에 무언가를 들이부었다가 다시 그걸 끄집어낼 태세였다. 이내 심장이 요동쳤다. 그는 가슴을 억누르고 또 한바탕 기침을 뱉어 냈다.

라오솬 부부는 샤오솬을 속인 채 인혈 만두를 샀고, 샤오솬은 먹는 것이 무엇인지 몰랐으며, 어머니가 말한 먹으면 병이 낫는다는 것만 알았다. 그는 괴이한 생각을 지니고 이 약을 먹으면서 이 약이 그 몸의 병마를 쫓아내 주기를 바랐다. 라오솬 부부는 아들의 폐병을 치유하려는 희망을 전부 이 인혈 만두에 걸어, 샤오솬이 인혈 만두 삼키는 것을 심혈을 기울여 보고 있었다. 그들의 희망과 기대가 인혈 만두 속에 깃들어 있어서 샤오솬의 긴장과 기침을 일으켰다. 약 먹는 장면의 묘사 속에 불행을 슬퍼하는 루쉰의 정감이 표현되어 있다.

화씨 아주머니, 샤씨 넷째 부인이 무덤에 가는 정황을 서술할 때 루쉰은 먼저 무덤의 공간을 다음과 같이 묘사한다.

> 서문 밖 성벽에 잇닿아 있는 땅은 본래 관아 소유지였다. 가운데 굽이진 오솔길은 지름길을 꿈꾸는 자들의 신발 바닥이 만들어 낸 것이지만 자연스레 경계선이 되었다. 길 왼편엔 사형수나 옥살이로 죽은 자들이 묻혀 있고, 오른쪽은 빈민들의 공동묘지였다. 양쪽 모두에 층층겹겹 들어선 무덤은 흡사 부잣집 회갑 잔칫상에 얹힌 찐빵을 방불케 했다.

루쉰은 서문 밖의 묘지를 세밀하게 묘사하는데, 특히 길 좌우 묘지의 구별을 부각시켜, 봉건사회의 등급제도가 죽은 자의 신상에서도 구현되어 있으며, 봉건 윤리도덕은 사람들의 생존공간뿐만 아니라 사후의 묘지도 제어하고 있다. 사형과 옥살이로 죽은 자는 길 왼쪽에 묻히고 일반적으로 죽은 자는 길 오른쪽에 묻힌다. 또 '양쪽 모두에 층층겹겹 들어선 무덤'은 그 시대에 사형과 옥살이로 죽은 자가 많고, 민중과 혁명가 사이에 높은 격막이 있다는 것을 알 수 있다. 혁명가에 대한 무지나 심지어 비하는 윤리사회의 상식이 되었고, 묘지 안에 사람들이 신발 바닥으로 자연스런 경계선을 만든 것은 혁명가와 민중의 격막에 대한 불만, 민중의 마비된 심리에 대한 비판을 더욱 부각시킨다.

3. 가련함과 미침 – 혁명가와 구경꾼

루쉰의 소설은 성격이 선명한 많은 인물형상을 창조하였다. 그는 항상 간결한 필치로 인물을 생동적으로 그려, 아Q, 샹린 댁, 치진, 단씨 댁 등을 모두 성격이 선명한 전형적 인물로 만들었다. 「약」에서 루쉰은 간결하고 생동적인 인물 묘사로 깊이 음미할 만한 여운을 지니게 되었고, 혁명가와 구경꾼의 소원한 관계 속에서 연민과 동정, 분노와 비판을 표현했다.

소설 속에서 루쉰은 라오솬의 찻집 손님들이 약 먹는 것에 관한 의론을 배치한다. 캉 아저씨가 샤씨 부인의 아들이 감옥에 들어가 옥졸 아이에게 맞았는데도 오히려 아이를 가련하다고 했다는 얘기를 했을 때, 손님들은 이해하지 못하겠다는 듯 "아이가 가련하다고 — 미쳤군 정말 돌아버렸군"이라고 말한다. 「광인일기」부터 루쉰은 많은 소설에서 광인의 형상을 묘사하였다. 루쉰의 붓 아래서 광인으로 인식된 인물은 늘 깨어있는 사람인데, 스스로 깨어있다고 여긴 사람들은 오히려 커다란 정신병을 지닌 자였다. 「광인일기」에서 구쥬 선생의 낡은 금전출납부를 차버린 광인, 「장명등」에서 양 무제 때부터 켜있던 장명등을 늘 끄려고 했던 미치광이 등은 모두 싱징수법으로 사회 반역자의 깨어있는 의식과 태도를 드러냈다. 이 때문에 일본학자 이토 도라마루는 루쉰의 「광인일기」를 논의할 때 다음과 같이 말했다. "이 길지 않은 소설은, 주인공 '광인'이 보기에 정상적이지만 주위 '정상'인이 보면 매우 미친 것이라는 사실을 독자들이 분명하게 느끼게 했다." 푸스넨은 루쉰의 「장명등」을 논의할 때 "미치광이는 우리의 스승이다",

“우리는 아이를 데리고 미치광이를 따라 가자, ― 광명을 향해 가자”고 말했다. 「약」에서 루쉰은 혁명가 츄진 및 다른 혁명가의 경력과 처지를 취하고, 캉 아저씨의 말을 통해 정의롭고 늠름한 반청 혁명가 샤위의 형상을 묘사하고 있으며, 가련함과 미침의 논란 속에서 샤위의 깨어있음과 손님들의 마비됨을 드러냈다. 샤위는 반청 혁명지사로, 아버지는 일찍 돌아가시고 그는 어머니와 의지하여 연명한다. 매우 가난하게 살아가지만 그는 불합리한 사회를 뒤집으려고 자각적인 책임을 진다. 그는 민중의 각성을 기대하고, 민중이 “이 청나라 제국 천하는 우리 모두의 것”이라는 사실을 의식하기를 바란다. 아저씨의 고발로 샤위는 붙잡혀 감옥에 들어가지만, 그는 굽히지 않고 옥졸 아이阿義에게 이를 선전하여 사상적인 민중 계몽을 기도한다. 그러나 아이에게 받아들여지지 않고 심지어 아이에게 매를 맞는다. 샤위는 결국 가을 한밤중에 형장으로 끌려가 참수를 당한다. 그가 죽은 후 묘지 안의 사형과 옥살이로 죽은 쪽에 안장되는데, 여전히 민중과 길을 사이에 두고 있다. 샤위의 형상을 통해 루쉰은 민중 계몽의 중요성과 긴박성을 제기한다. 샤위 무덤 위에 붉고 흰 꽃들이 출현한 것은 혁명지사에 대한 루쉰의 존경심을 표현하고 또 민중이 계몽될 가능성을 암시한다.

「약」에서 샤위의 형상을 간접적으로 그린 것과 달리, 루쉰은 구경꾼의 형상을 직접적으로 그리며 간결한 필치로 생생하게 구경꾼의 형상을 그린다. 화라오솬 부부는 소설 속에서 주력하여 묘사한 마비된 사람으로, 선량하고 유약하며 우매하고 마비된 점이 그들 성격의 주요한 특징이다. 그들 부부는 찻집을 운영하며 겨우 생계를 유지하는데, 아들 샤오솬의 폐병은 라오솬 부부의 마음의 병이다. 그들은 생활비를 아껴 모은 돈으로 인혈 만두를 사서 샤오솬의 병이 치유되기를 기대한다. 라오솬은 한밤중에 인혈 만두를 사는데 마음이 온통 안절부절하며, 샤오솬의 병 치료를 위해 모든 것을 도외시한다. 라오솬은 찻집에서 손님들을 공손하게 접대한다. 선량하고 검소한 라오솬 부부는 불행한 운명을 지니고 있어서, 아들의 죽음은 라오솬 일가에 불행을 가져다준다. 아들의 무덤에 간 화 씨 아주머니는 무척 늙어버렸지만, 마찬가지로 불행한 샤 씨 부인에 대해 동병상련하는 동정이 가득하여, 샤 씨 부인에게 상심하지 말고 일찍 돌아가라고 권한다. 루쉰은 화라오솬 부부의 불행에 대해선 충분한 동정을 보내지만 그들의 마비되고 우매한 정신에 대해서는 불만스러워 한다. 소설에서 많은 찻집 손님의 형상이 출현하는데, 루쉰은 간결한 필치로 인물을 그리고 성격을 생생하게 묘사하면서, 그들의 마비된 심태, 우매한 정신을 드러낸다. 캉 아저씨의 저속하고 난폭함은 그의 의복과 말의 묘사 속에 생동적으로 그려져 있다. 캉 아저씨의 등장도 야만스럽고 조잡한 기운이 감돈다.

> 돌연 험상궂은 사내 하나가 성큼 들어섰다. 검은 색 무명 장삼을 걸치고 단추도 풀어헤친 채 검은 색 널따란 허리띠를 아무렇게나 허리춤에 두르고 있었다. 문을 들어서자마자 라오솬에게 소리를 질렀다. '먹었어? 좋아졌나? 라오솬, 자넨 정말 운이 좋았어! 내가 귀띔이라도 안 해줬어 봐.'

험상궂은 캉 아저씨의 의상은 분명 건달의 특징을 지니고 있다. 그가 인혈 만두, 폐병, 샤 씨 아저씨의 관아 고발, 샤위가 얻어맞은 일 등을 말하는 것 속에 아무 거리낌이 없고 안하무인하는 난폭함이 묻어있다. 소설의 간략한 묘사 가운데, 흰 수염은 비겁하고 마비되어 스스로 옳다고 여기고, 곱사등이 도령은 무료하고 무지하여 재앙을 즐거워하고, 눈이 빨간 아이는 탐욕스럽고 사나우며, 샤 씨 셋째 아저씨는 간사하고 악랄한데, 간결한 언어 속에서 생동적으로 그려져 있다. 이러한 손님 형상의 묘사를 통해 루쉰은 국민성의 마비되고 우매함을 드러내고, 진정으로 가련하고 미친 자는 바로 이러한 손님들이라고 말한다.

4. 세필과 백묘 – 정신과 감정이 닮은 묘사

순푸시는 루쉰 소설을 논의할 때 다음과 같이 지적했다.

> 그의 문장 속에는 감동을 주는 산수자연이 없고 남녀 간의 사랑도 없다. 그의 묘사는 강철 붓으로 암벽에 그림을 그리는 것 같아, 생경한 데다 날카로운 소리가 끼어 있어, 이빨을 시큰하게 하거나 정수리에 열을 받게 한다.[4]

루쉰 소설의 언어는 백화와 문언이 일체로 융합되어, 간결하면서 힘이 있고 생동하면서 핍진하여, 사람들에게 매우 생생하고 선명한 느낌을 준다. 소설 「약」에서 루쉰은 내함이 풍부한 언어로 장면을 묘

4 孫福熙, 「我所見于'示衆'者」, 張夢陽 편, 『六十年來魯迅研究論文選』, 北京 : 中國社會科學出版社, 1982, 41쪽.

사하고 사건을 서술하고, 세필과 백묘의 수법을 운용하여 정신과 감정이 닮은 경지를 전달한다.

소설 속에서 루쉰은 항상 세필로 특정한 정경을 세밀하게 묘사하여, 독자들이 그 정경 앞에 있는 것 같은 느낌을 자아낸다. 소설 서두에서 화라오솬이 화씨네 큰댁에게 돈을 받아 약 사러 갈 준비하는 장면을 묘사할 때, 루쉰은 비교적 세치한 필법을 운용한다.

> "샤오솬 아버지, 지금 갈래요?" 늙은 여인의 목소리였다. 안쪽 골방에선 한바탕 쿨럭임이 일었다.
>
> "응." 라오솬은 단추를 채우며 손을 내밀었다. "이리 줘."
>
> 화씨네 큰댁은 베개 밑을 한참 더듬거리더니 은전 한 꾸러미를 꺼내 라오솬에게 건넸다. 라오솬은 떨리는 손으로 주머니에 넣고 겉을 두어 번 눌러 보았다. 그러고는 초롱에 불을 붙인 뒤 등잔불을 끄고 골방으로 걸어갔다. 골방에선 그르렁 쌕쌕거리는 소리가 한창이었다. 이어서 한바탕 기침이 터져 나왔다. 기침이 가라앉자 라오솬은 목소리를 낮추며 말했다. "샤오솬…… 일어나지 마라. …… 가게 말이냐? 네 엄마가 볼 거다."

소설은 화라오솬이 야밤에 몸을 움직여 아들을 위해 인혈 만두를 사러 가는 장면을 묘사하는데, 매우 세밀한 필치로 돈을 가지고 떠나는 정경을 묘사한다. 노부부는 이심전심으로 아들을 바라보다가 라오솬이 "이리 줘"라고 하자 화씨네 큰댁은 손을 내밀어 베개 밑을 더듬는데, 이는 화씨 집안의 가세가 여유롭지 않음을 설명한다. 화씨네 큰댁은 돈을 베개 밑에 숨겨두었는데, 어두침침한 등불로 잘 보이지 않아 손으로 한참을 더듬거릴 수밖에 없다. 라오솬이 은전을 받아 "떨리는 손으로 주머니에 넣고 겉을 두어 번 눌러 보았다"는 동작은 그의 신중한 성격을 드러내는 것이다. 이 은전은 그가 먹을 걸 아끼고 검소하게 쓰면서 절약한 것으로, 이 은전은 바로 아들의 생명이다. 그래서 라오솬은 은전이 잘 들어있나 걱정이 되어 손으로 눌러 확인해본 후에야 안심하며 초롱이 불을 붙이고 등잔불을 끈 것이다. 집을 나가기 전에 라오솬은 아들이 걱정되어 방으로 들어가 아들을 살펴보는데, 그르렁 쌕쌕거리는 소리와 기침소리로 샤오솬이 일어나려고 한 장면을 대신한다. 라오솬은 아들에게 일어나지 말라고 집을 나서기 전에 분부하는데, 이는 아버지의 따스한 속정을 드러낸다.

무덤에 간 화 씨 부인과 샤 씨 부인이 만나고 샤위 무덤 위에 꽃이 에워싼 걸 보고 놀라는 장면을 서술할 때, 루쉰은 묘지의 정경을 공들여 묘사한다.

> 산들 바람이 멎은 지 이미 한참 되었다. 마른 풀들이 꼿꼿이 서 있는 것이 마치 철사 같았다. 한 줄기 떨림이 공기 속에서 가늘어지다 마침내 사라졌다. 주위는 온통 죽음 같은 정적이었다. 두 사람은 마른 풀숲에 서서 까마귀를 올려다보았다. 까마귀도 쭉 뻗은 가지 사이로 고개를 움츠리며 무쇠처럼 서 있었다.

루쉰은 꽃샘추위가 살을 에는 청명 무렵 묘지의 정경을 서술하는데, 산들바람이 멈출 때 철사 같은 마른 풀이 꼿꼿이 서 있고 특히 한 줄기 떨리는 소리가 가늘어지다 사라지는 장면을 묘사하여, 묘지 안의 죽음 같은 적막을 부각시킨다. 아들이 죽이 고통스러운 두 부인은 마른 풀밭에 서서 나무 가지 위에 서 있는 까마귀를 바라보지만, 그 까마귀는 무심하게 "고개를 움츠리고 무쇠처럼 서 있다". 루쉰은 세필로 묘지안의 정경을 매우 세밀하게 묘사하는데, 마치 한 폭의 사생화가 처량하고 슬픈 묘지를 특별히 처량하고 가슴 아프게 묘사한 것 같다.

루쉰의 소설 창작은 특히 백묘수법의 운용을 중시하였다. 루쉰의 말로 하자면, "진의만 있을 뿐 꾸미지 않으며 인위적으로 만들지 않고 뽐내지 않는다".[5] 「약」에서 루쉰은 늘 간결하고 세련된 백묘수법으로 정경을 묘사하고, 인물을 그리고, 사건을 서사하여 소설 속의 묘사가 정신과 감정이 닮은 경지에 도달하게 한다. 소설은 화라오솬이 야밤에 정자 삼거리 형장에 가서 인혈 만두를 사는 장면을 묘사할 때, 그의 마음이 매우 안절부절하여 그가 형장 먼 곳으로 떠날 때까지 기다린다. 소설은 라오솬이 인혈 만두를 받아들 때의 정경을 다음과 같이 묘사한다.

> "어이! 돈 주고 물건 가져가슈!" 시커먼 덩치가 라오솬 앞에 섰다. 그의 눈빛이 두 자루 칼처럼 라오솬을 동강 냈다. 큼지막한 손이 그 앞에 펴졌다. 다른 한 손은 시뻘건 찐빵 하나를 집고 있었다. 거기선 아직도 시뻘건 것이 뚝뚝 떨어지고 있었다.
>
> 라오솬은 황급히 주머니를 더듬거려 떨리는 손으로 은전을 건네긴 했지만, 도저히 그 물건을 받을 엄두가 나질 않았다. 초조해진 그자가 소리

5 魯迅, 「作文秘訣」, 『魯迅文華』 제3권, 上海 : 百家出版社, 2001, 478쪽.

를 질렀다. "뭐가 무서워? 안 받을 거야!" 라오솬은 여전히 머뭇거리고 있었다. 그러자 시커먼 덩치는 초롱을 낚아채고는 등피를 북 찢어 내더니 찐빵을 싸서 라오솬에게 들이밀었다. 한 줌 은전을 낚아챈 그는 몸을 돌려 사라지면서 궁시렁댔다. "늙어 빠진 게……."

루쉰은 간결한 필치로 망나니의 자태를 그리는데, "어이! 돈 주고 물건 가져가슈!" 하는 말은 망나니의 탐욕스러움을 드러내고, 시커먼 덩치, 칼 같은 눈빛, 큼지막한 손 등은 망나니의 삭막한 정신 상태를 드러낸다. 라오솬이 돈을 건네주고 인혈 만두를 받는 걸 주저하자 시커먼 사람은 초롱을 낚아채고 등피를 북 찢고 만두를 싸서 라오솬에게 들이미는데, 상이한 동사의 운용은 망나니의 야만스런 거래를 생동적으로 그려내고 있어서, 마치 한 폭의 목판화가 간결한 선속에서 장면을 생생하게 묘사하는 것 같다.

소설은 화라오솬이 인혈 만두를 들고 찻집으로 돌아가는 장면을 묘사할 때 간결한 백묘수법으로 짧은 편폭 속에 깊은 뜻을 함축하고 있다.

집에 도착하니 가게는 이미 말끔히 정리되어 있었다. 줄줄이 늘어선 다탁에선 번쩍번쩍 빛이 났고, 손님은 아직 없었다. 샤오솬이 안쪽 탁자에 앉아 밥을 먹고 있었다. 굵은 땀방울이 이마에서 연식 떨어졌고 등에 착 달라붙은 저고리 위로 솟은 어깨뼈가 '八'자를 만들어 내고 있었다. 이 모습에 라오솬의 미간이 찡그러졌다. 아궁이에서 뛰쳐나온 그의 아내는 눈을 둥그렇게 뜬 채 입술을 떨고 있었다.

야밤에 집을 떠나 인혈 만두를 사러 간 화라오솬은, 떠나기 전에 샤오솬에게 일어나지 말라고 하고 가게는 부인이 정리하게 한다. 태양이 든 후 라오솬이 집으로 돌아왔을 때, 분명히 화씨네 큰댁도 잠들지 못하여 일찍 일어나 가게를 매우 깨끗하게 정리했을 것이다. 시간이 아직 일러 가게에는 손님이 없고 샤오솬만이 탁자 앞에 앉아 밥을 먹고 있다. 루쉰은 샤오솬이 밥 먹는 정황은 간결하게 서술하고, 샤오솬의 땀방울과 마른 몸을 부각시키며, 막 약을 사온 라오솬이 아들의 마른 모습을 보고 미간을 찡그리는 장면을 묘사한다. 화 씨 부인은 서둘러 나오는데, 라오솬이 약 사온 정황을 알고 싶었기 때문이다. 그녀는 약이 인혈 만두임을 알기 때문에 절로 심정이 떨려, "눈을 둥그렇게 뜬 채 입술을 떨고" 있는데, 내면의 초조함과 긴장을 드러낸다. 간결하고 세련된 백묘수법의 운용은 짧은 편폭의 생동적인 묘사 속에서 풍부한 내용을 함축하게 한다.

루쉰의 「약」은 화씨, 샤씨 집안의 비극적 이야기에 대한 묘사를 통해, 국민성을 탐색하는 루쉰의 주제의식을 부각시키고, 혁명가에 있어서 민중계몽의 중요성과 긴박성을 강조한다. 소설은 정교한 근엄한 예술구성, 진실하고 생생한 장면전개, 간결하고 생동적인 인물묘사, 내용이 풍부한 언어표현 속에서 사상 주제를 전달하여 인구에 회자되는 걸작이 되었다.

제
3
편

추종과 영향

타이징눙臺靜農

루쉰의 영향을 깊이 받은 땅의 아들

20년대 중국문단에 명성을 날린 향토작가 타이징눙의 소설은 고향 안휘이성安徽省 궈츄현霍邱縣 예지진葉集鎮의 생활 묘사에 뛰어났다. 그는 간결한 필치, 사실적 수법으로 옛 향토마을 "사람들의 괴로움과 처량함"[1]을 묘사하고, 생생한 장면과 생동적 대화로 옛 중국 자녀들의 우매하고 마비된 영혼을 드러내고, 근엄한 구조, 차분한 격조로 향촌사회 인생의 "평범함과 무미함"[2]을 전개했다. 그의 소설은 짙은 향토기운이 넘치고 독특한 비극색채를 표현했다. 『중국신문학대계 소설 2집』「도언」에서 루쉰은 타이징눙의 창작에 높은 평가를 한 적이 있다. "그의 작품에서 '위대한 기쁨'을 흡수하려면 물론 쉽지 않을 것이다. 그러나 그는 문예에 공헌했을 뿐 아니라 사랑의 애환, 도시의 명암을 힘껏 묘사할 때 향촌의 생사, 흙의 기운을 종이 위에 옮길 수 있었다.

1 臺靜農, 「地之子 · 後記」, 『夢的記言』, 莽原 제1권 5기, 1926.3.
2 위의 글.

그보다 더 많이 성실하게 이 일을 한 작가는 없다." 루쉰은 중국 현대 향토문학의 개척자이며 타이징눙은 루쉰의 직접적인 관심과 도움 아래 성장한 향토작가이다. 1989년 아흔이 된 타이징눙은 사람들에게 루쉰에 대해 언급할 때 매우 격동적이었고 기억이 새로운 듯했다. "그는 자신의 창작이 루쉰의 영향을 깊이 받았다는 점을 승인하였다."[3] 타이징눙은 루쉰의 영향을 깊이 받은 땅의 아들이다.

1.

타이징눙은 1922년 봄에 베이징에 와서, 그해 9월 베이징대학에서 루쉰, 저우쭤런 등의 강의를 방청했는데, 후에 타이징눙은 다음과 같이 회고했다.

> 베이징대학에서 루쉰의 『중국소설사략』, 『고민의 상징』 강의를 들었다. 루쉰은 강의할 때 교재를 그대로 읽지 않고 자유롭게 발표하고 언어가 생동적이었는데, 저우쭤런처럼 판에 박힌 듯이 강의하지 않았다.[4]

이 수업을 학습하는 과정에서 타이징눙은 문학사와 문학창작의 지식을 습득했고, 문학에 대한 흥취가 배가되었다. 1925년 4월 27일 타이징눙은 동향 사람 장무한張目寒이 루쉰을 소개해주어, 그 후 루쉰의

3 陳漱渝, 「丹心白髮一老翁」, 『魯迅硏究月刊』 제2기, 1990.
4 위의 글.

친절한 관심과 배려와 지도하에서 타이징눙은 신문학의 길을 굳건히 걸었다. 또 루쉰과 줄곧 깊은 우정을 지속하여, 교유가 오래되면서 서로 깊이 알게 되었다. 루쉰 일기에 기록된 바에 근거하면, 루쉰과 타이징눙의 교유기간 10여 년 가운데 타이징눙은 루쉰은 39차례 방문하고 루쉰에게 편지를 74통을 보냈고, 루쉰은 답방을 9차례하고 답신을 69통 보냈다. 루쉰전집 중에 루쉰이 타이징눙에게 보낸 편지 43통이 수록되어 있다.

루쉰과의 친밀한 교제 속에서 타이징눙은 많은 계발과 도움을 받았다. 루쉰의 지도하에서 타이징눙은 리지예李霽野, 웨이수위안韋素園 등과 웨이밍사未名社를 성립하고 "착실하고 차분차분 일을 하여" 웨이밍사를 "솔직하고 성실하며, 크게 떠들지 않는 작은 단체"[5]로 만들어, 중국 신문학의 발전에 중요한 공헌을 하였다. 창작 시에 루쉰은 타이징눙에게 "익숙한 생활 속에서 재료를 취하라"고 부탁했고, 또 "문학 거장의 작품을 많이 읽어야", "작가의 눈을 넓게 하고 재료 선택, 인물 창조, 문학형식 등의 방면에서 유익한 계시를 얻을 수 있고" "역사 특히 야사 필기를 읽어야 한다"고 권고하였다.[6] 타이징눙은 작품을 완성하면 항상 루쉰에게 가르침을 청했고, 루쉰은 늘 세심하고 성실하게 읽고 교정해주었고 원고를 발표할 수 있게 열심히 추천해주었다. 1925년 8월 23일 루쉰은 타이징눙에게 보낸 편지에서 "「후회懊悔」는 벌써 위스

5 魯迅, 「且介亭雜文末編 · 曹靖華譯'蘇聯作家七人集'序」, 『魯迅雜文全集』, 鄭州 : 河南人民出版社, 1994, 880쪽.

6 李霽野, 「魯迅先生對文藝嫩苗的愛護與培育」, 『魯迅先生與未名社』, 長沙 : 湖南人民出版社, 1980, 5쪽.

사語絲社에 넘겨 막 출간되었다"고 말한 적이 있다. 즉 루쉰은 타이징눙의 소설을 『위스』 제41기에 추천하여 간행되었던 것이다. 루쉰의 도움하에 1928년 타이징눙의 첫 번째 소설집이 출판되었는데, 루쉰은 1928년 2월 24일 타이징눙에게 보낸 편지에서 다음과 같이 말했다.

> 너의 소설은 이미 읽어 보았다. 어제 출판사에 보내어 모두 출판될 수 있을 것이다. 그러나 '매미(蟪蛄)'라는 이름은 좋지 않다고 생각한다. 나도 좋은 이름이 생각나지 않으니 리지예와 다시 상의해보겠다.

루쉰의 의견을 존중하여 타이징눙은 서명을 『땅의 아들地之子』로 바꾸었다. 책이 출판된 후 타이징눙은 '졸작을 루쉰 선생님께 올립니다'라는 글을 써서 루쉰에게 한 권을 보냈다. 1930년 8월 타이징눙의 두 번째 소설집 『탑을 세운 사람建塔者』이 출판되었는데, 타이징눙은 "1930년 10월 상하이에 계신 루쉰 선생님께 보냅니다. 타이징눙이 예전에 글을 쓸 때에는 베이핑 시에 거주하셨는데"라고 써서 루쉰에게 보냈다.

타이징눙은 루쉰 선생의 위대한 인격과 전투정신을 매우 존경하여, 1926년 타이징눙은 1923년에서 1926년까지 국내 잡지에 발표된, 루쉰을 소개한 12편의 문장을 세심하게 수집하여 『루쉰 및 그 저작에 관하여』라는 책으로 편집하여 웨이밍사에서 출판하였다. 수록된 문장에는 "찬양하는 글도 있고 폄하하는 글도 있고 욕하는 글도 있었는데 동일한 시대 비평가의 상이한 마음이 반영되어 있었다".[7] 이것이 국내 최

7 臺靜農, 「關于魯迅及其著作·序」, 李宗英·張夢陽, 『六十年來魯迅研究論文選』 상, 北京 : 中國社會科學出版社, 1982, 48쪽.

초의 루쉰연구 논문집이 되었으며 타이징눙은 "이 책의 출판은 내게 상당히 마음의 위안이 되는 일"이라고 자인했다. 1927년 베이징 대학에 부임한 스웨덴 학자이자 노벨상 선정위원인 스벤 헤딘은 류반눙과 상의하여, 루쉰은 노벨상 후보로 올리려고 했다. 류반눙은 타이징눙에게 부탁하여 루쉰에게 의견을 문의하라고 했고, 타이징눙은 즉시 루쉰에게 편지를 썼다. 루쉰은 완곡하게 거절하면서 다음과 같이 말했다.

> 이 일이 이루어지면 이때부터 글을 쓸 수가 없어 사람들에게 미안해질 거고. 만일 다시 쓴다면 한림(翰林) 문학이 되어 볼 만한 글이 하나도 없을 게다. 예전처럼 명예 없이 가난하게 있는 게 좋지 않겠냐.[8]

반동 정부의 암흑 통치하에서 타이징눙은 1928년 4월, 1932년 12월, 1934년 7월에 공산당 혐의로 세 차례 체포되어 감옥에 갔고, 베이핑에 없던 루쉰은 이 때문에 매우 초조하고 친절하게 백망으로 수소문하며 구제에 힘썼다. 친구 둘에게 보낸 편지에서 타이징눙이 체포된 일을 여러 차례 언급하며 깊은 관심을 보였다.[9] 타이징눙이 석방된 후 루쉰은 또 여러 차례 편지를 써 위로와 격려를 하였다. "실의에 빠질 필요 없다. 이 때 학문을 깊이 연구하면 된다. 옛 학문도 좋고 신학문도 좋다. 위로가 될 수도 있을 뿐 아니라 앞으로도 유용할 게다."[10]

---

8 魯迅, 「致臺靜農(1927.9.25)」, 『魯迅書信集』 상권, 北京 : 人民文學出版社, 1976, 162쪽.

9 루쉰이 1933년 5월 10일과 12월 21일에 보낸 「致王志之」, 1933년 2월 9일, 1935년 1월 15일, 1월 26일에 보낸 「致曹靖華」, 1934년 11월 7일에 보낸 「致李霽野」.

10 魯迅, 「致臺靜農(1933.12.27)」, 『魯迅書信集』 상권, 北京 : 人民文學出版社, 1976,

1935년 타이징눙은 한 차례 실업을 당했는데 루쉰은 일자리를 알아보기 위해 바쁘게 뛰어다니며 방책을 마련해주었다.[11]

1936년 10월 19일 루쉰이 병으로 세상을 떠났을 때 칭다오에 거주하던 타이징눙은 이 소식을 접하고 대단히 놀라 비통해하며 즉시 쉬광핑에게 조문 편지를 보내어 깊은 애도를 표하였다. 11월 1일 칭다오 각계 인사들이 거행한 추도회에서 타이징눙은 「루쉰 선생의 생활사업」 보고를 하였다. 루쉰 서거 1주년 전야에 타이징눙은 루쉰의 구체시 전부를 한 권으로 필사하여 기념을 표하였다. 1939년 9월 충칭에서 개최한 루쉰 서거 3주년 기념대회에서 타이징눙은 「루쉰 선생의 일생」이라는 제목의 강연을 하여 루쉰의 정신과 창작을 높이 평가했고, 루쉰의 소설 창작이 "중국문학사에 새 시대를 그었다"[12]고 칭했다. 타이징눙은 그의 인생과 창작의 길에 있어서 루쉰 선생의 관심과 도움을 깊이 새기고 있었다.

2.

홍콩 문학가 류이창은 "타이징눙의 소설이 루쉰 소설의 영향을 받은 정도를 확정하는 것은 결코 쉬운 일이 아니지만, 타이징눙이 풍격상에서 루쉰의 영향을 받은 것은 인정해야 할 것이다"[13]라고 지적했

470쪽.

11 루쉰이 1935년 7월 16일, 7월 22일에 보낸 「致曹靖華」, 7월 22일에 보낸 「致李霽野」, 8월 11일에 보낸 「致臺靜農」.

12 臺靜農, 「魯迅的一生」, 『抗戰文藝周刊』 2권 8기, 1938.

다. 루쉰의 인생을 위한 계몽주의 문학관, 향토 제재의 선택 등은 타이징눙의 소설 창작을 계발해주었다. 타이징눙의 향토소설 창작을 개관해보면, 사실 방법의 선택이든 소설 구조의 배치이든 백묘수법의 운용이든 비극적 풍격의 추구이든 그 속에서 루쉰 소설의 깊은 영향을 분명히 볼 수 있다.

루쉰은 그의 소설 창작에 대해 다음과 같이 말한 적이 있다.

> '왜' 소설을 쓰는지 말해 보자. 우리는 십여 년 전의 '계몽주의'를 지니고서 반드시 '인생을 위하여' 써야 한다고 여겼고, 인생을 개량하려고 했다. (…중략…) 그래서 나의 소재는 대부분 병적인 사회의 불행한 사람들 속에서 취했는데, 병고를 폭로하고 치유 방법을 구하는 데 뜻이 있었다.[14]

이러한 계몽주의적인 인생을 위하는 문학관의 주도하에서 루쉰은 사실주의를 위주로 하는 예술수법으로 병적인 사회 속의 불행한 사람들의 생활과 운명을 묘사하고 침묵하는 국민의 영혼을 그리는 데 주력하였다. 그 뜻은 마비된 민중이 자신의 얼굴을 보게 하고, 깊은 잠에 빠져 죽어가는 사람들을 깨우거나 분투하게 하는 데 있었다. 그래서 루쉰의 붓 아래서 게으르고 구차하게 살아가는 쿵이지, 어리석고 서글픈 단씨 댁, 마비되고 움츠려든 룬투, 소박하고 우둔한 아Q, 거지로 전락한 샹린 댁, 인혈 만두를 사는 화라오솬…… 등이 태어났다. 루쉰

13 劉以鬯, 「臺靜農的短篇小說」, 『短綆集』, 北京 : 中國友誼出版公司, 1985, 139쪽.
14 魯迅, 「我怎麼做起小說來」, 山東師範大學中文系文藝理論教研室 주편, 『中國現代作家談文學創作經驗』 上, 濟南 : 山東人民出版社, 1982, 22쪽.

은 냉정하고 사실적인 필치로 하층사회의 불행한 사람들을 묘사하는 가운데 민족 성격, 민족 전도에 대한 사유를 드러냈다. 타이징눙은 소설집 『땅의 아들』 후기에서 다음과 같이 말했다.

> 인간의 고생과 처량함은 내 귀로 듣고 눈으로 본 것이어서 이미 견딜 수 없는 지경이 되었다. 지금 또 내가 심혈을 기울여 써내는 것이 불행한 일이 아니라고 할 수 있겠는가? 아울러 나는 뛰어난 글재주가 없어서 동시대 소년소녀에게 위대한 즐거움을 주지 못한다.

타이징눙의 소설 창작은 고통을 드러내는 사실방법을 채용했다. 그의 초기 소설은 대부분 청년 학생의 애정생활을 묘사하는데, 「부상당한 새負傷的鳥」는 '5·4' 청년의 개성해방 연애자유에 대한 추구를 묘사하고, 「오해」는 노처녀 미스 류가 애국의 이름으로 이상적 반려자를 찾는 계획을 묘사한다. 이러한 작품들은 숙련성과 개척성이 부족하고 말이 번다하여 요지를 잡기 어렵다. 루쉰의 지도하에서 타이징눙은 고향 다비에산大別山 기슭의 예지진 생활을 소재로 삼아 향토기운이 넘치는 많은 소설을 창작했다.

류이창은 "타이징눙의 세계는 병적인 세계다", "20년대 중국소설가는 구 사회의 병태를 깊이 있게 묘사할 수 있었다. 루쉰 이외에 타이징눙이 가장 성공적인 한 사람이다"[15]라고 말했다. 타이징눙은 냉정하고 사실적인 필치로 병적인 향토사회를 전개했는데, 그 속에서 루쉰 소

15 劉以鬯, 「臺靜農的短篇小說」, 『短綆集』, 北京 : 中國友誼出版公司, 1985, 142~143쪽.

설의 빛과 그림자를 볼 수 있다. 소설 「톈 둘째 형天二哥」은 술에 취한 톈 둘째 형이 남쪽 책문 밖 왕산식당 문 앞에서 땅콩을 파는 샤오스즈와 한 바탕 싸우는 이야기를 묘사하는데, 소설 속에서 겁이 많고 허약한 톈 둘째 형의 신상에 아Q의 그림자가 보이고, 타인의 재앙을 즐기고 싸움을 구경하는 사람들의 신상에서 루쉰이 그린 구경꾼의 그림자를 엿볼 수 있다. 소설 「새 무덤新墳」은 딸은 군인에게 강간당하여 죽고 아들은 맞아 죽은 넷째부인이 미쳐버린 비극적 이야기를 서술한다. 소설 속에서 손에 가는 대막대기를 들고 헝클어진 백발에 입안에 욕이 가득한 넷째 부인은 루쉰이 그린 샹린 댁과 유사하며, 사람들이 미친 넷째 부인을 일부러 놀리는 것은 샹린 댁에 대한 마을 사람들의 조롱과 동일하다.

타이징눙은 그의 산문시 「꿈의 기억夢的記言」에서 다음과 같이 말했다.

> 싫증난다, 싫증나, 우리의 모든 인자함과 후덕함은, 모르핀이 우리 신경을 마비시키는 것과 같네. 이렇게 비겁하게 살며, 아무런 의미 없이 생존하느니……

이 때문에 타이징눙은 사실적인 필치로 비겁한 생활, 의미를 잃은 병적 삶을 힘껏 보여준다. 일생이 고통과 실망으로 가득한 소작인 천 넷째 형의 비참한 운명을 묘사하기도 하고(「그를 위해 기도하다爲彼祈求」), 흉년에 살 길이 없어 비참하게 아내를 파는 농부 리샤오의 불행한 처지를 서술하기도 하고(「지렁이蚯蚓們」), 현명하고 아름다운 추이구가 봉건 혼인의 굴레하에서 고통 받는 이야기를 서술하기도 하고(「촛불燭

焰」), 근엄하고 성실한 우 노인이 희망이 무너진 후의 서글픈 결말을 서술하기도 한다(「우 노인吳老爹」). 루쉰의 영향하에서 타이징눙은 옛 향촌 하층민의 불행한 운명을 힘껏 묘사할 뿐 아니라 봉건 전통문화의 세례를 받은 병태 사회의 병태 심리를 주의 깊게 해부했다.

3.

현대소설이론은 이야기 서술방식을 전시적인 것과 진술적인 것으로 나누는데, 요셉 워런 비처는 다음과 같이 말했다.

> "새커리, 발작이나 G.H.웰스 같은 작가들은(…중략…) 항상 독자에게 어떤 일이 발생했는지 진술하지 당시의 장면을 전시하지 않는다. 항상 독자에게 어떻게 인물을 평가해야 하는지 알려주지 독자 스스로 판단케 하거나 인물이 서로 진술하게 하지 않는다. 나는 그런 진술하는 소설을 전시하는 소설가(가령 헨리 제임스)와 구별하기를 좋아한다."[16]

루쉰의 소설 창작은 언제나 굴곡이 있고 복잡한 이야기를 만든 것은 아니며, 대부분 생활의 횡단면을 취하여 생동적인 장면 전시를 위주로 소설의 단순한 줄거리, 근엄한 구조를 이룬다. 이로써 본다면 루쉰은 전시를 위주로 한 작가라고 할 수 있다. 루쉰은 항상 장면 전시를

16 韋恩・布斯, 『小說修養辭典』, 南寧 : 廣西人民出版社, 1987, 3쪽.

통해 소설 구조를 배치하는데, 「쿵이지」는 배경을 루전의 셴헝 주점에 설치하고 사람들이 쿵이지를 세 번 조롱하는 장면을 통해 '고통스런 사람에 대한 사회의 냉랭함'을 드러낸다. 「풍파」는 배경을 강가에 인접한 향촌의 마당에 설치하고 변발에 얽힌 풍파를 통해 신해혁명의 역사를 투시한다. 「이혼」은 팡좡으로 가는 배 위와 웨이 나리 댁 대청의 두 배경을 통해 아이구가 억지로 이혼 당하는 결말을 서술한다. 「약」은 라오솬의 가게, 삼거리와 서문 밖 묘지의 세 배경을 통해 주인공의 우매하고 마비된 심리를 드러낸다.

타이징눙이 루쉰의 영향을 받은 것은 그의 소설 대부분이 장면의 전시를 위주로 한 구조 방식을 채용하고, 장면이 소설 구조의 중심이 된다는 점에서 잘 나타난다. 루쉰의 소설이 항상 술집, 찻집 등 하층사람들의 집결지를 배경으로 하는 것과 유사하게, 타이징눙도 항상 찻집, 식당, 사거리, 우물가 등의 장소를 배경으로 하여, 인물의 언어와 행동 속에서 장면을 독자에게 직접 전시하여 번잡한 줄거리가 없고, 인물의 일상생활의 자질구레한 묘사 속에서 고루하고 몰락한 사회의 병태를 전시한다. 소설 「부상자負傷者」는 주요 배경을 사거리 찻집에 설치하여, 아내의 정부에게 다리 부상을 당한 우 씨 큰아들을 주인공으로 하고, 우 씨 큰아들이 찻집에서 샤오장, 타이리화이, 다투즈 등의 조롱을 받는 것을 주요 장면으로 하는데, 이러한 구조와 구성은 루쉰의 「쿵이지」와 매우 유사하다. 과거에 공부를 했던 우 씨 큰아들이 찻집 손님들의 심문과 조소에 대해 일부러 이를 감추려는 것은, 장삼을 입은 쿵이지가 술집 손님들의 조롱과 소란에 대해 쟁론하며 모욕을 받는 것과 마찬가지 일이다. 두 편의 소설은 '고통스런 사람에 대한 사회의 각박함'을 힘껏 묘사하는데, 나무 몽둥이를 쥐고 걸어가는 우 씨 큰 아들은 더 반항적인 성격이지만 결국 현 경찰서로 끌려가고, 앉아서 천천히 손을 짚고 가는 쿵이지는 더 허약하고 서글프지만 결국 "끝내 그를 본 사람이 없었다". 타이징눙의 붓 아래서 「우 노인」은 배경을 사거리 식료품점에 설치하고 우 노인이 젊은 주인의 사업 성공을 도우려는 꿈이 파멸되는 것으로써 주인공의 허약하고 마비된 일생을 전시한다. 「톈 둘째 형」은 배경을 남쪽 책문 밖 왕산식당으로 하고 톈 둘째 형과 샤오스즈의 한 바탕 싸움을 통해 사람들의 우매함과 삭막함을 드러낸다. 「새 무덤」은 룽성 찻집 입구, 한밤중 작은 망루, 큰 강변의 묘지의 세 배경을 통해, 넷째 부인의 처참한 처지를 묘사한다. 「촛불」은 거리에서 출상을 구경하고, 집안의 혼사를 상의하고, 시집가서 촛불을 보며 신령을 대하는 세 장면을 통해, 액막이 결혼 후 과부 생활을 하는 추이구의 비참한 운명을 전시한다. 영국 작가 포드는 "만일 소설가가 생동적으로 묘사하고자 한다면 제일 좋은 방법은 완전히 서술자를 배제하고 장면을 직접 독자에게 보여주는 것이다"[17]라고 인식했다. 완전히 서술자를 배제하는 견해는 편파적인 면이 있지만 장면을 직접 독자에게 보여주는 것이 작품을 더욱 생동적이게 한다는 점에서는 틀린 말이 아니다. 루쉰의 영향하에서 타이징눙은 장면 전시를 위주로 하는 구조 방식을 채용하여 종법제도 하의 향촌의 병태적 인생을 더욱 생생하고 형상적으로 보여주었다.

17 韋恩・布斯, 『小說修養辭典』, 南寧 : 廣西人民出版社, 1987, 46쪽.

4.

소설 창작에서 루쉰은 백묘수법을 매우 중시하여, "'백묘'는 결코 비결이 없다. 만일 있다고 한다면 속임수와 반대되는 필치일 뿐이다. 진의만 있을 뿐 꾸미지 않으며 인위적으로 만들지 않고 뽐내지 않는다"[18]라고 말했다. 루쉰의 소설은 "너저분한 수식을 힘껏 피하고, 뜻을 다른 사람에게 전할 수 있으면 무엇을 장식하거나 얽매게 할 필요가 없다고 여겼다".[19] 그는 원숙하고 힘 있는 언어로 백묘수법으로 인물을 그리고 정경을 묘사하고 대화를 서술하였다. 특징을 포착하여 간략한 몇 마디로 묘사한 사물과 정신이 닮아 있으면서 매우 생동적이었다. 인물의 묘사 속에서 루쉰은 "매우 간략하게 개인의 특징을 그리는 화룡정점 식의 백묘를 중시"하였다. 「고향」은 매우 간결한 필치로 소년 룬투와 어른 룬투의 상이한 초상과 정신 상태를 그려 주인공의 인생 비극과 정신 비극을 드러냈다. 「축복」은 생동적 언어로 샹린 댁의 초상의 변화를 묘사하고 특히 인물 정신의 변화를 포착하여 봉건 예교의 압박을 받은 인물의 비참한 처지를 드러냈다. 루쉰의 영향을 받은 타이징눙의 창작도 간결하고 힘 있는 백묘수법을 중시하여 언어가 질박하고 냉정하여 수식과 찬사가 매우 적었다. 그는 인물의 정신과 성격 특징을 포착하여 인물을 묘사하는데, 「새 무덤」에서는 간명한 언어로 넷째 부인의 초상을 묘사한다. "그녀는 과연 서쪽 항구에서 걸어

18 魯迅, 「作文秘訣」, 『魯迅文華』 제3권, 上海 : 百家出版社, 2001, 478쪽.

19 魯迅, 「我怎麽做起小說來」, 山東師範大學中文系文藝理論教研室 주편, 『中國現代作家談文學創作經驗』上, 濟南 : 山東人民出版社, 1982, 22쪽.

나와, 손에 가는 대막대기를 들고, 낡은 천 저고리를 입고 온몸에 진흙과 콧물 가득했고, 은실 같은 머리카락이 어지러이 흩날리고, 온 얼굴이 주름 투성이었다. 그녀는 커다란 목소리로 고함치는데 입가에서 거품이 흘러나왔다". 타이징눙은 인물의 처참한 모습과 입안 가득한 욕설 속에서 넷째 부인의 변태 심리와 쓰라린 운명을 묘사한다. 「촛불」은 추이구가 가마에 오를 때 고통스런 울음소리를 포착하여 묘사를 진행함으로써 액막이 결혼 주인공의 정신적 압박을 부각시킨다. 「우물井」에서는 아버지가 조용히 담배 피우는 표정을 포착하여 그리면서 봉건지주의 압박하에 있는 농민의 비겁한 성격을 드러낸다.

루쉰은 백묘수법을 채용하여 소설을 쓰기 때문에, "풍경을 묘사하지 않고 대화도 결코 대부분을 차지하지 않는다". 루쉰은 '발자크 소설 속의 대화의 기교'는 "인물의 모습을 묘사하지 않지만, 독자에게 대화를 보여주어 말하는 사람들을 목도하는 듯하다"고 칭찬했다. 이 때문에 루쉰은 창작 속에서 항상 "불필요한 점을 제거하고 각 인물의 특색 있는 담화만을 골라내어 다른 사람들이 담화 속에서 말하는 그 사람을 짐작할 수 있게 한다".[20] 「약」의 제3절에서 각 인물의 특색 있는 담화 가운데, 캉 아저씨의 야만적이고 조악함, 화라오솬의 유약하고 비겁함, 흰 수염의 노회한 처신, 곱사 다섯째 도련님의 무료한 농담 등에 다 각자의 성격의 그림자를 목도할 수 있다. 「이혼」 서두에서 팡좡에 가는 배 위 사람들의 말투 가운데, 좡무산의 번뇌하고 소침함, 아이구의 용감하고 고집스러움, 빠산의 겸손하고 순종적임, 뚱

20 魯迅, 「看書瑣記」, 『魯迅雜文全集』, 鄭州 : 河南人民出版社, 1994, 684쪽.

보의 아부하고 아첨함 등은 다 그들의 생동적 모습을 엿볼 수 있을 듯하다. 루쉰의 깊은 영향을 받은 타이징눙은 간결하고 생동적인 대화로 인물 성격을 그리는데 능하여, 항상 인물의 모습을 세세하게 묘사하지 않고 매우 개성적인 대화로 인물의 신분과 심리를 전시한다. 소설 「혼례拜堂」은 한밤중인 자시에 왕얼과 아이를 임신한 과부 형수가 간소하게 결혼하는 장면의 묘사를 통해 고루한 향촌 하층민들의 가난하고 고달픈 생존상태 및 억압적이고 고통스런 내면세계를 드러낸다. 소설의 결미는 백묘필법으로 결혼 이후의 뒷이야기를 다음과 같이 묘사한다.

다음날 아침 왕얼의 아버지는 작은 술 주전자를 들고 꽈배기를 사서 찻집에 앉아있다.

"어르신 축하드립니다. 둘째가 결혼했네요." 수레꾼 우산이 말했다.

"축하는 무슨, 그 지랄 같은 일은 묻지도 말게" 왕얼의 아버지는 분노하며 말했다. "예전에 나는 왕얼에게 과부 형수를 팔아 장사 밑천을 마련하라고 했는데. 제기랄, 녀석이 내말 듣지 않더니, 뜻밖에도 둘이 일을 벌였으니!"

"그것도 좋은 일이지요. 그렇지 않으면 둘째 아들이 어디로 장가가겠어요, 요즘같은 시절에!" 화미조 새장을 든 치 나리가 진지하게 말했다.

"거름이 남의 밭에 떨어지지 않아 다행이네요." 꽃을 파는 샤오진이 뒤에서 이렇게 말했다.

왕얼의 아버지는 듣지 않고 고개 숙인 채 묵묵히 술을 마시고 있었다.

타이징능은 인물의 초상을 그리지 않고 개성이 풍부한 인물의 대화로 인물의 심리를 보여준다. 이런 간결한 대화 속에서 인물의 신분을 볼 수 있을 뿐 아니라 인물의 용모와 정신도 엿볼 수 있다. 목숨처럼 술을 좋아하는 왕얼 아버지의 저속하고 초조함, 수레꾼 우산의 화언영색, 화미조 새장을 든 치 나리의 진지하고 소탈함, 꽃을 파는 샤오진의 조롱과 풍자 등은 모두 간결한 대화 속에서 일면을 엿볼 수 있는 것이다. 이러한 작법은 루쉰 「약」에서 찻집 손님들에 대한 묘사와 매우 유사하다. 타이징능의 소설 「지렁이」는 누추한 대청에서 리샤오가 아내를 파는 장면을 묘사할 때 인물의 간결한 대화로 인물의 성격과 감정을 드러낸다. 키 작은 뚱보의 아부하고 아첨함, 장랑 노인의 안하무인, 리샤오의 외롭고 비겁함, 우 나리의 콧대가 세고 사람을 깔봄 등의 묘사는 루쉰의 「이혼」에서 웨이 나리 대청에서 이혼을 중재하는 장면의 묘사와 대동소이하다. 「혼례」에서 친지를 초청하여 혼례를 올릴 때 인물의 간결한 대화 가운데, 왕 큰 아주머니의 뛰어난 언변, 톈 큰 어머니의 성실하고 솔직함, 자오 둘째 아주머니의 노련하고 실리적인 특징은 드문 몇 마디 대화를 통해 지상에 생생하게 드러난다.

루쉰은 "창작은 어려워 사람에게 이름이나 별명을 지어주는 것도 쉽지 않다"[21]고 말했다. 소설 창작에서 루쉰은 항상 심사숙고한 후 각별한 의미를 지니는 이름이나 별명으로 인물의 성격 특징을 부각시키고, 작품의 언어를 더욱 간결하면서 생동적이게 하여, 백묘의 창작 색채를 지니게 한다. 가령 「약」에서 '빨간 눈의 아이'는 인물의 탐욕과

---

21 魯迅, 「五論"文人相輕"-明術」, 『魯迅雜文全集』, 鄭州 : 河南人民出版社, 1994, 822쪽.

잔인함을, 「내일」의 '딸기 코 라오궁'은 무료하고 저속함을 부각시킨다. 「장명등」의 삼각 얼굴, 좡치광, 후이우 아줌마, 쿼팅, 네모 머리의 별명은 인물의 외형 특징을 부각시킬 때 그들이 옹호하는 어둔 색채도 묘사한다. 「고향」의 아파, 구이성, 쐉시, 쉰거, 빠궁궁 등의 칭호는 인물의 소박하고 온후함을 그리면서 그들 성격의 명랑한 특징을 부각시킨다. 루쉰과 마찬가지로 타이징눙도 소설 속 인물의 이름에 매우 신경을 써 이름에서 인물의 특징이 보이도록 힘껏 노력하였다. 가령 「화염」에서 추이구의 이름은 그녀의 지혜롭고 아름다운 성정과 부합하며, 「부상자」의 나쁜 태아라는 별명은 그의 악랄하고 각박한 개성과 맞는다. 「톈 둘째 형」은 부실한 넓적다리 라오우, 대머리 왕산, 미치광이 우얼, 우류 선생 등의 이름은 마비되고 우매한 구경꾼이 처한 하층민의 지위와 개성 특징을 묘사한다. 「새 무덤」에서 장 나리, 왕 노안, 샤오얼 사이비, 소년 골초, 설창하는 우얼 선생, 차 주전자 리다, 야경꾼 앙산, 딱따기 치는 라오치 등의 이름은 찻집 손님들의 상이한 신분과 개성을 드러내고, 미친 넷째 부인에 대한 조롱과 야유 속에서 그들 공통의 마비된 심태를 보여준다.

5.

루쉰은 "비극은 인생의 가치 있는 것을 훼멸하여 보여주는 것이며, 희극은 가치 없는 것을 찢어 보여주는 것이다"[22]라고 인식했다. 민중을 계몽하고 병근을 폭로하여 치유 방법을 구하는 창작관을 지닌 루쉰은 그의 붓 아래서 인생의 가치 있는 것을 훼멸하여 보여주기 위해 인생 비극을 생동적으로 전시하였다. 그는 불행을 슬퍼하고 싸우지 않음에 분노하는 정감으로, 전통문화와 암흑현실의 지배와 압박을 받는 아Q, 룬투, 치진 등의 불행한 운명을 서사했다. 또 그는 인간 세상에 진실과 사랑이 결핍된 데 대한 분노로, 봉건예교와 삭막한 세계의 학대와 능멸을 받은 샹린 댁, 쿵이지, 단씨 댁 등의 비참한 운명을 묘사했다. 루쉰은 인물 운명의 비극뿐만 아니라 인물의 정신 비극도 힘껏 표현하고, 수천 년 전통문화의 세례를 받은 인물의 노예 심리를 드러내어, 작품이 역사적 두꺼움과 비판의 깊이를 지니게 되었다. 소설 창작 속에서 루쉰은 풍경을 묘사하는데 주의하지 않았지만 항상 어둡고 냉랭한 분위기 묘사로 소설의 무겁고 침울한 기운을 한층 강화하여, 그의 창작이 침울하고 근심어린 비극 색채가 넘치게 했다.

루쉰의 인생을 위한 계몽주의 문학관의 영향을 받은 타이징눙은 루쉰 소설이 그의 창작의 모범이 되었다. 루쉰 소설 속의 이러한 침울하고 근심어린 비극 색채는 타이징눙의 소설 창작에 깊은 영향을 주었으며, 그는 이러한 침울하고 근심어린 비극 풍격을 의식적으로 추구했다. 타이징눙의 향토소설은 대부분 고루한 향촌 하층민들의 비극 운명을 묘사하여, 인생의 가치 있는 것이 훼멸되는 상황을 보여주려고 노력했다. 가난한 홀어머니는 돈이 한 푼도 없고 제사 지내는 날에 작은 홍등을 강에 띄워 죽은 아들의 영혼을 구제하려 하고(「홍등紅燈」), 재해를 겪은 소작인이 앞길이 막막하여 소작미를 주지 못하자 땅 주인

22 魯迅, 「再論雷峰塔的倒掉」, 『魯迅雜文全集』, 鄭州 : 河南人民出版社, 1994, 62쪽.

에 의해 군대에 보내져 산 채로 맞아 죽고(「짐승 같은 놈人彘」), 리샤오는 흉년으로 아내를 억지로 팔고(「지렁이」), 버려진 간난아이가 들개에 물려 산 채로 죽고(「버려진 간난아이棄嬰」), 라오커는 평생 굶주림을 견디며 살고(「굶주림에 불탄 사람들被飢餓燃燒的人們」), 추이구는 신혼부터 과부가 되고(「촛불」), 우 씨 큰 아들은 감옥에 갇히고(「부상자」), 넷째 부인은 미쳐 죽음에 이르는(「새 무덤」) 등 타이징능은 처참한 인간 비극을 전시한다. 루쉰과 유사하게 타이징능은 하층 사회 사람들의 운명 비극을 묘사하는 동시에 비극을 조성하는 심리 성격의 원인을 힘껏 드러냈다. 텐 둘째 형이 셴 나리와 장 나리의 구타에 대해선 복종하고, 땅콩파는 샤오스즈가 그를 때린 것에 대해 분노하는 것을 통해, 텐 둘째 형이 강자를 두려워하고 약자를 능멸하는 노예성격을 드러낸다(「텐 둘째 형」). 아이구의 부모가 "여자는 결국 다른 집안사람이다"라고 인식하고, 추이구를 우씨 집안에 보내 액막이 결혼을 시키는 것을 통해 봉건도덕 예교를 세례 받은 사람들의 마비되고 우매한 심태를 폭로한다. 아버지와 형이 지주에 의해 전후로 죽임을 당한 비참한 처지를 통해 그들의 비겁하고 유약하며 외부의 압력에 순종하는 비극 성격을 드러낸다(「우물」).

루쉰은 "군중—특히 중국에서는 영원히 연극의 구경꾼"에 불과하기 때문에, 소설에서 루쉰은 늘 구경꾼의 형상을 그리는데 주의했다. 소설 창작에서 루쉰의 영향을 받은 타이징능도 구경꾼이 다른 사람의 고통을 즐거움으로 삼는 장면을 힘껏 묘사했다. 「텐 둘째 형」에서는 구경꾼들이 텐 둘째 형과 샤오스즈의 싸움을 흥미진진하게 바라보고, 「새 무덤」에서는 구경꾼들이 미친 넷째 부인을 일부러 야유하고, 「혼례」에서는 찻집 손님들이 왕얼과 형수의 혼례를 조롱하고 비난한다. 「부상자」에서는 찻집 손님들이 부상자 우 씨 큰아들을 욕하고 조롱하며, 「우 노인」에서는 고객들이 식료품 가게 우 노인에게 주인공에 관한 소식을 일부러 물어본다. 타이징눙은 이러한 구경꾼들의 신상을 통해 진실과 사랑이 결핍된 그들의 우매하고 마비된 영혼을 해부함으로써 주인공의 처지와 운명에 비극적 색채가 더욱 가득케 한다.

루쉰과 유사하게 타이징눙의 소설은 늘 풍경을 묘사하지 않으며, 그의 창작은 비극 분위기 창조에 능하여 항상 간결하고 생생한 필치로 슬픈 정경을 그려 적막하고 차가운 비극기운을 창조함으로써 작품의 비극 감염력을 증가시킨다. 「혼례」는 왕얼과 과부 형수가 야밤에 혼례를 올리는 이야기를 서술하는데, 작가는 침울하고 어두운 배경 묘사와 처량하고 슬픈 인물 심태 묘사로 작품의 비극적 분위기를 창조한다. 형수가 친지를 초대하고 돌아가는 길 위에 호롱불이 꺼져가며 희미한 빛을 발하고, "버들가지는 밤 바람을 맞아 흔들리고 억새 줄기는 사삭 소리를 내는데, 마치 유령이 어둔 밤중에 출현한 듯한 음산한 두려움이었다". 혼례를 올릴 때 형에 관해 언급하자 형수가 아파하고 동생이 멍해져, "온 집안의 분위기가 갑자기 음침하고 참담하게 되었다. 한 쌍의 촛불 광채가 희미해지자 모두들 당황하여 어찌할 바를 몰랐다". 이런 처량하고 슬픈 예술 분위기의 창조는 결혼식을 깊은 비극적 내막을 드러나게 한다. 마찬가지로, 「우물」은 방의 어두침침한 등불 아래서 어머니가 물레 돌리는 소리와 아버지가 고개를 묻고 담배 피우는 소리가 침울하고 슬픈 분위기에 젖게 한다. 「홍등」은 제사 지내는 날 밤 등을 갑자기 불어난 강물에 띄워 망혼을 구원하는 신비, 정적,

장엄이 이야기의 비극적 의의를 부각시킨다. 「새 무덤」에서는 넷째 부인이 미친 듯이 내지르는 소리를 별도 없고 달도 없는 처량하고 조용한 심야에 배치하고, 또 "야경꾼의 딱따기 소리와 하나로 섞여 있다". 「촛불」에서는 신부 아버지가 돌아가신 소식을 전하는 차갑고 날카롭게 긴급히 문 두드리는 소리가, 어두침침한 등불이 온 집안 식구의 안절부절 마음을 감싸는 조용한 밤에 퍼지는데, 이것들은 음침한 분위기를 돋보이게 하여 작품이 더욱 비극적이게 한다.

루쉰의 영향을 깊이 받은 땅의 아들로서 타이징눙의 소설은, 병고를 드러내는 사실적 방법, 장면을 전시하는 구조방식, 간결하고 힘 있는 백묘수법, 근심스럽고 침울한 비극 풍격 등의 여러 방면에서, 그의 창작이 루쉰의 계발과 영향을 받았다는 점을 표출한다. 타이징눙의 소설은 루쉰의 깊은 영향을 받았지만, 이는 결코 간단한 모방이나 그대로 베꼈다는 것을 뜻하지 않는다. 타이징눙의 소설은 이미 비교적 정련되고 원숙한 예술 경계에 도달했지만, 이는 결코 류이창 선생이 말한 "나는 타이징눙이 몇몇 단편에서는 이미 루쉰이 도달한 수준을 넘어섰다고 생각한다"[23]는 것을 뜻하지 않는다. 타이징눙의 소설은 모파상, 체홉, 아라시마 다케오有島武郞 등의 외국작가의 영향을 또한 받았다. 그는 부단한 학습과 차감, 부지런한 습작을 통해서 점차 자기 소설의 독특한 풍격을 형성하였다. 타이징눙의 향토소설은 루쉰과 비슷하여, 고통을 드러내는 사실방법을 취했다. 하지만 루쉰의 예술시야가 더욱 넓어서, 루쉰의 사실은 겸용하여 함축한 개방식 사실이었으

23 劉以鬯, 「臺靜農的短篇小說」, 『短綆集』, 北京 : 中國友誼出版公司, 1985, 143쪽.

며 낭만주의와 상징주의의 예술 자양분을 흡수하였다. 반면 타이징눙의 사실방법은 단순하고 소박하여, 냉정하고 실감 있는 필치로 종법제도하의 향촌사회의 피와 땀, 생과 사를 묘사하였다. 그들의 소설은 모두 장면 전시를 위주로 하는 예술구조를 지니고 있지만, 루쉰 소설의 예술구성은 정채롭고 기발하여 매 편의 작품이 중복되지 않는 창신과 기이함을 추구했다면, 타이징눙 소설은 예술구성의 정채로움이 떨어지진 않지만 기발한 맛이 부족하고 루쉰 소설 같은 창신의 의미가 약하여, 구조가 중복되고 유사한 곳이 있다. 그들은 모두 백묘수법으로 소설 쓰기를 중시하지만, 루쉰의 백묘 언어는 청명하고 강건하며, 발랄하고 힘차다. "그의 묘사는 강철 붓으로 암벽에 그림을 그리는 것처럼, 생경함을 넘어 날카로운 소리가 끼어 있어, 이 뿌리가 시큰하게 하고 정수리에 열이 나게 한다."[24] 타이징눙의 백묘 언어는 명쾌하고 간략하며 질박하고 자연스럽다. "필력이 강건하고 색채가 침울하고 씁쓸한 맛이 그야말로 혀뿌리를 마비시킨다."[25] 그들은 모두 소설의 비극적 풍격을 추구했지만 루쉰의 소설은 강렬한 시대성과 침울한 서사시적 색채를 지니고 있어서 차갑고 침울하며 근심스럽고 깊이 있는 풍격을 보여주었다. 반면 타이징눙의 소설은 대부분 풍속화적 의의와 순박한 문화기운을 지니고 있어서, 온후하고 소박하며 적막하고 차가운 색채를 드러냈다.

타이징눙의 소설 창작의 기본방식은 지식청년을 묘사한 신변소설

24 孫福熙, 「我所見于'示衆'者」, 張夢陽 편, 『六十年來魯迅硏究論文選』, 北京 : 中國社會科學出版社, 1982, 41쪽.

25 楊義, 『中國現代小說史』 제1권, 北京 : 人民文學出版社, 1986, 497쪽.

에서 병태사회를 전시한 향토소설에 이르고, 또 혁명문학 창작에 투신했다가 결국 향토문학으로 회귀하였다. 그의 작품 가운데 중국현대소설사에서 걸출한 지위를 다진 것은 향토소설이었으며, 그는 루쉰의 영향을 깊이 받은 땅의 아들이었다.

젠셴아이塞先艾

루쉰을 사승한 변방작가

향토작가 젠셴아이는 다음과 같이 말한 적이 있다.

> 사실을 고하자면, 20년대와 30년대 작가 특히 베이징의 청년들은 대부분 루쉰의 육성하에 혹은 그의 소설의 훈도를 받고 비로소 창작에 종사할 수 있었다. 실제로 루쉰은 가장 이른 시기의 향토 문학가였다.[1]

중국향토문학 창작 가운데 루쉰의 개척의 공과 거대한 영향은, 사실주의를 주요 창작방법으로 삼고, 향촌 하층인민의 고통스럽고 불행한 인생을 전시하고, 그들의 우매하고 마비된 영혼의 비판을 주요 내용으로 하는 중국 현대 향토문학발전의 주요 흐름을 구성하였다. 젠셴아이는 루쉰을 사승한 향토작가이며 루쉰 향토소설의 훈도와 영향

---

1 蹇先艾, 「我所理解的"鄉土文學"」, 『文藝報』 제1기, 1984.

하에서 그는 소박하고 세밀한 문필로 구이저우貴州 길 위의 심산유곡을 묘사하고 편벽된 산성의 고통스런 인생을 서사하였다. 또 짙은 향토기운과 독특한 지역 색채를 지니는 풍경화 풍속화를 전시하고, 군벌 통치하에 있는 구이저우 변방 암흑사회의 일면을 재현하여, 루쉰에게 중국 현대 향토문학의 대표라고 칭송되었다.[2]

1.

'5·4' 시기 루쉰의 창작은 문학혁명의 실적을 보여주는데, "당시 '깊이 있는 표현과 특별한 격식'이라고 이해된 것이 청년 독자들의 마음을 매우 격동시켰기 때문이다".[3] 수용미학의 각도에서 보면 루쉰의 창작은 새로운 기대치를 지닌 독자군을 형성하여, '5·4' 이후 문단의 새로운 창작관념과 미학기준을 구성하였다. 루쉰과 유사한 향토생활 경험과 망향 정감을 지닌 20년대 청년작가들의 창작은 루쉰 작품의 독서 수용 과정에서 직접적이고 깊은 영향을 받았다. 루쉰을 사승한 변방작가 젠셴아이는 진실한 태도, 철저한 정신 추구를 통해 루쉰의 창작 풍격을 수용하였다.

1920년 5·4신문학운동의 영향하에서 젠셴아이는 폐쇄적이고 낙후한 구이저우를 떠나 베이징에 가서 공부했는데, 루쉰의 작품은 그

2 魯迅, 「中國新文學大系小說二集·導言」, 『中國新文學大系導論集』, 上海 : 上海書店, 1982, 133쪽.

3 위의 글, 125쪽.

에게 매우 큰 흥미를 주었다.

> 1920년 베이징사범대부중에서 공부를 할 때부터 나는 신문학과 접촉하였고, 제일 처음 읽었던 작품이 바로 루쉰 선생이 『신청년』에 발표한 소설과 잡문이었다. 특히 가족제도와 예교의 폐해를 폭로한 단편 「광인일기」와 상처받은 가난한 지식인을 묘사한 「쿵이지」가 나의 심령을 강렬하게 격동시켰다.[4]

이로부터 젠셴아이는 루쉰 작품의 가장 충실한 독자가 되어 루쉰의 글을 먼저 보는 것을 즐거움으로 삼았다.

> 그의 작품이 어디로 가든지 나는 따라갈 것이다. 보이지 않을 때라도 다른 사람들이 읽는 소리를 듣기만 하면 빨리 찾아가 보충하여 읽어 여태 한 편도 빠트린 적이 없었다.[5]

그는 항상 루쉰의 강연을 경청하였다. 루쉰의 소설집 『외침』, 『방황』이 출판된 후 그는 성실하고 세심하게 읽고 나서 다음과 같이 말했다. "나는 루쉰의 소설을 읽을 때 귀중한 보물을 얻는 것 같았다. 나는 그가 반봉건 반식민지 구 사회를 매우 깊이 있게 파헤쳤다고 생각한다. 어떤 작품은 지식인을 묘사하고 어떤 작품은 농민을 묘사하여, 상류사회의 타락을 표현할 뿐 아니라 하층사회의 불행을 반영하여, 애

---

4 蹇先艾, 「鼓舞・感激・追憶」, 『人民文學』 5, 6월호, 1995.
5 위의 글.

국주의 사상이 지면에 생생하게 살아났다."[6] 루쉰 향토소설의 계발과 영향하에서 젠셴아이는 향토문학 창작의 길을 걸었다. 1935년 루쉰이 중국신문학 첫 번째 10년의 소설을 편할 때 젠셴아이의 소설 「수장水葬」과 「집에 가다到家」를 선정하였고, 서언에서 그 작품에 대한 소개와 평가를 하였다. 젠셴아이는 "그의 열정적인 격려 덕분에 나는 더 대담하고 굳건하게 문학의 길을 걸었다"[7]고 말했다.

수용미학은 문학작품의 영향과 가치는 독자의 기대치와 밀접하게 관련된다고 인식한다. "독자의 기대치와 조화하거나 모순되는 작품이라야 독자를 움직여 그들이 원 작품의 수준을 뛰어넘게 할 수 있다."[8] 젠셴아이는 향토문학 창작의 길 위에서 수준이 부단히 높아지고 풍격이 점차 형성되었는데, 이는 루쉰 작품에 대한 그의 독서 수용과 불가분한 일이다. 루쉰 작품 속에서 젠셴아이는 철저한 반봉건 정신을 수용하였다. 젠셴아이 초기의 창작은 주로 고향에 대한 그리움, 어린 시절에 대한 추억을 서사하여 도시 생활 속의 외로움과 울적함을 달랬다. 루쉰의 창작 속에서 그는 작품에 함축된, 봉건사회 봉건제도에 대한 심도 깊은 비판과 부정을 보았고, "특히 '5·4' 혁명정신을 구체적으로 체현하고, 봉건 종법제도의 죄악을 고발하고, 노동인민을 동정한 단편소설을 좋아하였다".[9] 루쉰의 작품 속에서 젠셴아이는 끈질긴

6 위의 글.

7 蹇先艾, 「倔强的女人·序言」, 宋賢邦 외편 『蹇先艾廖公弦硏究合集』, 貴陽 : 貴州人民出版社, 1985, 22쪽.

8 張廷琛 편, 『接受美學』, 成都 : 四川文藝出版社, 1989, 35~36쪽.

9 蹇先艾, 「自傳」, 宋賢邦 외편 『蹇先艾廖公弦硏究合集』, 貴陽 : 貴州人民出版社, 1985, 11쪽.

향토정신을 수용하였다. 영국작가 로렌스는 "모든 대륙마다 자신의 위대한 향토정신이 있다. 모든 민족은 고향, 고토라 불리는 특정 지역에 모여 산다"[10]고 말했다. 루쉰 소설에는 깊은 향토정신이 투철하게 용해되어 있는데, 이는 향토에 대한 그리움의 정일 뿐 아니라 더욱 중요한 것은 향토 하층민들의 생존상태, 정신면모와 미래운명에 대한 깊은 관심이다. 젠셴아이의 첫 번째 소설은 도시 인력거꾼의 삶을 묘사한 「인력거꾼」이며, 그의 첫 번째 소설집 『아침 안개』는 주로 자아의 고향 경험을 회고한다. 루쉰의 영향하에서 그는 고향 하층 노동자의 생활과 운명에 주의하기 시작했는데, 이는 그의 필치에 깊은 향토정신을 넘치게 했다. 루쉰의 작품 속에서 젠셴아이는 풍부한 예술수법을 수용하였다. 젠셴아이 초기의 소설 창작은 자신의 울적한 마음을 펼치고 항상 붓 가는대로 묘사하여 지나치게 산문화된 경향이 있어서 예술적으로 매우 유치한 면이 표출되었다. 루쉰 작품의 수용 과정에서 그의 창작은 사실적 필법, 예술적 구성, 비극적 구조, 지방색채 등의 여러 방면에서 직접적이고 깊이 있는 영향을 받아서 현대문단에 명성을 얻은 향토작가가 되었다.

2.

한 작가가 문학작품을 수용하고 받은 영향은 단일하고 순수 인과관

10 勞倫斯, 「鄕土精神」, 葛林 외역, 戴維 · 洛奇 편, 『二十世紀文學評論』 상, 上海 : 上海譯文出版社, 1987, 230쪽.

계를 지닌다고 할 수 없다. 이러한 수용과 영향은 다원적이고 복잡하다. 창작 생애에서 젠션아이는 예성타오, 왕퉁자오, 선충원 등 중국 작가 작품의 계발을 받았을 뿐 아니라 모파상, 체홉, 고르끼, 하트, 센코비치 등 외국작가 작품의 영향도 받았다. 루쉰 작품이 젠션아이 소설 창작에 더욱 중요하고 깊은 영향력을 지니고 있어서, "실제로 루쉰 작품이 내게 준 계발은 더욱 크다. 내가 그를 사승한 것이 더욱 많았다"고 말했다. 여기서 루쉰과 젠션아이 소설을 비교하면서 루쉰이 젠션아이 창작에 끼친 영향을 탐구해보려고 한다.

루쉰 소설 창작은 중국 현실주의의 주류를 개척하였다. 인생을 위하여 병근을 폭로하고 치유 방법을 구하는 창작관의 주도하에서, 루쉰은 "진실하고 깊이 있고 대담하게 인생을 바라보고 아울러 그들의 피와 살을 묘사하였다".[11] 그는 "여실하게 묘사하고 수식하지 않는" 현실주의 창작방법을 채용하여 참담한 인생을 직면하고, 중국 향촌사회 고난의 그림자를 힘껏 전시하고 옛 중국 자녀들의 마비된 영혼을 철저하게 해부하였다. 그는 냉정한 필치로 병태사회 속의 사람들의 병태 인생과 병태 심리를 객관적으로 전시하고, '루전 사회' 사람들의 생존상태와 문화 분위기를 투시하고, 아Q, 룬투, 쿵이지, 샹린 댁 등의 개성이 독특한 전형인물을 창조하였다. 이러한 루쉰 소설의 객관적이고 냉정한 사실주의 필법은 젠션아이 소설 창작에 중요한 영향을 끼쳤다.

젠션아이는 시인의 신분으로 문단에 들어왔는데, 이로 인해 그의 초기 소설은 짙은 서정색채를 지녔다. 소설집 『아침 안개朝霧』 속의 작

11 魯迅, 「論睜了眼看」, 『魯迅選集』 제2권, 90쪽.

품은 대부분 시적인 언어로 정경을 묘사하고 사건을 서술하여, 아침 안개처럼 피어오르다 흩어지는 따스한 어린 시절에 감격하고, 떠돌이의 적막과 실의 속에 드러나는 향수를 펼쳤다. 루쉰 소설의 영향하에서 젠셴아이의 창작은 점차 주관적 정감의 회오리에서 벗어나 냉정하고 객관적인 묘사의 길로 들어갔다.[12] 그는 루쉰을 현실주의의 모범으로 삼아 자신이 익숙한 생활을 견지하고 자신이 접하여 깊이 느낀 인물과 사건을 묘사하였다. 루쉰과 마찬가지로 그는 병증을 드러내고 치유 방법을 찾으려고 노력하였다.

> 나에게 추악한 것을 전부 폭로해야 할 책임이 있다는 건 맞지 않는다. (…중략…) 다만 사회의 병증이 치료되기를 바랄 뿐이다.[13]

그는 냉정하고 객관적인 사실주의 필법으로 상류사회의 타락과 하층사회의 불행을 전시하고, 자신이 혐오한 인물에 대해 힘껏 공격하고 풍자하고, 존경하는 인물에 대해서는 특별히 동정과 연민을 표시하였다. 젠셴아이는 분노의 정감과 풍자의 필치로 상류사회의 타락을 드러내려고 노력했다. 「초가을의 밤初秋之夜」에서 그는 지방 향신이 신임 현장에게 아부하고 영합하는 파렴치함을 묘사했고, 「수수께끼謎」에서 그는 변방 관리 향민들을 괴롭히고 잔악하게 구는 죄악 행위를 파헤쳤다. 「스촨 신사와 후난 여배우四川紳士和湖南女伶」에서는 유랑예술단이 산간도시에서 겪은 난감한 처지를 통해, 군벌 향신의 흉악무도

12 蹇先艾,『離散集』, 桂林：桂林今日文藝社, 1941.
13 蹇先艾,「話說寫作的甘苦」,『四川文學』3월호, 1981.

하고 위선적이며 파렴치함을 비판하였다. 「소금 재앙鹽災」에서는 홍샤거우의 소금 재앙을 통해, 소금을 쌓아두고 가격을 폭등시키는 염상의 간악한 탐욕을 공격하였다. 젠셴아이는 봉건 토호의 음탕하고 파렴치한 생활을 폭로하기도 하고(「시옹詩翁」), 불법 상인이 국난을 틈타 큰돈을 버는 악행을 비난하기도 했다(「봄 연회春酌」). 또 사회의 추악한 현상 폭로를 부패한 제도와 어둔 현실에 대한 반항이라고 생각했다.

젠셴아이는 순수한 어린 아이의 마음으로 고향 하층사람들의 불행에 주목했다. 「수장」에서 그는 소작인 뤄마오가 수장된 처참한 장면을 묘사하여 구경꾼들의 마비된 영혼을 비판하였다. 「소금상인鹽巴客」에서 그는 절벽으로 떠밀려 부상을 당한 소금상인의 불행한 처지를 기술하고 군벌의 야만적이고 잔인함을 공격하였다. 젠셴아이의 붓 아래서, 징병 당한 가마꾼(「구이저우 길 위에서在貴州道上」), 가난으로 좌절한 연뿌리 캐는 노인(「아침晨」), 배를 타고 군인과 비적에게 겁탈 당한 부인(「멍두濛渡」), 장사를 금지당한 약초 판매상(「주저躊躇」) 등이 창조되었다. 그는 동정이 충만한 사실주의 필치로 변방 향촌의 하층사람들의 어려운 처지와 비참한 운명을 서사하였다.

> 해방 전에 나의 소설은 대부분 구이저우의 작은 현성이나 작은 향촌을 배경으로 삼아, 침중한 고난에 빠져있는 노동 인민을 그리고 지방 군벌과 국민당 반동파의 흉악한 통치를 공격하고, 이익과 관록에 미혹되고, 사납고 간사하며, 호화롭고 사치스러운 향신과 상인의 부패한 생활을 조롱하였다. 나는 20년대, 30년대 인민이 안심하며 살 수 없는 옛 구이저우가 바로 어둔 옛 중국의 축소판이라고 인식하였다.[14]

루쉰의 영향하에서 젠셴아이는 냉정하고 객관적인 사실주의 필법으로 20~30년대 구이저우 향촌 생활에 대한 묘사 속에서 개성이 독특한 많은 인물형상을 창조했다. 루쉰과 비교하면, 젠셴아이의 예술추구에는 루쉰이 흡수한 낭만주의, 상징수법의 개방적 기운이 결핍되어 있다. 그는 루쉰의 백묘수법을 힘껏 학습했지만 루쉰 소설 언어의 숙련과 강건함이 결핍되었었다. 그의 소설 언어는 간결하고 냉정하지만 항상 세심하고 유려하며 따스하고 소탈한 특징을 보여주었다.

3.

향토작가 왕런수는 루쉰의 창작을 평가할 때, "루쉰 소설의 예술구조는 이야기 줄거리가 아니라 매 인물의 생활 단편과 장면을 서로 연결시킨 것이다. 이 구조는 연극식 집중 구조이며 장면 전개를 특징으로 한다고 할 수 있다"[15]고 지적했는데, 루쉰 소설의 구조 특징을 매우 정당하게 표출한 것이다. 루쉰 소설은 대부분 생활 가운데 가장 정채로운 단편과 장면을 취하고 일면을 빌어 전모를 대략 알게 함으로써, 한 순간에 주제를 다 전달한다.

루쉰 소설의 계발과 영향을 받은 젠셴아이의 창작도 생활 단편을 취하여 변방 산간도시의 힘든 인생을 힘껏 전시하려고 노력했다. "한 편의 단편소설 안에 옛 구이저우의 지옥 같은 암흑을 전부 반영하는

14 蹇先艾,「話說寫作的甘苦」,『四川文學』3월호, 1981.
15 巴人,『魯迅的小說』, 上海 : 新文藝出版社, 1956.

것은 불가한 일이다. 나는 당시 현지 노동인민의 힘든 생활의 단편을 취하여 이를 통해 전체에 이르면, 독자가 사회를 인지할 때 더욱 실감날 수 있다."[16] 단편을 취하는 젠셴아이의 예술 구성은 항상 한 인물을 위주로 하고, 생활의 단편, 단순한 이야기에서 힘든 변방의 인생을 보여주었다. 「구이저우의 길 위에서」는 귀향하는 나그네가 구이저우의 길 위에서 보고 들은 바를 통해 가마꾼의 불행한 처지를 서사하고, 「소금상인」은 주인공과 아픈 소금상인이 여관에서 해우하는 장면을 통해 소금상인의 비참한 인생을 기술한다. 「수수께끼」는 보안병과 구청장이 밤에 귀가하는 도중 나눈 대화를 통해 지방 정권이 결탁하여 백성을 기만하는 악독하고 잔인함을 드러낸다. 「초가을의 밤」은 향신들이 신임 현장을 연회에 초청한 초가을 밤을 통해 봉건 향신과 반동관료의 비겁하고 허위적인 면을 보여준다. 젠셴아이의 소설은 변방 산길에서 취한 견문으로 이야기를 서술하기도 하고, 벽지 여관에서의 재회 이야기를 취하여 이야기를 전개하기도 하고, 변방 수로 위에서 뱃사람과 손님의 잡담으로 이야기를 대체하기도 하고, 옛 향촌 술집 주인과 손님의 음주 대화를 취하여 이야기를 전개하기도 한다. 그는 항상 복잡한 이야기나 배열이 착종된 인물 관계를 늘어놓지 않고, 인생 단편을 서술하는 가운데 이야기 배경, 인물의 경력 소개를 삽입하여, 소설 구조가 더욱 치밀하고 인물 성격을 더욱 선명하게 한다.

젠셴아이의 소설에서 우리는 항상 루쉰 소설의 빛과 그림자를 찾아볼 수 있다. 「집으로 가다」, 「즈란군子瀾君」의 구성 속에서 루쉰 「고향」

16 蹇先艾, 「也算創作經驗」, 『青春』 1월호, 1983.

의 영향을 볼 수 있을 듯하다. 그 작품들은 고향과 멀리 떨어져 지낸 나그네가 귀향하는 시각으로 이야기를 서사한다. 「집으로 가다」에서 묘사한 과거에 번화했던 고향 정원의 소슬한 풍경, 얼굴에 윤이 나고 살이 쪘던 집안 하인이 마르고 가련하게 변한 정황, 「즈란군」에서 서사한 소년 시절의 반 친구 즈란군이 이미 세 번 결혼하여 다섯 아이를 낳고 아편을 피우는 상인으로 변한 정황 등은 모두 나그네가 귀향하여 보니 예전만 못하다는 서사 특징을 드러내는데, 이러한 구성은 분명히 「고향」의 영향을 받은 것이다. 「가을秋天」, 「옛 친구舊侶」의 구조 속에서 루쉰 「마을 연극」의 계발을 볼 수 있을 듯하다. 그 작품들은 어린 시절의 따스한 생활에 대한 기억을 내용으로 한다. 「가을」은 어린 시절 '나'와 여동생이 함께 배를 저어 땅거미가 질 때까지 놀던 즐거움을 묘사하고, 「옛 친구」는 '내'가 어린 시절 주 누나와 함께 놀며 장난치던 걱정 없는 생활을 회고하는데, 이미 지나가버린 따스한 어린 시절에 대한 이런 기억은 분명히 「마을 연극」의 영향을 받은 것이다. 「수장」에서 붙잡혀 수장 당하러 가는 도중에 뤄마오가 "어린 너희들이 어른을 때린다", "몇 년만 더 지나면 좋은 사람이 다 없어진다"는 말 속에서 아Q의 그림자를 볼 수 있을 듯하고, 앞 다투어 "재미난 일을 보기 위해 온" "호기심에 충만한 군중"의 신상에서 루쉰이 그린 구경꾼의 그림자를 볼 수 있을 듯하다. 「향촌의 비극鄕間的悲劇」에서 실성하여 우물에 빠져 자진한 농촌 아낙네 치 형수의 신상에서 샹린 댁의 모습을 발견할 수 있고, 「늙은 하인 이야기老僕人的故事」에서 천성이 비겁하고 유약한 늙은 하인 린푸의 신상에서 어른 룬투의 그림자를 볼 수 있을 듯하고, 「고독자孤獨者」에서 실의에 빠져 초라하게 지내며 옷차림이 제멋대로 인 허우 선생의 신생에서 대략 웨이렌수의 그림자를 찾을 수 있다.

젠셴아이의 소설 창작은 "처음부터 루쉰 작품에서 매우 많은 영향을 받았다".[17] 그의 단편을 취하는 예술 구성은 분명히 루쉰 소설의 계발을 받은 것이다. 루쉰은 역사와 민족의 고도에서 인생을 관조하려고 노력하여, 그의 소설이 비록 생활 단편을 취하긴 했지만 역사에 대한 깊은 사색과 국민성에 대한 철저한 탐색을 보여주고 있다. 젠셴아이의 소설 창작은 생활 단면을 취하여 하층 인민의 힘든 생활을 드러내고 봉건 군벌, 지주, 향신, 반동정부의 죄악을 공격하여, 작은 사건으로 큰 이야기를 보여주는 방식으로 상류사회의 타락과 하층사회의 불행을 보여주고 있지만, 루쉰 작품의 두꺼움과 심도는 결핍되어 있다.

4.

루쉰은 젠셴아이의 작품을 평가할 때 그의 소설이 "묘사한 범위가 협소하여 몇 명의 평범한 사람과, 자질구레한 일"[18]이라고 지적했다. 젠셴아이는 루쉰이 지적한 결함에 대해 "완전히 내 급소를 찌르는 것으로 주의해야 할 일이다".[19] "주요 원인은 생활에 깊이 들어가지 못해서다"[20]라고 말했다. 젠셴아이의 창작에 대한 루쉰의 평가를 전면적으

17 蹇先艾, 「蹇先艾短篇小說選·後記」, 宋賢邦 외편, 『蹇先艾廖公弦硏究合集』, 貴陽: 貴州人民出版社, 1985, 37쪽.

18 魯迅, 「中國新文學大系小說二集·導言」, 『中國新文學大系導論集』, 上海: 上海書店, 1982, 133쪽.

19 蹇先艾, 「鼓舞·感激·追憶」, 『人民文學』 5, 6월호, 1995.

로 살펴보려면 루쉰과 젠셴아이의 소설 창작을 비교해보아야 한다. 나는 루쉰이 그의 창작의 부족함을 지적하는 데 뜻이 있었던 것이 아니라, 그 소설의 특징을 힘껏 부각시키려고 한 것이라고 생각한다. 젠셴아이가 평범한 사람들의 자질구레한 사건 속의 비극 묘사에 주력한 특징은 바로 루쉰의 영향을 받았기 때문이다.

루쉰 소설은 대부분 평범한 사람들의 자질구레한 사건 속의 비극이다. 루쉰은 향촌사회 속의 매우 평범하고 보통인 소인물의 생활과 운명에 관심을 두었으며, 그의 붓 아래서 출현한 인물은 술집과 찻집의 술꾼이나 손님이기도 하고 향촌 작은 마을의 고용된 여자 하인이기도 하고, 마을 연극 무대 앞의 즐거워는 소년이기도 하고 강변 모래사장에서 근심하는 촌민이기도 하다. 루쉰은 "사람들이 영웅에 의해 멸망하는 특별한 비극은 적고, 지극히 일반적이거나 그야말로 아무런 사건도 없는 비극에 의해 소멸하는 경우가 많다"[21]고 인식했다. 루쉰의 소설은 항상 지극히 평범하고 자질구레한 사건을 통해 보통사람들의 비극적 운명을 묘사한다. 루쉰을 사숭한 젠셴아이는 대부분 지극히 평범하고 보통인 인물을 묘사했다. 구이저우 길 위의 가마꾼, 소금상인, 산간도시 여관의 짐꾼, 여사장, 거리를 유랑하는 거지, 산간도시에 체류하는 예술가, 띠집에 사는 약초 상인, 촨진루 위의 낙타와 말을 모는 노인, 훙샤거우에서 소금 재앙을 만난 마을사람들, 호우베이창에서 불행을 겪은 여인 등등. 젠셴아이는 "나는 소설에서 늘 평범한 인

20 蹇先艾,「自傳」, 宋賢邦 외편,『蹇先艾廖公弦研究合集』, 貴陽 : 貴州人民出版社, 1985, 13쪽.

21 魯迅,「幾乎無事的悲劇」,『魯迅雜文全集』, 鄭州 : 河南人民出版社, 1994, 818쪽.

물과 생활의 어떤 측면을 통해 통치계급의 반동적 본질과 커다란 죄악을 폭로하여 나의 분노를 발설한다"[22]고 말했다. 그래서 그는 복잡하고 기이한 이야기를 만들지 않고 항상 평범하고 일반적인 생활의 자질구레한 일을 묘사하는 가운데 인물의 불행한 처지와 운명을 드러낸다. 「구이저우 길 위에서」는 귀향하는 나그네가 가마를 타고 구이저우 길 위에서 본 견문을 통해 가마꾼 자오훙순이 향신의 능멸과 군벌의 압박을 받는 불행한 인생을 드러낸다. 「낙타와 말 모는 노인赶駝馬的老人」은 상점 견습생과 낙타와 말 모는 노인이 길 가는 동안 나눈 대화를 통해 도처에서 돈 있는 사람들의 압박과 업신여김을 받는 노인의 힘든 처지를 서술한다. 「거지乞丐」 속의 안라이커는 향촌에서 현성으로 떠돌며, 아내를 빼앗기고 딸이 팔려간 비극적 인물이다. 작가는 거리를 유랑하는 거지 안라이커가 병약한 여직공에게 관심과 따스한 사랑의 뜻을 표하려 하다가 이루지 못한 일상사를 통해, 착하고 고통스런 인물의 내면과 처참하고 슬픈 운명을 드러내고자 했다. 「주저」 속의 주얼은 약초를 팔아 생활하는 소상인인데 관청에서 약초 판매를 금지하여 생계가 끊어진다. 작가는 주얼이 다른 현에 가서 생계를 도모하려 하지만 중병으로 누워있는 아내를 포기하지 못하고 주저하는 심태 묘사를 통해, 인물의 고통스런 내면과 불행한 운명을 보여준다. 루쉰과 비교하면, 루쉰은 평범한 사람의 일상사 속에서 깊고 넓은 역사를 투시하고 국민의 영혼을 그리는데 주력한다. 변발의 유무를 통해 신해혁명의 역사 비극을 드러내고 인혈 만두를 통해 국민성의 우매함과 마비됨

22 蹇先艾, 「蹇先艾短篇小說選 · 後記」, 宋賢邦 외편 『蹇先艾廖公弦研究合集』, 貴陽 : 貴州人民出版社, 1985, 39쪽.

을 폭로하여, 근심과 분노가 깊고 넓은 풍격을 보여준다. 젠셴아이는 평범한 사람의 일상사 속의 비극묘사를 통해 노동 인민의 침중한 고난을 전시하고 지방군벌과 반동정부의 흉악한 통치를 공격하는 데 주력하여, 루쉰 소설과 같은 깊이와 풍부함이 결핍되어 있으며 소박하고 슬픈 풍모를 드러낸다.

5.

루쉰은 예술의 지방색채를 매우 숭상하여 목판화가 뤄칭정羅清楨에게 보낸 편지에서 다음과 같이 말한 적이 있다.

> 내 생각에, 선생은 어찌 산터우의 풍경, 동물, 풍속 등을 제재로 삼아 창작해보지 않는 것이오. 지방색채도 그림의 미와 힘을 증가시키고, 스스로 다른 것을 생장시킬 수 있소. 익숙하여 별달리 느껴지지 않겠지만, 다른 지방 사람들이 보면 시야를 매우 넓히고 지식을 증가시킬 수 있다고 느낄 것이오.[23]

소설 창작 속에서 루쉰은 지방색채를 매우 중시하여 항상 작품의 배경을 고향의 뱃머리, 모래사장, 루전의 술집, 찻집, 구전의 삼거리, 문밖의 공동묘지, 향촌의 사원, 향신의 대청에 설치하여, 샤오싱 수변

23 魯迅, 『魯迅書信集』 상, 北京 : 人民文學出版社, 1976, 469~568쪽.

옛 마을의 독특한 풍경 풍물을 전시했다. 루쉰은 특히 민속 풍습의 묘사를 중시하여, 그의 붓 아래서 새해 축복 제사의 풍습, 청명절 무덤에 가서 지전을 태우는 민속, 소금물에 데친 죽순 회향두 안주로 술 마시는 풍습, 달밤에 배를 저어 마을 연극을 보러 가는 민속, 입관하고 출상할 때 법사를 부르는 풍습, 출가한 딸이 친정에 가서 여름을 보내는 민속 등은 한 폭 한 폭이 독특한 향토기운을 지닌 풍속화를 전시한다. 향촌사람들의 인생이야기에 대한 서사 속에서 루쉰은 인물의 의복 장식, 언어 감정, 심리 심태 등 제 방면을 통해 지역 특색을 지닌 인물 풍채를 전시했다. 루쉰 소설은 샤오싱 향촌의 풍경 풍물, 민속 습관, 인물 성격에 대한 생동적인 묘사 속에서 짙은 향토기운이 넘쳐흐른다.

수쉐린은 향토문예가 루쉰을 평가할 때, "그가 이러한 유파의 문학을 창조한 후부터 '지방색채Local color'의 표현이 신문학계의 구두선으로 변했고 향토문학가도 풍성히 배출되었다"[24]고 말했다. 젠셴아이는 루쉰의 영향을 받고 문단에 출현한 향토작가로, 향토기운이 충만한 루쉰 소설의 영향하에서 그는 매우 자각적으로 소설의 지방색채를 강화했다.

> 묘사한 것이 구이저우 고원의 이야기이기 때문에, 화면의 미려함과 힘을 증가시키고 지방색채를 부각시키기 위하여, 나는 풍토 인정의 묘사를 집어넣었다. 이렇게 해야 주제가 좀 더 심화될 수 있을 것이라고 생각했다.[25]

---

24 蘇雪林, 「'阿Q正傳'及魯迅創作的藝術」, 『民國周報』 제11권 44기.
25 蹇先艾, 「也算創作經驗」, 『青春』 1월호, 1983.

젠셴아이는 그의 소설 세계 속에 항상 구이저우 변방의 산수풍경을 묘사하려고 애썼다. 그는 구이저우의 험준한 산봉우리, 가파른 절벽, 벽지의 험한 산길, 짙은 황사와 지독한 안개, 변경의 산골짜기와 긴 강, 산의 돌과 폭포, 산간도시의 성벽과 부교, 차밭과 채소밭, 산채의 옛 사원과 촌락, 산림과 운무, 옛 마을의 술집과 여관, 거리 시장과 관청 등을 묘사하였다. 이로 인해 그의 붓끝에서 변방 산성의 독특한 풍채가 넘쳐흘렀다. 풍경 풍물을 묘사하는 동시에 젠셴아이는 풍속화의 묘사도 중시했다. 「수장」에서 뤄마오가 물건을 훔쳐 수장 당하는 풍습은 "우리들에게 '매우 고루한 구이저의'의 향촌 풍속의 잔인함을 전시했다".[26] 「회고回顧」에서 징 아가씨가 예전 청나라 유신에게 시집가는 풍습은 소녀가 노인을 모시는 혼인의 잔인함을 드러냈다. 「핏방울 떡의 의식血泡粑的典禮」은 성지에 사는 묘족을 공격하여 떡에 피를 적셔 먹는 의식을 통해 원시 민족의 야만적이고 낙후함을 묘사했다. 「봄과 객잔春和客棧」은 겨울 불을 쬐는데 남녀를 구분하지 않는 풍속은 변방 사람들의 순박한 풍조를 보여주었다. 「주저」에서 한밤중에 딱따기와 징으로 야경을 치는 묘사는 변방 산성의 폐쇄되고 낙후함을 전시하여 인물의 비극적 이야기에 향토기운과 지방색채가 농후한 분위기와 환경을 설치했다.

루쉰의 영향하에서 젠셴아이는 "독자가 땅의 기운을 마시게 하는데" 주력했다. 이 때문에 그는 창조한 "인물과 언어에 짙은 지방색채를 지니도록"[27] 노력하여, 그의 소설 세계에서 출현한 인물은 대부분

26 魯迅, 「中國新文學大系小說二集 · 導言」, 『中國新文學大系導論集』, 上海 : 上海書店, 1982, 133쪽.

변방색채를 지닌 인물이다. 구이저우 길 위의 초과 근무하는 장인, 소금상인이든 산수지간의 선주, 배타는 손님 이든, 산간도시 옛 마을의 약초장사, 대소금상이든 변방 객잔의 여사장, 단골손님이든 그들의 신상에서 구이저우 벽지의 독특한 개성과 풍모가 드러난다. 「구이저우 길 위에서」의 가난한 두 가마꾼이 길 가는 동안에 나눈 '잡담' 묘사는, 언어가 재미있고 해학적이며 지역 색채가 매우 강하다. 「향촌의 비극」에서 산 절벽 언덕에서 메아리치는 목동의 산가는 언어가 소박하고 생동적이며, 민속적 의미가 풍부하다. 「봄 연회」에서 술자리 손님들의 가위바위보 놀이소리는 변방의 독특한 방식을 지니고 있다. 「수장」에서 뤄마오가 길 가는 도중 산골의 알아듣기 힘든 말은 구이저우 산촌사람의 기운을 지니고 있다. 이것들은 모두 젠셴아이의 소설을 독득한 지방색채와 짙은 향토기운을 드러내게 한다. 지방색채와 향토기운의 추구 속에서 루쉰은 항상 풍경을 묘사한 것은 아니며, 풍속화 묘사와 인물의 심리 성격 해부를 더 중시하여, 작품에 저동 후이지 향촌의 독특한 풍운을 드러낸다. 젠셴아이는 산수풍광의 섬세한 묘사를 중시하고 인물의 불행한 처지에 대한 서사를 중시하여, 작품에 구이저우 변방 산성의 독특한 풍채가 넘쳐흐른다.

대체로 뛰어난 향토작가들은 자신의 향토 영지를 세우려고 노력했다. 루쉰 향토소설의 영향하에서 젠셴아이는 고향 구이저우 준이의 향촌을 선택하였다. 1935년 류시웨이는 젠셴아이의 창작을 언급할 때, "젠셴아이는 자신을 발견했다. 그는 자신의 신변을 떠나 자신의

27 蹇先艾, 「我所理解的"鄉土文學"」, 『文藝報』 제1기, 1984.

고향—구이저우로 돌아갔다. 오늘날 지방색채가 풍부한 작가 가운데 그가 가장 칭송받을 만한 사람이다"[28]라고 말했다. 바로 루쉰 작품의 계발과 영향하에서 젠셴아이는 이런 선택을 하여 새롭게 개척함으로써, 루쉰을 사승하여 문단에 명성을 얻은 변방 작가가 되었다.

---

28 劉西渭, 「域下集—蹇先艾先生作」, 宋賢邦 외편 『蹇先艾廖公弦硏究合集』, 貴陽 : 貴州人民出版社, 1985, 213쪽.

쉬친원許欽文

자칭 루쉰의 사숙제자

루쉰의 사숙제자라고 자칭하는 쉬친원은 루쉰의 직접적인 도움과 정성어린 배양을 통해 성장한 향토작가이다. 그는 쉽고 질박한 사실주의 필치로 샤오싱 향촌의 인생 이야기를 서술하고, 냉정하고 해학적인 풍자로 청년남녀의 애정심리를 묘사하고, 간결하고 깊이 있는 필치로 혼란한 사회의 어둔 현실을 폭로하여, 중국 신문학사에서 문단의 명성을 얻은 독특한 풍격의 향토작가가 되었다.

쉬친원은 문학의 길을 걸으면서 루쉰 선생으로부터 많은 보살핌을 받았다. 루쉰은 항상 쉬친원을 위해 "글을 보고 수정해주고, 원고를 소개하여 교정해주는 등 어떤 일이든 해주었다".[1] 말년에 이르러 쉬친원이 60년간의 창작생애를 회고할 때, 깊이 감동하며 다음과 같이 말했다. "나를 낳아준 사람은 부모이며 나를 가르친 사람은 루쉰 선생이다." "루

1 許欽文, 「跟魯迅先生學寫小說」, 『學習魯迅先生』, 上海 : 上海文藝出版社, 1959.

쉰 선생이 내게 준 은정은 영원히 다 말할 수 없을 것이다."[2]

1.

1934년 쉬친원은 『쉬친원자전欽文自傳』에서 자신의 소설 창작에 대해 다음과 같이 말했다. "「고향故鄕」에서 「한 단지의 술一壇酒」에 이르기까지 나는 확실히 루쉰의 영향을 받았다. 물론 그는 베이징대학의 선생이며, 나는 거기서 그의 강의 『중국소설사략』과 『고민의 상징』을 들었을 뿐 아니라, 당시 그 이외에 내가 영향을 받을 만한 사람이 매우 적었다. 나는 창작을 하려고 했기 때문에 당연히 선진적인 작가를 주목할 수밖에 없었다." 루쉰은 쉬친원을 문학의 길에 들어서게 한 인도자였다. 1920년 젊은 쉬친원은 "5·4운동의 격동을 받아, 주로 『신청년』 상에서 루쉰 선생의 작품을 읽었으며", 배격을 받은 샤오싱 제5사범학교부속소학교를 결연히 떠나 "위험을 무릅쓰고 베이징에서 표류하였다".[3] 1920년 겨울 그는 항상 베이징대학에 가서 루쉰, 저우쭤런, 리다자오 등의 수업과 강연을 방청하여, 반봉건 사상의 계발을 받고 소설 창작과 문학원리에 대한 지식을 얻었다. 어려운 생활 속에서도 쑨푸위안孫伏園의 격려하에 쉬친원은 창작을 하기 시작했고, 『천바오부간晨報副刊』에 작품을 계속 발표하여 루쉰의 주목을 받았다. 이에 대해 쉬친원은 "그 때부터 나는 방청을 통해 루쉰 선생의 교육을 직접 받

---

2 許欽文, 「賣文六十年之感」, 『東海』 제4기, 1982.

3 許欽文, 「磚塔胡同」, 『'魯迅日記'中的我』, 杭州 : 浙江文藝出版社, 1979, 13쪽.

았을 뿐 아니라, 글쓰기에서도 그의 참을성 있는 도움과 지도를 끊임없이 받았다"[4]고 회고했다. 루쉰은 항상 쑨푸위안을 통해 쉬친원에게 "작품상의 착오와 결점에 있어서 어느 부분은 잘못 쓴 것이며 어떻게 수정해야 하는지, 어느 부분은 잘 쓴 것이지만 다만 깊이가 부족하다고 지적해주었다". 또 그가 "반봉건에 주목하고 구 사회 암흑의 근원을 공격하도록 인도하였고, 아울러 어법, 문장은 물론이고 교정도 상당히 봐주었다".[5] 1923년 8월 25일 쉬친원은 쑨푸위안을 대동하여 루쉰을 처음으로 만났고, 그 후 쉬친원은 자주 루쉰의 거처를 출입하며 루쉰으로부터 구체적이고 세밀한 많은 지도를 받았다. 루쉰은 늘 자신이 쓴 소설 초고를 쉬친원에게 보여주었고, 쉬친원은 소설의 예술 구성, 글쓰기 방법 등 여러 방면에서 가르침을 받았다.

루쉰의 가르침과 도움하에서 쉬친원의 소설 창작은 날로 성숙하여 영향력 있는 많은 작품을 발표하였다. 1924년 초 루쉰은 쉬친원의 소설집 편찬을 결정하고 1월 11일 쑨푸위안에게 편지를 써 이 일에 대해 논의했다. "친원의 소설은 이미 두 번을 보았네. 학생 사회를 쓰는 것이 제일 좋고 향촌 생활을 쓴 것이 다음일세. 노동자를 쓴 두 편은 실패에 가깝네. 이를 제외한다면 26~27편이 되고, 더 엄격히 하면 23~24편이 되네. 지금 27편을 보내니, 자네가 먼저 치명에게 주어 『문예총보』에 수록할 수 있는지 문의해 주게. 음력 세모까지 내게 보내주면 그 후 다시 내가 교정해보지. 정리하자면 이 소설집은 분명 출판될 수 있을 걸세. 수록 여부에 상관없이. 그러나 조금 다듬어야 해."[6] 후에 루

4 許欽文, 「'魯迅日記'中的我」, 위의 책, 5쪽.
5 위의 글, 6쪽.

쉰은 친히 소설집 이름을 『고향』이라고 정하고, 타오위안칭陶元慶이 그린 「진홍색 두루마기大紅袍」를 선정하여 소설집 표지로 삼았다. 쉬친원은 루쉰이 직접 소설집을 편해준 사실을 알고 생각지도 못한 일이라 매우 감격했다. 나중에 루쉰은 『외침』의 인쇄를 『고향』의 출판비용으로 지불했고, 돤치루이 정부의 수배를 피하여 야마모토의원 지하실에서 쉬친원 소설집 『고향』의 교정을 보았다.

1924년 루쉰은 자신이 발표한 소설 「행복한 가정幸福的家庭」의 제목 아래에 '쉬친원을 모방하여'라는 글을 붙였고, 또 작품 말미의 다음과 같은 부기를 썼다. "나는 작년에 『천바오부간』에서 쉬친원 군이 쓴 「이상적인 반려자理想的伴侶」를 읽고 문득 이 소설의 큰 줄거리를 생각했다. 그리고 그의 필법을 따라 쓰는 것이 적합하다고 생각했다. 하지만 그때는 단지 그렇게 생각했을 뿐이다. 어제 문득 생각해 보고 다르게 할 것도 없어서 이렇게 써 보았다. 그러나 끝으로 가면서 점점 그의 필법에서 벗어났다. 너무 침울했기 때문이다. 그의 작품 결말은 이렇게 침울하지 않았던 것 같다. 그러나 대체적으로 '모방한' 것이 아니라고 말할 수는 없을 듯하다." 루쉰은 문단 거장의 신분으로 이렇게 후배 작가를 발탁 장려하고, 쉬친원이 문단에서 국면을 열고 영향과 명성을 확대하는데 매우 중요한 작용을 하였다. 쉬친원은 후에 "이른바 '모방한'은 루쉰 선생의 겸사라 하지 않을 수 없다. 실제로 '청년작가에게 광고를 한 것이지!"[7]라고 말했다. 루쉰은 줄곧 쉬친원에게 은근한 기대를 걸었고, 1926년 『고향』이 출판된 후 루쉰은 쉬친원에게 "너의 이 소설집은 좀 두터워

6 魯迅, 「致孫伏園(1924.1.11)」, 『魯迅書信集』 상, 北京 : 人民文學出版社, 1976, 55쪽.
7 許欽文, 「'彷徨'分析」, 『杭州日報』, 2005.3.10.

졌다. 앞으로 출판할 책은 이보다 더 충실해야할 거다"[8]라고 말했다. 이후로부터 루쉰의 관심과 도움하에서 쉬친원은 더욱 창작에 분발하여, 『털실 허리띠毛線秣』, 『환상의 잔영幻想的殘像』, 『마치 이렇게彷彿如此』, 『이런 일이 있다면若有此事』, 『한 단지의 술』, 『연風箏』 등의 단편소설집을 출판하고, 「귀가回家」, 「자오 선생의 번뇌趙先生底煩惱」, 「콧물 아얼鼻涕阿二」, 「시후의 달西湖之月」, 「치마 두 벌兩條裙子」 등의 중편소설을 발표했다.

1932년 봄 쉬친원은 '노총각 죄'로 법원에 구금을 당하고 이후 "공산당원 은닉과 '공산당 조직'"을 한 죄목으로 항저우 군인감옥에 들어갔다. 후에 루쉰이 차이위안페이에게 보석을 부탁하여 출옥했다. 1936년 9월 3일 투병 중인 루쉰은 마오뚠에게 보낸 편지에서 "제일 실패한 사람이 쉬친원이다. 그는 돈을 모금하여 타오위안칭 기념관을 지었는데 후에 모인 돈이 적어 자신이 빚을 지게 되었지. 항저우 변호사와 기자 등이 그가 부자라고 여겨 살인사건에 연류시키고 거의 종신형 살 것 같다가 이제 나오게 되었네. 그런데도 이자를 내기 위해 일을 하고 있으니"[9]라고 말했다. 루쉰이 위독할 때 쉬친원은 각별히 항저우에서 상하이로 병문안을 왔고 위중한 루쉰은 정중히 쉬친원에게 루쉰전집 출판을 위한 마무리를 맡겼다. 1936년 10월 19일 루쉰이 서거했다는 부고가 쉬친원에게 전해졌을 때 쉬친원은 매우 비통해하며 즉시 상하이로 가 상가에서 밤을 지세며 영전에 걸린 장막에 따라 일을 하였다. 그 후 근 1년 동안 쉬친원은 침통한 심정으로 루쉰 선생을 회고하고 기념하는

---

8 許欽文, 「來今雨軒」, 『魯迅日記中的我』, 杭州 : 浙江文藝出版社, 1979, 37쪽.

9 魯迅, 「致沈雁冰(1936.9.3)」, 『魯迅書信集』 하, 北京 : 人民文學出版社, 1976, 1031~1032쪽.

많은 글을 썼다.

쉬친원은 1923년 루쉰과 처음 대면한 이후 루쉰이 서거하기까지 14년 간 루쉰과 시종 매우 친밀한 관계를 유지하였다. 이 기간에 쉬친원이 루쉰에게 간 것은 대략 160여 차례였고, 서로 편지를 한 것이 2백여 통이 되었고, 루쉰이 쉬친원에게 편집 및 창작과 번역의 책을 주었다. 쉬친원의 문학 인생에 있어서 루쉰은 상당히 열정적인 도움과 매우 깊은 영향을 주었다.

2.

쉬친원의 소설 창작은 평이하고 질박한 사실주의 필치로 향촌 이야기와 도시의 삶을 서사하여 철저한 반봉건 정신을 드러냈는데, 이러한 반봉건적 사실주의 수법은 루쉰의 영향을 받은 것이다. 쉬친원은 "내가 현실주의 작풍을 형성한 것은 대부분 루쉰 선생의 영향을 받았기 때문이다"[10]라고 말한 적이 있다. 루쉰도 쉬친원에게 "병적인 사회가 불행한 인간을 만드는 경우가 매우 많다. 항상 이를 드러내어 모두가 주의해야 방법을 찾아 치유할 수 있다"[11]고 훈계했다. 루쉰은 쉬친원이 "반봉건에 주의하고 구 사회 암흑의 근원을 공격하도록"[12] 인도했다.

루쉰은 병고를 드러내어 치료방법을 구하는 계몽정신으로 소설 창

---

10 許欽文, 「在給魯迅先生責罵的時候」, 『許欽文散文集』, 杭州 : 浙江文藝出版社, 1984, 362쪽.

11 許欽文, 「魯迅先生和我的'神經病'」, 『滇池』 3월호, 1979.

12 許欽文, 「'魯迅日記'中的我」, 『魯迅日記中的我』, 杭州 : 浙江文藝出版社, 1979, 6쪽.

작을 진행하여 그의 소설은 "대부분 병태 사회의 불행한 사람들에서 연원하며", 냉정한 사실주의 필치로 향촌사회 사람들의 인생의 고난과 비애, 심리의 마비됨과 삭막함을 보여주었다. 그는 남편과 아들이 죽고 수절하며 다른 사람들의 능멸을 받는 단씨 댁의 고적한 인생(「내일」)을 묘사했고, 만족하며 참을성 있게 일하다가 강요로 수절하지 못한 샹린 댁의 비참한 운명(「축복」)을 묘사했고, 용감하고 강인하여 굴욕을 받으면서도 이혼에 저항한 아이구의 불행한 결말(「이혼」)을 서사했다. 루쉰은 봉건 예교와 결혼의 잔인한 박해를 받는 향촌 부녀의 서글픈 처지와 비통한 인생을 묘사했다. 쉬친원은 루쉰의 소설이 "호소할 길 없는 부녀자들을 대신한 외침 속에서 토호와 향신들의 죄악을 폭로하고 봉건 사회 속의 암흑의 근원을 파헤쳤다"[13]고 인식했다. 루쉰의 영향을 받은 쉬친원의 창작도 향촌 부녀자의 불행한 운명에 지대한 관심을 지녔으며, 소박한 사실적 필치 속에서 봉건 혼인과 예교의 죄악을 폭로했다. 그는 근면하고 검소한 쐉시의 아내가 시어머니의 냉담한 표정 속에서 미쳐 죽은 비참한 이야기(「미친 부인瘋婦」)를 묘사했고, 수절하다고 재혼한 차이윈이 "불효에는 세 가지가 있는데 자식이 없는 게 제일 큰일이다"는 신조 속에서 고통스럽게 살아가는 불행한 인생(「노인의 눈물老泪」)을 묘사했고, 적막하고 무료한 누런 얼굴의 어린 부인이 "여자는 남편을 따르는 게 유일한 일이다"는 신조 속에서 독수공방하다가 삭박하고 비구니가 된 슬픈 결말 (「페이랑琲郎」)을 서사했고, 총명하고 영민한 쥐화가 남존여비하는 고루하고 낙후한 향촌

13 許欽文, 「祝福書」, 『許欽文散文集』, 杭州 : 浙江文藝出版社, 1984, 353쪽.

환경 속에서 고달프고 가난하게 살다가 병들어 죽는 비참한 경력(「콧물 아얼」)을 묘사했다. 루쉰의 영향하에서 쉬친원은 향촌 부녀자의 난감한 인생과 비참한 운명을 묘사하는 가운데 봉건 예교와 혼인을 공격하려고 노력했다.

루쉰은 어려서부터 농촌에서 "많은 농민들과 서로 친하게 지내어" "평생 압박을 받으며 매우 고통스러워하는" 농민의 생존상태와 정신상태에 상당한 관심을 지니고 있었다. 그는 총명하고 용감한 어린 영웅 룬투가 많은 자식, 흉작, 가혹한 세금 등의 압박하에서 허수아비처럼 마비되고 유약하게 변한 일(「고향」) 을 서사했고, 능력이 있고 노예기질이 있는 아Q가 유신을 한 후 무고하게 잡혀가 단두대에 오른 일(「아Q정전」)을 서술했고, 뱃사공인 치진이 변발을 잘린 후 마당 위에 일어난 풍파(「풍파」)를 묘사했다. 루쉰은 농민들의 슬픈 인생에 대한 묘사 속에서 봉건사회의 식인의 본질을 힘껏 공격하고, 향촌사회 사람들의 마비된 심령을 드러냈다. 루쉰의 영향하에서 쉬친원의 창작도 항상 향촌 농민들의 고통스런 인생을 끌어들였다. 순박하고 선량한 창성은 부지런히 일하고 검소하게 살아가지만 가난하고 힘든 생활을 벗어날 수 없고(「일하다 늙은步上老」), 성실하고 부지런한 요우첸은 검소하게 살며 고통을 감내하지만 고리대금업자의 박해를 피하지 못하고(「난형난제難兄難弟」), 고통을 참으며 소박하게 사는 위안정은 부지런하게 일하며 밤낮으로 바쁘지만 모자 두 사람의 생활을 유지하지 못한다(「위안정의 죽음元正之死」). 쉬친원은 고향 농민들의 불행한 운명에 대한 묘사 속에서 봉건적인 착취제도를 힘껏 공격했다.

루쉰은 소설 창작 속에서 항상 깨어있는 비판의식과 역사의식으로 지식인의 인생행로를 탐색하는데 관심이 있었다. 그의 붓 아래서, 선량하지만 진부한 쿵이지는 과거에 여러 차례 낙방하고 좌절 속에서 물건을 훔치다 다리가 부러져 묵묵히 세상을 떠나고(「쿵이지」), 민첩하고 영리한 뤄웨이푸는 거대한 사회 흐름의 전환 속에서 "다시 원래 머물던 곳으로 돌아와 타락하고 소침한 가운데 무의미하게 소진하고"(「술집에서」), 고독하고 강직한 웨이렌수는 암흑사회의 압박하에서 결국 "예전에 혐오하고 반대하던 모든 것"을 몸소 행한다(「고독자」). 루쉰은 지식인의 역사운명과 인생행로에 대한 탐색 속에서 봉건 도덕과 전통을 비판했다. 루쉰의 영향을 받은 쉬친원도 지식인의 삶과 운명에 대해 많은 관심을 지녔다. 그의 붓 아래서, 용감하고 의지적인 사촌동생은 끝까지 분투하지만 사회현실 속에서 여러 차례 좌절하여 결국 세상일에 마음 두지 않고 화원에 파묻혀 가짜 꽃을 심으며 세월을 보내고(「사촌동생의 화원表弟的花園」), 자유연애를 한 스즈이는 문명결혼을 실행하지만 경제적 압박하에서 아내와 사이가 벌어져 아내는 남편과 아이를 버리고 홀로 멀리 떠나고(「박물 선생博物先生」), 꽃 심기를 매우 좋아한 아버지는 화원의 풍요로운 경관에 도취되지만 생활의 압박에 의해 집을 떠나 다른 일을 도모하여 화원이 황폐해진다(「아버지의 화원父親的花園」). 쉬친원은 지식인의 인생경력에 대한 묘사 속에서 암흑사회 전통관념의 굴레에 갇힌 지식인의 난감한 처지와 힘든 인생을 드러냈다.

30년대 류다제는 「루쉰과 현실주의」라는 글에서 루쉰의 작품은 중국의 사실주의를 위해 안정된 기반을 놓았다고 지적하며, "우리는 중국의 사실주의가 루쉰의 손에서 시작되었고 루쉰의 손에서 완성되었다고 말할 수 있다"[14]고 인식했다. 루쉰의 소설은 인생을 직면하고 "용감하게 사실대로 묘사하고 과장하지 않는" 사실주의 정신으로 "진실하고 깊이있고 대담하게 인생을 바라보고 그 피와 살을 묘사하여",[15] 중국 향촌사회에서 가장 어둡고 우매한 일면을 드러냈다. 루쉰의 영향하에서 쉬친원도 냉정하고 소박한 사실주의 수법으로 창작을 진행하여, 30년대 리창즈는 「쉬친원론」에서 쉬친원의 소설 창작이 "현실에서 취하여 충실하게 관찰하고 열광, 신앙, 이상과 환상이 없는 것이 쉬친원 선생의 평이하고 담담한 작풍이다"[16]라고 인식했다. 루쉰과 유사하게, 쉬친원의 소설 창작은 생활에 대한 세밀하고 충실한 관찰 속에서 객관적이고 사실적인 필치로 농촌 부녀, 농민과 지식인의 난감한 운명과 불행한 인생을 묘사했다. 루쉰과 유사하게, 쉬친원은 항상 곡절있고 기이한 이야기를 만드는데 뜻을 두지 않고 대부분 인생 단편에 대한 객관적이고 냉정한 묘사 속에서 봉건 예교와 도덕을 공격했다. 이 때문에 리창즈는 쉬친원의 창작을 논의할 때 "그의 소재는 대부분 일상생활이어서 단편적이면서 형식이 결핍되기가 쉽다"고 말했다. 루쉰과 비교하자면, 루쉰의 소설 창작이 현실주의 수법을 위주로 상징주의, 낭만주의 등의 창작수법을 흡수하여 일종의 개방적인 현실주의 풍모를 보여주었다면, 쉬친원의 소설 창작은 수법이 비교적 단일하여 루쉰 소설과 같은 개방적인 색채가 결핍되어 있다.

14 劉大杰, 「魯迅與寫實主義」, 『宇宙風』 제30기, 1936.12.1.
15 魯迅, 「論睜了眼看」, 『魯迅選集』 제2권, 90쪽.
16 李長之, 「許欽文論」, 『青年界』 9권 3호, 1936.3.

3.

선충원은 "도시 물질문명에 의해 훼멸된 중국 중부 도시와 향촌사람을 모범으로 삼아 약간 조롱하면서 연민하는 필치로 선명하고 정확한 얼굴빛을 그리고, 어조가 미려하고 즐거워 보이는 인물의 자태가 때때로 웃음을 짓게 하는 것이 루쉰 선생 작품의 독특한 점이다. 이러한 장점을 부분적으로 얻은 작가가 왕루옌王魯彦, 쉬친원, 리진밍黎錦明이다. 왕루옌은 해학과 조롱을 가져왔고, 쉬친원은 작품 속에서 루쉰이 묘사했던 무수한 인물의 행동과 언어의 윤곽을 드러냈다"[17] 고 인식했다. 풍자작가라고 불리는 쉬친원은 소설 속 풍자수법의 운용이 루쉰의 영향을 받아서, "나는 루쉰 선생에게서 풍자의 필법을 배웠으며, 구 사회를 공격할 때 활용했다"고 말한 적이 있다. 루쉰이 자신의 소설 「행복한 가정」이 쉬친원의 가벼운 풍자 필치를 모방했다고 했을 때, 쉬친원은 루쉰에게 "풍자의 작법은 본래 선생님께 배워온 것이며 제대로 배우지는 못했다"[18]고 말했다.

루쉰은 풍자의 대가로 항상 풍자의 필법으로 사회의 어둡고 불합리한 현상을 비판했다. 루쉰은 소설 창작에서 항상 과장된 수법과 조롱하는 필치로 사회의 각종 병태 추태를 보여줌으로써 풍자의 목적에 도달했다. 「약」에서 "목덜미를 오리처럼 아주 길게 늘어뜨리며", "귀신같이 그곳에서 배회하는" 구경꾼의 정신상태에 대한 묘사, 「이혼」에서 "옛 사람들이 염을 할 때 항문을 막았던 것"으로 코를 이리저리 문

---

17 沈從文, 「論施蟄存與羅黑芷」, 『沈從文選集』, 成都 : 四川人民出版社, 1983, 285쪽.
18 許欽文, 「來今雨軒」, 『魯迅日記中的我』, 杭州 : 浙江文藝出版社, 1979, 35쪽.

지르는 가는 눈에 둥근 얼굴에 대머리인 치 대인의 묘사, 「아Q정전」에서 무장한 사병, 자경단, 경찰, 탐정이 "어둠을 틈타 투구사를 포위하고, 바로 맞은편 문에 기관총을 설치하여" 무기도 없고 무고한 아Q를 체포하는 정경 묘사, 「비누」에서 입장이 분명하고 국수적인 가짜 도학자 스밍이 늘 윤리 도덕을 얘기하지만 가슴에는 욕정이 가득한 성격 등은 풍자의 필치로 암흑사회의 각종 추태 병태를 폭로한 것이다. 루쉰의 영향을 받은 쉬친원도 그의 소설에서 항상 풍자의 필치로 인생의 각종 추악한 면을 비꼬았다. "배운 것이 현실주의 수법이어서, 해서는 안 되는 일을 보면 남자든 여자든 간에 항상 풍자를 가했다." 「이상적인 반려자」의 주인공 자오위안위안은 이상적인 반려자는 예쁘고 돈이 있고 재주는 없고, 춤추고 노래 부를 수 있어야 한다고 얘기하지만 결혼 후 3년 만에 죽는다. 「숙부叔父」의 인색하고 간교한 숙부는 좌절하여 도움을 구하는 조카를 돌보지 않다가, 조카가 군대에 들어가 부단장으로 승진할 때 "하늘은 어떤 사람에게 큰일을 맡길 때 반드시 먼저 그를 힘들게 하는 법 (…중략…)"이라고 거짓으로 말한다. 「"알고 보니 너였구나!原來就是你!"」에서 자유연애로 결혼한 이위안이 결혼 후 아내를 매우 불만스럽게 여기고 자주 싸우기에 이르자, 아내는 부모가 정한 초면의 구애자에게 시집가지 않은 것을 후회하는데 나중에 남편이 바로 그 구애자라는 사실을 알게 된다. 「다시 한 번 더重做一回」에서 결혼 후 이삼 년간 조용하고 재미없는 생활에 지친 부부가 결국 첫 연애시절의 일을 다시 한 번 더 할 것을 결심한다. 「판성凡生」에서 주인공 판성은 말로는 여성을 존중하지만 실제로는 여권을 장난스럽게 생각한다. 「구두약속 3장口約三章」에서는 부부가 밖에서 산책하는데 아내가 남편이 다른 아가씨를 쳐다본다고 화를 내어 결국 바라보기만 하며 회상해서는 안 된다는 구두 약속 3장을 정한다. 쉬친원은 항상 해학이 풍부한 언어와 구성으로 청춘 남녀의 연애 혼인 속의 우스운 모습과 병태 심리를 풍자했다. 루쉰의 풍자는 대부분 상류사회 사람들의 각종 허위적 가면을 벗겨 "기린 피부 아래에 있는" 말 발을 폭로함으로써 풍자와 비판의 효과를 이루려고 노력했다. 쉬친원의 풍자는 대부분 청춘 남녀의 결혼과 연애 속의 이기적 병태 심리를 풍자하고 인물의 각종 우스운 모습을 해부하여 조롱과 비난의 효과를 이루려는데 뜻이 있었다. 루쉰의 풍자는 차갑고 침울하며 성찰적이고 깊이가 있고, 쉬친원의 풍자는 가볍고 해학적이고 평이하고 냉정하다. 이 때문에 루쉰은 쉬친원의 창작을 논의할 때, "어찌할 수 없는 비분은 버리지 않으면 안 된다. 그렇지만 작가는 여전히 버리지 못하고, 방법이 없으면, 냉정하고 해학적으로 더 모색하여 비분의 옷을 만들고, 이를 걸쳐 잠시 '달관'을 한다. 이러한 수단으로 각종 인물 특히 청년들을 묘사하는데 (…중략…) 이러한 냉정과 해학이 자라난다면 작가 본인에게는 오히려 위험하다"[19]고 말했다. 리창즈는 쉬친원 창작의 평이하고 가벼운 작풍을 지적한 후, 그의 창작이 "더욱 큰 편폭과 더욱 생생한 필치를 사용하여 냉정하게 반항하고 저주할 수 있게 되는 것이 우리들이 희망하는 바이다"[20]라고 말했다. 그들은 모두 쉬친원 소설의 풍자수법 운용에 내재한 약점을 지적했다.

19 魯迅, 「中國新文學大系小說二集 · 導言」, 『中國新文學大系導論集』, 上海 : 上海書店, 1982, 134쪽.

20 李長之, 「許欽文論」, 『青年界』 9권 3호, 1936.3.

4.

루쉰의 친절한 관심과 직접적 가르침하에서 성장한 쉬친원은 소설의 예술구성 방면에서 루쉰의 계발을 받았다. 그는 항상 루쉰 소설 원고의 첫 독자였다. 1924년 쉬친원은 루쉰의 거처에서 루쉰이 막 완성한 「행복한 가정」의 원고를 보고, "열심히 읽은 후, 먼저 그 방에서 자세하게 한번 살펴보고, 다시 그 옆 주방에 가서 좀 더 보고서야, 한층 사실적 의의를 깨달았다. 어떻게 환경적 현실을 운용하여 소설 속의 배경을 묘사하는지에 대해 깊은 흥미를 느꼈다"[21] 고 말했다. 쉬친원은 루쉰의 「술집에서」와 「고독자」를 읽고 루쉰의 소설의 "많은 부분이 작가 자신이 비유하여 쓴 것이고 (…중략…) 암암리에 많은 신변의 사소한 일을 운용하여 이 두 편 소설의 소재-줄거리와 디테일로 삼았음을 알았다".[22] 루쉰의 영향하에서 쉬친원의 소설 창작도 항상 신변의 사소한 일을 창작소재로 삼았으며, 소설의 환경과 배경 묘사도 직접적으로 루쉰 작품의 계발을 받았다. 양이는 쉬친원의 「미친 부인」, 「석굴石窟」 등의 작품을 논의할 때, "비교적 굳건한 향토 제재 작품은 분명 루쉰 작품의 영향하에서 출현한 것이다. 쉬친원의 많은 전기 작품들은 '루전' 및 루전에 속한 '소나무 마을'을 고향의 다른 이름으로 삼았는데, 이는 이 작품들과 루쉰 소설의 향토 인연과 문학 인연을 드러낸다"[23] 고 말했다. 쉬친원의 많은 작품 속에서 루쉰 소설의 빛과 그

21 許欽文, 「磚塔胡同」, 『'魯迅日記'中的我』, 杭州 : 浙江文藝出版社, 1979, 25쪽.
22 許欽文, 「祝福書」, 『許欽文散文集』, 杭州 : 浙江文藝出版社, 1984, 75쪽.
23 楊義, 『中國現代小說史』 제1권, 北京 : 人民文學出版社, 1986, 473~474쪽.

림자를 엿볼 수 있다.

루쉰의 「고향」은 귀향자의 서사시각으로 이야기를 서술한다. 소년 룬투의 총명하고 용감한 모습과 성인 룬투의 위축되고 마비된 모습을 비교하는 가운데 향촌사회의 쇠락을 드러내고 지금이 예전만 못하다는 감상을 표출한다. 쉬친원의 「아버지의 화원」도 귀향자의 입으로 작품을 서사하는데, 과거 아버지 화원의 아름답고 번성한 모습과 현재의 쇠락하고 황폐한 모습이 선명한 대조를 이루어, 암흑사회 사람들의 예전만 못한 빈궁한 처지를 드러낸다. 이러한 구성은 분명 루쉰 「고향」의 영향을 받은 것이다. 루쉰의 「술집에서」와 「고독자」는 봉건사회 모반의 길을 걸었던 개혁가 각성자가 봉건전통과 암흑사회의 압박하에서 이상이 파멸되고 의지가 소침해져 낡은 사회로 회귀하는 이야기를 묘사한 작품이다. 쉬친원의 「사촌동생의 화원」은 앞의 작품과 유사한 구성이다. 소설에서 묘사한 사촌동생은 본래 용감하고 성격이 강렬한 청년이어서 "우리가 이런 시대에 태어나 이런 환경에 처한 이상 의심 없이 앞을 향해 분투할 수밖에 없다", "분투해야 희망이 있으니, 우리는 항상 희망 속에 있어야 하며, 자신이 이미 호랑이 등 위에 탄 듯이 행해야 한다"고 주장한다. 사회의 비바람과 생활의 난감함 속에서 몇 년 후 사촌동생은 사회활동과 교육사업을 포기하고 홀로 화원에서 뿌리 잘린 물푸레나무꽃, 장미꽃 등의 가짜 꽃을 심을 뿐이다. 그는 결국 "내 화원은 나 스스로 창조하여 스스로 향수한 것이니, 내가 화원을 떠날 때 먼저 화원을 파괴해버릴 것이다"라고 말한다. 그는 뤼웨이푸와 유사하게, "작은 원을 그리며 날다가 다시 원래의 곳으로 돌아와, 쇠락하고 의기소침한 가운데 생명을 무고하게 소진한다".

루쉰의 「마을 연극」은 어린 시절의 '나'가 배를 타고 마을 연극을 보러 가는 아름다운 정경을 묘사한다. 작품은 길가의 아름다운 풍경 묘사 속에서 소년들 사이의 순수한 우정을 부각시킨다. 쉬친원의 「"나는 해당화꽃을 본다我看海棠花"」의 구성은 루쉰 「마을 연극」의 영향을 받은 듯하다. 작품은 소년 주신이 큰어머니를 따라 배를 타고 숭제암에 놀러가는 정경을 서사하는데, 물속의 연꽃 연잎, 강 위의 둥근 돌다리, 강 언덕의 대나무 뽕나무 그림자, 숲속의 회색 담과 기와집 등 길가의 아름다운 풍광을 묘사한다. 또 소년 주신이 어린 비구니 후이란을 만난 후의 그리운 마음을 부각시켜, 소년의 성욕이 처음 생길 때의 순수한 정감을 드러낸다. 쉬친원의 「일하며 늙다步上老」는 루쉰의 「고향」과 유사하게, 귀향자 일인칭 서사시각으로 농민들의 불우한 처지를 서술한다. 주인공 창성이 세금, 지대, 재난과 병, 악습 등의 괴롭힘 속에서 가난하게 사는 생애는 루쉰 붓 아래의 룬투의 처지와 매우 유사하다. 창성은 자신의 불우한 처지 속에서도 고향 길을 닦는데 많은 관심을 지니고 있어서, 결미에 "'일하며 늙은' 창성을 생각하자마자 나는 그가 매우 위대하다고 느낀다. 그와 비교하니 나 자신이 매우 작아졌다"는 서술은 루쉰 「작은 사건」의 서사자 '나'가 인력거꾼을 존경할 때 서로 크기를 대조시키는 것과 매우 유사하다. 쉬친원의 중편소설 「콧물 아얼」은 루쉰 「아Q정전」의 영향을 깊이 받은 작품이다. 소설은 주인공 쥐화가 체면을 중시하는 집안의 첩의 딸이라 '콧물 아얼'이라고 불리며 매를 맞고 능멸을 당하는 이야기를 서술한다. 야간학교에 들어가 "목공 아롱과 자유연애를 하지만 어리석은 농민 아산에게 억지로 시집가고, 아산이 배를 젓다 익사한 후 첸 나리에 팔려가 첩이 되고, 총애를 받은 후 쥐화는 잔혹하게 여종을 학대하고, 첸 나리가 죽은 후 그녀는 가난과 병이 겹쳐 참혹하게 죽는다". 「아Q정전」과 유사하게 쉬친원은 서술과 의론을 병행하는 서술체로 이야기를 서사하고, 주인공의 성격 운명 묘사를 위주로 하는 종적 구조로 작품의 서사 틀을 형성한다. 해학적 필치로 인간 비극을 묘사하는 희비극 교차수법은 「아Q정전」과 동질적인 것이다. 두 편의 소설은 주인공의 '연애비극'으로 인물의 운명 전환을 표출한다. 아Q가 우마와 잠을 자려는 '연애비극'은 나중에 아Q의 생계문제를 일으키고, 콧물 아얼은 아롱의 키스를 거절한 '키스 거절 비극'으로 나중에 어리석은 아산에게 시집가는 상황이 벌어진다. 두 작품은 주인공의 슬픈 죽음을 결말로 삼는다. 아Q는 무고하게 붙잡혀 형장에서 사형을 당하고 쥐화는 과부가 된 후 가난과 병이 겹쳐 죽는다. 두 작품은 인물의 비극적 성격과 운명을 그리는 가운데 비극을 조성한 봉건 전통 종법사회의 국민 심리를 폭로하고 비판한다.

쉬친원은 창작 인생에 있어서 루쉰 선생의 직접적인 가르침과 인도를 받았으며 이로 인해 쉬친원은 향토문학 창작의 길을 굳건히 걸을 수 있었다. 루쉰은 쉬친원의 초기 창작인 「목 매달아 죽은 쿵다요우孔大有的吊死」와 「노동자 주여우구이工人朱有貴」 등 노동자를 묘사한 작품이 '실패에 가까운' 것이라고 비판한 적이 있다. 그러나 루쉰은 직접 쉬친원의 작품을 소설집 『고향』으로 출판하고, 『중국신문학대계 · 소설 2집』을 편찬할 때 쉬친원의 「아버지의 화원」과 「석굴」 두 편을 선정하여 "쉬친원은 첫 번째 단편소설집을 『고향』이라고 이름 지었는데, 이는 바로 부지불식간에 스스로를 향토문학 작가라고 소개한 것이다"라고 지적했다. 루쉰은 향토문학가로서 쉬친원의 소설 창작을 충분히 긍정하였다. 쉬친원의 소설 창작은 반봉건적 사실주의 수법, 소설의 풍자 필치와 예술구성 방면에서 루쉰의 영향을 받은 것 이외에도, 루쉰의 향토기운 짙은 소설은 쉬친원의 창작이 땅에 가까이 가도록 하여 짙은 지방색채가 넘실되게 했다. 루쉰 소설의 백묘수법은 쉬친원이 간결하고 빠른 필치로 창작을 진행하고 작품의 진솔하고 소박한 특성을 추구하게 했다. 루쉰의 영향하에서 쉬친원은 향토문학 창작의 길을 철저히 걸었으며, 농후하고 사실적인 향토 풍미, 평이하고 소박한 속사 필법, 어찌 할 수 없는 비분 색채를 통해 수수하고 구슬픈 향토소설의 예술풍격을 이루었다.

왕런수王任叔

'루쉰 작품의 추종자'

무너진 집의 상처받은 영혼을 철저하게 묘사한 왕런수는 고향 저장 펑화奉化, 롄산향連山鄉, 다옌촌大堰村 생활을 그린 향토소설로 사람들의 주목을 받았다. 그는 간절한 향토의 정으로 고향 사람들의 고난과 불행을 묘사하고, 농민들의 마비된 영혼을 해부하고, 향촌사회의 쇠락과 소란을 그리고, 고향사람들의 반항적 외침을 기록하고, 향촌 봉건세력의 축소판을 전개하고, 변화하는 종법사회를 투시하여, 향토소설이 소박하고 자연스러운 독특한 풍격을 이루었다.

1923년 『소설연감小說年鑒』 편자는 "우리 신문단에서 줄곧 향촌생활 묘사에 뛰어난 작가는 루쉰뿐이었는데, 이제 왕런수를 추가할 수 있게 되었다"고 지적했다. 왕런수는 루쉰의 뒤를 이어 고향 향촌생활 묘사에 철저한 향토작가로 그의 창작은 루쉰의 영향을 깊이 받았다. 루쉰의 풍부한 창작과 사상은 그의 글쓰기를 분발시키고 전진케 하는 거대한 동력이 되었으며, 루쉰의 위대한 인격과 정신은 그의 인생역정에 있어서 자아를 관조하는 거울이 되었다. 1922년 왕런수는 우연히 「아Q정전」을 읽은 후 루쉰의 작품에 깊이 매료되었고, 그 후 왕런수는 자각적인 '루쉰 작품의 추종자'[1]가 되었다. 이런 일들은 틀림없이 왕런수의 창작에 깊은 영향을 주었을 것이다.

1.

쉬친원, 타이징눙 등 루쉰의 가르침을 직접 받은 향토작가와 달리, 왕런수는 주로 루쉰 작품 속에서 예술 자양분을 흡수하고 정신의 힘을 얻었다. 1921년 왕런수는 친구의 책상에서 우연히 『신청년』 합본을 뒤적이다가 루쉰의 소설 「광인일기」를 읽었다. 루쉰의 깊은 사상과 참신한 풍격은 젊은 왕런수에게 '침중한 압력과 청신한 기운'[2]을 느끼게 하였다.

> 천근같은 물건이 내 가슴을 눌러 전혀 숨 쉴 수가 없었다. 정말로 작품 속의 광인처럼 '아이를 구하라!'고 힘껏 소리 지르려고 했다.[3]

나중에 그는 당시 이 작품을 읽을 때 심령을 진동케 한 느낌을 다음과 같이 회고했다.

---

1 王任叔, 「自傳」, 『巴人文集 · 回憶錄卷』, 寧波 : 寧波出版社, 1997, 474쪽.
2 王任叔, 「我和魯迅的關涉」, 『文藝』 반월간 제2권 제2기, 1938.10.25.
3 王任叔, 「再論"生活本身是公式化的嗎"?」, 『人民文學』 제5기, 1956.

이 소설에서 나는 작가의 비분, 함성과 수많은 인류에 대한 동정을 보았다. 이로 인해 나는 그의 이름—루쉰을 기억할 수 있었다. 나는 즉시 그 이름 속에 내포된 열정, 강건함과 엄숙의 의미를 느꼈다. 그로부터 나의 생명은 마치 그의 이름과 분리될 수 없을 것 같았다.[4]

「광인일기」에 함축된 강렬한 반봉건 사상 및 깊은 근심 분노의 감정은 왕런수가 진심으로 자신의 인생을 루쉰과 긴밀히 연결하게 만들었다. 1922년 왕런수는 『천바오부간』에서 바런을 필명으로 하는 연재소설 「아Q정전」을 읽고, 루쉰이 지은 작품이라고 단정했다. 그는 소설의 유머스런 필치와 깊은 사상에 매료되어 그로부터 루쉰 작품의 추종자가 되었다. 루쉰의 소설 이외에 왕런수는 잡문을 읽고 "루쉰 선생의 학문적 넓이와 깊이에 진심으로 감탄했다".[5] 왕런수는 "『열풍』과 『외침』의 뒤를 이어 출판된 『무덤』을 읽고", "루쉰을 더 이상 문학가와 소설가로만 바라보지 않고, 더할 수 없이 위대한 사상가로 간주하였다".[6]

1927년 3월 1일 왕런수는 중산대학에 가서 루쉰이 광둥에 온 후 첫 번째로 한 강연을 경청했는데, 여기서 루쉰을 처음으로 보았다. 루쉰의 '검은 칼 같은 머리카락'은 왕런수에게 깊은 인상을 남겼다. 1926년 루쉰의 『방황』이 출판되고 오래지 않아, 그는 열심히 읽고 연구하여 「루쉰의 『방황』」에 관한 글을 써서, 『외침』에서 『방황』에

4 王任叔, 「我和魯迅的關涉」, 『文藝』 반월간 제2권 제2기, 1938.10.25.
5 위의 글.
6 위의 글.

이르기까지 루쉰 소설 창작의 예술발전 궤적을 세밀하고 깊이 있게 분석하였다. 1928년 6월 왕런수의 소설집 『무너진 집破屋』이 출판되었을 때 루쉰에게 책을 보내면서 편지를 붙여 루쉰의 비평과 소개를 희망했다. 루쉰은 1928년 7월 1일 일기에서 이 일을 기록하고 있다. "왕런수의 편지와 소설책을 받았다." 1930년 왕런수는 '좌련' 성립 발기대회에 참가하여 적극적으로 '좌련'의 일에 종사하였다. 그는 "좌익작가연맹 석상에서 나도 항상 루쉰 선생의 풍미를 우러르고 그의 말을 경청했지만, 시종 그에게 접근하지 못했고 대화조차 나누지 않았다"[7]고 회고했다. 그렇지만 루쉰 정신은 영원토록 그의 인생 분투를 위한 사상무기와 전진의 동력이 되었다. 그는 루쉰의 '인생을 위한' 창작관을 지도이념으로 삼아 창작에 종사했고, 번역에 관한 루쉰의 견해를 지침으로 삼아 번역을 진행하였다. 1933년에서 1935년 사이에 생활의 압박으로 인해 왕런수는 난징정부 교통부 과원으로 부임했고, 1935년 5월 그는 상하이에 온 후 동쪽 티위후이루體育會路에 거주하였다. 왕런수는 "그곳은 루쉰 선생의 거처와 매우 가까워 항상 찾아뵈려 했으나, 내 형편이 부끄러워 끝내 이루지 못했다. 어떤 때는 우치야마서점에 가서 루쉰 선생이 자리에 있는 것을 보았을 때조차 온몸이 뜨겁고 불안해 새로운 책만 보다가 즉시 나와 버렸다".[8] 왕런수는 2년간의 관료생활이 자책되어 스승을 볼 면목이 없음을 느꼈다.

루쉰의 서거는 왕수런을 매우 비통스럽게 하여, "나는 확실히 부모

7 위의 글.
8 위의 글.

님이 돌아가실 때보다 더 마음이 아프고 슬펐다. 무엇보다 개탄했던 것은 이제 내 자신의 형상을 비춰볼 거울을 잃어버렸다는 점이었다".[9] 그는 「루쉰 선생의 '전변'魯迅先生的'轉變'」이란 글로 간절히 애도하는 마음을 기탁하고 루쉰의 일관된 현실주의 사상 특징을 서술했다. 그 후 왕런수는 줄곧 루쉰 정신을 드높이기 위해 부지런히 노력하였다. 그는 1938년 8월 출판한 첫 번째 『루쉰전집』 편집 교정 작업에 참여하여 가장 큰 활약을 하였다. 1939년 그는 저명한 잡문 간행물 『루쉰풍魯迅風』을 창간하고, "루쉰 선생이 걸으면서 보여주었던 길을 따라 가려고"[10] 노력했다. "루쉰을 학습하고 루쉰을 연구하여 자신의 위치에서 전투하는 것이 살아있는 우리의 책임이다"[11]는 사상으로 왕런수는 루쉰 사상과 창작을 세밀하고 깊이 있게 연구하여, 「루쉰 선생의 예술관」, 「루쉰의 창작방법」, 「루쉰의 현실주의」, 「루쉰의 잡문을 논함」, 「루쉰 소설의 예술특징」, 「루쉰의 소설」 등 엄정하고 충실한 논문과 저작을 썼다. 그는 루쉰연구 전문가가 되어 루쉰 전통을 계승하고 루쉰 정신을 드높이기 위해 걸출한 공헌을 하였다.

왕런수는 루쉰이 자신에게 준 깊은 영향을 다음과 같이 말한 적이 있다.

> 그는 나에게 위대한 존재였다! 그가 있어서 내가 살아야 하는 이유를 알았다! 그가 있어서 내가 가야할 길을 알았다! 그가 있어서 누가 나의

9 위의 글.
10 王任叔, 「魯迅風 · 發刊詞」, 『魯迅風』 창간호, 1939.1.11.
11 위의 글.

진정한 친구인지, 누가 나의 진정한 적인지 더욱 알 수 있었다! (…중략…) 루쉰은 우리에게 준 것은 열정과 힘이었다![12]

루쉰은 왕런수가 전진하는 길 위의 밝은 등불이었다.

2.

창작 인생에서 왕런수는 정전둬, 선안빙, 위다푸, 궈모뤄 등 현대작가의 계발과 발자크, 고골리, 고리끼, 체홉, 파제예프 등 외국 작가 작품의 영향을 받았다. 그렇지만 왕런수 향토소설 창작에 직접적인 계발과 깊은 영향을 준 작가는 루쉰이었다. 왕런수는 "우리는 문예 견습생으로서 언제나 루쉰 선생이 문단의 거장이며 곳곳이 우리가 본받을 만한 점이라고 생각한다"[13]고 말했다. 그는 매우 경건한 마음으로 루쉰의 창작을 예술 모범으로 삼았고, 소설 속의 향토 사실주의 수법, 인물 형상 창조, 예술 구조 형식, 유머 풍자 필치 등의 방면에서 루쉰 소설의 영향을 받았다.

루쉰은 계몽주의 태도를 지니고 문학창작에 종사하여 인생을 위하여 인생을 개조하는데 뜻을 두었다. 그는 고향 샤오싱의 향촌 생활을 소재로 삼고, 사실주의 수법으로 상류사회의 타락과 하층사회의 불행을 묘사하였다. 왕런수는 루쉰의 창작을 역사적 현실주의라고 부르며,

12 王任叔, 「我和魯迅的關涉」, 『文藝』 반월간 제2권 제2기, 1938.10.25.
13 王任叔, 「魯迅風 · 發刊詞」, 『魯迅風』 창간호, 1939.1.11.

다음과 같이 지적하였다. "루쉰 선생은 자연경제가 중국을 지배하는 농촌사회에서 성장하고 또 신사 계급의 자제로서 농민의 순박한 성정을 열렬히 좋아하여, 봉건적 암흑세력을 강렬히 혐오했다. 그가 쓴 소설은 대부분 관조적 태도로 냉정하게 측면 분석의 수법을 사용했다."[14] 이것은 바로 루쉰 소설 창작이 취한 객관적이고 냉정한 향토 사실주의 수법을 말한 것이다. 루쉰은 참담한 인생을 직면하고 "진실하고 깊이있고 대담하게 인생을 간파하여 그 피와 살을 묘사했다".[15] 그는 객관적이고 냉정한 사실주의 수법으로 루전, 웨이좡 하층민들의 불행한 생활과 처지를 묘사하였다. 조롱과 모욕을 받은 쿵이지, 아이를 잃어버린 단씨 댁의 비통, 힘들고 마비된 룬투의 생애, 거지가 돼버린 샹린 댁의 인생…… 등등. 루쉰의 사실주의 필법은 "묵묵히 자라서 시들다가 말라죽은" "큰 돌 밑에 깔린 풀 같은" 민중의 생존상태를 그릴 뿐 아니라 "침묵하는 국민의 영혼"[16]을 그리는 데 더욱 치중했다. 루쉰은 화라오솬이 아들의 병 치료를 위해 준 인혈 만두를 통해 혁명가에 대한 군중의 격막감을 드러내고(「약」), 치진의 잘린 변발을 둘러싼 마당 위의 풍파를 통해 노예생활에 평온한 마비된 사람들을 해부하고(「풍파」), 아Q의 승리 경력을 통해 국민 정신승리법의 약점을 파헤치고(「아Q정전」), 억지로 이혼 당한 아이구의 처지를 통해 봉건 정권에 환상을 품고 있는 병태 심리를 투시한다(「이혼」). 이로 인해 루쉰 소설

14 王任叔, 「魯迅的創作方法」, 『新中國文藝叢書』 제3집, 1939.10.
15 魯迅, 「論睜了眼看」, 『魯迅選集』 제2권, 90쪽.
16 魯迅, 「俄文譯本「阿Q正傳」序」, 山東師範大學中文系文藝理論教研室 주편, 『中國現代作家談文學創作經驗』上, 濟南 : 山東人民出版社, 1982, 7쪽.

은 더욱 깊은 반봉건적 의미를 지니게 되었다.

"루쉰의 필명을 훔친 죄를 무릅쓴" 바런—왕런수는 향토소설의 창작에서 루쉰의 영향을 깊이 받았다. 그는 소설집 『무너진 집』 서언 「무너진 집 속의 사람들에게給破屋下的人們」에서 "향촌의 무너진 집의 서늘한 정자 아래" 사람들의 "영원한 암흑" 인생에 대해 간절한 동정을 표하고, "무너진 집 아래 꿈도 깨지고" "상처받은 영혼"에 대해 깊은 감개를 전했다. 그는 분노하며 "당신이 무너진 집 아래서 편안히 지내며 당신의 생명을 가벼이 할 수 있다면, 이건, 결국 당신의 행복일 것이다. 그러나 당신은 그렇게 할 수 있는가?"라고 말했다. 왕런수의 무너진 집 아래 사람들의 불행한 인생에 대한 동정, 무너진 집 아래 사람들의 마비된 영혼에 대한 분노는, 불행을 슬퍼하고 싸우지 않음에 분노하는 감정이다. 루쉰과 마찬가지로 그도 참담한 인생을 직면하고자 노력했고, 향토소설 창작 속에서 그가 본 무너진 집 아래 사람들의 생활과 심태를 "조용하게 한 자 한 자 그리는 객관적 태도"[17]로 묘사를 진행했다. 왕런수의 붓 아래서, 살아가려 하나 여의치 않고 죽으려 해도 이루지 못하는 인생비극(「복어河豚子」), 무고하게 감옥에 갇힌 강인한 남자의 불행한 처지(「피로한 사람疲憊者」), 일생을 고생하며 가난하게 산 라오바가 언 땅에 묻힌 비참한 결말(「고독한 사람孤獨的人」), 평생 힘들게 일하고 굶주리며 산 소작농이 관병에 의해 토비 밀정으로 오인되어 살해당한 참극(「수컷 고양이의 죽음雄猫頭的死」)이 태어났다. 왕런수가 묘사한 무너진 집 아래의 사람들 가운데, 어떤 사람은 관병의 토비 소탕

17 王任叔, 「鄕長先生 · 校後記」, 『巴人文集 · 詩歌序跋卷』, 寧波 : 寧波出版社, 2001, 426쪽.

중에 무고하게 목이 잘려 논공행상의 증거가 되었고(「토비 소탕剿匪」), 어떤 사람은 주인이 탐욕스럽게 나무를 벌채한 후 폭풍우에 떨어진 산 돌에 산 채로 묻혔고(「재앙灾」), 어떤 사람은 백색공포 속에서 혐의자의 죄명으로 감옥에 갇혔고(「폭풍우 아래暴風雨下」), 어떤 사람은 농촌이 날로 쇠락하는 가운데 고향을 떠났다 결국 중병을 얻어 귀향하다가 죽었다(「귀향還鄉」). 왕런수는 동정과 연민이 충만한 필치로 무너진 집 아래 사람들의 비참한 인생을 묘사하였다.

루쉰의 문학관과 창작의 계발하에서 왕런수도 국민성의 약점에 대한 폭로와 비판을 소설 창작의 임무로 삼으려고 노력했다. 그는 문학창작은 "대중의 생활을 형상화하는 것일 뿐 아니라, 특히 대중의 낙후한 의식을 비판하고 계급적이고 민족적이며 영웅적인 성격을 보여주어야 한다. 사회상의 모든 비민주적 현상을 비판해야할 뿐 아니라 모든 민족들의 타락, 쇠퇴, 소멸의 습성을 들춰내야 한다"[18]고 생각했다. 이 때문에 왕런수는 무너진 집 아래 사람들의 힘겨운 인생을 묘사할 때 그들의 마비된 영혼도 힘껏 해부하였다. 루쉰의 「약」과 유사하게, 왕런수의 「격리隔離」도 선각자와 우매한 민중 사이의 격막감을 드러낸다. 대중을 위해 복무하려는 뜻을 세운 진보 예술가 판광푸는 귀향하여, 인간의 불평등과 압박자에 의한 고통을 무대 위에 올려, "사람들을 각성시키려 한다". 악독한 지주 첸샤오샤가 퍼뜨린 유언비어 속에서 우매하고 마비된 촌민들은 결국 판광푸를 마을에 액운을 가져다주는 요괴로 여겨 때린다. "대중을 위해 복무하는 예술가가 대중의 발아래 짓밟힌다." 이것은

18 巴人, 「民族形式與大衆文學」, 『文藝陣地』 제4권 제6기, 1940.1.16.

혁명가의 피를 적신 만두로 병을 치료하는 라오솬의 마비되고 잔인한 정신과 아주 유사하며, 왕런수는 선각자와 우매한 민중 사이를 격리시킨 거대한 장애물 부수기를 매우 갈망했다. 왕런수의 향토소설 가운데 「순민順民」은 농민 라오거우가 진심으로 순민이 되려는 경력을 통해 농민의 노예 심리를 비판하고, 「놀란 마음」은 침수재해를 대하는 향민들의 어리석음 통해 사람들의 숙명사상을 드러낸다. 「피로자」에서 머슴들이 좌절한 원앙을 조롱하고 모욕하는 것은 루쉰의 술손님들이 쿵이지를 비웃는 것과 마찬가지로, 가난하고 힘든 사람들에 대한 사회의 각박함을 보여준다. 「머리털 이야기」에서 라오뉴가 머리를 자른 후 일어난 파란은 루쉰의 「풍파」에서 치진이 변발을 자른 후의 풍파와 유사하게 우매하고 마비된 국민성을 비판한다.

왕런수는 「루쉰의 현실주의」에서 "중국 역사 사회에 대한 인식, 목전 현실생활에 대한 체험, 진화론적(이후에는 변증유물론) 관점, 미래사회에 대한 예측, 다시 말하면, 루쉰의 현실주의는 역사적이고 현실적이면서 이상적인 결합으로, 이는 신현실주의의 기본정신이다"라고 지적했다. 즉 왕런수는 루쉰이 현실을 직면하고 역사를 투시하고 미래를 모색하는 현실주의 특징을 지적하고 있다. 루쉰의 사실주의와 달리 왕런수의 향토소설은 대부분 매우 분명한 계급관점으로 향촌생활을 투시하고, 중생들을 계급진영이 매우 명확한 대립모순 속에 위치시켜 이야기를 전개했다. 피비린내 나는 대혁명의 현실 속에서 기세등등한 농민혁명운동을 묘사한 왕런수의 「우晤」, 「충돌」 등과 같은 작품은, 루쉰의 붓 아래서는 보이지 않는 작품이다. 그러나 왕런수의 소설 창작은 "주제를 포착하면 조금도 느슨하지 않게 사물을 조직하여 작품 창조하는 것"[19]을 중시하였다. 이로 인해 그의 소설은 객관적 묘사 속에서 주관적 색채가 드러났고, 소설의 주제가 꾸밈없이 그대로 드러나 루쉰 작품과 같은 함축과 두터움이 결핍되었다.

3.

왕런수는 인물의 성격 파악을 소설 창작의 중심으로 삼아, 그의 향토소설에서 개성이 선명하고 생동적인 많은 인물형상을 창조하였다. 루쉰 소설의 계발과 영향을 받아서 그가 그린 향토인물 신상에는 항상 루쉰이 창조한 인물의 그림자를 볼 수 있다. 「피 묻은 손血手」에서 셴헝 객잔을 위해 짐을 나르는 "목을 숙이고 일하는데 습관이 된" 아순의 신상에서는 「고향」의 유약하고 마비된 룬투를 볼 수 있고, 「머리 자르기剪髮」에서 머리를 잘라 골치가 아픈 라오뉴의 신상에서는 「풍파」의 부지런하고 검소한 치진의 그림자를 볼 수 있다. 「귀가」에서 '휘장 여행'을 실행하는 캉다린의 신상에서는 「아Q정전」의 가짜 양놈의 기운을 느낄 수 있고, 「불행한 남자不幸的男子」에서 봉건가족제도의 압박을 받고 미쳐버린 차오진의 신상에서는 「광인일기」의 광인의 말투를 들을 수 있다.

왕런수 소설의 인물 창조에 영향이 가장 컸던 것은 루쉰이 창조한 아Q였다. 왕런수는 「아Q정전」을 매우 추앙하여 "아Q라는 인물은 중

19 巴人, 『文學初步』, 上海 : 新文藝出版社, 1952, 133쪽.

국 인민의 불행한 운명을 진실로 그리고 있다", "중국인의 심장을 피가 철철 흐르게 파헤쳤다"[20]고 인식했다. 「아Q정전」은 왕런수를 깊이 매료시켜 "나중에 루쉰 작품의 추종자가 되게 한" 작품으로, 그는 향토소설 창작에서 아Q식의 '부랑자'의 생활과 성격을 힘껏 묘사하였다. 「피로자」의 윈양, 「쑹마오터우의 죽음」의 쑹마오터우, 「고독한 사람」의 흰자위 라오바 등은 왕런수 소설 속의 아Q 가족을 이루었다. 그들은 향촌사회의 저층에서 힘겹게 사는 사람들로 아Q처럼 매우 가난하다. 윈양은 허물어진 삼성전에 기거하고, 쑹마오터우는 "방 뒤에 부뚜막을 쌓아 겨우 엉덩이를 앉을 만한 집"에서 거주하고, 흰자위 라오바는 마을의 사당에서 거처한다. 그들은 아Q처럼 혼자 살며 소작인이나 고용 노동자를 하는데, 위양은 고용 노동자로 쑹아모터우는 소작인으로 라오바는 가마꾼으로 생계를 유지한다. 그들은 아Q처럼 여자를 생각하고 정상인의 가정생활을 기대했지만, 윈양의 "장가간 적이 없다"는 원망, 쑹마오터우의 꿈에서 "나도 아내를 갖고 싶다"는 바람, 흰자위 라오바가 라오뉴 숙모와 동거하는 관계 등은 모두 아Q의 기운을 지니고 있다. 왕런수는 아Q와 같은 그들의 마비된 심태를 힘껏 묘사했다. 윈양이 술기운에 향수를 마셔버린 쾌거, 점원의 모욕을 받은 돌 의자에서 행복하게 잠자는 건망증 등은 아Q의 그림자가 투영되어 있다. 쑹마오터우의 '3차 혁명', '할 일은 꼭 한다'는 솔직한 태도, 꿈속에서 사람의 행복을 얻으려는 바람 등은 아Q의 색채가 묻어있다. 라오바의 "사람에게 어떤 고통과 비애가 있는지 모르고" 상황에 따라

20 王任叔, 『魯迅的小說』, 上海 : 上海文藝出版社, 1956.

편안해 하는 성격은 아Q의 기운을 지니고 있다. 그들은 모두 아Q처럼 몽롱한 반항의식을 지닌다. 윈양은 돈을 사기 당했을 때 자신이 40년간 고생스레 일하고 아끼며 생활한 돈을 누구 훔쳐갔는지 질문하고, 숑마오터우 꿈속의 악마는 그에게 칼을 들고 가 이 세계에 복수하라고 가르치고, 흰자위 라오바는 향신 헝페이의 각종 추행을 폭로하는 것은 아Q가 혁명을 한 것과 유사한 의미를 지닌다. 그들은 아Q와 같은 비참한 결말을 맞는다. 윈양은 무고하게 감옥에 갇히어 석방된 후 거지가 되었고, 숑마오터우는 어리중절하게 토비의 밀정이 되어 맞아 죽은 후 관병들 논공행상의 증거가 되었고, 흰자위 라오바는 술에 취한 후 언 땅에 매장되어 까마귀 밥이 되었다. 왕런수의 이러한 인물 묘사는 많든 적든 루쉰 아Q 형상의 영향을 받았지만, 이 인물들의 신상에는 아Q 정신승리법의 전형적 색채와 의미가 결핍되어 있다.

왕런수는 루쉰 소설이 "'이야기성'으로 독자를 흡입하는 것이 아니라 '인생의 실상'으로 독자를 붙잡는다"[21]고 지적했다. 또 "중국문학에서 신문학 작품은 구 문학 작품에 비해 이야기성이 분명 중요한 지위를 차지하지 않는다",[22] "내용상으로 말하자면 역사적 영웅인물의 서술에서 일상생활의 사소한 묘사로 발전하였다"[23]고 말했다. 루쉰의 소설 창작은 일상생활의 사소한 묘사로 인물형상을 창조했다. 가령 어린 점원에게 글자를 가르치고 아이들에게 콩을 먹게 하고 장삼을 입고 서서 술 마시는 습관, 책 도둑은 도둑질이 아니라는 교활함 등은 쿵이지의 선량

21 王任叔, 「魯迅與高爾基」, 『魯迅風』 제17기, 1939.7.20.
22 巴人, 『文學初步』, 上海 : 新文藝出版社, 1952, 205쪽.
23 위의 책, 385쪽.

하고 타락한 성격을 그리고, 누렇고 주름진 얼굴 거칠고 갈라진 손, 공경스레 '나으리'라고 부르는 소리, 향로와 촛대를 골라가는 등은 룬투의 고생스럽고 마비된 형상을 창조했다. 루쉰 소설의 영향하에서 왕런수는 곡절있고 기이한 이야기를 구성하는데 뜻을 두지 않고 평범한 생활의 사소한 일의 묘사를 통해 인물을 창조하고자 노력했다. 가령 조롱하는 더러운 밥을 먹고 취한 후 향수를 마시고 돈을 사기 당한 분노 등은 곱사등이 원양의 절망적 처지와 강인한 성격을 묘사하고, 여름 밤 창을 기어올라 여자를 훔쳐보는 행위 나무를 훔치다 붙잡혀 발뺌하지 않는 행동, 가마를 메고 빈민단체에 가입한 생활 등은 휜자위 라오바의 솔직한 성격 강인한 인성을 묘사했다. 왕런수는 생활에 충실하여 항상 일상생활의 사소한 묘사 속에서 인물을 창조하여 이야기를 전개했다. 품팔이 노동과 가마 메는 생애의 묘사, 쌀과 소 시장 사건의 서술, 죽순을 캐고 나무를 훔치는 갈등의 서사, 재해 조사 납세 거부 상황의 묘사 등을 통해 향촌의 모순을 드러내고 인물성격을 창조했다.

왕런수는 루쉰의 소설이 전형적 환경의 묘사에 주의하여 동태적 환경 묘사로 인물의 성격을 부각시킨다고 인식했다.

> 루쉰 선생은 제일 간략한 필법으로 전형적 환경을 그려낸다. 아이구와 같은 농민 성격을 그리려고 처음부터 향촌의 생활 정조—배 위에서의 장면 묘사를 드러낸다. 몰락한 소자산 계급 뤼웨이푸의 그림자가 옛 성의 술집 위에 걸쳐 있고, 쥐안성의 죽은 자를 위한 슬픔은 공동주택 생활 속에 있으며, 아Q 쿵이지의 환경은 셴헝 주점, 찻집 및 담담한 바람이 불고 빛이 비치는 향촌 위에 있다.[24]

루쉰 소설의 영향을 받은 왕런수도 환경의 동태적 묘사로 인물 성격을 부각시켰다. 그는 순민이 되고 싶은 라오거우를 시시촌의 산길 위 사당에 배치하고(「순민」), 외롭고 겁 많은 산톈지를 무너진 집 아래 대숲에 놓아두고(「순장殉」), 올곧고 불굴의 왕라오산을 공포스럽고 억압적인 감옥에 배치하고(「우唔」), 힘겹고 강인한 원양을 시시촌의 옛 사당 삼성전에 놓아두는데(「피로자」), 바로 왕런수가 지적한 바와 같다.

> 환경의 전개는 분위기, 정조를 조성하여 인물과 서로 배합하게 할 뿐만 아니라, 인물의 성격과 직접적으로 관계되는 것이다.[25]

4.

왕런수는 「루쉰의 소설」에서 "루쉰 소설의 예술구조는 이야기가 아니라 하나하나의 생활단편과 장면을 서로 연결시킨 것이다. 이 구조는 연극식 집중적 구조라고 할 수 있고 장면의 전개를 특징으로 한다"고 인식했다. 이는 루쉰 소설 구조의 기본적 특징을 파악하는 말이다. 「쿵이지」는 쿵이지가 셴헝 주점에서 받았던 몇 차례의 조롱을 구성한 작품이고, 「풍파」는 강가 마당에서 치진의 변발이 잘리면서 일어난 풍파를 이야기로 전개한 것이고, 「술집에서」는 술집에서 옛 친구 두 사람이 해후한 장면을 서사구조로 이룬 것이며, 「고독자」는 '나'와 웨이롄

24 王任叔, 「魯迅的創作方法」, 『新中國文藝叢書』 제3집, 1939.10.
25 巴人, 『文學初步』, 上海 : 新文藝出版社, 1952, 189쪽.

수가 몇 차례 만난 단편을 구성 틀로 조성한 것이다. 루쉰 창작의 영향을 받은 왕런수 소설도 대부분 생활 단편과 배경을 '서로 연결하여' 예술구조를 형성하였다. 왕런수의 「누구의 죄誰的罪」는 인력거꾼 황바오가 인력거를 끌다 아이를 치어 감옥에 간힌 이야기를 묘사하는데, 루쉰의 「작은 사건」과 유사하다. 왕런수의 「간질병 일어난 사람一個發羊癲病的」은 간질병이 일어나 길에 쓰러져 냉담한 많은 구경꾼이 모여든 이야기를 묘사하는데, 루쉰의 「조리돌림」과 비슷하다. 이 작품들은 비향토소설이며, 왕런수의 향토소설 대부분은 곡절한 이야기 구성에 착안하지 않고 장면 전개로 이야기 구조를 이룬다. 「이발 이야기」는 루쉰의 「풍파」와 유사한 구성이며, 변발의 유무를 통해 국민성의 단점을 폭로하는 동시에 신해혁명이 군중을 이탈한 불철저성을 함축적으로 지적한다. 소설은 라오뉴가 변발 자르는 일에 대해 문의하고, 변발을 자르고, 변발을 자른 후의 풍파 세 가지 편단으로 작품을 이룬다. 「격리」는 루쉰의 「약」과 비슷한 구조이며, 선각자와 군중 사이의 격막감을 통해 군중의 우매하고 마비된 심리를 드러낸다. 소설은 「약」과 유사하게 두 가지 실마리로 작품을 구성하는데, 하나는 진보예술가 판광푸가 귀향하여 향촌을 살피며 민중을 계몽하는 것이고, 다른 하나는 악랄한 지주 톈샤오샤가 유언비어를 유포하여 판광푸를 도모하는 것이다. 소설은 판광푸의 오랜만의 귀향, 톈샤오샤의 비밀 음모, 청나라 유신이 시장에서 유언비어 유포, 판광푸가 계곡에서 얻어맞는 등의 단편 장면으로 '격리된' 비극을 구성한다. 소설 「피묻은 손」은 정부가 미곡세를 징수한 후 가격이 폭등하고 향신 우원 선생이 양식을 쌓아두었다가 고가로 팔아 촌민의 재난을 일으킨 이야기를 묘사한다. 소설은 다섯 개의 단편 생활 장면으로 이야기를 서사한다. 우원 선생이 별장에서 고가로 쌀을 팔 계획을 세우는 장면, 아순과 종이 나르는 일꾼들이 작은 식당에서 쌀 가격 폭등을 원망하는 장면, 아순이 종이를 메고 한형 객잔에 가서 쌀 가격을 말하는 경리에게 무시당하는 장면, 머슴들이 물레방아 창고에서 우원 선생을 위해 쌀을 찧으며 원망을 품는 장면, 우원 선생이 둥핑옥에서 쌀을 팔면서 아쥐가 쌀을 찧다가 손이 부서졌다는 소식을 전해 듣는 장면을 통해, 작품은 자본가의 탐욕과 간교함, 촌민의 빈곤과 고난을 드러낸다. 왕런수의 붓 아래서 「쑹마오터우의 죽음」은 쑹마오터우가 호미를 메고 귀가하는 길에서 보고 들은 바, 옷을 입고 자다가 꾼 꿈, 산과 들로 도망가다 죽은 장면 등을 통해 소작농 쑹마오터우의 인생 비극을 묘사한다. 「복어」는 출로가 없어 온 식구의 자살을 결심한 주인공이 복어를 빌려와 삶아서 먹는 장면을 통해 살려고 해도 방법이 없고 죽으려 해도 이뤄지지 않는 비참한 처지를 묘사한다. 「재난 조사勘灾」는 마을 입구 느릅나무 아래서 청렴한 관리 나리가 마을에 와 재난을 구휼하는 것에 대한 향민들의 대화, 마을 어귀 스베이루에서 향민들이 재난 조사를 하러 온 지사를 공경히 맞이하는 장면, 마을 안 신 사당에서 지사가 지보를 문책하며 때리는 장면, 팔각정에서 지사가 술을 마시고 달을 감상하며 노니는 장면 등을 통해 재난 조사하러 온 나리의 황당 무치와 향민 백성들의 마비되고 우매함을 드러낸다.

루쉰 향토소설의 구조가 정밀한 것과 비교하자면, 왕런수의 향토소설은 대부분 인물의 행동과 사건의 발전을 장면으로 배치하고 단편으로 취한다. 그래서 기본적으로 전통적 성격 구조와 이야기 구조를 위주로 하는 소설 구조 특징을 형성하여, 루쉰 소설구조와 같이 상황에 따라 변화가 일어나고 새롭고 기이한 사건이 나타나는 점은 결핍되어 있다. 루쉰의 소설은 항상 상이한 묘사대상과 내용에 근거하여 성격구조, 심리구조, 서정구조, 상징구조 등 상이한 구조방식을 선택했다. 왕런수의 소설 구조는 루쉰 소설과 같은 엄밀함과 정묘함, 정채로움과 신선함이 부족하며, 항상 평범함 속에서 번다하고 질질 끌리는 느낌이 있고 분명함 속에서 단조롭고 직설적인 면을 지녔다.

5.

1927년 왕런수는 「루쉰의 『방황』」이란 글에서 루쉰 소설 창작의 발전궤적을 세밀하게 분석하며, 루쉰의 소설 창작은 노골적인 풍자에서 두터운 풍자로 나아가는 특징이 있다고 지적했는데, 독창적인 견해라고 할 것이다. 위대한 풍자예술의 대가로서 루쉰은 "'풍자'의 생명은 진실이다. 반드시 있었던 사실일 필요는 없으나 있을 수 있는 실정은 지녀야 한다"[26] 고 인식했다. 풍자의 진실성의 기초를 중시하면서 루쉰은 항상 일상생활 속에서 "불합리하고, 우습고, 비천하고 심지어 혐오스런" 창작소재까지 취하여, 과장·대비·반어 등의 예술수법을 거쳐 사물의 내재모순과 우습고 비천한 곳을 부각시킴으로써, 유머 풍자의 예술효과에 도달하였다. 루쉰 소설 창작의 풍자수법의 운용은

26　魯迅, 「什麽是"諷刺"」, 『魯迅雜文全集』, 鄭州 : 河南人民出版社, 1994, 805쪽.

항상 두 가지 상이한 감정색채를 드러낸다. 고통스럽고 마비된 하층 사회 사람들에 대해 루쉰은 항상 슬픔과 분노가 결합된 선의적 풍자를 했는데, 그 목적은 "그들이 개선되기를 희망하는데 있으며",[27] 이러한 수법은 유머 색채를 더 많이 드러나게 한다. 가령 아Q의 우매한 정신승리법에 대한 풍자, 천스청의 봉건적 과거 인생에 대한 풍자, 아들을 내일로 간주하는 어리석은 여성 단씨 댁에 대한 야유, 고향에 돌아가 무료한 일을 하며 인생을 소모하는 뤄웨이푸에 대한 비판 등은 인물에 대한 조롱 풍자 속에 그들에 대한 작가의 깊은 동정이 중첩되어 있다. 잔인하고 비겁한 상류사회 사람들에 대해 루쉰은 항상 날카롭고 신랄한 무정한 풍자를 사용하여 봉건 예교의 허위성과 잔인함을 폭로하고자 했는데, 이러한 수법은 더욱 많은 풍자의미를 지니고 있다. 가령 자오 수재, 가짜 양놈이 징슈암에 가서 때려 부수는 '혁명'에 대한 묘사, 치 대인이 자신의 코 옆을 고인이 시체 항문을 막던 막대기로 문지르는 것에 대한 묘사, 자오치 영감이 기름 번지르르한 얼굴로 손에 장팔사모를 잡은 듯 시늉하며 바이 댁의 정신을 혼미케 한 것에 대한 묘사, 자오 나리가 조심스럽고 공경스럽게 조반을 선포한 아Q를 '큐 선생'이라고 부르는 얼굴에 대한 묘사, 등은 인물에 대한 신랄한 풍자 속에서 그들에 대한 작가의 극단적 혐오감을 드러내고 있다.

루쉰 풍자관의 영향을 받은 왕런수는 「풍자문학은 무엇인가」에서 루쉰과 비슷한 사상을 표출했다. "풍자문학은 자연스럽게 모든 현실주의 작가의 손에서 발생한다." 그는 풍자문학을 "시대나 사회의 결

27 위의 글, 805쪽.

함, 악덕, 어리석음 등을 조소하여 사람들의 각성을 촉진하는 문학"이라고 간주했다. 루쉰 소설 풍자수법의 영향을 받은 왕런수의 소설은 무너진 집 아래 사람들의 마비되고 우매한 심태를 풍자하는 가운데 슬픔과 분노의 정감을 중첩시킴으로써, 무너진 집 아래서 상처입은 영혼을 각성시키고, 선의로 풍자하는 유머색채를 드러냈다. 종법사회의 신사계급에 대한 묘사는 항상 날카롭고 신랄한 풍자의 필치로 "향촌 봉건세력의 축소판과 우스운 동작"[28]을 그려 그들의 탐욕과 허위성을 폭로하였다. 전자의 경우로, 「피로자」에서 위양이 취한 후 향수 한 병을 단번에 마신 '영웅 기상'에 대한 묘사, 「순민」에서 라오거우가 자신의 충성과 할아버지의 사면을 바꾸려 했다가 이루지 못한 결말에 대한 서술, 「이발 이야기」에서 라오뉴가 머리를 자른 후 모욕을 받고 조롱을 당해 후회의 눈물을 흘리는 장면에 대한 묘사, 「숑마오터우의 죽음」에서 숑마오터우가 꿈속에서 평온하게 살며 사람의 행복을 바라는 것에 대한 묘사 등은 불행을 슬퍼하고 싸우지 않음에 분노하는 정감색채를 지니며, 낙후하고 우매한 국민성을 풍자한다. 후자의 경우로, 「격리」의 악덕 지주 톄샤오샤는 향민들이 진보예술가 판광푸를 박해하도록 계획하고, 줄곧 '가시를 짊어지고 용서를 구하고 청렴하게 즐거움을 나눈다'는 말을 외우며 통일전선을 강구한다. 「귀가」의 지주 캉다린은 경성 관부에서 심부름을 하다 귀향한 후 이혼 연애와 휘장 여행을 실시하려다 좌절한다. 「재난 조사」의 청렴한 나리가 재난 조사만 하고 재난 실정을 살피거나 난민을 구제하지 않고 오히려 백성을

28 王任叔, 「賣稿之前」, 『巴人文集・詩歌序跋卷』, 寧波 : 寧波出版社, 2001, 417쪽.

문책하여 때리고 술 마시며 노닐고, 「장상공나리 열전姜尙公老爺列傳」의 장상공은 아편을 피우지 않지만 양귀비를 심고 밭에 내려와 경치를 보는 듯하면서 실제로는 머슴들의 일을 감시하는 것 등은 선명한 풍자를 이루며, 봉건 향신 계급의 교활하고 허위적이고 권력적이고 잔혹한 성격 특징을 드러낸다.

향토소설의 창작 속에서 루쉰의 풍자는, 풍자대상의 우습고 비천하고 혐오스런 점이 자연스럽게 표출되는 것을 중시하였다. 루쉰은 지나친 과장과 수사를 반대하고 "한 마디 비난을 하지 않아도 진위가 다 드러나는" 예술효과를 중시했다. 이로 인해 루쉰의 풍자예술은 함축적이고 깊이 있는 풍모를 지니게 되었다. 왕런수의 풍자는 항상 "묘사된 상황마다 자기 목소리가 나오는 것을 제지하지 못하고"[29] 서술과 의론을 겸하거나 반어로 구성하여, 어떤 때는 필치가 너무 과장되어 조탁에 빠졌고, 어떤 때는 언어가 너무 직설적이어서 함축이 부족하였다. 이로 인해 왕런수의 풍자예술은 솔직하면서 노골적인 모습을 띠게 되었다.

왕런수의 인생과 창작노선에 있어서 루쉰은 매우 중요하고 깊은 영향을 주었다. 왕런수는 매우 성실하게 루쉰을 모범으로 삼아 향토소설 창작 속에서 루쉰 작품의 영향을 깊이 받았으며, 이로 인해 왕런수는 루쉰의 뒤를 이어 문단에 명성을 얻은 향토작가가 되었다.

29 王任叔, 「流沙・後記」, 『巴人文集・詩歌序跋卷』, 寧波 : 寧波出版社, 2001, 433쪽.

펑자황彭家惶

루쉰을 모범으로 섬긴 향토작가

향토작가의 한 사람으로서 펑자황은 온후하고 순박하며 심오하고 해학적인 향토소설로 중국 현대 향촌사회의 가장 암흑적이고 혼란스런 부분을 보여주었다. 그는 30년대 초 '좌련' 작가 가운데 가장 성취 있는 젊은 작가가 되어, 짧은 창작 역정이지만 중국 현대문학사의 빛나는 한 장을 남겨놓았다. 펑자황의 창작은 마오둔의 찬사를 받은 적이 있는데, 마오둔은 그의 작품이 예술적으로 이미 "원숙한 경지로 발전했다"고 인식하였다.

1933년 루쉰은 '좌련' 모스크바 주재 대표 샤오산蕭三에게 편지를 써 '좌련'의 저명한 작가를 소개할 때, "펑자황이 병고로 우리 쪽에 있다"고 말한 적이 있다. 루쉰에게 '우리 쪽'에 있는 향토작가라 불린 펑자황의 창작은 분명히 루쉰의 영향을 받았다. 중국 현대 향토문학 개척자로서 루쉰의 창작은 젊은 향토작가들의 모범이 되었으며 펑자황도 루쉰의 작품 속에서 예술 자양분을 적극 흡수하여 문단에서 영예를 얻은 향토작가가 되었다.

1.

루쉰은 깊은 민족 우환의식을 가지고 문단에 들어왔다. 그는 철저한 계몽정신으로 창작을 진행하여 병고를 폭로하고 치료방법을 구하는 것에 뜻을 두었다. 그의 향토소설 창작은 객관적이고 냉정한 사실주의 필법으로 고루하고 병적인 향촌사회, 강자에게 순종하고 약자를 기만하고 조소하는 사람들, 사람과 인심의 격막감, 고통스런 사람에 대한 사회의 냉대를 보여주었다. 루쉰은 진실과 사랑이 결핍된 삭막하고 어두운 병태 사회를 힘껏 드러내어 루전, 웨이좡 세계를 구성하였다.

펑자황의 향토소설은 펑원빙처럼 시의가 충만하며 평화롭고 담담한 전원시 세계를 묘사하지 않았고, 선충원처럼 향촌사회 속의 원시적이고 순박한 인정미, 인성미를 노래하지도 않았다. 루쉰 소설의 영향을 받은 펑자황은 침중하고 우울한 시각으로 고향의 중생에 관심을 두고, 온건하고 소박한 사실주의 필치로 봉건 예교 도덕의 장기간 압박을 받은 향촌 종법사회 하층민들의 불행과 고난을 드러내어, 펑자황의 독특한 시골세계를 구성하였다. 마오둔에 의해 "그 시기의 가장 좋은 농민소설 가운데 하나"라고 찬사를 받은 「종용慫慂」은 배경을 봉건 종법색채가 매우 강한 시전에 설치하고, 돼지고기 매매에서 일어난 한바탕 풍파를 통해 향촌 봉건사회 향신 계급 사이의 모순과 알력을 전시하고, 봉건 예교의 가족 모순과 학대로 인한 향촌 부녀의 불행한 운명을 드러낸다. 향신 뉴치는 위평과 오랜 숙원이 있어서 친족 정빙을 종용하여 돼지고기 매매를 빌미로 위평 정육점 점원에게 싸움을 걸고, 정빙의 아내가 위평의 친족 집에 가서 자진하는 음모를 꾸민다. 위평 친족의 위세와 마을사람들의 중재로 한바탕 풍파가 그치고, 모욕을 받은 정빙의 아내는 문밖을 나설 면목이 없어서 "정말로 그녀는 산송장이 되었다". 작품이 보여준 봉건 예교와 향신계급이 통치하는 시전 사회는 중국의 고루하고 어두운 향촌사회의 축소판이다.

평자황의 향토소설은 대부분 시전을 배경으로 하는데 루쉰의 향토소설과 유사하다. 그는 냉정한 사실주의 필치로 비극 색채가 충만한 향촌사회의 고통스런 인생을 전시한다. 고향의 쇠퇴와 어려움(「분상奔喪」)을 드러내기도 하고, 봉건 결혼의 비애와 잔인함(「활귀活鬼」, 「결혼하는 날喜期」)을 드러내기도 하고, 사회의 삭막함과 냉대(「아름다운 연극美的戲劇」, 「초대請客」)를 드러내기도 하고, 향민의 우매함과 마비됨(「천 아저씨의 소陳四爹的牛」, 「절부節婦」)를 드러내기도 한다. 평자황은 소박하고 온건한 필치로 향촌사회의 침울하고 힘든 병태 인생을 일관되게 전시한다. 루쉰의 향토소설과 달리 평자황의 작품은 대부분 대혁명 이후에 창작한 것이어서, 향촌의 쇠퇴와 비애, 사회의 삭막함과 병증을 전시할 뿐 아니라, 향촌의 혼란과 변화, 향민의 각성과 반항도 힘껏 묘사하고 있다. 「결혼 소식喜訊」에서 좌절한 보 영감의 아들은 암흑사회의 반항 투쟁에 참가했다가 붙잡혀 감옥에 가는 이야기, 「금석今昔」에서 칭시의 농민협회가 성립된 후 향민들이 현 위원에게 분노하고 반항하며 둘러싸고 때리는 이야기, 「두 개의 영혼兩個靈魂」에서 각성한 향민들이 조직하여 토호 열신을 타도하고 그 재산을 몰수하는 이야기 등은 향촌 사회와 향민들의 거대한 변화를 보여주고 새로운 시대의 기운을 드러낸다.

2.

루쉰 향토소설의 뛰어난 점은 향촌사회의 어려운 모습을 그릴 뿐 아니라 "사람들의 영혼을 힘껏 모색하여", "침묵하는 국민의 영혼을 그리는데" 있었다. 루쉰은 국민성 탐색과 비판을 끊임없이 진행하여 사람들의 노예에 안주하는 생활, 마비된 영혼을 매우 증오하였다. 이 때문에 루쉰은 정신상에서 시종 승리상태에 있는 아Q를 창조했고, 변발을 잘리고 나서 매우 고민스러워 하는 치진, 지옥에 떨어져 몸이 둘로 갈라질 것을 두려워하는 샹린 댁, 인혈 만두로 아들의 병을 치료하는 화라오솬을 창조하여, 봉건 전통문화에 감염된 중국인의 영혼을 해부하려고 노력했다.

루쉰 소설의 영향을 받은 팡자황의 향토소설은 고향사람들의 불행한 운명을 드러내는 동시에 그들의 마비된 영혼을 해부하고자 노력했다. 장톈이는 "현대 중국의 작품에는 「아Q정전」을 다시 쓴 많은 작품들이 있다"[1]고 지적한 적이 있다. 펑자황의 「천 아저씨의 소」는 루쉰의 영향을 받고 다시 쓴 「아Q정전」으로 주인공의 마비된 영혼 힘껏

1 張天翼, 『張天翼論創作』, 上海 : 上海文藝出版社, 1982, 30쪽.

드러낸다. 시전의 저우한하이는 본래 기름진 땅과 예쁜 아내가 있어 농사 지으며 먹고 살았는데 후에 아내가 다른 사람과 사통하는 바람에 결국 무기력하게 아내와 가산을 잃어버렸다. 다른 사람에게 임시 고용된 일로 생계를 꾸리게 되어 '주산하猪三哈'라고 불렸으며, 후에 항상 흐트러진 머리에 더러운 얼굴을 하고 다녀 '검은 간장 콩'이라고 불렸다. 그는 천 아저씨의 소 보는 일에 고용되었는데 천 아저씨는 시전에서 커다란 세력을 지니고 있어서 "그 집에서 소를 보는 것도 꽤 힘 있는 일"이라고 여겼다. 그는 안정적인 노예의 지위에 만족해하며, 아침 일찍 일어나 밤늦게 까지 신중하고 성실하게 천 아저씨의 소를 튼튼하게 살 찌웠지만, 그 자신은 늘 배 불리 먹지 못하여 갈수록 야위어 갔다. 그는 소를 잃어버려 노예의 지위에 위협을 받게 되었고, 마비된 주산하는 천 아저씨에 대한 깊은 사과와 진심어린 축복을 표하며 저수지에 뛰어들어 자진한다. 작가는 주산하의 유약하고 마비된 성격을 매우 생생하게 그렸다. 평자황이 창조한 주산하 형상은 루쉰 아Q의 영향을 분명하게 받았으며, 아Q식 정신승리법 색채를 가장 돌출적으로 표현했다. 천 아저씨의 소를 보는 주산하가 권세를 빌어 우쭐되자 어떤 사람이 그를 '검은 간장 콩'이라고 욕할 때 "그는 상대를 재보며 목구멍에서 '절인 양배추'라고 투덜거렸다. 다른 사람이 듣든 말든 상관없이 그는 늘 화풀이를 하여 승리했다고 여겼다". 주산하의 '절인 양배추'가 다른 사람에게 반박되어 그의 흐트러진 머리가 많이 닮았다고 하자, 그는 작전을 바꾸어 몽둥이를 휘두르거나 주먹으로 때리는 것으로 위세를 보여준다. 산가를 부르며 그를 욕하는 목동아이를 만나 이 모두가 효과를 잃었을 때, 그는 모든 일을 돌보지 않고 쫓아간다. 안정된 노예가 되었을 때 그는 아Q처럼 행복한 꿈을 꾸며, 천 아저씨가 그를 장가 보내주고 유산을 물려줄 것이라 생각한다. 노예 지위가 위협을 받았을 때 그는 자살해버린다. 평자황의 주산하는 분명 아Q 가족 속으로 들어갈 수 있다. 가난한 사람에 대한 부자의 비웃음을 묘사한 소설 「초대」의 주인공 추성 신상에도 아Q식 정신승리법이 나타난다. 생활이 곤궁한 추성은 배가 고플 때 하늘에 대고 "'아빠 배고파 죽겠지'라고 소리 지르기만 하면 배고픔의 문제가 해결된 것이라고 생각했다". 겨울에 그는 정수리가 없이 여기저기 찢어진 모자를 쓰고서도 "이 모자는 쓸수록 마음에 들어"라고 말한다. "여자가 생각나면 '아빠 못 참겠어'라고 크게 소리 지르고 침대위에 올라가서 (…중략…) 이 성욕문제는 그의 어떤 것도 소모시키지 못한다." 자기 기만적이고 위안적이며 만족적인 정신승리법의 묘사는 분명 아Q의 그림자가 배어 있다. 물론 평자황이 창조한 주산하, 추성 등의 형상에는 루쉰의 아Q와 같은 풍부하고 깊은 면이 결핍되어 있고, 작품도 「아Q정전」과 같은 명작의 색채가 부족했다.

루쉰의 영향을 받은 평자황의 향토소설은 향민들의 마비된 심태를 힘껏 해부했다. 결혼해도 사랑하지 않고 관병과 토비의 재앙을 만난 인생비극을 묘사한 「결혼하는 날」에서 여자아이를 배상금으로 여기는 황얼룽, 향촌 종족 간의 모순과 알력을 묘사한 「종용」에서 구조를 명분으로 아내를 마음껏 모욕한 샤오퉁저우와 성다한, 또 향촌 재봉사가 배우를 치켜세워 거짓으로 명성을 얻은 이야기 「아름다운 연극」에서 가을 가지를 멀리 숨겨둔 마을 선비, 촌부, 농민 등의 신상에서 향민들의 마비되고 삭막한 심령에 대한 작가의 해부와 비판을 엿볼 수 있다. 평자황의 향토소설에서 인물의 마비된 심태에 대한 폭로와 비판은 루쉰이 아Q, 치진, 샹린 댁, 화라오솬 등 인물의 내면세계를 해부하는 동시에 다른 사람의 고통 비애를 즐거움으로 삼는 구경꾼 군상을 그리는 것과 다르다. 평자황은 주산하, 황얼룽, 샤오퉁저우 등 인물의 신상에서 그들의 우매하고 마비됨을 보여주려고 노력할 뿐이며, 루쉰과 같이 국민성을 탐색하고 비판하려는 자각과 고집이 결핍되어 있다. 이로 인해 향민들의 마비된 심령에 대한 묘사 해부에 루쉰 작품과 같은 깊이있는 내용과 울분의 색채가 부족했다.

3.

'5·4' 시기 신문학으로서 루쉰 소설을 마오둔은 신형식을 창조한 선봉으로 칭하며, "『외침』안의 십여 편 소설은 거의 신형식이며 이 신형식은 모두 청년 작가들에게 막대한 영향을 끼쳐 당연히 많은 사람들이 따라서 실험하게 되었다"[2]고 지적했다. 평자황도 루쉰의 발걸음 따라 전진한 작가였다. 그가 창작한 예술형식도 루쉰 작품의 영향을 받아서 소설 서술방식, 구조형식 등의 방면에서 다 루쉰의 빛과 그림자를 볼 수 있다.

루쉰의 「고향」은 동방의 위대한 서정시라는 영예를 얻었다. 작품은 일인칭 전지적 시각으로 나그네가 귀향하여 보고 생각한 바를 묘사하

2 雁冰, 「讀'吶喊'」, 『時事新報』 부간, 『文學』 제91기, 1923.10.8.

고 향촌의 쇠락과 농민의 마비된 심령을 전시하여 현대문명의 영향을 받은 지식인과 고루하고 낙후한 향촌사회의 격막감을 드러냈다. 전지적 시각으로 나그네가 귀향하여 보고 생각한 바를 서술하는 귀향모식은 평자황 소설 「금석」과 「분상」의 서사방식이 되었다. 소설 「금석」에서 "어머니가 돌아가셔 매서운 추위를 무릅쓰고 전장을 지나 삼천리 저 멀리 십 년을 떠나 있던 고향으로 돌아왔다"는 서술은 루쉰 「고향」의 서두와 동일하다. 「금석」은 「고향」과 유사하게 전후 대비의 구조방식으로 취했다. 다른 점은 「고향」이 소년 룬투의 영웅과 어른 룬투의 마비됨을 대비하여 날로 피폐해지는 고향 민중의 힘든 인생과 마비된 영혼을 드러낸데 반해, 「금석」은 지난 날 겁약한 향민들이 청향[3] 위원의 야만적이고 잔인한 형벌을 받을 때의 순종과 오늘날 혁명 근거지가 된 고향 사람들이 현 위원을 타도할 때의 의분을 대비하고, 그중 미장이 저우다가 과거 수난을 받을 때의 겁약함과 오늘날 현 위원을 타도할 때의 용감함을 대비하여, 시대 변화 속의 향민들의 각성을 묘사한다. 평자황의 「분상」도 전지적 시각의 귀향모식으로 전쟁과 재난의 박해로 인한 향촌의 쇠퇴 및 농민들이 가정 파탄과 죽음을 겪는 비참한 운명을 드러낸다.

3 【역주】 항일 전쟁 시기 일제와 친일파들이 마을을 수색하고 주민을 학살한 것.

4.

고향사람들에 대해 불행을 슬퍼하고 싸우지 않음에 분노하는 정감색채로 창작을 진행한 루쉰은 향토소설에서 항상 매우 냉정하고 조용한 필치로 매우 열렬하고 격분한 정감을 전달했다. 이러한 서사상태는 늘 루쉰의 창작의도와 작품의 예술효과와 강렬한 풍자색채를 지녔다. 「장명등」에서 장명등을 꼭 끄고자 하는 광인의 형상은 장명등이라는 쇠락한 봉건 전통의 상징의미를 통해 타협하지 않고 실망하지 않는 철저한 반봉건 전사의 성격을 보여준다. 「쿵이지」는 셴헝 주점에서 좌절한 쿵이지에 대한 몇 차례의 "쾌활한 공기가 충만한" 조롱과 비웃음을 묘사하여 구경꾼들의 삭막함과 고통스런 사람에 대한 사회의 냉대를 비판한다. 「약」은 혁명가의 선혈을 마비되고 우매한 군중의 치료약으로 만듦으로써 군중의 우매함으로 인한 혁명가의 비애를 드러낸다. 이러한 작품들은 인물 성격의 창조나 서술의 어조 혹은 작품의 구조의 측면에서 풍자의 예술효과를 이루어 작품의 예술 감염력을 증가시킨다.

평자황의 소설 「절부」는 풍자색채가 있는 작품으로 풍자수법의 운용은 루쉰 소설 「내일」의 영향을 받았다. 두 작품은 향촌 부녀자의 비참한 수절 생애를 제재로 삼아 절부의 고통스런 인생과 비참한 처지 속에서 고루한 향촌사회의 삭막함과 암흑을 비판한다. 「내일」은 바오얼의 병과 죽음을 둘러싸고 단씨 댁의 행동과 심리를 통해 슬픈 인생 이야기를 전개한다. 「절부」는 관리 후보 다오 대인에 의해 후처로 들어간 시녀 아인, 남편이 죽은 후 관리 후보 다오 대인의 자손이 된 황당한 관계를 통해 절부에 대한 봉건 예교의 잔인한 박해를 드러낸다. 소설은 아인이 열 살 때 관리후보 부인에게 팔려가 시녀가 되어 학대를 당한다. 부인이 죽은 후 그녀는 자신보다 50여 세 많은 관리후보 다오 대인의 후처가 되지만, 전과 다름없이 대인의 시녀로 산다. 대인이 죽은 후, 그녀는 조용한 절부 생활을 한다. 관리후보 다오 대인의 장남 보넨은 아인을 경성으로 데리고 가는데 보넨의 유혹으로 그녀는 보넨 정부가 된다. 이 일이 명예를 해칠까 걱정이 된 보넨은 아인을 고향으로 돌려보내고, 그녀가 상하이를 지나갈 때 또 한 살 많은 장손 전형과 동거를 한다. 보넨의 재차 독촉하에 아인은 귀향하여 기약없는 '절부' 생활을 한다. 루쉰의 「내일」과 유사하게 평자황도 매우 냉정한 어조로 이야기 서술을 진행한다. 깊은 동정을 보낸 단씨 댁에 대해 루쉰은 오히려 비판의 어조로 "그녀는 어리석은 여인"이라고 반복적으로 말함으로써, 서술 어조의 비판과 작가의 정감이 풍자를 이룬다. 평자황도 비판의 어투로 관리후보 다오 대인이 죽은 후 아인의 평온함을 묘사하며, "그녀는 곤충, 동물이다. 있는 듯 없는 듯 이 세상에서 자리를 차지하고 구걸을 하고 여종이 되고 어머니가 되고 아내가 되고 과부가 되어도 상관이 없다"고 말한다. 이러한 냉정한 어조는 인물의 슬픈 처지와 불공평한 세계에 대한 분노를 드러낸다. 평자황은 아인의 비참한 여종 생활을 서술할 때 무관심한 듯 한 풍자 어조로 다음과 같이 묘사한다.

> 십여 년의 고향 생활, 아인의 나날은 매우 좋았다. 처음에는 꾸중을 듣고, 가볍게 매를 맞고, 간혹 하루 밥을 먹지 못하거나 하룻밤 잠을 자지 못할 뿐이었다. 처음에는 관리후보 다오 부인을 모시고, 차를 끓이고

> 밥을 차리고, 변기를 비우고, 옷을 빨았다. 처음에는 남은 밥과 국을 먹고 마루에서 잠을 자고, 얼어 죽지 않을 정도의 옷을 입을 수 있었다. 그러나 부인이 몇 년 후에 세상을 떠나고 나서 아인은 운이 트였다. 그녀는 더 이상 매 맞거나 욕을 먹고 춥고 배고프지 않았다. 또 힘든 일을 할 필요가 없었다. 그녀는 관리후보 다오 대인을 모시고, 잘 먹고, 잘 입고, 관리후보 다오 대인의 발 옆에서 잠을 잘 수 있었다. 날씨가 추울 때는.

작가는 매우 평온한 풍자필치로 아인의 처참한 생활을 매우 간결하게 묘사하고, 평온한 서사 속에 피해자에 대한 작가의 깊은 동정, 압박자에 대한 무한한 분노가 함축되어 있다.

「내일」에서 루쉰은 다른 사람의 비애와 고통을 쾌락으로 삼는 라오궁에 대해 칭찬의 어조로 서술한다. 파란 얼굴 아우는 위기를 틈타 단씨 댁에게 모욕을 주는데 루쉰은 "그러나 아우는 의협심이 있어서 어떠하든 늘 도와주려고 한다"고 서술하여, 풍자의 필치로 사회의 삭막함과 무정함을 보여준다. 「절부」에서 펑자황도 칭찬 같은 어투로 억압자들을 묘사한다. 관리후보 다오 대인은 타인의 어려운 상황을 틈타 8위안의 몸값으로 아인을 사서 여종으로 삼는데, 작가는 "이건 전부 부인의 마음이 너무 좋고 자비로운 거요"라고 서술한다. 관리후보 다오 대인은 염치없이 아인을 후처로 맞아들이는데 작가는 다음과 같이 서술한다.

> '남자가 어른이 되면 장가를 가야 하고 여자가 어른이 되면 시집을 가야 한다.' 아인은 대수롭지 않게 여기는 듯하지만 관리후보 다오 대인은

거스를 수 없는 옛 교훈으로 인식하여, 그녀를 자신에게 시집오게 하려고 결의한다. 자신의 나이는 그녀에 비해 50여 세나 많지만 신체가 건강하니 이 일은 매우 필요하며 능히 감당할 수 있는 일이라고 자문한다.

평자황은 풍자 필치로 관리후보 다오 부인의 거짓 자비와 관리후보 다오 대인의 황당 무치를 폭로하고 비판한다. 「절부」에서 보넨은 계모를 유혹할 때 아인의 품속에 있는 아이를 안아준다는 명분으로 접근하여 "슬쩍 아인의 유방을 몇 차례 집적거리는" 묘사는, 「내일」에서 파란 얼굴 아우가 의협심을 빌어 단씨 댁 품속에 있는 아이를 안아들자 "단씨 댁이 유방에서 열이 후끈거리는 걸 느끼는" 묘사와 마찬가지다. 분명 평자황의 「절부」도 루쉰의 영향을 받았던 것이다. 이 두 편의 작품은 절부의 슬픈 인생을 힘껏 묘사하면서, 「내일」은 고통스런 사람에 대한 사회의 냉대를 드러내는 반면, 「절부」는 봉건 예교의 영향을 깊이 받아 노예근성을 지닌 아인의 마비된 성격을 드러낸다.

루쉰 소설 창작은 풍자의 예술을 능숙하게 운용하여 「아Q정전」 각 장의 표제 설계 시에 항상 표제가 소설 내용과 역설적 풍자효과를 이루게 했다. 아Q가 압박에 의해 기만당하는 이야기는 '승리의 기록'이라는 표제를 달고 있고, 아Q가 체포되어 형장에 가는 슬픈 결말은 '대단원' 이라는 제목을 달아 매우 강렬한 예술효과를 형성한다. 평자황의 소설도 항상 작품이 묘사하는 이야기 내용과 표제가 모순과 역설을 이루어 풍자의 예술효과를 달성한다. 그는 사랑하지 않는 사람과 결혼하는 혼인과 잔치 속에서 신부 징구는 병사에게 간음을 당한 후 저수지에 뛰어들어 자진을 하는 비참한 이야기를 묘사하는데, '결혼하는 날'이라는 제목을 달아 슬픔과 기쁨이 강렬한 대조를 이룬다. 또 보 아빠의 슬픈 이야기를 묘사할 때, 온갖 조롱과 고초를 견디는 보 아빠는 생활의 희망을 사범학교를 졸업한 아들 다오시에게 거는데, 거의 1년 간 아들의 편지를 받지 못하다가 아들이 정치범이 되어 10년 형을 선고받았다는 소식이 전해진다. 이 슬픈 이야기는 '기쁜 소식'이라는 제목을 달고 있다. 이러한 풍자수법의 운용은 작품의 예술 감염력을 증가시킨다.

5.

루쉰은 유머 대가이자 풍자 고수이다. 「아Q정전」은 "우리 영혼 깊은 곳의 상흔 가장 깊숙이 숨은 약점을 조준하여 바로 쏘아붙여 피가 철철 흐르는 병의 증상을 끄집어내어",[4] 국민성의 약점을 탐색하고 비판한다. 「쿵이지」는 조용하고 차분한 필치로 좌절하고 진부한 쿵이지 형상과 조롱 받는 처지를 묘사하여, 마오둔에게 "웃음 속에 눈물을 머금은 단편 풍자 「쿵이지」"라는 찬사를 받았다. 「이혼」은 조롱하는 필치로 항문 막는 막내기로 장난치고 코담배를 피우는 치 대인 등 상류 사회 사람들의 무료하고 사악한 성격을 비웃는다. 「풍파」는 해학적인 문체로 향촌의 변발 풍파 속에 나타난 사람들의 우매하고 마비된 성격을 드러낸다. 이 때문에 파제예프는 「루쉰을 논하다」는 글에서 "루쉰

4 蘇雪林, 「'阿Q正傳'及魯迅創作的藝術」, 李宗英·張夢陽 편, 『六十年來魯迅硏究論文選』 상, 北京 : 中國社會科學出版社, 1982, 136쪽.

의 풍자와 유머는 도처에 표현되어 있다"고 지적했다. 애드가 스노우는 "루쉰의 거의 모든 작품에서 그 '웃음'의 재능이 특출나게 표현되어 있다. (…중략…) 생활 속의 가장 관건이 되는 주제를 처리할 때 비웃음, 풍자와 미묘한 유머를 결합시킨다"[5]고 인식했다. 루쉰의 소설은 항상 비극과 희극 요소를 하나로 융합하여 희극적 필치로 인생의 지극한 슬픔과 고통의 비극을 반영하고, 매우 해학적인 문체 속에서 인물의 비극적 운명을 드러내어 루쉰의 침중한 민족 우환의식을 부각시켰다. 선충원은 루쉰 소설을 "도시 물질문명에 의해 훼손된 중국 중부 도시와 향촌 사람들을 모범으로 삼아, 약간 조롱하고 연민하는 필치로 선명하고 정확한 안색을 그러는데 어조가 아름답고 즐거우며, 인물의 모습이 때때로 웃음을 자아내게 하는 것이 루쉰 선생 작품의 독창적인 점"[6]이라고 평가했다. 이 말은 루쉰 소설의 독특한 유머 풍자의 풍격을 설명한 것이다.

평자황의 향토소설 창작은 루쉰 소설의 유머 풍자수법의 영향을 받아 항상 매우 해학적인 이야기, 가볍고 야유하는 서사필치가 작품을 진한 유머색채와 냉정한 풍자의미를 지니게 한다. 루쉰과 마찬가지로 평자황의 창작도 항상 희극수법과 비극내용을 하나로 융합하여, 희극 표상 속에서 비극적 인생 이야기를 서술한다. 평자황의 「살아있는 귀신」은 미묘한 운치가 넘치는 이야기를 서술한다. 소학교 요리사인 셴친은 아이들과 귀신 이야기 하는 것을 좋아한다. 13~14세 된 허성은

5 埃德加·斯諾, 「魯迅 — 白話大師」, 『魯迅硏究資料』 제4집, 天津 : 天津人民出版社, 1980.
6 沈從文, 「論施蟄存與羅黑芷」, 『沈從文選集』 제5권, 成都 : 四川人民出版社, 1983, 285~286쪽.

할아버지의 죽음에 임박하여 그를 위해 나이가 십여 세 많은 부인에게 장가를 가 제사를 이어간다. 부인이 나이가 많은 이 집에 늘 '귀신이 나타나' 허성은 자칭 귀신을 잘 잡는다는 셴친에게 자신의 집에 와 귀신을 쫓아달라고 부탁한다. 허성과 한 방에서 거주하는 셴친은 허성이 깊이 잠든 틈을 타 허성의 아내와 동침을 하고, 많은 무서운 소리와 귀신 분장을 공모하여 허성을 놀라게 한다. 허성이 밤에 계속 동유등을 켜고 자는 바람에 허성 집의 귀신이 사라진 듯하여 셴친은 부득불 학교로 돌아가 살게 된다. 어느 날 밤 동유등이 꺼지고 돌멩이가 허성 집 기와에 부딪히는 소리가 들리고 귀신이 또 나타나자 허성은 담대하게 엽총을 들고 창밖의 검은 그림자를 향해 총을 쏘니 멀리 달아나는 발소리가 울린다. 다음 날 허성은 셴친에게 그가 귀신을 쫓아 보낸 쾌거를 보고하러 가는데 더 이상 셴친의 그림자도 찾을 수 없다. 소설은 해학적이고 유머러스한 이야기로 중국 향촌사회의 부인이 나이가 많은 낡은 혼인 관습을 폭로하고 풍자하였다. 매우 엄숙한 주제를 해학과 유머 속에 기탁하여 작품을 읽으면 재미있는 연극 같지만 봉건 예교 전통 누습의 박해하에 있는 향촌 부녀의 혼인비극을 드러냈다.

평자황의 「천 영감의 소」는 분명 「아Q정전」의 해학이 깃든 어투, 가볍고 야유하는 필치를 연용하여, 주인공 주산하의 노예 심리와 마비된 심리를 해부하며, 동시에 하층사회 사람들의 고통스런 운명을 보여준다. 「아름다운 연극」은 가볍고 유머적인 필치로 살아있는 아이를 찾지 못하는 마을 재봉사 츄자즈는 무의미한 생활에 대해 서술한다. 그는 포공을 연기하는 배우를 교묘히 치켜세워주고 맛있는 점심을 얻어먹는데, 연극의 장막 아래서 향촌사회 하층민들의 불행한 인생 및 사회의 냉대를 보여준다. 「종용」은 소박한 필치로 향촌 토호 사이에 알력이 일어나는 소란 극을 묘사한다. 작가는 농담하는 필치로 샤오퉁저우와 성다한이 한 사람은 입술을 빨고 한 사람은 방귀를 뀌며 '상하가 소통하는' 방법으로 아내를 구조하는 과정을 서술하면서도, 두 마리 죽은 돼지를 위해 순장하는 아내의 비극적 운명을 드러낸다. 이 때문에 마오둔은 "평자황의 독특한 작풍은 「종용」에서 이미 매우 원숙해졌다. (…중략…) 그는 소박하고 선량하면서 무지한 한 부부가 '토착 지주'와 '쓸모없는 놈' 사이에 끼여 어떻게 희비극에 엮이게 되는지를 묘사한다"[7]고 지적했다. 루쉰 소설 속의 유머 풍자수법은 완곡하고 함축적이어서 작품이 침울하면서 강건하고 근심 분노가 깊고 넓은 색채를 지니게 했다. 평자황 소설 속의 유머 풍자 수법은 비교적 분명하게 노출되어, 작품이 해학적이고 소박·온후하면서도 심오한 풍격을 띠게 했다. 30년대 어떤 사람은 평자황의 소설집 『기쁜 소식』을 소개할 때, "작가 평자황 선생은 침묵하며 말이 적은 사람으로 스스로 매우 엄숙하다고 여긴다. 그가 쓴 작품도 그 사람과 마찬가지다. 그의 풍격과 체재는 침중하고 청아하면서 간결하다. 침중함은 북유럽 작가의 작품과 비슷하다. 그도 풍자를 하지만 그의 풍자는 심묘하면서 쓴맛이 있다. 이것이 바로 그가 지니고 있는 특유의 작풍이다"[8]라고 지적했다. 연자옌은 평자황의 소설 예술을 논의할 때 "평자황에게는 조잡하고 넘치게 쓰는 현상이 없다. 작품은 종종 여러 차례 수정을 거쳐

7 茅盾, 「中國新文學大系小說一集·導言」, 『中國新文學大系導言集』, 上海 : 上海書店, 1982, 117쪽.

8 「彭家煌'喜訊'」, 『現代』 제4권 제3기.

발표한다. 소설들은 다양한 형식, 수법, 체재를 실험한다. (…중략…) 그의 예술 창조 상의 엄격한 태도는 대체로 체홉, 루쉰의 영향을 받은 것이다"[9]라고 인식했다. 평자황은 쉬친원, 타이징눙 등의 향토작가처럼 루쉰의 직접적인 배양과 교육을 받지는 않았다. 그러나 루쉰 향토 작품 속에서 예술 모범을 찾고 예술 자양분을 흡수했다는 점은 의심의 여지가 없다. 이 때문에 그는 루쉰이 칭한 "우리 쪽" 좌익문단에서 명성을 얻은 향토작가가 되었던 것이다.

9 嚴家炎, 「論彭家煌的小說」, 『彭家煌小說選』, 北京 : 人民文學出版社, 1987, 12쪽.

양젠룽의 루쉰연구 논저 목록

1. 「루쉰연구의 역사와 현상(魯迅研究的歷史與現狀)」, 『江西教育學院學報』 제2기, 1986.
2. 「향토 옥야에서의 탐색－최근 몇 년간 향토문학 연구에 대한 평가(在鄕土的沃野里探索－近幾年鄕土文學研究評述)」, 『江西師範大學學報』 제1기, 1988.
3. 「(20년대 향토문학의 향토특색을 논하다(論二十年代鄕土文學的鄕土特色)」, 『上海師範大學學報』 제1기, 1988.
4. 「20년대 향토문학의 비극풍격을 논하다(論二十年代鄕土文學的悲劇風格)」, 『社會科學輯刊』 제2기, 1988.
5. 「20년대 향토문학의 기본주제를 논하다(論二十年代鄕土文學的基本主題)」, 『海師範大學學報』 제2기, 1990.
6. 「천재의 족적을 따라 앞으로 가자－20년대 향토작가에 대한 루쉰의 영향을 논함(沿着天才的脚迹前行－論魯迅對二十年代鄕土作家的影響)」, 『魯迅研究月刊』 제10기, 1991.
7. 「사랑하는 마음으로 인간의 죄악과 비애를 묘사하다－판모화의 소설 창작을 논함(用愛心寫出人間的罪惡和悲哀－論潘漠華的小說創作)」, 『貴州社會科學』 제1기, 1992.
8. 「무아의 사랑으로 몸소 후배 신인들에게 희생하기－청년세대에 대한 루쉰의 관심과 교육을 논함(用無我的愛, 自己犧牲于後起新人－談魯迅對青年一代的關心與教育)」, 『上海中學教育』 제2기, 1992.
9. 「왕런수－'루쉰 저작의 추구자'(王任叔－'魯迅著作的追求者')」, 『齊魯學刊』 제2기, 1993.
10. 「타이징눙－루쉰의 영향을 깊이 받은 땅의 아들(臺靜農－深受魯迅影響的地之子)」, 『江淮論壇』 제3기, 1993.
11. 「루쉰의 향토 콤플렉스와 향토소설을 논하다(論魯迅的鄕土情結與鄕土小說)」, 『魯迅研究月刊』 제6기, 1993.
12. 「젠셴아이－루쉰을 사승한 변방작가(蹇先艾－師承魯迅的邊地作家)」, 『江海學刊』 제5기, 1993.
13. 「루쉰의 추종에서 저우쭤런으로 달려가기－펑원빙의 향토문학 창작노선(從追踪魯迅到走向周作人－馮文炳鄕土文學的創作路向)」, 『學術研究』 제5기, 1994.
14. 「풍자－루쉰 향토소설의 독특한 매력(反諷－魯迅鄕土小說的獨特魅力)」, 『學術月

刊』 제10기, 1994.

15. 「루쉰의 '홍루몽' 평론을 간략히 논함(淺談魯迅對'紅樓夢'的評論)」, 『齊魯電大學報』 제10기, 1995.
16. 「루쉰의 펑자황 창작에 대한 영향을 논함(論魯迅對彭家煌創作的影響)」, 『魯迅研究月刊』 제1기, 1995.
17. 「루쉰의 쉬친원 창작에 대한 영향을 논함(論魯迅對許欽文創作的影響)」, 『上海師範大學學報』 제2기, 1995.
18. 「루쉰 향토소설과 문화비판을 논함(論魯迅的鄕土小說與文化批判)」, 『中國人民大學學報』 제3기, 1995.
19. 「영향과 개척-루쉰의 라이허 소설에 대한 영향을 논함(影響與開拓-論魯迅對賴和小說的影響)」, 『文藝理論與批評』 제5기, 1995.
20. 「상호텍스트성-루쉰 향토소설의 이미지 분석(文本互涉-魯迅鄕土小說的意象分析)」, 『魯迅研究月刊』 제11기, 1995.
21. 「루쉰 향토소설의 민속색채를 논함(論魯迅鄕土小說的民俗色彩)」, 『安徽大學學報』 제3기, 1996.
22. 「루쉰과 기독교를 논함(論魯迅與基督教)」, 『上海師大學報』 제3기, 1996.
23. 「루쉰의 예술세계로 들어가다(走進魯迅的藝術世界)」, 『中學生知識報』, 1997.5.8.
24. 「루쉰연구 오류 부분 잡론(魯迅研究誤區瑣談)」, 『廣東魯迅研究』 제1기, 1998.
25. 「중일 학자 '고향'을 논하다(中日學者談'故鄕')」, 『魯迅研究月刊』 제1기, 1998.
26. 「"분란 속에서 약간의 여유를 찾다-루쉰 '아침 꽃을 저녁에 줍다'를 논함("從紛亂中尋出一點閑靜來"-論魯迅的'朝花夕拾')」, 『魯迅研究月刊』 제4기, 2001.
27. 「루쉰의 과거시간과 현대시간(魯迅的過去時與現代時)」, 『廣東教育學院學報』 제3기, 2001.
28. 「왕런수 소설 속의 아Q 가족을 논하다(論王任叔小說中的阿Q家族)」, 『寧波大學學報』 제3기, 2001.
29. 「향토문학연구회고(鄕土文學研究回眸)」, 徐瑞岳 주편『中國現代文學研究史綱』, 江蘇教育出版社, 2001.6.
30. 「적막 속의 외침-루쉰 '외침' 신론(寂寞中的吶喊-魯迅'吶喊'新論)」, 『忻州師範學院學報』 제5기, 2001.
31. 「루쉰 평가와 루쉰연구에 대한 새로운 개척(對魯迅評說與魯迅研究的新開拓)」, 『上海魯迅研究』 제16기, 2005; 『루쉰의 세계 세계의 루쉰(魯迅的世界 世界的魯迅)』,

遠方出版社, 2002.8.
32. 「루쉰이 아직 살아있다면(要是魯迅還活着)」, 『文匯報』(香港), 2004.6.17.
33. 「루쉰의 복잡함과 심도를 깊이 탐구하다(深入探究魯迅的複雜與深刻)」, 『上海魯迅研究』 제16기, 2005.
34. 「관용과 복수－루쉰 '복수(2)'와 '성경' 비교(寬容與復仇－魯迅'復仇(二)'與'聖經'之比較)」, 『文化中國』(加拿大) 제2기, 2005.
35. 「국민성 병태를 보여주는 거울－루쉰 '축복' 재론(揭示國民性病態的一面鏡子－再論魯迅的'祝福')」, 『山東社會科學』 제3기, 2005.
36. 「남성 시야 속의 여성 관조－루쉰의 '죽음을 슬퍼하며'와 예성타오의 '니환즈' 독해(男性視閾中的女性觀照－讀魯迅的'傷逝'葉聖陶的'倪煥之)」, 『南開大學學報』 제5기, 2005.
37. 「식민지 전사의 사상과 정신 탐구－내가 보는 한국적 루쉰연구(探究植民地戰士的思想與精神－我觀韓國的魯迅研究)」, 『上海魯迅研究』, 2006.
38. 「화샤민족의 이중적 정신비극 드러내기－루쉰의 '약' 다시 읽기(揭示華夏民族雙重的精神悲劇－重讀魯迅的'藥')」, 『西南民族大學學報』 제4기, 2006.
39. 「루쉰연구 개척에 관한 몇 가지 사고 (關于拓展魯迅研究的幾點思考)」, 『2005年魯迅研究年鑒』, 河南文藝出版社, 2006.
40. 「'루쉰학'도 저명한 학문이 될 수 있다('魯學'也成爲一門顯學)」, 『文匯讀書周報』, 2006, 제3판.
41. 「루쉰의 세계와 세계의 루쉰(魯迅的世界與世界的魯迅)」, 『周口師範學院學報』 제6기, 2006.
42. 「20세기 향토문학의 창작심태와 서사방식을 논함(論20世紀鄉土文學的創作心態與敍事方式)」, 『社會科學』 제4기, 2009.
43. 「루쉰 '야초'의 어휘 배반, 모티브 역설과 장력을 논함(論魯迅'野草'的詞語悖反母題悖論與張力)」, 『學術月刊』 제4기, 2010.
44. 「루쉰 정신과 지혜에 대한 심도 깊은 탐구(深入探究魯迅精神與智慧)」, 『中國教育報』, 2011.9.15.
45. 「오락화 시대 루쉰에 대한 조롱과 악의(娛樂化時代對于魯迅的戲說與惡搞)」, 『江漢論壇』 제12기, 2011.
46. 「고양이머리 매와 사자－루쉰과 모리 오가이 소설 창작 비교(猫豆鷹與獅子－魯迅與森歐外小說創作之比較)」, 『華中師範大學學報』 제2기, 2012.

역자 후기

21세기 이후 중국 지식계에서 루쉰에 대한 관심은 확연히 줄어든 상태다. 이는 중국을 정체하게 만든 원인을 민족정신의 차원에서 파헤쳤던 루쉰의 문제의식이, 강대국의 꿈을 실현해가고 있는 21세기 중국에서 더 이상 유효하지 않은 불편한 이야기로 인식되는 점과 무관하지 않다. 중화민족의 위대함과 우수성이 부각되고 있는 시점에서 루쉰의 국민성담론을 재론하는 것은 시대가 지난 과거의 일이라고 여겨지기 때문이다. 특히 경제성장을 넘어 인민의 행복한 삶을 추구하는 문명국가의 목표는 루쉰이 살았던 시대와는 분명히 다른 문제적 상황이다.

루쉰은 중국의 급선무가 첫째 생존해야 하고, 둘째 따뜻하게 입고 배불리 먹어야 하며, 셋째 발전해야 하는 것이라고 생각하였다. 생존은 민족사멸의 위기에서 살아남는 일이고, 따뜻하게 입고 배불리 먹는 것은 물질적 생활기반을 마련하는 일이다. 이 두 가지 과제는 21세기 중국의 능력으로 볼 때 이미 해결되었다고 할 수 있으며, 세 번째 과제인 발전은 인민의 행복한 삶을 추구하는 문명국가의 길과 상통하는 면이 있다. 물론 루쉰은 국가론을 통해 발전의 문제를 제기하지 않았으며, 오히려 국가의 억압기제에서 벗어나 자율적인 주체의 생명의식과 자각이 이뤄져야 발전이 가능하다는 입장이었고, 이러한 생각이 바로 국민성담론으로 표출된 것이다.

하지만 발전을 바라보는 시각 차이에도 불구하고, 문명국가론의 주요 함의인 인민의 행복한 삶의 문제는 루쉰의 생각과 겹쳐지는 지점이다. 인민의 행복은 국가의 역할만으로 이룰 수 있는 일도 아니고, 무정부주의적인 개체 활동으로 실현 가능한 일도 아니다. 현재 중국 지식계에서는 루쉰의 현재적 의미를 부정하려는 입장과 루쉰을 소환하여 시대비판의 기제로 삼으려는 입장이 서로 충돌하고 있다. 그러나 극명한 대립에도 불구하고 두 입장을 들여다보면 모두 중국의 발전에 대해 긍정하고 있으며, 발전의 함의 차이를 루쉰을 통해 투영하고 있을 뿐이다.

현재 중국의 발전은 따뜻하게 입고 배불리 먹는 물질생활의 단계를 넘어, 오히려 물질생활에 집착한 이기적 행위가 발전을 장애하는 내부 요인이 되고 있다. 그래서 루쉰의 국민성비판 가운데 현재의 단계를 넘어 발전을 위한 주체 형성의 길이 내재되어 있다면, 루쉰의 현재적 의미를 부정할 이유가 없다. 루쉰은 누구보다도 물질생활의 중요성을 절실하게 깨닫고 있었던 사람이기 때문이다. 또 루쉰을 소환하려는 입장에서도 소환의 이유와 현재적 맥락이 무엇인지 보다 구체화해야 한다. 루쉰이 비판했던 문화와 인물(국민성)이 부활하여 현재를 지배하고 있기 때문에 루쉰의 비판정신을 다시 소환해야 한다면, 이것만으로는 현재의 문제를 해결할 가능성이 별로 없어 보이기 때문이다.

그렇다면 우리는 루쉰의 어디에서 이 시대와 연계된 발전의 의미를 찾을 수 있는가. 깨어있는 문학가로서 루쉰, 비판적 사상가로서 루쉰, 영원한 혁명가로서 루쉰……. 당연히 의미화하는 사람에 따라 루쉰의 상은 변하겠지만, '21세기의 루쉰'이 가능하려면 무엇보다 그들만의 루쉰이 되어서는 안 된다. 21세기 중국의 루쉰 소환은 중국 인민의 발전을 통해 인류 문명의 진보를 이룰 수 있는지를 묻는 과정이 되어야

하기 때문이다. 이를 위해 우리는 루쉰이 사유했거나 꿈꾸었던 유토피아 및 문명론이 무엇인지 탐구해보아야 한다. 이 문제에 대한 고민 없이 비판정신만을 현재화한다면 루쉰 소환의 방향은 개체 생명주의와 영원한 혁명론으로 향할 수밖에 없을 것이다.

게다가 루쉰은 미래 황금세계를 부정하고 또 근대문명을 비판적으로 사유했기 때문에, 텍스트 속에서는 루쉰이 꿈꾼 유토피아와 문명론을 읽어내기가 쉽지 않다. 드러난 텍스트가 아니라 보이지 않는 루쉰의 사유세계 속에서 이를 찾아내야 한다는 것이다. 유토피아가 루쉰이 꿈꾼 세상을 이념적 차원에서 추상화한 것이고, 문명론은 유토피아에 다가가는 제도적 실천의 세계를 구상한 것이라면, 바로 이것을 이론화하는 일이 현재 우리가 루쉰을 소환하는 방법이 라고 생각한다. 이는 루쉰을 통해 이 시대의 문명을 만들 수 있는가를 묻는 작업에 다름 아니다.

21세기 중국 문명국가의 길과 루쉰 소환의 문제에 대해 이러한 고민을 하다가 양젠룽 교수의 저작을 접하게 되었다. 루쉰의 향토세계에 대한 양교수의 해설을 따라가면서, 문명개혁가로서 루쉰의 상을 정립하는 일이 어쩌면 21세기의 루쉰을 가능케 하는 작업이라는 생각이 들었다. 사유의 단서를 환기해준 양교수에게 감사드리고, 향후 이 문제의식을 구체화하는 일이 필자의 새 과제가 될 것이다. 그 결실을 맺는 날이 도래하기를 바랄 뿐이다.

2021년 5월

이종민